www.bbulmedia.com

www.bbulmedia.com

옥 대리의 원석

옥 대리의 원석

스망앗 장편 소설

DAHYANG ROMANCE STORY

contents

프롤로그 ...7

1. ...21
2. ...30
3. ...67
4. ...86
5. ...110
6. ...121
7. ...143
8. ...152

9. ...182
10. ...207
11. ...241
12. ...253
13. ...274
14. ...307
15. ...328

에필로그 ...342

외전,
윤의 이야기가 궁금한 당신에게 ...364

작가 후기 ...383

프롤로그

    창의적이고 여유로운 회사 문화를 지향하는 EH에너지의 점심 시간은 1시간 30분이다. 1시간과 1시간 30분은 심적으로도, 실제로도 꽤 차이가 있었다.

    그렇기에 EH직원들, 특히 여직원들은 남는 점심시간을 회사 근처 카페에서 직원들과 친목 다지기, 수다에 주로 사용했다. 그리고 오늘도 역시 남은 시간을 수다를 떠는 데 활용하고 있었다.

    요즘 수다의 도마 위에 자주 오르는 주인공은 EH에너지 자원개발 2팀 옥지원 대리.

    EH에너지는 중견기업이었지만, 자원개발 업계에서는 대기업 못지않은, 아니 오히려 창업주와 그의 아들인 현재 회장이 일생을 걸어 개발해 낸 EH만의 특허 기술로 인해 어느 대기업보다도 국내 자원개발업계에서는 선두주자를 달리고 있는 탄탄한 기업이었다.

물론 회사가 벌어들이는 어마어마한 수익만큼, 직원들에게 돌아가는 연봉과 복지는 저기 실리콘밸리에 본사를 두고 있는 유명 IT기업 못지않게 좋아 EH에너지는 직장인이 선호하는 기업 1위에 오르기도 했다.

그러한 EH에너지에 지원은 2년 전 굴지의 대기업 HM에서 스카우트되어 이직하며 HM그룹의 동료들에게 부러움을 사더니 전통적으로 남성들이 우세한 자원개발 업종에 대한 해박한 지식과 꼼꼼하고 빠른 일처리로 이직하고 얼마 지나지 않아 금방 회사 내 에이스로 떠올랐다.

여성스러우면서도 뚜렷한 이목구비와 호리호리한 몸매에 170cm의 꽤 큰 키로, 사람들의 호감을 얻기 쉬운 외모인 데다 그런 외모와는 달리 시원하고 화통한 성격으로 주변인들과 두루두루 잘 지내 주변 남성들의 시선을 단번에 사로잡았다. 하지만 이성으로 다가오는 대상에게는 항상 벽을 두르고 칼같이 내치는 그녀에게 쉽게 다가가는 남자는 많지 않았다.

그렇다. 지원의 입장에서는 화려한 직장생활과 일에 퍼붓는 열정과는 달리, 연애라는 건 재미도 없고, 열정도 없는 일이었다.

고등학교 때까진 엄한 부모님 밑에서 연애 한 번 꿈꿀 수 없었고, 관심도 없었다. 대학에 입학하면 남들처럼 금세 남자 친구가 생길 줄 알았는데, 본인은 예외였다.

그러다 우연처럼 23살, 20대의 중반을 바라보는 시점에 대학생들의 연애의 장이라는, 강남 토익학원에서 꽤 괜찮은 훈남 오빠를 만나 3년의 연애로 꽤나 즐거운 인생을 보낸 적도 있었다. 처음에는 뭣도 모르는 상태로, 마음도 몸도 주며, 풋풋 끈적하게 사랑을 했지만, 처음부터 끝까지 팍팍 튀기는 불꽃을 찾지 못했었다.

그러던 중 유난을 떨며 지원과 그 남자 친구 사이에 감 놔라, 배 놔라 데이트 때마다 전화를 걸어 대던 남자 친구의 어머니가 종국에는 대박을 치셨다.

[이번 추석에는 집에 인사하러 와서 일도 돕거라.]

결혼을 한 것도 아니고, 그리고 결혼을 약속한 사이도 아닌데 명절에 일하러 오라는, 지원의 상식에서는 도무지 이해가 안 되는 문자 한 통을 받고 그녀는 그저 조용히 그에게 조심스레 말을 건넸다.

'이건 아닌 것 같아. 내가 명절에 오빠 집에 가야 할 이유도, 가서 일을 해야 할 이유도 난 아무리 생각해 봐도 못 찾겠어. 오빠가 알아서 잘 말씀드려, 못 간다고.'

'뭐? 이제 3년 만났으면, 슬슬 집에도 인사 오고 그래야 되는 거 아니야?'

그렇게 시작된 말싸움이 결국 연애의 마지막이 되었다.

네가 뭔데 우리 어머니를 이상한 사람 취급하냐며 없던 말을 만들어 가며 지원을 매도해 가는 전 남친의 모습에 지원은 도대체 내 눈 어디가 잘못되어서 이런 천하의 답답한 놈을 3년간이나 만났는지 그녀 스스로를 자책했다.

이후 대기업에 취업하며 여기저기 소개팅이 물밀듯이 들어오며 몇 번 남자를 만나기도 했다. 그중 짧게는 한 달, 길게는 6개월 서너 번의 남자들과 만났지만, 그놈의 토익 학원 오빠. 아, 이제는 길게 말하기도 싫으니 줄여서 토빠라고 칭하겠다. 토빠가 마지막에 보여 준 멋진 모습으로 인해 지원은 누굴 만날 때마다, 이 사람은 마마보이가 아니겠지. 이 사람의 어머니는 아들바보가 아니겠지라는 생각에 사로잡혀 도무지 이성과의 관계를 시작할 수가 없었다.

가장 최악은 남들은 아홉수 아홉수 하지만 지원은 한창 회사에서 성과를 올리며 회사 사보에까지 실리며 잘나가던 29살. 뒤늦게 그 토빠가 이별한 지 3년 만에 지원을 찾아온 것이었다.

사실 지원은 헤어진 이후 그가 어디서 무엇을 하는지 알지도 못했다. 그러나 참으로 공교롭게도 토빠는 HM의 건설 계열사에서 일하고 있었고, 지원은 에너지 계열에서 일하고 있던 것이었다.

그러던 중 토빠가 우연치 않게 사보에 실린 지원의 사진과 인터뷰를 보게 되었고, 헤어질 당시, 너같이 개념 없는 여자는 처음 본다며, 우리 어머니 같은 분이 어디 또 있는 줄 아냐며 악담을 퍼붓던 그가,

[잘 지내니?]

라며 어느 날 문득 새벽 1시, 그 유명한 '새벽 1시의 잘 지내니' 문자를 보내왔다. 지원이 단답으로 연락하지 말자고 응대하자, 급기야 다른 곳에 위치한 지원의 회사에 찾아오기까지 했다.

여기에 더 최악은, 토빠의 어머니까지 다시 한 번 만나 보는 것이 어떻겠냐며 지원에게 전화를 한 것이었다.

서른도 훌쩍 넘긴 나이의 아들에 연애사에 아직까지 관여하는 어머니와 또 그런 어머니에게 고스란히 지원의 번호를 알려 드렸을 토빠 모자지간의 시간이 지나도 변하지 않는 모습에 지원은 진절머리가 났다.

3년이라는 연애 기간과 3년 후에 찾아온 후폭풍. 3이라는 숫자에 악귀라도 들어앉았는지 지원은 그저 어이가 없었다.

거듭되는 지원의 거부에도 불구하고 토빠는 그 후 몇 차례 더 꽃다발과 케이크 등을 손에 들고 그녀의 회사로 찾아오는 통에 회사 내에 저 철벽같은 옥지원이 드디어 시집을 가는가 보다 소문이 파다하게 났다.

너와 헤어지고 힘들었다며 과거를 줄줄 읊어대는 토빠의 말을

들은 여직원들은 어이없어하는 지원 옆에 벌 떼같이 몰려와,

'그래서 지원 씨, 지난 몇 년간 그렇게 연애를 안 한 거야?'

라는 말도 안 되는 소리를 늘어놓는 바람에 토빠는 지원 역시 자신을 잊지 못해 그 오랜 기간 연애를 하지 않은 것이라는 착각까지 하게 되었다.

남아 있는 마음, 미련 따위 전혀 없고 헤어진 지도 3년이나 지난 이 시점에서 남보다도 못한 사이인 사람이 왜 회사까지 찾아와 자신을 난처하게 만드는지 이해할 수가 없었다. 결국 짜증이 폭발한 그녀는 제멋대로 오해를 하고 히죽거리는 토빠의 얼굴을 보고는 손에 들린 케이크를 낚아채 바닥으로 집어 던졌다. 그리고 차갑게 말했다.

'너한테 미련 남은 거 하나도 없고, 너랑 잘해 볼 마음, 추호도 없어. 헤어질 때 그렇게 헤어지고는 어떻게 다시 찾아올 생각을 하니? 너는 너랑 네 어머니 좋다는 여자 만나서 살아. 난 절대 그런 여자 못 되니까! 다시 한 번 나타나면 그때는 네 얼굴에 케이크 뭉개 버릴 테니까, 다신 나타나지 마!'

굴지의 대기업이긴 했지만 그만큼 답답하고 꽉 막힌 HM의 보수적인 문화에 부정적이었던 지원은, 안 그래도 1-2년 내에 이직

할 계획을 세운 상태였고, 때마침 타이밍 좋게 EH에너지에서 헤드헌터를 통해 스카우트 제의를 받은 참이었다. 이를 계기로 지원은 혹시 추후에라도 토빠와 마주칠까 진저리를 치며 HM을 계획보다 좀 더 일찍 떠나왔다.

토빠도 처음엔 좋은 사람이었다. 그러니 지원이 사귀기도 한 것이었고.

중간중간 내비치는 강압적인 모습과, 지나치게 가족 얘기를 자주 하는 모습도 콩깍지가 눈에 들어앉아 있을 때는 남자답고 가정적이라며 좋아했지만, 지나 보니 그 모든 것이 일종의 복선이었다.

그 이후로 안 그래도 저 위에 있던 지원의 이성을 바라보는 눈이 이제는 하늘 높이 올라갔다. 모든 남자가 제 일처리 하나 제대로 못해 엄마에게 구원 요청을 하는 마마보이로 보이기 시작했고, 그들의 어머니는 영화 올가미에 나오는 무시무시한 시어머니처럼 상상되었다.

과연 그녀만을 위해 충성하고, 고부 사이에서 적절한 중립 외교를 펼치며 분란을 일으키지 않을 남자가 있을 것인가? 아니 그리고 또, 아들바보가 아니라 때가 되면 쿨하게 그 아들을 정신적으로 독립시킬 수 있는 쿨한 시어머니가 세상에 존재할까? 라는 아직 고민하지 않아도 될 일에 지원은 그저 공포스러운 마음만 증폭되어 가고 있었다.

제대로 된 남자 하나 못 만나는 신세를 한탄하며 하우스 메이트 윤수와 맥주를 들이켜던 어느 날, 지원의 눈에 케이블 채널에서 커플이 함께 오지를 돌아다니며 미션을 수행하는 프로그램이 들어왔다.

결혼하거나, 결혼 예정 아니면 그저 평범하게 사귀는 커플, 매우 부유하거나, 평범하거나, 생활고에 시달리는 커플 등 다양한 상황의 커플이 출현해 오지를 돌아다니며 미션을 수행하는데, 싸우지 않는 커플은 극소수였다. 그리고 그 싸우지 않고 침착하게 서로를 배려하는 커플이 대부분 우승컵을 차지했다.

그때, 번개처럼 무언가 지원의 머리에 내리꽂혔다.

오지와 같은 예측할 수 없는 것으로 둘러싸인 이 힘든 현실에서도, 나에게 짜증을 부리지 않고 나를 받들어 주며 나를 이끌어 줄 수 있는 사람.

오지 탐험 원정이 가능할 정도로 지원을 잘 이끌어 줄 수 있는 남자. 거기에 외모와 성격까지 덧붙이자면 키도 크고 덩치도 좋지만, 얼굴은 너무 잘생기면 안 되고 적당히 훈훈한 남자.

누구에게나 다정다감하지 않고, 지원에게만 충성하는, 지원의 말을 잘 듣고 따르는, 간략하게는 순정남.

그러나 그런 순정 오지남은 역시 현실에 없었다.

이직 후 1년간은 일하느라 정신없었고, 31살부터 그 후 1년은 드라마의 주인공처럼, 얌전 빼고 내숭 떨며 가만히 앉아 있으면 어딘가에서 이상형이 나타나 기적처럼 자신에게 손을 내밀어 구애할 것이라 생각했다.

그리고 32살 현재, 가만히 있어도 어딘가에서 이상형이 나타나는 것은 정말로 드라마 여주인공에게나 가능한 일이라는 것을 깨달았다.

지원은 슬슬 결혼에 대해 포기하기 시작했다. 그저 이렇게 일이나 열심히 하다가 최초로 EH의 여성 임원이 되는 것이 오히려 결혼보다 더 중요한 꿈이 되어 버렸다.

그래도 한 번뿐인 인생 제대로 즐기지도 못하고 가는 것은 아쉬웠다. 남녀 간의 운우지락이 낙(樂) 중에 가장 큰 낙이라던데, 결혼은 못하더라도 그 기쁨은 누려 보고 싶었다.

그래서 요즘 지원은 아예 다른 쪽으로 눈에 불을 켜고 찾고 있었다. 그렇다고 아예 원나잇 스탠드라든가 일회성 만남을 찾는 것은 아니었다. 그저 결혼과 집안은 생각하지 않고 서로만을 바라보는 자유로운 관계를 원했다.

너무 잘나지도, 못나지도 않은 그저 지원과 비슷해서 서로 누가 더 잘났느니, 못났느니 따질 것 없이 편하게 만날 수 있는, 그녀와 비슷한 수준의 남자를.

어디 한 놈 눈에 띄기만 해 봐라! 내 그 날 바로 자빠트려 버리려니까!

아이스 아메리카노의 얼음에 화풀이라도 하듯, 으드득으드득 씹어먹으며 주변의 커플들을 보는 지원에게 같은 팀의 서연이 호들갑을 떨며 운을 뗐다.

"옥 대리님, 자원개발 1팀 이 대리님은 어때요? 얼굴도 잘생기고 능력도 좋고. 듣기로는 집안이 우리 회사 로열패밀리 외가 쪽이랑 관련 있다던데요?"

"아, 맞아! 이 대리님 성격도 좋고 다정다감하고 멋있잖아요!"

옆자리의 희선도 거들었다. 그러나 정작 당사자인 지원은 심드렁했다.

"아, 난 잘생긴 사람은 딱 질색이야. 못생겨도 꼴값하는데, 잘생기면 꼴값에 얼굴값까지 하지. 더군다나 이 대리같이 여기저기 샤방샤방 꽃 날리는 스타일은 내 남자 하면 피곤해. 여기저기 웃음 흘리고 다니는 거 질색이야."

어휴, 이 대리님도 별로면 저기 위에 김 전무님 정도는 돼야 하나요. 희선이 지원을 흘기며 말하자 지원이 펄쩍 뛰었다.

"미쳤어? 김 전무님 같은 로열패밀리는 쳐다볼 수도 없는 그냥 그림의 떡이야! 얼굴 잘생기고 멋있지만, 맛은 없는 먹지 못하는 떡!"

회사 내, 모든 여사원들의 관심을 한 몸에 받는 자원개발 1팀의 이진한 대리와, EH패밀리 일가인, 자원사업개발본부의 김 전무에 대해서 지원은 무관심했다. 진한은 입사 동기로 그저 친한 친구 같은 사이였고, 지원은 그녀가 현재 다니고 있는 EH에너지 회장의 첫째 아들인 김 전무와 같이 집안 좋은 남자와 엮이고 싶은 마음은 당연히 없었다.

지금 그녀의 생활만으로도 경제적인 부분은 충분히 만족스러웠다. 시골에서 평범한 노후를 보내고 있는 부모님에게 꼬박꼬박 용

돈 드리고 심심할 때는 휴가 받아 여행도 가고, 먹고 싶고 쓰고 싶은 데에 마음껏 쓰지는 못하지만 어느 정도 원하는 대로 쓸 수 있는 현재 생활도 부족한 것 없이 충분한데, 굳이 돈 많은 집안의 남자를 만나 눈치 보거나 안 좋은 소리를 들을 이유가 없었다.

점심시간이 얼마나 남았는지, 지원이 시계를 확인했다. 아직 10분 정도의 여유가 남았다. HM에 있을 때보다 점심시간은 30분씩이나 늘어났는데도 왜 항상 이렇게 점심시간은 유난히 빨리 지나는지 모르겠다.

"전 다 좋은데, 개발 1팀에 김윤 씨 같은 사람만 아니면 돼요."

서연이 몸서리를 치자, 희선도 맞장구를 치며 말했다.

"맞아! 키도 크고 허우대는 멀쩡해 보이는데, 자세도 구부정하고 머리는 항상 더벅머리에 턱에는 수염 잔뜩 달려 있지, 안경도 답답하고, 김윤 씨한테는 그 허우대가 아까워."

"맞아, 희선아. 얘기 들어 보니, 일처리도 답답하고, 일에 대한 욕심도 별로 없다 하더라. 그나마 외국어 몇 개를 잘해서 뭐 어디 누구 낙하산으로 들어왔다던 소문이 있던데?"

인상을 찌푸리기까지 하며 얘기를 이어 나가는 서연에게 지원이 소파에 묻었던 몸을 곧추세우며 진지하게 물었다.

"김윤 씨가 그렇게 별로야? 인상까지 쓰고 얘기할 정도로?"

서연이 호들갑을 떨며 대꾸했다.

"어휴, 남자 친구로는 절대 안 되죠! 일도 못하지, 말도 더듬고 리더십도 없고. 전 그런 스타일 답답해서 못 사귈 것 같아요."

"아니, 그리고 누가 회사에 그렇게 수염을 기르고 다녀요! 그것뿐만이 아냐, 저는 그 안경이랑 머리 좀 어떻게 했으면 좋겠어요. 맘 같아서는 내가 그냥 확 다 밀어 버리고 싶더라."

서연의 반응에 희선도 주먹을 쥐며 개발 1팀 김윤 사원에 대해 악평을 내렸다.

"그, 그래?"

지원은 둘의 대화를 들으며 저쪽 팀의 김윤 사원에 대해 생각했다.

멀리서 보면 훤칠하니 정말 보기 드문 훈훈한 키를 가지고 있었다. 자세히 보면 어깨도 딱 벌어지고 가슴팍도 널찍하니 딱딱해 보이고, 다리도 꽤나 길었다.

하지만 항상 소심하게 움츠러든 어깨와 구부정한 자세, 그리고 무엇보다도 여름이 다가오는 이 시점까지도 귀를 덮는 더벅머리와 덥수룩한 수염에다 고시생 빙의한 도수 높은 안경까지 고수하고 있어, 모양새가 딱 안경 낀 산적이나 다름없었다.

외모도 허우대를 제외하고는 빵점인 데다가, 일처리 또한 답답하기 그지없다 한다. 회사를 도대체 뭐라고 생각하는지, 시키는 일도 답답한 속도로 겨우 처리해 내고, 남들은 한 번이라도 더 상관 눈에 띄어 목숨 부지하고 승진하기 위해 노력하는데, 이제 입사 1년 차의 28살 김윤 사원에게서 그런 의욕 따위는 찾아볼 수가 없다.

그나마 미국에서 학위를 받아서인지 영어에는 능통하다. 하지만 영어를 잘하는 사람은 널리고도 널린 이 회사에서, 김윤은 정말 언제 목이 날아갈지 모르는 특출 난 것 하나 없는 답답한 인간 1위였다.

하지만 지원은 왜인지 모르게 그런 한심한 남자에게 자꾸 눈이 갔다.

자원개발 2팀의 지원은, 사실상 한 팀이나 마찬가지인 1팀과 사무실을 나란히 하고 자주 들락거린다. 사무실을 오가며 한쪽에서 구부정한 채로 업무를 보고 있는 김윤은 덩치 때문인지 자꾸 눈에 띄는데, 눈에 띌 때마다 이상하게 그놈의 안경을 벗기고, 머리도 넘기고, 덥수룩한 수염도 깔끔히 다듬어 보고 싶은 욕망이 솟구친다.

드러난 곳에서 그나마 깨끗하고 예쁜 부분은 손가락이다. 그의 손가락이, 그의 긴 다리처럼 길쭉길쭉 잘도 빠졌다는 것을 알고 난 이후로는 특히 더 관심이 생겼다. 안 어울리게 손이 참 예쁘네라며. 그리고 저도 모르게 그 손을 예의 주시하며, 저 손이 내 가슴을 만지면 어떨까? 허리는? 그리고…… 그 밑은?

뜬금없이 머리에 떠오르는 이상한 상상에 얼굴을 붉히며 업무적인 이야기를 나누던 훈남 이 대리에게 허둥지둥하는 모습을 보인 적이 한두 번이 아니었다.

내가 미쳤지. 내가 남자가 너무 오랫동안 없었지. 그것도 4살이나 어린놈한테 그런 상상이나 하다니.

지원이 마시던 컵을 탁 내려놓으며, 더벅머리 유재석 안경 김

윤에 대한 생각을 뿌리치고는 자리에서 일어났다.

"자, 이제 들어가자! 그리고 오늘 또 회식 있는 거 알지? 깔끔하게 마무리하고 이따 회식 때 불사르자고! 아뵤!"

지원이 양손을 불끈 쥐며 가벼운 발걸음으로 회사로 돌아갔다. 더위가 찾아오기 전의 시원한 바람이 그녀를 살랑 건드리고 지나갔다.

1

"오늘 이 자리는, 우리 자원개발 1, 2팀의 지난 1년간의 가스전 사업 프로젝트에 대해 노고를 치하하며 자원개발본부 김 전무님이 특별히 마련하신 자리입니다! 다들 고생 많았습니다. 전무님은 오늘 급히 출장 건이 생기셔서 함께 자리하지 못하셨지만, 오늘 하루 마음껏 먹고 즐기라 하셨습니다! 자! 함께 불타는 금요일 보냅시다! 자원개발팀 파이팅!"

"파이팅!"

"와아!!"

1년간 준비했던, 호주 가스전 프로젝트가 순조롭게 마무리되며 가스 개발이 안정선에 올랐다. 자원개발부를 전체 관리하는 김 전무가 이를 자축하는 회식 자리를 개발 1, 2팀에 마련해 주었다.

오 부장의 선창에 다 같이 파이팅을 외치며 1년간 프로젝트 준비로 정신없었던 자원개발팀의 간만의 불타는 금요일도 시작되었다.

'신난다, 신난다. 남자도 없고, 매주 그지 같은 금요일 집구석에서 쓸쓸히 보냈는데, 오늘은 공짜 술이나 마시며 신나게 마무리해야지.'

지원은 1차에서 한우로 두둑이 채운 배를 흡족하게 두드리며 맥주를 원샷했다. 캬아. 죽인다.

지원의 앞에는 지원의 동기이자, 훈남으로 소문이 자자한 1팀의 이진한 대리가 앉아 있었고 양옆에는 1팀의 파릇파릇한 신입 여사원들이 앉아 이진한 대리에게 살랑이고 있었다. 만인에게 젠틀한 이진한 대리는 싫은 내색 없이 양옆에서 쉴 새 없이 쏟아지는 질문에 웃음으로 대답하는 내공을 보이다, 앞에 앉은 지원에게 건배를 제의했다.

"옥지원, 짠 한 번 하자."

"그래, 짠!"

술이 들어가 기분이 좋은 지원이 웃음을 띠며 건배를 했다. 그런 지원을 진한이 웃음 띤 얼굴로 지긋이 바라보자, 옆에 앉아 있던 신입 여직원들이 눈동자를 양옆으로 굴리며 탐색에 여념이 없다. 지원은 사내에서도 소문난 미인인 데다가 꽤 유능하다는 평가를 받는 사람이었다.

혹시 이진한 대리가 옥 대리님을 좋아하나? 경계의 눈빛을 띠며 한 여직원이 술을 들이켰다.

"옥 대리님, 대리님 인기도 많으실 텐데 연애 안 하세요?"

"괜찮은 사람 찾는 중이지, 하하."

누구 하나 소개나 시켜 주면서 연애하느냐 물어보지. 그럴 것
도 아니면서 사람 속은 왜 뒤집는지.

속으로는 순간 열불이 났지만, 겉으로는 애써 괜찮은 척 지원
이 대답하자, 진한이 싱글벙글, 하지만 지원의 눈에는 재수 없는
만인의 연인 페이스를 띠우며 말했다.

"멀리서 찾지 말고, 가까이서 한번 찾아봐. 예를 들면 우리 자
원개발 1팀?"

"누구? 설마 너?"

뭔 쓸데없는 소리를 하느냐는 듯이 지원은 진한을 쳐다봤고,
진한 옆의 여사원들과 지원 옆의 희선과 서연은 혹여 진한이 지
원에게 대시하려 하나 싶어 눈을 동그랗게 뜨고 그를 쳐다봤다.
주변 사람들의 시선을 받으며 진한이 쿡쿡 웃었다.

"저기 저쪽에 김윤 씨 같은 친구는 어때? 아직 어린데도 멋있
잖아. 연하도 나쁘지 않지? 윤아, 나랑 자리 바꾸자."

진한이 오늘도 역시 구부정한 자세로, 구석에서 몇몇 팀원들과
조용히 술을 마시고 있는 윤을 부르며 자리에서 일어났다. 일어나
며 다른 사람 몰래, 지원에게 윙크하는 것도 잊지 않았다.

'쟤 뭐야, 설마 내가 사무실에서 김윤 씨 힐끗거리면서 이상
한 상상한 걸 들켰나? 아니지, 내 머릿속에 있는 걸 지가 어떻게

알아.'

지원은 난데없는 진한의 행동에 속으로 말도 안 되는 상상을 하면서, 아닌 척 어리둥절한 표정을 지어 보였다. 그렇게 김윤은 자신의 앞으로까지 와서 자리를 바꾸기를 종용하는 진한의 행동에 알 수 없는 표정을 지으며 주춤주춤 어쩔 수 없이 자리를 바꿔 주었다. 진한의 옆에 앉아 있던 여사원들은 자리에 앉는 윤을 보며 한숨을 쉬고는 진한을 쫓아가 버렸다.

'이진한 이 시키, 쓸데없는 일 하고 있어.'

사실 지원과 진한은 동기로 꽤나 친했다. 그렇지만, 회사 내에서 워낙 인기가 많은 진한이라 지원은 괜한 관심을 피하기 위해 일부러라도 진한과의 친분을 드러내지 않았다.

진한은 사회에 진출하여 회사에서 만난 친구지만, 꽤나 믿을 만한 녀석인데, 무슨 일을 꾸민 건지, 아니면 단순히 장난을 치는 것인지 알 수 없었다.

지원은 괜스레 혹시 저놈이 내 머릿속에 들어와 내 망측한 상상을 훔쳐본 것인가라는 말도 안 되는 생각을 정리하며 앞자리에 와 앉아 있는 윤을 향해 술잔을 들었다.

"김윤 씨, 그동안 고생 많았어요. 한잔해요."

"아, 네, 네. 옥 대리님 고, 고생 많으셨습니다."

소심하게 어깨를 수그리고 말을 더듬으며 술잔을 찔끔찔끔 비우는 윤의 답답한 모습에 서연과 희선이 한숨을 쉬며 술을 마셨다.

맥주를 도대체 몇 병을 비운 것인지 잘 모르겠다. 게다가 중간부터는 잘 마시지도 못하는 양주까지 손에 쥐어져, 지원은 지금 거의 눈앞에 뭐가 있는지 분간도 못 할 정도로 정신을 차리지 못하고 있었다. 아, 눈앞에 뭐가 있는지 한 가지는 정확히 보였다. 아까부터 계속 신경 쓰이는 김윤.

회사 내에 여자들이 제일 답답해하고 싫어하는 1순위. 찌질이, 답답이 김윤. 그런데 지원은 자꾸 그에게 눈이 갔다.

'내가 진짜 미쳤나?'

옆에 앉아 있던 서연과 희선은 언제인지 모르게 다른 테이블로 옮겨 간 듯했다. 다들 무리를 지어 끼리끼리 술을 마시고 있었고, 지원의 테이블에는 지원과 윤. 단둘뿐이었다.

윤도 꽤 술을 마신 듯 한 손은 관자놀이를 짚고 한 손은 테이블에 올린 채 눈을 감고 있었다.

따닥, 따닥. 천천히 리듬을 타듯이 테이블을 치는 손가락에 지원은 점점 정신을 차릴 수 없었다. 아 진짜, 안 어울리게 왜 저렇게 손가락이 예뻐? 손도 되게 크네, 손가락도 길고. 여자 친구는 사귀어 봤나? 사귀어 봤겠지? 그럼 그것도 해 봤겠지? 아, 저 손가락으로 만져 주면 완전 기분 끝내줄 것 같은데.

지난번 사무실에서와 마찬가지로, 손가락 하나에 별의별 상상을 다 하던 지원의 뇌가 이번에는 본격적으로 상상의 나래를 펼치기 시작했다.

번쩍.

술에 취한 듯 눈을 감고 있던 윤이 갑자기 눈을 떴다. 그러곤 주위 눈치를 살피기 시작했다. 그러더니 지원의 앞을 살짝 두드리며 가방을 챙겼다.

뭐지? 혹시 나한테 같이 나가자고 하는 건가? 내가 쳐다본 게 티 났나?

지원의 가슴이 두근거렸다.

"저, 대, 대리님. 전, 음, 이만 집에 가 보겠습니다."

"어? 어, 그래요. 팀장님 눈에 안 띄게 조심해서 가요."

아, 집에 간다는 거구나. 주변을 살펴보니 다들 정신이 없어 보였다. 나도 이제 슬슬 빠져야지, 팀장에게 붙잡히면 아마 아침까지 집에 들어가지 못할 것이다. 집에 가겠다는 윤의 말에 지원은 왠지 모를 아쉬움을 느꼈다.

주섬주섬 가방을 챙기고 조심스레 나가는 윤의 뒷모습을 보며 지원은 혼란스러웠다. 얼굴도 절대 그녀의 스타일 아니고, 답답하고 일도 못하고 능력도 없는데. 게다가 그녀보다 4살이나 어린 새파란 아이인데. 남자가 정말 너무 오랫동안 없었는지, 이제 아무에게나 발정이 나는구나.

슬슬 자신도 정리를 하고 몰래 빠져나가려는 차에, 앞에 놓인 핸드폰이 보였다. 윤의 것이었다. 잠시 눈을 굴린 지원은 결국 결심을 끝냈다. 핸드폰을 덥석 잡고 팀장의 눈치를 보며 회식 장소를 재빠르게 빠져나갔다.

"김윤 씨!"

먼저 나간 윤을 놓칠세라, 지원이 힐을 신고도 헐레벌떡 윤을 쫓았다. 다행히 금방 따라잡을 수 있었다. 대리를 불러 차를 가지고 갈 생각인지, 윤은 주차장으로 향하고 있었다. 헉헉거리며 뛰어오는 지원을 향해 돌아서며 윤이 멈칫했다.

"여기 핸드폰이요. 놓고 갔어요."

덥석. 의아해하는 윤의 손에 핸드폰을 건네주며, 지원은 자신도 모르게 그의 손을 덜컥 잡아 버렸다. 양손을 모아 잡고는 손등을 쓸어내리며 손가락을 꽉 잡았다. 하, 실제로 만져 보니 손이 꽤 부드럽다.

윤이 당황해하는 것이 느껴졌지만, 술기운 때문인지, 지원도 자신이 지금 왜 이러는지 알 수가 없었다. 그저 거칠게 키스를 하고, 방해가 될 것이 분명한 저놈의 답답한 안경도 벗기고 머리도 제 손으로 직접 뒤로 쓸어 주고 싶었다.

그래, 한번 해 보고 싶다. 이 남자랑.

연애의 즐거움도 모르고, 앞만 보고 열심히 살았다. 더 늙기 전에 남자를 만나 결혼도 하고 싶었지만, 결혼은 안 될 것 같다. 이제는 내 옆에 그냥 남자가 있었으면 좋겠다. 그놈의 좋다는 운우지락을 제발 느껴 보고 싶었다.

이 더벅머리와 수염에 도수 높은 안경을 쓴 찌질이, 답답이 김윤은 절대 그녀의 취향은 아니지만, 이 죽일 놈의 호기심이 그녀의 눈을 돌아가게 만들었다. 잡혀 있는 제 손을 의아하게 쳐다보며, 멍청한 표정을 짓는 모양이 꽤 귀여웠다. 구부정하지만 넓은 어깨는 그녀의 취향이었다.

이 답답한 김윤은, 나이도 어리고 성격도 순해 보인다. 어디 가서 한눈팔지 않고, 그녀의 말대로 고분고분 그녀만을 위해 충성할 것처럼 보였다.

남자답다고 다 리더십 있고 성격 좋은 것은 아니었다. 토빠와 친구들의 엑스들만 해도 그랬다. 돌이켜보면 오히려 고분고분한 성격이 배려심도 많고 여자 친구의 말을 잘 들었다. 아무것도 모르는 순진한 어린양을 한번 키워 보는 재미도 나쁘지 않을 것 같았다. 하나하나 알려 주며, 말 잘 듣는 착한 강아지를 키우는 느낌이 들 것 같다.

이제 갓 사회에 나온 28살의 남자다. 32살의 지원과 결혼 생각을 하지는 않겠지? 오히려 결혼에 민감해야 할 지원이 결혼 생각은 없으니 오히려 더 좋았다.

그래, 어차피 지원 또한 지금 당장 결혼 생각은 없으니 항상 그녀를 괴롭히던 고부 갈등을 생각할 필요도 없었다. 그래, 나 왜인지는 모르지만 당신한테 눈길이 가니 우리 한번 편하게 만나 보면 어떨까요. 이거 좋네! 이 나이에 나같이 쿨한 여자가 또 어디 있겠어?

문제는 같은 회사 직원이라는 건데, 지원이 미쳐서 눈이 회까닥 돌아 버린 건지 사내 직원한테 추태를 부린다는 생각보다 지금 이 순간, 이 남자를 고이 보내면 평생 후회할 것 같은 마음이 훨씬 컸다.

지원은 도대체 알 수 없는 이 감정이 술 때문이라고 치부하며 결심을 굳혔다.

"김윤 씨, 결혼했어요? 여자 친구 있어요?"

지원이 눈을 부라리며 윤에게 달려들자, 그가 당황하며 잡힌 손을 빼지도 못하고 멈칫거렸다.

"아, 아, 아니요."

"그럼, 나랑 자요."

"네, 네? 대, 대리……! 으헉."

매사 똑 부러지고 시원한 성격의 옥 대리의 입에서 전혀 예상치 못했던 말이 나오자, 윤이 화들짝 놀라며 되물으려 했지만 그마저도 막혔다. 지원이 까치발을 들고 윤의 목을 휘어잡고 매달리며 윤에게 키스를 했기 때문이다.

김윤, 28살 답답이 찌질남. 32살 똑순이 옥지원 대리에게 찍혔다. 쾅쾅!

2

하아. 머리야.

인상을 쓰며 깨질 것 같은 머리를 부여잡으며 지원이 침대에서 몸을 일으켰다. 아이고, 두야. 두야.

숙취로 인한 두통을 호소하며 몸을 간신히 일으킨 지원이 눈을 뜨며 정신을 차렸다. 더듬더듬 주변을 더듬으며 일어나려 하는데 뭔가 손에 잡혔다. 눈앞에 보이는 침대 시트가 새롭다.

뜨악. 손에 잡히는 단단한 것을 보니 체격 좋은 남자의 몸이다. 남자의 한 손은 지원의 배에 올려져 있었다. 손을 따라 아래를 내려다보니 둘 다 홀랑 벗고 있었다. 아, 이런.

머리를 부여잡고 생각을 더듬었더니, 어젯밤의 기억이 파도가 몰아치듯 한 번에 확 떠올랐다.

회식 장소였던 주점의 뒤편 주차장에서 지원이 먼저 윤에게 키스했다. 그런 지원을 주춤거리며 밀어낸 윤이 소심하게 지원에게 물었다.

　"왜, 왜 이러세요."

　지원은 소심하게 구는 윤의 모습에 성질을 내며 밀어붙였다.

　"여자 친구 없으면 나랑 자요, 오늘! 나 그쪽 맘에 들어."

　윤이 대답할 틈도 없이 다시 지원이 그의 입술을 덮으며 깨물자, 윤도 결국 지원의 허리를 끌어당기며 키스에 응했다. 입술에 닿는 수염은 까칠했고, 허리를 잡는 손은 주춤거렸다.

　시작은 지원이었지만, 갈수록 윤은 대담해졌다. 허리를 꽉 부여잡고 몸을 밀착한 채 윤이 지원의 아랫입술을 쪽쪽 빨아 대며 혀를 놀렸다. 입안에 소용돌이가 이는 듯 정신없이 몰아붙이다가도, 다정하게 달래며 입술을 살살 깨물었다.

　허리에 얌전히 놓여 있던 손이 멈칫거리는 것이 느껴지자 지원은 답답했다.

　요즘 누가 허리에만 손 올리니. 제발 그 손으로 날 좀 만져 주련.

　지원이 윤의 손을 덥석 잡아 자신의 가슴에 올려놓자, 윤이 숨을 들이마시며 놀라는 것이 느껴졌다. 벌벌 떨리는 손을 힐끗 움직이더니, 조심스레 그녀의 가슴을 움켜쥐었다.

　하아, 그래 이 손이 드디어 날 만지는구나.

사무실을 드나들며, 그리고 오늘 회식자리에서도 윤의 손을 쳐다보며 손맛을 느끼고 싶었던 지원이 만족스러운 신음을 내뱉자 윤의 손짓도 대담해졌다. 입술은 여전히 떼지 않고 날개 단 듯 지원의 입안 곳곳을 탐색하며 소리를 내어 빨아 대고, 주물럭주물럭 가슴을 떡 반죽 하듯 만져 댔다.

처음에는 조심스럽던 윤의 손이 점점 대담해지고, 그 세기도 강해졌다. 한 손은 가슴으로, 한 손은 엉덩이로 내려오더니 참을 수 없다는 듯 신음을 내뱉었다. 함께 흘러나오는 알싸한 알코올의 향기가 둘을 더욱 취하게 만들었다.

밀착된 부위 너머로 흥분한 그의 것이 자꾸 지원을 찔렀다. 그러더니 어느 순간 정신을 차린 듯 멈추고 지원의 양어깨를 부여잡았다.

"하아. 대, 대리님."

하아, 하아. 신음을 내뱉는 그의 입술에 타액이 묻어 번들거렸다. 답답이 찌질이 김윤이 미치도록 섹시해 보였다. 발그레한 볼은 술 때문인지, 흥분 때문인지 알 수 없지만 귀여웠다. 피부도 깨끗했다. 옥지원, 이제 진짜 눈이 완전 돌아 버렸나 보다. 윤의 손을 잡으며 지원이 방향을 틀었다.

"호텔로 가요."

윤의 손을 꽉 잡고 지원은 재빨리 도로가로 나와 택시에 올랐다. 근처에 기억나는 호텔로 향하려는데, 윤이 선수를 쳤다.

"삼성동. EH빌 H동으로 가, 가 주세요."

삼성동 EH빌이라면, 계열사 건설사에서 얼마 전 심혈을 기울여 만들어 낸 회사 근처의 고급 아파트 단지였다.

집으로 가려는 건가? 처음부터 집으로 데려가다니.

지원이 의아하게 윤을 쳐다봤지만 윤은 고개를 푹 숙이고 무릎에 두 손을 모아 올려놨다. 택시를 타고 가던 중 윤은 중간에 잠시 멈춰, 편의점에 들렀다. 다시 돌아온 윤은 부스럭부스럭 편의점 봉지 안에서 숙취 해소제를 꺼내 지원에게 건넸다. 무엇 때문에 편의점에 들렀는지 궁금했는데, 숙취 해소제라니. 지원이 킥킥거리며 택시 안에서 그것을 꿀꺽꿀꺽 마셨다.

집으로 들어서자 윤이 지원에게서 멀찍이 떨어지며 주춤거렸다. 편의점에서 가지고 온 봉투에서 주섬주섬 몇 가지를 꺼내어 거실 한쪽에 있는 테이블 위에 올려놓았다.

"이, 이거. 세면용품 몇 가지 사 왔어요. 방 안에 욕실 있으니까 사용하세요. 저는 손님방에서 잘게요. 저, 전 그럼 이만."

윤이 봉투에 남아 있는 무언가는 가방에 집어넣으며 안쪽의 다른 방으로 들어가려 하자, 지원이 답답해하며 윤에게 다가갔다.

"바보야? 아니면, 김윤 씨 게이야? 지금 집까지 와서는 이게 뭐하는 거야?"

지원이 눈을 부라리며 다가서자 윤이 어쩔 줄을 몰라 하며 몸을 움직였다.

"아, 아, 그게. 대리님 술을 많이 드셨으니까, 실수하신 것일 수도 있고."

불안한 듯 땅바닥을 보며 횡설수설하는 윤을 답답해하며 지원이 가방을 내려놓고 블라우스 단추를 푸르며 윤에게 바짝 다가섰다.

"김윤 씨, 마지막으로 얘기할게. 유부남도 아니고, 여자 친구가 있는 것도 아니고, 게이도 아니고, 그리고 내가 싫지 않으면 오늘 나랑 같이 있는 거 어때요?"

윤이 한숨을 쉬며 지원을 바라봤다. 그리고 이내 내려앉는 지원의 입술에 단념한 듯 한숨을 내쉬었다.

☆★☆

"하아, 으응."

손님방에서 자면 된다느니 멍멍이 같은 소리를 하더니, 정신을 차렸는지 윤이 정신없이 지원을 밀어붙였다. 쏟아지는 키스에 뒤로 밀려 벽에 부딪혀 키스를 받아 내던 윤이 지원을 번쩍 안아 들어 방으로 향했다.

침대에 조심스럽게 지원을 눕힌 윤이 손을 벌벌 떨며 지원의 블라우스 단추를 풀었다. 하나, 하나.

답답한 지원이 찌릿 윤을 째려보더니 블라우스를 홀렁 벗어 던지고 윤의 셔츠 또한 찢어 내듯이 벗겨 버렸다. 윤의 셔츠에서 단추 몇 개가 떨어져 통통 바닥으로 떨어졌다. 지원은 멈추지 않고 윤의 바지 버클 또한 서둘러 풀어내 바지를 벗겼다. 이 답답이.

"내 치마 벗겨 줘요."

윤의 바지를 내리고 불쑥 솟아 오른 팬티만 남겨 두고 지원이 그를 만졌다. 윤이 조심스레 지원의 치마를 내렸다. 검은색 레이스 팬티 위로 아랫배가 납작했다. 예쁜 몸매였다. 당연했다. 취업하고부터 쭉 필라테스를 했고, 서른이 넘으면서부터는 마사지를 한 주도 빠진 적이 없었다.

윤이 조심스레 지원의 브래지어 위에 손을 올렸다. 생각만 하던 윤의 손이 자신의 가슴에 내려앉자 지원이 더욱 흥분했다.

상상만 했던 저 손가락이 드디어 실체화되었구나! 어기여디여차!

왠지 모르게 신이 난 지원이 그의 팬티마저 벗겨 버리자 윤의 그곳이 드러났다.

이런. 심봤다!

윤의 키만큼 크고 덩치 좋은 것이 어둠 속에 대롱대롱 매달려 있었다. 지원은 양다리로 윤을 꽉 꼬아 감으며 윤에게 키스를 퍼부었다. 윤의 그곳이 지원을 쿡쿡 찔러 댔다.

네 이름은 이제부터 대롱이다.

큰 대(大), 길 롱(Long). 대롱.

윤의 손이 아직도 덜덜 떨리는 것이 느껴졌다. 소심쟁이 김윤. 그의 귀여운 손짓에 지원은 자신이 지금 미칠 듯이 흥분한 것을 느꼈다.

지금까지 몇 번 가볍게 만나 왔던 남자들에게서는 느낄 수 없던 재미가, 그리고 이제는 생각하기도 싫은 그 토빠와 섹스를 할 때조차 느끼지 못했던 그 흥분이, 이 찌질이 김윤의 덜덜 떨리는 손짓 하나에 느껴지다니.

뭐가 어찌 됐든 제발 윤의 손가락이 빨리 움직여 줬으면 좋겠다고 생각했다.

아랫배에서 시작한 찌릿함이 전신을 배회했다. 온몸이 배배 꼬였다. 그들이 신음을 내뱉고 있는 방의 기온이 홧홧하게 느껴졌다.

지원에 의해 속옷까지 벗겨져 깔끔하게 나체의 상태가 되자, 윤이 지원의 브래지어도 툭 털어 냈다. 후크를 풀자 동시에 해방되는 지원의 양 가슴을 보며 윤이 끙, 신음을 내뱉었다.

지원의 목에 잔키스를 흩뿌리며 윤의 손이 바빠졌다. 적당히 풍만한 그녀의 가슴을 모아 쥐더니, 흥분했는지 점점 세기가 강해지고 엉덩이를 움직이기 시작했다.

목 언저리에 키스를 뿌리던 입술이 점점 내려와 가슴으로 자리를 옮기더니 이내 가슴을 머금었다. 한쪽은 손으로, 한쪽은 입으로 지분거리며 유두를 살살, 그리고 세게 물고 빨았다. 그는 손가락으로 딱딱해진 유두를 살살 돌리다 가슴을 꽉 모아 쥐었다가 흔들었다.

"앗, 아앗."

그러다 자꾸 안경이 눈에 걸렸는지, 윤이 안경을 벗어 냈다.

지원이 손을 뻗어 덥수룩하게 내려와 윤의 얼굴을 가리는 그의 머리카락을 뒤로 넘겼다.

세, 세상에! 잘생겼잖아!

머리카락을 뒤로 넘기자 반듯한 이마가 드러났고, 안경이 없으니 크고 길게 찢어진 눈매가 시원하게 드러났다. 안경 때문에 몰랐는데 코도 뾰족하고 길게 잘 뻗어 있었다. 아직까지 지저분한 수염이 있었지만, 안경을 벗으니 그 수염이 오히려 윤을 더 섹시하고 잘생긴 남자로 만들었다.

뭐, 뭐야. 왜 이렇게 잘생겼어? 내가 생각한 것보다 더 괜찮잖아!

지원이 순간 넋 놓고 윤을 쳐다봤다.

윤이 흐릿한 시선으로 지원을 보며 양팔로 감싸 안았다. 그리고 그녀의 눈두덩에 얕게 키스했다. 그사이 윤의 한 손이 지원의 허리를 타고 내려가며 팬티 속으로 들어갔다.

지원은 어느 순간 저도 모르게 평생 내 본 적 없는 신음 소리를 내지르고 있었다. 수풀을 헤치고, 이미 흥건하게 젖은 그녀의 사이를 윤의 손가락이 헤집었다.

"대, 대리님……."

이미 흠뻑 젖은 곳을 만지던 윤이 흥분했는지 몸을 떨며 그녀의 목덜미에 긴 숨을 내뱉으며 지원의 목을 간질였다.

아래에 있는 손은 지원의 동그란 것을 살살 달래더니 안쪽으로 한 손가락을 쑥 집어넣었다. 관계한 경험은 있지만, 그다지 횟수가 많지 않았고, 꽤 오래된 일이라 그런지 지원의 길은 매우 좁았다.

한 손가락으로 리듬을 타던 윤이 두 손가락을 넣어 좀 더 힘 있게 움직였다. 윤의 엉덩이도 함께 리듬을 탔고 둘은 다시 진한 키스를 나눴다.

"하아, 대리님."

"으응, 아! 아아."

윤의 손가락이 움직이는 속도가 미친 듯이 빨라지고, 지원의 몸도 속절없이 위아래로 흔들렸다. 지원의 양 가슴이 덩실덩실 춤을 췄다. 참지 못한 지원이 윤의 귀를 깨물고 귓바퀴 안에 혀를 집어넣어 쓸어 냈다.

갑자기 한쪽 가슴을 꽉 쥐고 있던 윤의 손이 훅 빠져나가며 윤이 움직임을 멈췄다. 윤이 울 것 같은 표정으로 지원을 쳐다봤다.

아래가 따뜻하다. 서, 설마?

"대, 대리님……. 저, 싸, 쌌어요."

하아, 이 찌질이.

☆★☆

거사를 치르기도 전에, 허무하게 일을 끝낸 윤이 주저거리더니 방에 딸린 욕실로 후다닥 도망쳤다.

싸아—

창피함의 흔적을 씻어 내고, 방울방울 흐르는 물방울을 달고 나온 윤이 지원을 안아 들고 욕실로 들어갔다. 대, 대리님한테도 물었어요. 죄송해요.

샤워기 밑에 지원을 내려놓고 윤이 지원의 엉덩이를 살살 문지르며 닦아 주었다. 샤워를 마친 윤이 큰 타월로 지원을 감고 다시 안아 올려 욕실을 나와 다시 침대에 내려놨다.

"저, 사실은…… 제가 처음이라. 아까 대리님이 귀에, 그, 그, 귀를…… 갑자기 놀라서."

"뭐? 처음? 섹스 처음 해 본다고? 28살인데?"

윤의 폭탄 발언에 지원이 소스라치게 놀라며 침대에서 몸을 일으켰다. 28살 사내놈이 처음이라고! 그것도 그렇게 큰 걸 대롱대롱 달고 있으면서!

지원이 놀라서 묻자, 윤이 몸을 더욱 움츠렸다.

"푸, 푸하하핫!"

지원은 갑자기 기분이 좋아졌다. 주책맞게 박장대소를 하며 멀어지려는 윤을 바짝 당겨 끌어안았다.

내 눈은 제대로 된 눈이 맞았나 봐!

상상보다 윤은 훨씬 잘생겼고, 거기에 지금까지 아무 여자의 손을 타지 않았다니, 기분이 좋았다. 28살 인생 처음 해 보는 섹스라 극하게 흥분해서 조절을 못했는지, 허무하게 금방 일을 끝냈지만 괜찮았다. 저기 저 밑에 대롱이가 어느새 금방 커져 '누나, 저 여기 있어요.' 라며 제 존재를 드러내려고 성을 냈다.

지원은 손을 뻗어 윤의 그곳을 꽉 잡아끌었다. 끙, 윤이 또다시 신음 소리를 냈다.

"키스해 줘요."

지원이 윤에게 팔을 두르고 눈을 반짝이며 윤을 쳐다봤다. 그러자 윤이 지원을 침대에 눕히며 지원에게 키스를 했다. 손은 이미 지원의 가슴을 지분거리고 강하게 가슴 모양을 어그러뜨렸다.

처음은 허무하게 일도 제대로 못 마치더니, 그다음부터는 대박을 쳤다.

이쪽저쪽으로, 지원을 여기저기 굴려 가며 쉴 틈 없이 내리찍었다. 지원은 윤의 밑에 깔려 정신없이 앙앙거리며 그에게 매달려 있을 수밖에 없었다.

28살 파릇파릇한 나이라 그런지, 힘이 장사였다. 안경을 벗어 눈이 잘 안 보이는지, 가슴을 지분거리며 흐릿한 눈빛으로 지긋이 올려다보는 얼굴에 지원은 속으로 쾌재를 불렀다.

그의 다리만큼 길쭉한 그의 손가락은 대롱이가 지원의 좁은 길을 들락날락거릴 때도 쉴 틈 없이 가슴과 클리토리스를 가지고 놀며 그녀를 극락의 세계로 보냈다.

그 날, 지원의 머리에서 친구들에게 말로만 듣던 폭죽이 터졌다.

역시, 옥지원. 똑똑이 똑지원 옥 대리. 세계 각국의 자원 개발하듯, 아무도 신경 쓰지 않고 방치해 두었던 찌질이 답답이 김윤이라는 원석을 캐냈다! 심봤다! 옥 대리!

32년 인생 처음으로 남녀 간의 끈적한 재미를 느끼며 말 그대로 불타는 금요일을 보낸 지원은 토요일 오후에 느지막이 정신을 차렸다.

오랜만에, 아니 그것도 7년 만에 관계를 맺었으니 지원의 상태는 처녀나 다름없었다. 좁은 길에 하룻밤에 4번씩이나 길을 내어 준 터라 아랫배에 묵직한 통증이 내려앉았다. 하루 4번이라니! 장하다, 옥 대리! 부럽다, 옥 대리!

잠에서 깨어 침대에 앉아 묵직한 통증에 끙끙거리는 지원을 보던 윤이 허둥지둥 일어나 욕조에 물을 받더니 지원을 안아 옮겼다.

크게 나 있는 네모난 창문 사이로 서울 시내의 모습이 담겨 있었다. 경치를 바라보며 뜨뜻한 물에 몸을 담근 지원이 만족스러운 숨을 내뱉었다. 망치로 여기저기 두들겨 맞은 것 같은 근육들도 늘어지는 것이 느껴졌다. 몸을 뒤로 기대 누운 지원의 숨에 따라 물결이 찰랑이고, 들락날락 오르내리며 지원의 맨가슴을 간질였다.

지원을 욕조 안에 내려놓고 욕조 밖에서 감질나게 오르락내리락하는 지원의 맨가슴을 멍하게 쳐다보던 윤의 얼굴이 갑자기 벌게지더니 또다시 허둥댔다. 어느새 찾아 쓴 안경에 김이 허옇게 서렸다.

"대리님. 씻고 나오세요."

구부정한 채로 나가는 윤의 뒷모습, 떡 벌어진 어깨를 보며 키득키득거리는 지원의 웃음소리가 욕조 위를 둥둥 헤엄쳤다.

지원은 창문 밖 풍경을 멍하게 쳐다봤다. 똑똑이 옥 대리가 개발 1팀 찌질이 김윤 사원을 꼬셔 하룻밤을 보내다니. 이 사실을 회사 후배인 서연과 희선, 그리고 현재 같이 살고 있으며 그녀와 가장 친한 언니인 윤수가 알기라도 한다면, 아마 경악을 할 것이다. 아니, 이미 지원도 욕조 안에서 머리를 감싸쥐고 어제의 자신의 행동에 대해 되새기고 있었다.

앞으로 회사 생활을 어떻게 하지?

그녀의 세상은 어제를 기점으로 큰 변화가 생겼다. 하지만 창문 밖의 풍경은 여전히 똑같다. 세상이 무너지기는커녕 사람들은 움직이고 자동차는 달린다. 알 수 없는 이질감을 느끼며 지원이 욕실을 나왔다.

토요일 저녁까지, 둘은 함께 있었다.

욕실에서 나오니 콘솔 옆에 전날 벗어 던진 속옷과 윤의 것으로 보이는 티셔츠와 반바지가 놓여 있었다.

바지는 너무 커 줄줄 흘러내려, 일단 티셔츠만 원피스처럼 꿰어 입고는 하늘로 솟았는지 땅으로 꺼졌는지 찾을 수 없는 옷을 찾고 있는 중, 이미 위아래 외출복을 입은 윤이 들어왔다. 블라우스의 단추가 떨어져 세탁소에 맡기고 오는 참이라고 했다. 저녁 시간까지는 기다려야 한다고.

티셔츠만 입고 있는 그녀의 모습에 당황하는 것이 느껴졌지만 지원은 애써 쿨하게 넘기는 척했다. 이미 볼 거 다 본 사이에 뭘.

윤이 세탁소에서 오는 길에 사 온 해장국을 나란히 먹고, 윤이 내려준 커피를 마시며 둘은 거실에서 이야기를 나누었다. 어색한 공기가 흘렀다. 전날 밤의 패기는 어디로 사라졌는지, 눈만 또르륵또르륵 굴리며 이 위기 상황을 어떻게 헤쳐 나갈지 고민하던 지원의 눈에 거실 한쪽을 차지하고 있는 그랜드 피아노가 띄었다. 옆에는 기타도 놓여 있었다.

문득, 지금 있는 이 집이 남자 혼자 살기엔 꽤 크다는 것을 느꼈다.

한쪽 면은 커다란 창이 나, 서울 시내를 한눈에 내려다볼 수 있었고, 거실 너머로 복도를 따라 방이 3개 정도 있는 듯했다. 복도 양옆으로 빌트인 된 책꽂이에 책이 빼곡히 가득 차 있었다. 부엌에는 빌트인 주방 가구들이 오븐부터 아일랜드 식탁까지 차곡차곡 줄을 맞추듯 채워져 있었다. 그다지 사용은 안 하는지 반짝반짝 깨끗했다.

삼성동 EH빌이라면, 재작년에 신축된 고급 주상복합 아파트였다. 커다란 거실 한 쪽을 차지하는 그랜드 피아노도 꽤 비싸보였다.

Stein⋯⋯ and son?

아들과 아빠가 함께 만드는 피아노인가? 지원은 피아노에는 큰 관심이 없었기에, 그저 그러려니 다른 곳으로 시선을 옮겼다.

꽤 잘사나 보네. 생긴 거랑은 다르게.

지원이 장난기 가득한 얼굴로 커피를 한 모금 들이마시며 윤에게 물었다.

"김윤 씨, 뭐 부자야? 혼자 살기엔 너무 크지 않아?"

"아, 그게…… 아는 형 집이에요. 가, 같이 살다가 형이 미국으로 유학 가 있는 동안은, 저 혼자 살기로 했어요."

"형? 잘생겼……."

하마터면 그 형 혹시 잘생겼냐고 물어볼 뻔했다. 습관이 무섭다.

눈치만 보며 소파 반대쪽에 앉아 있던 윤이 지원의 물음에 화들짝 놀라며 말을 더듬었다. 긴장했는지 손을 마주 잡고 손장난을 치는 모습에 지원은 왠지 모르게 가슴 한구석이 간지럽다고 생각했다. 귀여워.

둘은 멀찍이 떨어져 앉아 조근조근 꽤 오랜 시간 이야기를 나누었다. 주로 지원이 물으면 윤이 대답하는 식이었다. 미국에서 석사까지 받았다던데, 전공은 무엇이었는지. 원래 이리 조용한 성격인지.

태생부터 공대생처럼 보이는 윤의 학부 전공은 지역 연구였다. 특히 동남아시아나, 남미 지역과 같은 개발도상국 연구였다. 부모님의 일 때문에, 초등학교 때는 프랑스에서 다양한 인종과 지내며 자연스럽게 지역 연구에 관심이 생겼다고 한다.

중학교 때 다시 한국으로 돌아와서는, 자유분방한 프랑스 문화와 다른 한국 문화에 적응하지 못하고, 다시 스페인, 그리고 중국 지역 연구를 위해 중국으로, 그리고 대학은 미국으로. 꽤나 글로벌한 인생을 살았다.

외국어 몇 개를 유창하게 해서, 낙하산으로 입사했다는 소문이 아예 없는 말은 아닌지, 외국어도 여러 개 하는 듯했다.

한국에 머물던 시간이 길지 않아, 한국어가 바로바로 나오지 않는 것이 가끔 말을 더듬는 이유였다. 발음은 완벽하지만, 머릿속에서 문장을 정리하는 데 아직까지는 시간이 필요하다고 했다.

키는 얼추 예상대로 187cm. 역시 컸다. 서구식 생활 습관 덕인지, 유전 덕인지. 170의 작지 않은 키의 지원임에도, 키스하기 위해 까치발을 서야 했던 것을 보면, 윤의 키는 정말 컸다.

왜 호텔로 가지 않고 집으로 데려왔냐는 물음엔, 여자와 함께 호텔 같은 곳에 갈 용기가 나지 않았다고 대답했다. 진짜 어제 저녁이 처음이냐는 질문에 얼굴이 발개져서는 고개를 끄덕였다.

붉어진 얼굴이 귀여워, 지원이 들고 만지작거리던 컵을 내려놓고 윤에게 다가갔다. 테이블에 내려놓은 잔 안에 커피가 일렁였다.

스윽.

지원이 입고 있는 티셔츠가 슬쩍 올라가며 하얀 허벅지가 드러나자, 윤이 침을 꼴깍 삼켰다. 지원이 속으로 웃음을 참으며, 윤의 수려한 손가락에 깍지를 끼고 그의 손을 이끌어 자신의 허벅지에 올려놨다.

"만져도 돼요."

지원의 허락에 윤이 망설였다. 그러나 곧, 지원을 훌쩍 들어 안아 자신의 무릎에 앉히고는 지원의 입술을 덮었다. 꽃잎이 내려앉듯 부드러웠다.

어젯밤 덜덜 떨리던 손이 발전하여 이제는 천천히 지원의 티셔츠 안으로 들어와 브래지어를 밀어 올리고는 지원의 가슴을 부드럽게 움켜쥐어 정점을 살살 돌리며 간질였다.

'학습이 빠르네.'

지원은 윤의 목에 팔을 두르고, 윤의 부드러운 키스를 즐겼다. 가슴을 가지고 장난을 치던 윤의 손이 점점 아래로 내려갔다. 이미 흥건하게 젖을 대로 젖었지만, 지난밤의 여파로 퉁퉁 부어오른 여린 살에 손이 내려앉자, 지원이 알싸한 고통에 신음을 삼켰다.

"아, 미, 미안해요."

지원의 신음에 윤이 바로 손을 빼내고 티셔츠를 정리해 주며 얼굴이며 목에 잔키스를 끊임없이 주었다.

둘은 끊임없이 잔잔하게, 고요하게 속삭이듯 이야기와 키스를 동시에 나누었다.

"28살 때까지 한 번도 여자 친구가 없었어요?"

쪽.

"음, 아니요."

쪽.

"미국에서 학부 때 잠깐 2번 정도 만났어요. 한…… 한 달쯤."

쪽쪽.

"왜요? 미국이면 우리나라보다 더 개방적일 텐데, 아니, 프랑스가 더 개방적일 텐데?"

"그냥…… 아, 아무 여자와 만나고 싶지 않았어요."

윤이 지원을 진지하게 쳐다보며 대답했다. 흠. 그럼 나는 아무 여자가 아니란 말인가? 괜히 또다시 기분이 좋아졌다.

지원이 윤의 티셔츠 아래 손을 넣어 그의 젖꼭지를 만지작거리며 말했다. 가만, 어젯밤 행위 중간에 가방에서 부스럭거리며 콘돔을 꺼내던 것이 생각났다.

처음이라더니, 콘돔은 상시 대기인 거야? 처음이라는 거 거짓말 아니야?

"근데, 처음이라더니. 어제 콘돔은 어디서 난 거야?"

"푸흡."

지원의 돌직구에, 윤의 얼굴이 다시 타오르며 잔기침을 했다.

"어제, 그 펴, 편의점에서요."

택시 타고 가던 중간에, 편의점에 들러 숙취 해소제를 건네던 그 봉지 안에는 콘돔도 들어 있던 모양이다.

개방적인 성문화에, 프랑스식 엄격한 성교육의 효과인가? 푸핫! 용의주도하다. 그러더니 집에 와서는 그냥 잠이나 자라고? 콘돔까지 사 와 놓고는 잠 같은 소리 하네. 푸하핫.

끌어안고 도란도란 이야기를 나누다가, 저녁때가 되어 함께 밖에서 저녁을 먹고 전날의 회식 장소로 돌아가 키스를 나누었던 주차장에서 윤이 차를 찾아 집까지 데려다 주었다. 윤의 자동차는 그녀도 익히 알고 있는 외국 브랜드의 SUV였다. 아무리 대기업에 좋은 연봉이라지만, 한 대에 1억이 훌쩍 넘는 자동차는 어림도 없었다.

"차 좋네. 윤이 씨 이런 차도 끌고, 정체가 뭐야?"

"아, 아버지가 자, 작게 사업을 하세요."

뭐 어찌 됐건, 젊고 키 크고 덩치 좋고(외형뿐만 아니라 내실도 탄탄하다), 거기에 돈까지 많다니. 나쁠 건 없었다. 아니, 뭐 요즘 시대에 외제차 끄는 정도야 주변에도 많았다.

중요한 것은, 일단 둘의 사이가 앞으로 어떻게 될 것인지 지금은 아무런 기약조차 없는 상태였다.

술에 잔뜩 취해 직장 동료, 그것도 가장 가까운 팀 부하 직원을 꼬셨고, 하룻밤을 지냈다. 잘되면 사귀는 거고, 아니면 그저 하룻밤 실수로 넘어가는 것이고. 일이 잘 풀려 사귀게 된다 해도 그저 연애만 하는 것이니 돈이 많니, 적니 집안이 어떠니 따위의 조건은 필요 없었다.

집으로 돌아가는 차 안, 오랜만에 지원의 가슴에 살랑살랑 씨앗이 내려앉았다.

4살이나 어리고 능력도 별로지만, 그녀에게 난생처음 남녀의 육체적 즐거움을 선사하고, 무엇보다도 아까 거실에서 오래된 연인이 그러하듯, 서로에 대해 대화를 나누며 친숙함과 안도감을 느꼈다.

윤도 같은 기분이었을까? 왠지 그랬으면 좋겠다고 지원은 속으로 기도했다.

☆★☆

하우스 메이트인 윤수가 해외 출장으로 집을 비워, 일요일 하루는 온전히 지원 혼자였다. 조용한 집 안, 침대에 누워 있으니 그에 대한 생각으로 가득한 가슴이 답답했다.

도대체 무슨 짓을 한 건지. 앞으로 회사에서 그와 마주치면 어떻게 되는 것인지. 그리고, 왜 그 녀석은 문자 한 통 없는지.

일을 할 때는 빠르게 돌아가던 두뇌 회전이, 이런 부분에서는 영 제 기능을 발휘하지 못했다.

"아, 모르겠다. 내일 회사에 가면 결론이 나겠지."

벌떡.

침대에 누워 이쪽저쪽 구르거나, 문득문득 떠오르는 윤의 모습에 이불을 발로 걷어차며 한참 시간을 보낸 지원이 벌떡 일어나며 큰 소리로 혼잣말을 하며 복잡한 머리를 정리했다.

오늘따라 조용한 휴대폰을 괜히 들었다 났다, 비밀번호를 풀었다 전원을 껐다 안절부절못했다. 뭐하는지, 속은 괜찮은지 안부 문자 한 통 없는 윤에게 괜히 벌써부터 서운했다. 그러고는 곧, 아직 이렇다 할 사이도 아닌데 벌써부터 온통 그에게 신경을 쏟고 있는 자신을 발견한 지원이 절망하며 침대에 엎드려 베개에 소리 없는 고성을 쏟아 냈다.

'아, 옥지원. 왜 이러니, 너. 정말!'

☆★☆

그다음 날, 떨리는 마음으로 출근한 지원은 도무지 업무에 집
중할 수가 없었다.

오전까지만 해도 점심 먹고 나면 오겠지라고 생각했고, 점심을
먹고 나서는 퇴근하고 얘기하자고 하겠지라고 변했다. 하지만 윤
은 퇴근 후에도, 그리고 지원이 조용한 휴대폰을 바라보다 새벽녘
에 겨우 잠에 들었을 때에도 지원에게 연락을 하지 않았다.

그렇게 이틀이 지나고, 지원은 혹시 윤이 무슨 일이 있어 회사
에 나오지 않는 건가라는 생각의 단계까지 도달하여 개발 1팀으
로 살금살금 기어가 윤을 찾았다. 다행인 건지 아닌지 윤이 구부
정한 자세로 더듬더듬 업무를 보고 있었다.

그리고 그렇게, 한 주의 마지막 금요일이 되도록 지원과 윤은
마주치는 일조차 없이 시간만 흘러갔다.

에잇!

혹시? 라고 괜한 기대를 하며, 설레었던 건 사실이다. 하지만
윤이 뭔가 확실한 결단을 내리길 바라는 것은 아니었다. 단지 지
원 자신도 앞으로 어떻게 해야 할지 감이 도저히 잡히지 않았다.

그래서 윤이 먼저 다가와 주길 바랐다. 자신에게 와서 어떤 말
이라도 좋으니 해결책을 줬으면 싶은 심정이었던 것이다.

그리고, 속수무책으로 덮친 것은 지원이 먼저였지만, 그래도 여자라고, 하룻밤을 같이 지내고 나서 먼저 다가가기가 발에 천근만근 쇳덩이라도 달린 듯이 어려웠다.

그래, 윤도 남자다. 더군다나 한국 생활보다 외국 생활을 더 오래한 유학파.

28살 내내 섹스 한 번 안 한 숫총각이라는 것도 거짓말일 수도 있다. 회사 내 똑순이 옥 대리, 한 번 꾀어내어 하룻밤 지내고 주변 동기들에게 자랑스레 얘기하고 싶어 순진한 척 연기했던 것일 수도 있었다.

상상에 망상을 더하며 이제나저제나 윤이 먼저 다가와 말을 건네주길 바라며 심적으로 고단했던 일주일을 마치고, 터덜터덜 집으로 돌아가는 길이었다. 결국 일주일 내내 윤에게서 연락은 없었다.

아니, 우리 그 날 꽤 좋지 않았나? 나만 좋았던 거야? 어째 이리 안면몰수 말 한 마디가 없을 수가 있니!

그때였다.

드르륵. 가방 안에 있던 핸드폰이 진동을 울렸다.

모르는 번호다.

"여보세요?"

— ……저예요.

윤이다.

전화로 지원의 집 주소를 묻던 윤은 30분 후 그녀의 집으로 찾아왔다. 그러고는 지금 이렇게 말없이 지원을 쳐다보고 있었다. 원망의 눈초리.

"일주일 동안 무슨 생각 했어요?"

"음, 그냥 뭐 이런저런 생각."

지원이 애꿎은 구두를 바닥에 퉁기며 눈빛을 피했다.

두근두근.

무슨 말을 할까? 없던 일로 하고 서로 알아서 열심히 잘 먹고 잘 살자고? 아니면 한 번 같이 진하게 당분간 즐겨 보자고? 아니면……?

"왜 연락 안 했어요?"

지도 안 했으면서라고 지원이 속으로 중얼거렸다. 하긴 그래도 먼저 연락한 건 윤이다.

왠지 남녀가 뒤바뀐 것 같았다. 안경 때문에 어떤 눈을 하고 있는지 잘 보이진 않았고, 수염 안으로 오물거리는 입은 울먹이려는 것 같았다.

어차피 자기도 똑같이 연락 안 했으면서 왜 나한테만!

"그럼 김윤 씨는요? 일주일간 뭐 했는데? 뭐! 이제 와서 뭐 어쩌자고! 아무 일 없었던 걸로 하자고? 아니면 한 번 더 즐겨 보자고?"

왠지 모를 서운함에 바락 앙칼지게 날을 세우며 마음에도 없는 소리가 주절주절 잘도 흘러나왔다.

"어, 어떻게 그런 말을……."

윤의 얼굴이 일그러지고, 와락 그녀의 양어깨를 잡았다.

"전 일주일 내내 대리님 연락만 기다렸어요. 그런데 이젠 상관 없어요. 대, 대리님이 먼저 저 덮쳤으니, 대, 대리님이 책임지세 요."

"아, 아니. 무슨 채, 책임을 지라고?"

어깨를 꽉 쥔 채 바들거리며 말을 내뱉는 윤의 모습에, 지원이 당황하며 말을 더듬었다. 책임?

"대리님이 저 책임지세요. 저랑, 사, 사귀어요."

어지간히 시력이 안 좋은지 안경 렌즈 너머의 윤의 눈이 참 작았다. 그의 눈을 보자면, 마치 땅굴을 파고 들어가는 듯했다.

그렇지만 눈빛은 진지했다.

일주일 전에는, 섹스를 하자며 덤벼들던 지원이, 고작 윤의 사 귀자는 말에는 영혼이 빠진 듯 멍하니 윤을 쳐다봤다. 지원에게서 대답이 없자 윤이 그녀의 손을 낚아채 자신의 차에 태웠다. 그러 고는 어딘가로 향했다.

말 한 마디 없이 서늘하게 운전을 하면서도, 윤은 지원의 한쪽 손을 놓지 않았다.

지원은 뭐가 어떻게 돌아가는지, 왠지 정신을 차릴 수 없었다.

사귀자고? 사귀자고? 사. 귀. 자. 고? 이 연하남이?

이 지겨운 옥지원 인생, 꽃다운 32살에 이 튼실한 연하남과 드 디어 연애를 하는 건가?

머릿속에서 여러 가지 말들이 실타래 엉키듯 꼬여 갔다. 히죽
히죽, 입꼬리가 자꾸 올라갔다.

부처님, 하느님, 알라신. 아테네 여신님, 제우스님, 산신님, 머
털도사님. 그냥 누구든지! 감사합니다. 감사합니다.

어깨가 들썩이려는 걸 간신히 참고 얌전히 비싼 차 가죽 시트
에 몸을 묻었다. 푸훗. 그래도 새어 나오는 웃음을 막을 수가 없
었다.

도착한 곳은 윤의 집이었다. 엘리베이터를 어떻게 타고 올라왔
는지도 모르겠다.

꿀꺽.

침 넘어가는 소리가 어디선지 모르게 들렸다. 윤의 입술이 바
싹바싹 타오르고, 시계의 초침 소리가 귀 바로 옆에서 들리는 듯
했다. 지원의 손을 꽉 잡고 곧바로 침실로 직행한 윤이, 그녀를
거칠게 침대에 눕히고는 바로 상의를 서둘러 벗겨 냈다.

브래지어 위로 솟아오른 그녀의 가슴을 성급하게 빨아 댔다.
답답이 김윤의 저돌적인 모습에 어리둥절해하는 지원의 입술을
날름 삼켰다. 거대한 몸을 일으켜 거추장스러운 안경을 벗어 옆
테이블에 놓고, 제 셔츠도 급하게 벗어 냈다. 이번에도 또 윤의
셔츠의 단추가 몇 개 떨어져 나갔다. 이러다간 남는 셔츠가 없겠
다.

서둘러 바지까지 단숨에 벗어 버린 윤이, 눈 깜짝할 새에 지원

의 바지도 벗겨 버렸다. 바지와 함께 팬티도 쑤욱 내려갔다. 어느새 두 사람 모두 몸에 걸친 것이 없었다.

회사 업무도 이렇게 빠르게 하면 넌 벌써 과장이었을 거다. 김윤.

"뭐, 뭐하는 거예요. 김윤 씨."

지원이, 또다시 스멀스멀 올라오는 전율에서 겨우 정신을 차리고 몸을 일으키며 윤을 제지했다. 빠르게 옷을 벗기던 윤의 손가락이, 지원의 은밀한 곳으로 내려갔다. 이미 젖어 있었다.

"대리님, 이미 젖었어요."

윤이 지원의 양 엉덩이를 세게 움켜잡았다. 그러고는 지원의 그곳으로 얼굴을 가져갔다.

"아, 아앗!"

지원이 놀라 비명을 질렀지만, 윤은 멈추지 않았다. 혀를 내밀어 게걸스레 지원의 축축한 애액을 날름 기다렸다는 듯 잘도 받아먹었다. 동그란 구슬도 살살 돌렸다 눌러 가며 혀를 놀렸다.

지난번에도 그랬지만, 저 까칠한 수염이 자극을 더했다. 까끌한 수염과, 능수능란하게 들락날락거리는 그의 야한 혀로 인해 이미 지원의 아랫배에서는 찌릿찌릿 전파가 팍팍 터지고 있었다.

지난주에 느꼈던 짜릿한 느낌이 발끝부터 머리끝까지 지원을 괴롭혔다. '그, 그만해요'라며 마음에도 없이 들릴 듯 말 듯 외치는 말보다, 주체할 수 없이 내지르는 신음 소리가 더 컸다.

고개를 처박고 아이스크림 먹듯 지원의 그곳을 빨아 대던 그의 입술이 빛을 받아 반짝였다. 고개를 들고 위에서 지원을 느긋하게 내려 보는 모양새가, 꼭 먹이를 먹어 치운 포식자와 같았다. 윤의 넓은 어깨에 천장이 보이지 않았다.

윤이 더듬더듬, 옆의 탁자 아래 서랍을 열어 콘돔을 찾아 꼈다. 이런 순간에도 착실하게 잘도 옷을 입는다. 지원은 이런 윤이 더욱 마음에 들었다. 윤이 한 마디 말없이 양손으로 지원의 허리를 붙잡았다. 그러고는 예고도 없이 지원의 끝까지 쑤욱 한 번에 들어왔다.

"헉!"

갑작스럽게, 그리고 힘 있게 한 번에 들어오는 그의 것에 몸이 깊숙이 꺼지는 느낌을 받으며 지원이 신음을 내뱉었다.

그 이후로 지원은 윤의 어깨에 매달려 윤의 움직임대로 위아래로 정신없이 흔들렸다. 윤의 탄력 있는 엉덩이가 수축했다 풀어지는 것을 느끼고, 자신의 다리가 허공에서 속절없이 달랑달랑 흔들리는 것을 보았다. 아무 생각이 없었다. 생각을 할 수가 없었다.

정신없이 내달리던 윤이 갑자기 베개를 들어 지원의 엉덩이 밑으로 껴 넣었다. 불쑥 올라오는 엉덩이와 다리를 올려 포개 잡고 헉헉거리며 자신의 것을 힘 있게 몰아쳤다.

지원의 양 가슴이 사정없이 흔들리는 것을 본 윤의 눈빛이 변하더니, 움직이는 엉덩이의 속도가 더 빨라졌다. 이리저리 돌려가며 지원을 밀어붙였다.

더 깊게 깊게, 정신없이 자신을 밀어붙이며 들어오는 윤 때문에, 세상이 도는 것 같았다.

애액이 묻어 번들거리며 적나라하게 들락날락하는 윤의 대롱이가 보이자, 지원이 얼굴을 붉혔다. 야했다. 이상했다. 윤의 단단한 허벅지와 지원의 엉덩이가 부딪히며 나는 퍽퍽거리는 소리가 방 안을 가득 채웠다. 지금 어디서 뭘 하고 있는지 생각조차 할 수 없었다.

어느 순간, 지원의 눈앞이 하얗게 변하며 아랫배와 머리에서 천둥이 내리쳤다. 귀에 이명이 들리고, 세상이 무너졌다.

그리고 조금 후, 윤이 사자처럼 크게 포효하며 지원의 위로 무너졌다.

윤이 지원의 허리를 강하게 끌어안고는 목에 얼굴을 파묻고 웅얼거렸다.

"지원 씨, 당신 나 책임져…… 하, 미칠 것 같아. 너무 좋아."

그녀를 꽉 끌어안고 헉헉거리며 그녀의 목 언저리에서 낮은 보이스로 웅얼거리는 윤으로 인해 지원은 가슴이 두근거렸다.

'너무 좋아.'

특별할 것 없이, 그저 의미 없이 쾌락의 순간에 내뱉는 말일 수도 있지만, 그 말이, 그 숨소리가 지원의 가슴속에 깊이 내려앉았다.

정신없이 지원을 몰아붙이던 윤은, 파정 이후 급히 화장실로 가 뒤처리를 한 후 지원의 그곳도 조심스럽게 닦아 주고는 다시 지원을 꽉 끌어안았다.

일주일간 무슨 생각 했느냐. 한 남자의 순정을 앗아 가더니, 그렇게 연락이 없어도 되는 거냐. 툴툴거리며 귀엽게 불평을 쏟아 내는 윤에게 지원도 억울한 듯 말했다.

"나도 기다렸어! 연락 왜 안 오는지, 사무실에 날 찾으러 오진 않을까 기다렸다고요. 도대체 김윤 씨는 나를 어떻게 생각할지, 노망난 노처녀가 하룻밤 객기 부렸다고 생각하고 도망간 건지. 그래서…… 기다렸어요. 먼저 연락해 주기를. 미안해요."

품에 안겨 바스락거리며 대답을 하는 지원을 바라보던 윤이 몸을 내려 그녀에게 기댔다.

"미안해요. 전 무서웠어요. 옥 대리님 같은 분이 저 같은 남자를 좋아할 리가 없으니……."

둥글게 만 그의 몸이, 그녀의 가슴에 코를 부비며 혼이 나듯 웅얼거리는 윤이 측은하면서도 한편으로는 귀여웠다. 그리고 안경을 벗은 얼굴은 참 잘생겼다.

"몰라. 콩깍지가 쓰였나 봐요."

괜히 쿨하게 보이고 싶어서 있지도 않은 콩깍지 타령을 했지만, 사실 지원은 지금 날아갈 것 같았다.

안경만 벗으면 반듯한 얼굴에, 더군다나 하룻밤에 3번 홍콩을 보내 준 능력남이다. 좋아하지 않을 이유가 없다. 그저 이런 아이를 내가 먼저 발견했다는 것에 하늘과 땅에 다시 한 번 감사를 드릴 뿐이다.

지원에게 안겨 있던 윤이 몸을 굴려 지원의 위로 올라와서는 지원을 다시 진지하게 쳐다봤다.

"옥 대리님, 아니 옥지원 씨. 우리 사귀는 거예요. 나랑 사귀어요."

"……네……."

발그스레 복숭앗빛을 띠운 채 답하는 지원의 뺨에 윤이 웃으며 가볍게 키스했다. 그러자 이번엔 윤이 아니라 지원이 수줍어서 어쩔 줄 몰라 했다.

그 날 이후 둘은 사내 비밀 연애를 하는 연상 연하 커플이 되었고, 윤은 28년 내내 접어 두었던, 지원은 20대 중반 이후로 억눌렸던 욕망이 저 어디 중동에 석유전이 터지듯 펑! 하고 터져 버렸다.

회사 내에서 지나쳐도 모른 척해야 하는 상황이 둘의 흥분을 증가시켰고, 지원은 매일같이 퇴근하자마자 윤의 집으로 가서 그를 정신없이 먹어 치웠다. 30분 일찍 출근하고 30분 일찍 퇴근하는 EH에너지 사규를 만드신 회장님께 큰절이라도 하고 싶었다.

행위가 끝나고 꼭 옷을 찾아 입는 윤을 저지하며 티셔츠를 단숨에 벗긴 지원이 그 티셔츠 안으로 쏙 들어가 버렸다.

꾸준한 수영과 헬스, 그리고 취미 생활로 한다는 농구로 인해 윤의 벗은 몸은 매우 훌륭했다. 본다고 닳지도 않는데, 볼 수 있을 때 많이 봐줘야 한다며 말도 안 되는 논리를 세워가며 상의 탈의를 명했다.

처음에는 몇 번 어색해하며 옷을 찾아 입던 윤에게, 계속 그렇게 나오면 하의까지 다 벗겨 버린다는 지원의 협박에 깨갱하며 포기했다.

타고난 신체 조건은 우월했지만, 경험 부족으로 테크닉이 부족한 윤을 위해 지원은 친구들에게서 전수받은 시청각 자료(야동)를 가져오면, 윤은 월등한 습득력과 응용력으로 지원을 감동시키기도 했다.

가끔은, 살색 덩어리들의 뒤엉킴에 공포의 눈빛을 띠는 윤을 위해 단계를 낮춰 문헌자료(연애소설)를 가져와 함께 읽기도 했다. 역시, 소설이라 그런지 더 풍부하고 아름다운 상상의 나래를 펼쳤다. 소설 안에 남자 주인공의 맹목적인 여주 사랑에 대해 찬양하며, 알게 모르게 세뇌교육을 시켰다. 일석이조다.

그리고 지금, 윤과 지원은 시청각 자료로 학습 중이었다.

TV 화면 속에선 멀쩡한 침실 놔두고 거실 한가운데에서 철수에게 깔려 날카로운 교성을 지르던 영희가 갑자기 자세를 바꿔 철수에게 오랄 섹스를 해 주고 있었다.

윤이 침을 꿀꺽 삼켰다. 흘끗 보니 이미 바지 안에 대롱이도 함께 고개를 들어 영상을 감상하는 중이었다.

지원이 티비를 끄고, 소파 밑으로 내려가 윤의 허벅지를 잡고는 무릎을 꿇고 앉았다. 놀란 얼굴로 지원을 쳐다보는 윤의 얼굴에 기대감도 함께 보였다. 지원의 윤의 바지와 팬티를 슬며시 내리자, 윤이 엉덩이를 살짝 들어 도왔다.

"지, 지원 씨……."

너 엉덩이 뜬 거 다 봤거든.

거뭇한 숲에서 이미 불끈 솟아오른 대롱이는 몸을 흔들며 무럭무럭 자라 올라왔다. 지원의 손가락이 슬쩍 그곳에 닿았다.

"헉!"

화들짝 놀라 몸을 사리는 윤이 지원의 어깨를 잡으며 저지했다.

"하, 하지 마세요."

지원의 윤의 바지를 바닥까지 끌어 내렸다. 중간에 손으로 스윽. 탄탄한 넓적다리를 훑는 것도 잊지 않았다. 윤의 대롱이 더욱 장대해졌다. 으윽. 윤이 고통스러워했다.

"진짜 하지 마?"

지원의 손가락이 대롱이를 잡을 듯 말 듯 간질였다. 지원이 소파 아래서 윤을 올려다보며 눈을 동그랗게 뜨고는 순진한 얼굴로 물었다.

"진짜? 윤아?"

"아, 아아…… 제발."

"제발, 뭐? 윤아?"

윤의 얼굴에 식은땀이 흘렀다. 지원이 한 손으로 윤의 허벅지 안쪽을 쓰다듬었다.

"아아. 제, 제발. 해, 해 주세요."

윤이 애처롭게 고개를 뒤로 젖히고 얼굴 위에 한쪽 팔을 얹었다.

아직 아무것도 안 했는데.

지원이 씨익 웃으며 대롱이를 꽉 움켜잡았다. 엄지손가락으로는 그의 끝을 살살 돌려 만지며 윤을 자극하고, 나머지 손가락은 그를 꽉 쥐고 놓지 않았다. 윤의 엉덩이가 들썩거렸다. 한 손으로 그의 허벅지를 쓸어내리며, 한 손으로 그의 것을 감싸 쥐고는 빠르게, 느리게, 감질나게 움직였다.

윤의 양손은 차마 지원을 붙잡지도 못하고, 소파가 구명줄이라도 되듯 붙잡았다. 그의 엉덩이가 흥분을 참지 못하고 들썩였다. 지원이 움직이는 손을 멈추지 않으며 윤을 불렀다.

"윤아."

윤의 흥분으로 가득한 눈이 지원을 간신히 쳐다봤다. 여름이 다가오기도 전인데 실내의 공기가 이미 후덥지근했다.

"윤아, 세상에서 누가 제일 예뻐?"

"으웃, 하아. 지, 지원 씨."

지원이 손을 더욱 빨리 움직였다.

"윤아, 내가 예뻐, 전지현이 예뻐?"

"헉! 지, 지원 씨. 지원 씨가, 더 예뻐요…… 훨씬…… 하아."

한 시간 전, 티비에서 흘러나오는 광고 속의 전지현을 보며 윤이 중얼거리는 것을 들었다. 예쁘다……. 유치하지만, 그 말에 발끈한 지원은 뒤따라 다음 광고에 나온 아이돌 그룹을 보며 호들갑을 떨어 대응했지만, 윤은 아무 반응이 없었다. 지원이 빠르게 움직이던 손을 갑자기 딱 멈췄다. 윤이 원망스러운 눈빛으로 지원을 쳐다봤다.

"앞으로 조심해, 윤아!"

지원이 상냥하게 웃으며 스윽 윤의 대롱이를 입에 삼켰다.

"으헉!"

몸을 살짝 일으켜 부복한 자세로 윤에게 바싹 달라붙어 그의 허벅지에 양손을 놓은 지원도 대롱이를 입에 삼키고 빨아 대면서 아래가 축축이 젖어 오는 것을 느꼈다.

혀를 내밀어 그의 것을 길게 훑어 냈다가 귀두만 입에 살짝 넣어 강하게 빨았다. 그런데 까무러치듯 자지러질 줄 알았던 윤이 미동도 없었다. 지원이 대롱이를 입에 문 채로 윤을 올려다보았다. 왜 반응이 없지?

스윽. 윤이 한 손을 들어 안경을 벗어 옆에 두었다. 그의 다른 한 손이 지원의 티셔츠 안을 타고 들어와 그녀의 가슴을 강하게 움켜쥐었다. 다가오는 눈동자에 붙은 불이 주변의 모든 것을 태워 버릴 듯 강하게 타오르고 있었다.

"유, 윤아."

이제까지 지원이 가지고 있던 주도권이 윤에게로 옮겨졌다. 슬슬 뒤로 도망치는 지원을 가만히 바라보던 윤이 소파에서 내려와 그녀의 허리를 홱 붙잡아 돌렸다.

소파에 팔을 걸치고 벽을 바라보고 있는 지원에게 등 뒤로 다가오는 윤의 기척이 느껴졌다. 윤이 지원을 잡아 소파와의 거리를 살짝 벌리고는 자신의 허벅지를 지원의 밑으로 밀어 넣어 지원을 받쳤다. 한 뼘도 안 되는 천으로 엉덩이를 가리고 있는 바지를 내리자, 하얀 레이스 팬티가 드러났다.

"아, 아아아. 유, 윤아."

이제는 지원이 몸을 떨며 윤을 불렀다.

"응, 지원 씨."

윤이 손가락으로 이미 축축이 젖어 있는 그녀의 꽃잎을 팬티 위로 살며시 만지고는 손을 뗐다. 윤의 두 손이 지원이 입고 있는 티셔츠를 가르고 올라가 앞쪽의 말간 가슴을 꽉 쥐었다. 이미 유두가 단단해져 튀어 올라와 있었다. 소파에 얌전히 올려져 있던 지원의 양팔이 윤의 팔뚝을 부들부들 붙잡은 채로 버렸다.

한참을 느릿느릿 지원을 애태우던 윤이 지원의 팬티를 벗겨 내자, 그녀의 하얀 엉덩이가 두둥실 달 떠오르듯 윤 앞에 나타났다. 윤의 숨소리가 거칠어지고, 애초부터 젖어 흐르던 계곡을 윤의 손가락이 살금 훑어 내렸다.

"유, 윤아!"

지원이 흐느끼듯 윤에게 애원했다.

"……응?"

윤이 지원의 엉덩이에 살짝살짝, 조심조심 키스를 했다.

"윤아! 제발!"

나긋나긋, 봄바람 부대끼듯 스치기만 하는 윤에게 지원이 앙칼지게 소리쳤다. 지원의 재촉에 윤이 몸을 돌려 옆편 서랍 안에서 콘돔을 꺼내 비닐을 쭈욱 찢어 준비를 마쳤다.

지원의 엉덩이를 바짝 들어 올리고 윤이 무릎을 세우며 지원의 몸이 앞으로 쏠렸다. 소파 가죽에 지원의 양 가슴이 짓이겨졌다. 윤이 지원의 입구에 그 끝만 갖다 대고는 살살 돌려 가다 멈추고, 지원에게 물었다.

"그 남자 아이돌 그룹 나오는 프로그램…… 보지 마요. 알겠지?"

"응, 응! 아아, 알겠어. 윤아, 안 볼게. 안 봐! 아아."

쿡쿡. 등 뒤에서 윤의 웃음소리가 들렸다. 곧바로 윤이 지원의 안으로 들어왔다. 이 와중에도 윤은 뒤에서 자신을 받아 내는 것을 부담스러워하는 지원을 배려하는 신사다운 모습을 보였다. 윤의 완벽한 승리였다.

세 달간 하나를 가르치면 열을 깨달아 실행에 옮기는 우등생 윤을 가르치며 지원은 교육의 즐거움에 매일 비명을 질렀다. 날 때부터 이미 비교 우위를 가지고 태어난 대롱이가 이제는 선진 기술까지 습득했다. 특허라도 내야 하나.

윤은 밤마다 지원을 그 멀고도 가깝다던 홍콩으로 태워 보냈다. 그것도 한 번 비행기를 타기 시작하면 홍콩으로, 싱가폴로, 그리고 다시 한국으로 기본 3번은 비행기를 타야 했다.

그리고 지원은 비타민과 각종 영양제를 챙겨 먹기 시작했다.
아이고.

그렇게 한 달, 두 달, 세 달.

토끼가 떡을 만들듯, 윤과 지원도 애정을 쌓아 나갔다. 쿵덕쿵
덕. 하아하아.

3

지원은 요즘 기분이 매우 좋다. 이번 호주 가스전 프로젝트 성공 건으로 회사에서 특별 보너스가 두둑하게 들어온 데다 4살 어린 연하남까지, 겟(Get)!

게다가 그 연하남이 보통 연하남인가? 어디 절에서 살다 온 것 같은 더벅머리, 덥수룩한 수염, 고시생 안경과 구부정한 자세는 아쉽지만, 아, 회사에서 업무적인 능력도 부족하긴 하지만. 일단 안경만 벗으면 시원시원하게 잘난 외모에 키도 크지, 덩치도 좋지.

무엇보다 중요한 것은 그로 인해 인생 처음 맛본 신세계를 요즘엔 시도 때도 없이 들락날락거릴 수 있는 무한 입장 티켓을 받았다는 것이다.

그녀를 제외하고는 아무도 이 자원개발 1팀의 찌질이 답답이 김윤이 이런 대박 초특급 원석이라는 것을 모른다. 게다가 이 난잡한 시대에 보기 드문, 다른 여자의 손 한 번 타지 않은, 때 묻지 않은 순정남이 아닌가.

지원의 입이 하늘에 걸릴 듯 늘어졌다. 오호호호호!

지원은 경험이 없는 윤을 위해 여성과 남성, 그들의 역할은 무엇인가? 라는 주제로 정신교육도 게을리하지 않았다.

네가 여자에 대해 잘 모르고 경험이 없으니, 4년이나 더 산 인생 대 선배인, 그리고 회사에서도 잘나가고 인정받는 옥 대리가 어떻게 하면 여자에게 좋은 남자가 될 수 있는지를 친히 가르치겠노라.

물론, 모든 여자를 위한 것이 아니라, 옥 대리 본인을 위한 좋은 남자가 되기 위한 방법을.

수신제가치국평천하(修身齊家治國平天下)라 했다. 집안의 중심인 여성의 말을 잘 듣고 따르면 가정에 불화가 없고 이는 곧 나라의 태평성대로 이어지느니라.

현대 한국 사회도 마찬가지이다. 요즘 주변을 보아라. 남성들의 전유물로 알려진 법조계, 정치 그리고 우리 바로 주변의 기업에서도 여성 임원들이 속출하는 등 여성의 지위가 날로 향상되고, 오히려 남성보다 세심하고 꼼꼼한 일처리로 여성의 역할이 더 각광받는 시대가 아닌가.

여성의 우월한 능력은 이미 통일 신라 시대의 선덕 여왕 등 천

년도 전부터 오랫동안 지속되어 온 것이지만, 그동안은 칼날의 빛을 감추고 내실을 다지며 잠자코 때를 기다리다가(韜光養晦, 도광양회), 이 한심한 세상 돌아가는 작태를 참지 못하고 중원의 무사들이 칼을 들고 뛰쳐나오듯, 여자들이 발 벗고 나선 것이다. 에헴.

외국 생활을 오래해, 동양 사상이나 사자성어 등에 익숙하지 않은 윤이 어리둥절해하며 고개를 끄덕이다 도대체 무슨 말을 하는지, 맞는 말이긴 한지 의심을 품으며 쳐다보자 뜨끔한 지원이 딱 잘라 결론을 내렸다.

결론적으로 김윤, 너는 이 잘나가고 인정받는 똑순이 옥지원의 말이 하늘이라 생각하고 의심 없이 잘 따르면 모두가 행복할 것이다라는 말씀이시니!

고로, 내가 화나면 그것은 너의 잘못. 네가 화나면 그것도 나의 말을 따르지 않아 괜한 갈등을 유발하는 너의 잘못. 잘못한 사람이 먼저 사죄하는 것이 인지상정. 만일 우리가 싸우게 된다면 먼저 화해의 손을 내밀어야 할 것은 당연히 죄를 지은 너의 의무! DUTY(의무)!

게다가 여성은 뛰어난 자질에도 불구하고, 매달 그 귀찮은 생리를 하고 뼈를 깎는 출산의 고통까지 지고 있고, 어깨에 짊어진 짐에 비해 타고난 신체 조건이 남성보다 미약하므로 절대 여성에게 화를 내거나 신체적 위협을 가하면 아니 되고, 남성은 여성을 보호하고 육체적 노동을 도맡을 의무가 있다. DUTY!

그러니, 힘든 일, 궂은 일, 귀찮은 일, 땀나는 일은 윤이, 앞으로 네가 맡아야 하고 특히, 예민한 생리 기간에는 더욱 너의 의무를 성실히 수행해야 할 것이야. DUTY!

매달 생리통까지 겪으며 고된 일상을 지내는 나에게, 너 윤이는 밤에만 따로 하는 육체적 노동 수련을 게을리하지 않으며 나의 인생에 재미를 더할 의무 또한 있느니라. 끝.

무슨 말인지 의문스러우면서도, 프로젝트 기획 발표라도 하듯 막힘없이 술술 터져 나오는 지원의 말이 어이가 없으면서 왜인지 모르게 논리적으로도 맞는 말인 것 같은 생각에, 그리고 사실 윤에게 그다지 어려운 일도 아니었기에, 그는 알겠다며 고개를 끄덕였다.

수긍하는 윤에게 지원은 상냥한 미소를 지으며 두 팔을 벌려 그를 끌어안아 자신의 가슴으로 기대게 했다.

지금 지원이 한 말을 다른 누가 들으면 무슨 말도 안 되는 소리냐며 지원에게 호되게 욕을 할지도 모르는 내용이었지만, 아무렴 어떠랴. 윤과 지원 사이의 일이고, 당사자들이 괜찮으면 괜찮은 것을.

오늘 아침 세뇌 교육에 필요할지도 몰라 착용한 초특급 울트라 다모아 브라로 모아진 그녀의 가슴의 볼륨이 윤에게 지원의 가르침을 깊이 되새겼다. 지원은 그런 윤을 바라보며 회심의 미소를 지었다. 끌끌끌. 귀여운 우리 윤이. 착하지?

세계 각국의 파트너들과의 신경전, 그리고 사내에서도 그녀를 견제하는 동료들과의 경쟁, 위에서 쪼아 대는 상사들에게 받는 스트레스로 그녀의 생리 기간은 매달 지옥 같았다.

생리를 시작하기 며칠 전에는 온몸이 쑤시고 기력도 현저히 떨어지고 특히 매우 신경질적으로 변하게 되고 생리가 시작되면 첫째 날은 거의 바깥 생활이 불가능할 정도였다. 무조건 생리통이 시작되기 전에 약을 먹고 침대에 꼼짝없이 누워 이 고통이 지나가기만을 비는 수밖에 없었다.

지난달 생리 시작 전, 평소보다 더 부풀고 예민해진 그녀의 가슴에 정신을 못 차리는 윤과 함께 시간을 보내다 지원도 모르게 생리가 시작해 버려 약 복용 타이밍을 놓친 적이 있다.

뒤늦게 알고 약을 먹었지만, 이미 지옥의 문은 열렸고, 윤의 앞에서 식은땀을 뻘뻘 흘리며 방바닥을 기는 모습을 보여 준 이후로, 윤은 그녀의 사상에 완벽히, 진심으로 사로잡혀 그녀를 매우 약한 객체로 인식하고 유리 다루듯 모시기 시작했다.

윤은 그녀의 가르침을 그대로 시행했다. 주말에 윤의 집에 있을 때, 지원은 손 하나 까닥 않고 윤의 본가에서 보내오는 반찬과, 어렸을 적부터 해외 여기저기를 다니며 쌓아 온 그의 자취력으로 매 끼니 9첩 반상을 받아 잡수셨다.

허둥지둥 집에서 엉덩이 한 번 소파에 붙이지 못하고 움직이는 윤이 안쓰러워 설거지라도 할라치면 윤이 소스라치게 놀라며 지원을 막았다. 이런 건 제가 할게요. 지원 씨는 앉아 있어요.

지원은 어쩔 수 없다는 듯, 식탁 의자에 앉아 의미 없이 잡지를 펄럭이며 시간을 보내다가도 어느새 정신을 차리면 윤의 뒷모습을 침을 질질 흘리며 쳐다보고 있었다. 확 달려들고 싶다가도, 그릇이 깨져 윤이 다칠까 참고 참은 적이 한두 번이 아니었다.

설거지를 마치면 함께 거실로 나와 문헌자료(연애소설)를 검토하거나, 회사 내의 시시껄렁한 이야기들을 나누며 시간을 함께 보내는데, 그 날 읽은 문헌자료에서는 남자 주인공이 국내 유명 특급 셰프라는 컨셉이었다.

너스레를 떨며 윤에게 이 남주보다 우리 윤이가 요리를 더 잘할 거라고 말하자, 안경 너머 단춧구멍 같은 눈을 굴리며 미리 저녁 메뉴를 구상하는 윤의 생각이 훤히 읽혔다. 킥킥.

그의 집에서 함께 시간을 보낼 때 윤은 가끔 기타를 치거나, 피아노를 쳐 주기도 했다. 남자가 악기를 다루는 것이 그렇게 섹시할 줄이야. 기타와 피아노를 쳐서 윤의 손가락이 그렇게 예쁘게 생겼나.

지원은 흐뭇하게 그 모습을 바라보며 그가 들려주는 선율을 즐겼다. 이루마나 스티브 바리캇 같은 뉴에이지 장르에서 가끔은 모차르트나 바흐, 심지어는 리스트의 초절기교까지 지원의 생각보다 더 화려한 그의 실력에 깜짝깜짝 놀란 적이 많았다.

피아노나 기타 같은 악기뿐만 아니라, 그의 서재에 들어가면 한구석에 검은색의 조그마한 와인 냉장고 같은 가구가 있다. 카메라 보관 냉장고이다. 길고 큰 렌즈부터 손바닥만 한 작은 렌즈까지 일렬로 나란히 넣어 놓은 카메라와 책상을 차지하고 있는 큰 화면의 사진 작업용 컴퓨터. 집 근처 한강 공원에서 주말마다 농구를 즐긴다던 그의 말을 증명하는 손때가 많이 탄 농구공과 틈틈이 짬을 내 찾는 집 아래 피트니스 센터에 위치한 수영장까지.

비록 회사에서의 업무 능력은 낮을지 몰라도, 자신이 좋아하는 것들을 하며 다채로운 인생을 사는 윤이 세상 어느 남자보다도 멋있어 보였다.

아마도 높은 연봉, 승진, 성취감, 경쟁에서의 승리와 같은 것들에 사로잡혀 진짜 자신의 인생은 즐기지 못하고 삶에 찌들어 사는 다른 남자들에게서는 찾을 수 없었던, 그리고 심지어 그녀 자신도 그 틀에서 벗어나지 못하고 있는 상황에서 성공에 대한 집착 없이 유유자적 사는 그만의 여유로운 생활에서 기인한 순수함, 열정과 같은 그만의 색깔이 아니었을까 싶었다.

캐면 캘수록, 닦으면 닦을수록 빛이 나는 보석 같은 남자였다. 거실 한편을 차지하고 있는 큰 그랜드 피아노에 앉아 낮 햇살을 받으며 반짝이는 그의 모습에 지원은 다시 한 번 윤에게 빠지는 자신을 느꼈다. 두근두근.

피아노를 치면서도 자신을 바라보며 싱긋 웃는 윤에게 다가가 그의 무릎에 앉아 기분 좋은 키스를 해 주었다. 그리고 그의 품에 안겨 윤의 볼을 살짝 꼬집고는 윙크를 날렸다.

이거 특급 칭찬이야.

☆★☆

"우리 이제 서로 개인의 시간을 갖자."

어느 날 퇴근 후, 지원이 좋아하는 레스토랑에서 둘이 함께 식사를 한 후 하루 일과에 대해서 얘기하던 중, 지원이 뜸을 들이더니 운을 뗐다.

지난 세 달간 둘은 월요일부터 일요일까지 특별한 일이 없는 한 매일 만났다.

특히 프로젝트 계약 건 마무리 이후 잠시 한가한 기간이라, 거의 매일 쿵덕쿵덕, 엎치락뒤치락 이리저리 돌려가며 거실에서, 부엌에서, 욕실에서, 침실에서. 아, 아직까지 그 비싼 SUV에서는 시도하지 않았다. 그러나 집에 데려다 줄 때 윤의 눈빛을 보면, 아마 조만간 그곳도 금방 클리어 되지 싶었다.

순탄한 연애 생활 중 지원의 날벼락 같은 제안에 윤이 놀라 쳐다보자 기력이 딸려서 쉴 시간이 필요하다고 둘러댔지만.

사실은 강제로라도 만나는 날을 줄여서라도, 남들이 흔히 말하는 2년밖에 안 된다는 사랑의 유효기간, 그 유효기간을 좀 더 늘리고 싶었다. 그만큼 윤에게 빠른 속도로 빠져든 것이었다.

그래서 지원은 20대 새파란 여자들에게 뒤처지지 않을 몸매를 갖기 위해 20대 중반 이후부터 빠짐없이 다니고 있는 필라테스를 가는 화요일 목요일, 그리고 30대 이후 늘어난 주름에 경악하고는 피부 관리를 가는 수요일은 각자 집에서 쉬며 개인의 시간을 갖기로 합의를 봤다.

거의 매일 붙어 있다가 일주일에 3일이나 떨어져야 하는 사실에 아쉬워하는 윤이 대신 출퇴근은 본인과 함께 하자는 조건을 달았다.

그 이후, 윤은 매일 아침잠이 많아 식사를 거르고 허둥지둥대는 지원을 위해 8시 땡 하면 직접 만든 주먹밥이나 샌드위치, 그리고 건강 주스와 함께 지원의 집 밑에서 대기를 탔다.

출근길, 차 안에서 윤은 한 손으로는 운전을 하고 한 손으로는 옆에서 꾸벅꾸벅 졸고 있는 지원의 입으로 부지런히 먹을 것을 나른다. 며칠 전에 보여 준 연애소설에서 나온 특급 셰프 남주를 언급하며 했던 칭찬 한마디에 바로 응용문제를 풀어내는 김윤이시다.

회사 근처에 오면 주스를 입에 문 채로 차 시트와 혼연일체로 잠에 빠져 있는 지원의 입가를 정리해 주며 그녀를 근처에 내려 준다. 회사 내에서는 둘 사이를 비밀로 하기로 서로 합의했기에. 차에서 내린 지원이 주변을 살피고 차 안에서 지원을 바라보는 윤에게 찡긋 신호를 보냈다. 이따 봐. 자기야!

오늘도 같은 코스로 윤의 차가 코너를 돌아 모습을 감춘 것을 확인한 지원이 힘차게 발걸음을 움직이려는 순간이었다.

"좋은 아침."

윤과 같은 팀의, 그리고 그녀의 입사 동기인 이진한 대리가 그녀의 뒤에서 아침 인사를 건넸다.

'헉, 봐, 봤나?'

지원의 등 뒤로 식은땀이 주욱 흘러내렸다.

☆★☆

현재 지원은 회사 생활 최대의 위기에 봉착해 있었다.

"어, 어. 그래, 야. 좋은 아침이다. 넌 왜 근데 이렇게 후미진 길로 다니니, 도대체?"

가뜩이나 사람 눈 피한다고, 인적 드문 골목에서 차를 세웠는데도 신기하게 뒤에서 나타난 진한에게 지원이 괜히 찔려 그를 나무랐다.

"글쎄, 우연인가 봐. 그런데, 누구?"

"누구가 누구야? 뭐, 뭐 누구?"

역시 봤구나. 지원이 당황하며 말을 더듬고는, 서둘러 걸음을 옮겼다. 걷는 폼이 영 어색했다. 진한이 지원의 옆으로 다가와 걸음을 함께했다.

"차 좋네? 남자 친구?"

끈질긴 놈.

"남자 친구는 무슨, 호호. 그냥 친구가 데려다 준 거야."

"오, 친구 차 좋다. 꽤 잘사나 봐?"

"아, 뭐. 나도 잘 몰라. 그냥 아버지가 자, 작게 사업하신대."

"작은 사업? 오호, 그렇구나."

아, 이런 말까진 할 필요 없는데. 당황한 지원이 간신히 정신을 가다듬고 화제를 돌렸다. 아, 근처에 내렸는데 왜 이렇게 회사 가는 길이 멀게 느껴지는 걸까.

"그건 그렇고, 오늘 다윗 프로젝트 파트너들이랑 회의 2시 맞지?"

호주 가스전 프로젝트의 이름이 '다윗 프로젝트'이다. 그리고 그 프로젝트의 국내 파트너인 가스공사와 EH중공업과의 첫 회의가 오늘이다. 때문에 지원은 지난 주말 내내, 그리고 어제까지 윤과 함께 회의 준비를 했었다.

아직 경험이 없는 윤은 이 프로젝트에 직접적인 관여는 하지 않아 관계가 없었지만, 힘이 들어 혼자 못 하겠다고 투정을 부리며 윤에게 자료 조사와 회의 PPT 제작에 약간의 도움을 요청했다. 물론 시간을 좀 할애하면 지원 혼자서도 얼마든지 할 수 있는 일이었지만, 사실은 함께 준비하며 윤이 일을 좀 더 빨리 배우길 바라는 마음이었다.

그리고 그녀가 받은 결과물은 그녀의 기대를 훨씬 뛰어넘는 수준이었다. 깔끔하고 논리 정연하게 정리된 자료를 보며, 회사 사람들이 내리는 윤에 대한 평가에 약간의 의문이 들었다. 하지만 지원은 아직 그런 부분까지는 터치하고 싶지 않았다.

오늘 있을 파트너와의 회의에 대해 얘기하며 회사 건물에 도착해 엘리베이터를 기다리는데, 땡! 문이 열리고 윤이 엘리베이터 안에서 지원과 진한을 쳐다보고 있었다.

"좋은 아침."

진한이 먼저 엘리베이터에 타며 윤에게 인사를 건넸다.

"안녕하십니까."

윤이 고개를 숙이며 둘에게 인사했다. 지원이 침을 꼴깍 삼키며 윤의 앞에 진한과 나란히 서서 엘리베이터가 빨리 올라가기만을 바랐다.

'타이밍 한번 기막히네.'

안 그래도 진한에게 혹시나 그를 들켰을까 걱정하던 지원이었는데 엘리베이터에서까지 윤과 마주치자 심장이 콩닥콩닥 뛰며 그녀를 괴롭혔다. 여하튼 이진한. 생글생글 알 수 없는 저 얼굴. 진짜 재수 없다!

지원이 진한을 괜히 한 번 째려봤다. 그러나 여전히 진한은 알 수 없는 얼굴로 웃음을 띠며 지원과 윤을 한 번 훑어봤다.

"그 날 둘이 어디 갔어?"

"뭐, 뭐, 뭐뭐뭐뭐? 어느 날 언제 뭐!"

"회식 날, 둘이 같이 나갔잖아."

덜컹. 심장이 떨어지는 것 같은 소리가 들렸다. 외국 파트너들 앞에서 계약 수주를 위해 프레젠테이션을 할 때 받던 질문에도 당당하던 그녀가, 무대포 같았던 그 날의 자신의 모습을 상기하자 다시 한 번 머리가 하얘지는 것을 느꼈다.

"그냥 비슷한 시간에 나간 것뿐입니다."

윤이 당황한 그녀를 대신해 침착하게 받아쳤다. 땡! 엘리베이터 문이 열렸다.

"그래? 그랬구나. 좋은 하루!"

진한이 윤에게 알 수 없는 미소를 보이고는 발걸음을 옮겨 나갔다. 꼬옥. 윤이 그녀의 손을 뒤에서 살짝 잡았다 떼고는 진한을 뒤따라 사무실로 향했다.

진한과 윤이 사무실로 들어가자 복도에 홀로 남은 지원이 작은 소리로 포효했다.

"으악! 이진한 저 시키 뭐야, 저거!"

아침부터 심장을 쫄깃하게 만드는 이 대리 때문에 지원이 홀로 발광하며 머리를 헤집었다.

☆★☆

"그러면, 이따 회의에 이화선 주임도 함께 참석하는 걸로 하고 이만 각자 자리로 돌아가서 일들 보라고."

행복한 점심시간 30분 전, 슬슬 점심을 먹기 위해 나서려는 지원을 소집한 1팀 팀장인 서 차장의 말에 지원은 속으로 이를 갈았다. 지원과 진한, 그리고 다른 팀원들도 항의를 했지만 소용이 없었다.

이번 다윗 프로젝트 진행은 1팀과 2팀 내에서도 대리급 이상 경력과 능력 모두 갖춘 팀 내 엘리트들 주도로 진행되어 결국엔 성공적으로 계약까지 따낸 결과물이었다. 그런데 지원과 나란히 입사했지만, 여전히 주임을 달고 있는(그것도 로비로 겨우 따낸)

이화선 주임이 갑자기 다윗 프로젝트에 투입된 것이다.

개발팀 팀장인 오 부장이 출장을 간 사이에 서 차장이 자신의 불륜녀인 화선을 팀에 꽂아 넣은 것이다. 애 딸린 유부남인 서 차장과 이화선 주임은 썸도 아닌, 불륜 관계를 타고 있는데 이화선 주임은 심지어 같은 계열사인 EH중공업에 남자 친구도 있는 상태였다.

이번 달에는 남친이 무슨 가방을 사 줬네, 옷을 사 줬네 자랑을 하면서도 회식할 때 서 차장과 손을 잡고 있거나, 화장실 가는 척하며 어두운 구석에서 스킨십을 나누는 것을 목격한 사람도 꽤 많았다.

어딜 가나 한두 명은 꼭 있는 진상이었다. 하지만 그 진상 화선 때문에 피곤한 사람은 지원이었다. 같은 나이임에도 불구하고 지원이 스카우트되며 EH로 이직하면서 안 그래도 일 못하기로 유명하던 화선의 입지가 더 좁아졌기 때문이다.

이에 위기감을 느낀 이 주임이 서 차장을 등에 업고 사사건건 말도 안 되는 일로 그녀를 걸고넘어지며 지원을 피곤하게 만들더니, 이번에는 그녀가 1년, 아니 이직 이후 사활을 걸고 사업 개발부터 거의 대부분의 시간을 매달린 다윗 프로젝트에 무임승차를 하겠다니.

발끝부터 머리 꼭대기까지 화가 치밀어 오는 것을 느끼며 지원이 화선을 대놓고 째려봤다. 그런 지원의 눈빛에 나머지 팀원들은 알아서 몸을 피했다. 그런데 평소 같았으면 그들을 따라 나가 몸을 사렸을 화선이 이번에는 회의실에 남아 그녀의 매서운 시선을 받아 내며 당당한 말투로 말했다.

"왜, 무슨 할 말이라도 있으세요?"

"하!"

저게 미쳤나. 지금까지 지원한테 말 한 마디 제대로 못하다가, 프로젝트 투입됐다고 아니, 서 차장이 뒤 봐준다고 저 막 나가는 꼴 보라지.

안 그래도 열 받는데 갑자기 근거도 없이 당당해진 화선의 태도가 어이가 없어 지원은 치받혀 올라오는 화를 가라앉히려 애써 숨을 골랐다. 그런 지원의 모습에 화선이 얄밉게 응수했다.

"회사 생활이 참 재밌어요? 그죠? 일만 잘한다고 다 되는 것도 아니야. 인맥도 중요해요. 호호."

"하! 인맥?"

지원은 어이가 없어 헛웃음만 나왔다. 몸으로 꼬리 쳐서 분수도 맞지 않는 자리를 꿰차더니, 하는 말이 인맥이란다.

"옥 대리님도 일도 좋지만, 인맥도 잘 관리해 보세요! 그럼 전 이만, 점심 맛있게 드세요."

화선이 끝까지 얄미운 모습을 보이며 지원을 팔팔 끓어오르게 만들고는 회의실을 나갔다.

참나, 유부남 꼬셔서 프로젝트 투입되는 게 어디 보통 인맥 관리니!

화선의 어이없는 행동에 기가 차고 분통이 차오른 지원이 휴게실로 들어와 문을 잠갔다. 점심시간이라 사람들이 이미 빠져나간 지라 한적했다.

"으흑, 흑. 이런 젠장. 아아. 흑흑."

휴게실 문을 등지고 주저앉아 지원이 소리 죽여 이를 갈며 눈물을 흘렸다.

망할 년! 망할 년! 전생에 나랑 무슨 척을 지었길래 이리 사사건건 내 앞길을 가로막아!

이화선 주임은 일을 하기 위해 팀에 투입된 것이 아니다. 회사 내에서도 주목받고 있는 다섯 프로젝트에 살짝 이름을 올려 어떻게 한 번 윗전에 잘 보여 승진을 하거나 출세를 할 기회를 엿보고 있는 것이었다.

이대로라면 지원이나 다른 팀원이 쌓아 놓은 공든 탑을 분명 슬쩍 가로챌 것이다. 지금까지 그녀의 모든 실적이 이러한 방법으로 쌓아진 모래성 같은 것이었으니까.

자신의 일에 대해 애착이 있고 자부심이 있는 지원은 이러한 불공정한 처사에 억울함과 화를 느꼈다. 같은 여자로서 도대체 왜 이렇게 부끄럽게 행동하는지, 지원은 도무지 화선이 이해가 되지 않았다.

한참을 몰래 흐느끼던 지원이 마음을 다잡고 몸을 추슬렀다.

"그래, 이 샹샹바 같은 년. 너 어디 한번 두고 보자! 니가 그만두고 나가든지, 아니면 내가 그만두고 나가든지. 이번에 결판을 내자! 아, 이 서 차장 더러운 돼지새끼! 내가 빨리 승진해서 그 더러운 행태 다 고발해 버리고 두 연놈 같이 엉덩이 차서 회사 밖으로 내쫓아 버릴 거다!"

승질이 나서 밥이고 뭐고 굶고 확 조퇴해서 도망가 버릴까 생각하던 지원이 잠시간 곰곰이 고민하더니 생각을 바꾸고 열의를 불태웠다.

어차피 이 주임은 이 프로젝트에 대해 깊숙이 알지 못한다. 같이 팀으로 일할수록 그녀의 무능력함은 더욱 부각될 것이다. 지원이 그렇게 만들 것이다. 이 주임의 무능력함은 드러나고, 지원의 우월함이 더욱 주목받도록.

생각을 달리하자, 저 멀리 떨어졌던 입맛이 다시 돌았다. 어서 밥을 먹고 힘을 내서 그 불여시 같은 것에게 이 옥 대리의 무서움을 보여 줘야 한다!

지원이 주먹을 불끈 쥐고 의지를 다지며 휴게실 문을 열자 길고 잘빠진 다리가 보였다. 죽 따라 올라가니 다부진 체격, 더 올라가니 고시생 안경의 더벅머리가 보였다. 윤이다.

울컥. 방금 전까지 이년 저년 없는 욕을 다 하며 쏟아 낸 눈물이 다시 나올 것 같았다.

화를 내며 회의실을 나서는 걸 지켜보고 있었던 것일까? 시간이 꽤 지났는데 나를 기다렸나.

윤과 마주치자 지원은 이런 더러운 세상에 대한 서러움이 다시 올라왔다. 걱정스레 쳐다보는 윤에게 안기고 싶은 마음을 억누르며 지원의 손이 윤의 손을 잠시 동안 꽉 잡고는 해맑게 웃어 보이자, 그런 지원을 보며 윤이 말했다.

"우리 같이 밥 먹어요."

아무 말도 하지 않고 그냥 같이 밥을 먹자고 말하는 윤이. 만난 지 얼마 되지도 않았지만, 꽤 편하다. 나이도 그녀보다 4살이나 어렸지만 오히려 더 편안했다. 지원은 그런 윤에게 속절없이 빠져드는 자신이 신기하면서도 좋았다.

지원이 싱긋 웃으며 윤에게 다가갔다.

"그럴까요? 가요!"

☆★☆

"윤아, 옥 대리한테 가 봐. 아마 지금 화 엄청 났을 거다. 오늘 점심은 나 혼자 알아서 먹을게. 맛점!"

"……네."

회의실에서 나온 진한이 윤에게 슬쩍 언질을 줬다. 그가 이렇게까지 이야기하는 것을 보니 지원에게 아무래도 안 좋은 일이 생겼나 보다.

진한은 이미 윤과 지원의 사이를 알고 있는 듯했다. 윤은 그저 진한이 일단 모른 척해 주길 바랐다. 특히 그의 가족들에게. 아무래도 조만간 진한과 지원에 대해 진지하게 얘기를 나눠 봐야 할 것 같다.

사무실을 나서 1팀 사무실로 향하는데 화선이 즐거운 얼굴로 회의실을 빠져나오고, 곧이어 지원이 급한 걸음으로 회의실에서 나와 휴게실로 들어가는 것이 보였다. 윤이 그녀를 따라 휴게실 문을 향해 가까이 다가갔다. 문고리를 잡으려던 찰나, 안쪽에서 지원의 억눌린 흐느낌이 들려왔다. 그 소리가 윤의 어깨를 더욱 처지게 만들었다.

그리고 30분 후, 문이 벌컥 열렸다. 빨갛게 충혈된 눈과 코가 보였다. 당장 끌어안고 키스해 주고 싶었지만, 여기는 회사다.

무슨 일인 걸까. 그녀를 화나고 슬프게 만든 사람들을 찾아가 그녀가 받은 것보다 열 배는 더 되갚아 주고 싶어졌다.

지원이 그의 손을 잠시 잡았다. 그러고는 보여 주는 해맑은 미소에 화가 나서 차가워졌던 그의 체온이 다시 따뜻해졌다. 괜찮냐고 묻지 말자. 일단은.

"우리 같이 밥 먹어요."

같이 그의 집에서 시간을 보내듯이 밥을 먹자. 그러면 그녀는 곧 씩씩해질 것이다. 언제나 멋진 윤의 그녀, 옥지원. 옥 대리니까.

4

사무실의 가운데 스티로폼 벽이 철거된 지 벌써 2주나 지났다. 기존에는 지역을 나누어 가스전을 담당했던 1팀과 2팀의 업무가 점차 지역의 구분이 모호해지고 협업을 이루는 경우가 많아져 작년부터 한 팀으로 일하는 것이나 마찬가지였다.

특히 다윗 프로젝트는 1팀의 불륜남 서 차장, 윤민후 과장, 이진한 대리 2팀의 오 부장, 장한서 과장, 신준우 대리, 그리고 옥 대리가 TFT를 이루어 일을 진행하며 사무실을 오가는 데 불편함이 많았었다. 그래서 결국에는 베를린 장벽 허물듯 1팀과 2팀을 가로지르던 가운데 스티로폼 벽을 철거한 것이다.

사무실 면적이 넓어 윤과 지원, 두 사람의 자리는 거의 끝과 끝이긴 했지만 이제는 그와 한 사무실에서 일하게 되었다.

지원은 이 사실이 반갑지만은 않았다. 아니, 오히려 원치 않았다. 같은 사무실을 사용하면서 윤과 마주치는 일이 잦았고 그를 나무라는 사람들의 목소리도 더 잘 들렸기 때문이다.

아, 가만 보니 그를 한심한 사람으로 몰아가는 것이 이화선 주임이었다. 일이 어떻게 돌아가는 건지 대충 감이 잡혔다. 엘리트만 빼곡한 이 개발부서에서 화선은 자신의 무능력함을 감추기 위해 만만한 윤을 잡아 낮추고 알게 모르게 그에게 화풀이를 하며 조롱거리로 만들고 있었다.

회사에서 지원은 잘나간다. 하지만 윤은 그렇지 않다. 그런 모습을 매일매일 직접 두 눈으로 보고 싶지 않았다. 특히, 이렇게 스트레스가 점점 한계점에 치닫고 있을 때는 더더욱 더!

지금도 천연가스 수송선 건조 및 운영을 맡고 있는 EH중공업에 보낼 자료를 상의하기 위해 진한과 그의 자리에서 얘기하는데, 윤에게 면박을 주는 이화선의 듣기 싫은 목소리가 그녀의 귀를 따갑게 파고들었다. 차라리 귀에 귀마개를 쑤셔 넣고 싶었다.

자신의 남자가 안 좋은 소리를 듣는 것을 그대로 듣고 있는 것이, 맘이 편치가 않았다. 그리고 그 대상이 이 주임이라는 것도 매우 싫었다.

저, 저 망할 년! 이화선 이화상!

"김윤 씨! 내가 어제 오늘까지 러시아 프로젝트 자료 준비해 달라고 했을 텐데요. 아직도 안 됐어요? 아니, 도대체 일처리가 왜 이렇게 늦어요? 일을 하는 거야, 마는 거야! 그리고 지난주에 차장님한테 올라간 자료, 이거 김윤 씨가 번역한 거죠? 번역이 엉망이야! 아니, 미국에서 학위받았다더니 어디 뭐 저기 필리핀 시골에서 가짜 학위 따 왔어요?"

"죄송합니다. 빨리 준비하겠습니다."

"아니, 정신을 어디다 놓고 다니는 거야? 참나, 쯧쯧. 이렇게 넋을 놓고 회사를 다녀서야! 아우! 그 머리 좀 자르고 와요. 볼 때마다 답답해 죽겠어!"

"죄송합니다."

"아니, 다른 걸 못하면 영어 하나라도 잘하든가. 뭐 잘하는 게 없어, 도대체! 어휴, 이런 걸 부하 직원이라고."

아니, 저년이 지금 뭐라는 거야?

옆에서 듣던 지원은 속으로 울화통이 터졌다. 이 주임이 다음 주까지 준비해 오라는 것을 어제 그 옆에서 똑똑히 들었다. 그것도 현재 일과 그닥 관련 없는 러시아 프로젝트를. 그런데 바보같이 변명 한 마디 없이 사죄하는 윤이 답답했다.

그리고 영어 번역 자료는 윤이 한 것이 아니라, 이 주임 옆에서 콩고물 하나라도 떨어질까 그녀의 수발을 드는 김신애 사원이 한 것을, 이 주임 그녀가 서 차장에게 확인도 없이 결재를 올린 것이었다. 그것도 지원이 신애에게 부탁해서 서 차장에게 결재를 받으려던 것을 말없이 가로채서.

구글 번역기라도 돌린 것인지, 말이 전혀 맞지 않는 번역본을 만든 장본인 김신애 사원은 옆에서 불난 집에 부채질을 하고 있었다.

"김윤 씨. 어깨 좀 펴요. 어휴, 보는 사람까지 답답하게 만드는 자세야. 그리고 아까 혼 좀 냈다고 기죽은 거 아니죠? 호호, 이 주임님이 다 김윤 씨 잘되라고 하는 말이지, 호호. 그러니 앞으로 잘 좀 하세요!"

신애의 지원 사격에 신이 난 화선이 윤을 위아래로 훑어보며 한마디 더했다.

"안경 안 무거워요? 라식 수술 좀 해요. 요즘 그런 안경 쓰는 사람이 어딨어요? 어휴, 눈이 참 작네, 너무 답답하겠다."

계속 듣고 있는데 갈수록 가관이었다.

업무 외적인 일에까지 사람을 찰떡궁합으로 짝짜꿍을 맞추며 비꼬는 둘의 언행에 참다못한 지원이 나섰다.

"김신애 씨, 지난주에 차장님한테 올라간 자료. 그거 신애 씨가 번역한 거 아닙니까? 내가 신애 씨한테 부탁했던 것 같은데. 다시 한 번 확인해 보세요."

예상치 못한 지원의 말에 신애가 화들짝 놀라 바로 고개를 숙이고는 꽁무니가 빠지게 도망을 쳤다.

별것도 아닌 게 까불고 있어.

옥 대리가 도망치는 신애의 뒷모습을 흘겨보고 있자 옆에서 진한이 휘익, 휘파람을 불었다.

아오, 이 왠지 모르게 얄미운 놈. 진짜 언제 네놈 모르게 네놈의 뒤통수를 한 대 꼭 때리고 말리라.

그리고 지원이 이화선을 향해 돌아섰다.

"이 주임. 내가 저번 주에 부탁한 것, 준비됐어요? 어제까지 마치기로 하지 않았나? EH중공업에 LNG 수송선 관련해서 요구사항 보낼 거, 이 주임이 중공업에 남자 친구 있어서 잘할 수 있다고 했죠? 그것 좀 지금 봅시다."

지난주에 남친이 새로 사 준 명품 백을 회사에 가져와 이번 신상 한정인데 남친이 턱하니 사 줬다느니, 남친이 EH중공업 선박 사업부에서 주목받는 실세라느니, '중공업 연봉 센 거 알지? 소개팅 받고 싶으면 얘기해.' 라는 둥 으스대는 이화선에게 그럼 남자 친구한테 조언 얻어 가면서 업무 잘해 오길 바란다고 수송선 관련 업무를 맡겼다.

그 당시에는 억지웃음을 지으면서도 허세를 부리던 그녀였다. 그러더니, 기한이 어제까지였는데도 오늘까지 아무 결과물이 없었다.

언제 가져오나 잠자코 기다렸는데, 잘됐다. 왜 가만히 있는 운을 건드려 건드리긴?

가뜩이나 능력 없는 이 주임 뒤를 봐준다고 서 차장이 이 주임의 몫까지 지원에게 하도록 알게 모르게 쪼아 대서 짜증난 그녀였다.

"아, 그, 그게. 아직 중공업 쪽이랑 얘기가 안 돼서요. 아, 그리고 김윤 씨가 제가 부탁한 자료를 안 줘서 늦어졌어요."

귀신 씻나락 까먹는 소리 하고 자빠졌네.

죄없는 윤을 가지고 말도 안 되는 핑계를 대는 것이 가당치도 않아 지원이 받아쳤다.

"하, 이 주임 어제 김윤 씨한테 러시아 프로젝트 자료 분석해 오라는 것 들었는데. 오늘이 아니라 다음 주까지 해 오라고 시켰었지요? 해야 할 업무기한이 지난 사람은 김윤 씨가 아니라 이 주임이고요. 기억나요? 이 주임 업무기한이 어제였으면 진즉에 김윤 씨한테 일을 부탁했어야지. 일의 순서가 참 제대로 됐네요? 그리고 도대체 다윗 프로젝트 수송선 체크하는 데 러시아 프로젝트 자료랑 무슨 상관입니까? 러시아는 PNG(Pipeline natural gas)가 대부분이라 이번 건이랑 크게 상관없는 거 몰라요? 현재 한국에 들어오지도 않는 파이프라인은 도대체 왜 찾는 겁니까? 우리가 다윗 프로젝트에서 진행하는 건 LNG(Liquefied natural gas)입니다. 지금 각자 맡은 일에 책임을 다하고 있는 이 바쁜 시기에 러시아 프로젝트를 굳이 살필 이유가 없다고요."

"아, 아, 저!"

기본도 모른다는 듯 맞는 말만 하며 쏘아대는 지원에게 발끈하여 항의하려던 이 주임을 막고 지원이 말을 이었다.

"아, 당연히 이 주임 정도 되는 사람이 저런 걸 몰랐을 리가 없겠죠? 그쵸? 아마, 이 주임 나름대로 생각이 있었던 것 같은데. 오늘 하루 더 드릴게요. 내일 아침까지 제가 지시한 자료 부탁합니다. 내일은 늦지 마세요."

"하!"

말문이 막혀 말을 잇지 못하는 이화선이 얼굴을 붉힌 채 부들부들 떨다가 같은 나이인데도 승진이 빨라 먼저 상사가 된 지원에게 면박까지 당하자 분노를 참지 못하고 시뻘건 얼굴을 감싼 채로 사무실을 뛰쳐나갔다.

지난주에 화선의 갑작스런 투입으로 스트레스가 극에 달한 상태에서, 가만히 있는 윤까지 있지도 않은 꼬투리를 잡아 가며 괴롭히는 것을 보자니 참을 수가 없었다.

하아, 내 이 더러운 성격, 결국엔 또 터지는구나. 결국 주체를 못 하고 터트려 버렸다. 도대체 김윤은 왜 자기가 잘못한 것도 아닌데 가만히 있는 거야. 가만히 있으니까 사람들이 널 가마니로 보잖니!

평상시에 이 주임을 좋아하지 않던 다른 팀원들이 그녀가 나가자, 킥킥거리며 지원의 주변으로 다가왔지만 지원은 별로 받아 줄 기분이 아니었다. 지원은 옆에서 여전히 쭈뼛쭈뼛 서 있는 윤을 잠시 쳐다보다가 한숨을 쉬고는 뒤돌아 자신의 자리로 돌아갔다. 그녀의 그 시선과 한숨이 칼이 되어 윤의 가슴에 꽂히는 줄도 모르고.

☆★☆

어느 바쁜 월요일, 영어로 의사소통이 어려운 프랑스 파트너 '토탈(Total)' 측의 직원에게서 전화 연락이 왔다. 마침 담당인

이선화 사원이 자리를 비웠다.

윤은 프랑스어에 유창한 정도가 아니라, 능통했다. 지원은 속으로 윤이 나서길 바랐다. 하지만 프랑스어 가능자를 찾을 때, 그는 가만히 있었고 간신히 회화만 하는 수준인 다른 직원이 응대했다.

윤이 나서서 유창한 프랑스어를 선보이고 이미지 쇄신하기를 속으로 바랐지만 그는 그저 가만히 있을 뿐이었다. 지원은 그런 윤의 모습이 답답해 복장이 터질 지경이었다.

그런 속을 진정시키고 지원은 이번 주 진행될 업무를 검토하는 데 집중하기로 했다. 그때 그녀의 눈에 윤의 보고서가 띄었다.

그런데 이상했다. 지난번에 지원이 그녀의 자료 수집에 도움을 요청했을 때 윤이 건네준 자료는 간단명료하고 논리적이었다. 흠 잡을 데 없이 훌륭한 보고서였다.

하지만 윤, 그의 이름으로 올리는 자료는 너무 평범했다. 엘리트로 가득한 이 EH에서 평범은 곧 매장이다. 역시나, 평범하기 그지없는 윤의 보고서를 이화상, 이 주임이 그날도 꼬투리를 잡았다.

"김윤 씨, 보고서가 이게 뭐예요. 이런 식으로 일하라고 회사에서 그 많은 월급 주나요? 다시 해 와요!"

"네. 알겠습니다."

"어깨도 좀 펴고, 어휴. 어디 가서 우리 회사 직원이라고 말도 못 하겠어. 원 창피해서."

하, 이제 더는 안 되겠다. 도대체 왜 잘할 수 있으면서도 하지 않고 사람들이 깔보게 만드는지.

결국 지원은 그 날 저녁, 윤과 결판을 짓기로 결심하고 퇴근 후 그의 집으로 향했다.

"윤아, 도대체 왜 가만히 있는 거야?"

"뭘요."

"이화선 주임이 괜히 꼬투리 잡는 거 알잖아. 그럴 때 왜 한 마디도 안 하고 가만히 있는 거야? 그렇게 착하게 한다고 누가 알아줘?"

"그냥, 별로……."

지원이 업무에 관한 이야기를 꺼내자, 노골적으로 싫은 티를 내며 윤이 이야기하기를 꺼렸다. 그런 윤의 태도에 지원의 가슴에 금이 갔다.

"그리고, 아까 토탈 측에서 전화 왔을 때, 너 프랑스어 잘하잖아. 그럴 때 나서서 그 전화 받았으면, 사람들한테 네 이미지도 좋아지고 좀 좋아? 괜히 혜정 씨 좋은 일만 시켰잖아."

"……."

"윤아, 너 일 잘할 수 있잖아. 못 하는 거 아니잖아. 도대체 왜 그러는 거야. 말이라도 해줘."

"……."

아무 말 없는 윤의 태도에 답답한 건 지원이었다.

"윤아, 답답하게 왜 이래. 네가 이렇게 아무 말도 안 하니까 회사 사람들도 다 널 만만하게 보는 거 아니야! 아휴."

사무실을 같이 쓰기 시작하면서부터, 도대체 한숨을 몇 번이나 쉬는지 모르겠다.

그리고 지원의 한숨은 또다시 윤의 가슴에 쿡 박혔다. 아무 말 없이 어깨를 움츠리는 윤의 모습은 지원의 속을 새까맣게 타들어 가도록 만들었다.

"……지원 씨도 내가 답답해요? 만만해요?"

"……그래! 내 남자 친구가 이 주임, 그 화상한테 매일 말 한 마디도 못 하고 당하는 거 보기 싫어! 아닌 건 아니라고 말 할 수 있는 거잖아. 착하게 산다고 누가 알아줘? 안 알아줘! 다 네 손해라고! 도대체 왜 그렇게 바보같이 구는지 난 이해가 안 간다. 그리고 왜 그렇게까지 열의도 없는지! 내 남자 친구도 다른 남자들처럼 어느 정도 일에 대한 열정은 있으면 좋겠어!"

지원은 그녀도 모르게 다른 남자와 윤을 비교하는 발언을 해 버렸다. 말을 내뱉자마자 후회를 했지만 이미 뱉어진 말, 다시 주워 담을 수는 없었다.

"바보 같다고요……."

상처받은 표정으로 그녀의 말을 곱씹는 윤을 보면서도 지원은 한 번 터진 화산이 줄줄 벌건 용암을 뿜어내듯, 말을 멈출 수가 없었다.

결국 하고 싶은 말을 필터 한 번 거치지 않고 다 하고 만 지원이었다. 막상 말을 하고 나니 미안해져 지원이 윤의 눈치를 살폈다. 자신의 말에 화라도 내기를 바랐거늘 그는 또 꿀 먹은 벙어리 마냥 아무 말이 없었다. 그런 윤의 모습에 지원은 한숨을 쉬고는 가방을 챙겨 집을 나섰다.

남들 보기에 강철 같고 찔러도 피 한 방울 안 나올 것 같은 옥대리, 지원의 속은 사실 여리디여려 남들이 보지 않는 곳에서는 울기도 잘 울었다.

그런 일이 있고 지원은 집으로 돌아와 한참을 울었다. 자신이 내뱉은 말에 후회하며 침대에 쓰러져 한없이 눈물을 쏟았다. 윤에게 미안한 마음과, 안타까운 마음이 한데 섞여 그녀의 울음소리는 더욱 구슬펐다. 그때였다.

띠링.

문자 수신음 소리에 지원이 탱탱 부은 눈을 간신히 떠가며 문자를 확인했다.

[집에 잘 갔죠. 미안한데, 내일 아침에는 데리러 못 갈 것 같아요.]

문자를 확인한 지원이 서럽게 우는 소리가 더 크게 집 안을 가득 채웠다.

사귄 지 4달, 처음으로 둘은 싸웠다. 그것도 엄청 크게.

☆★☆

화요일.

지원의 눈이 부어 있고, 윤의 얼굴은 침울했다.

수요일.

지원의 미간에 주름이 잡히고, 윤의 얼굴은 침울했다.

목요일.

지원이 점심을 거르고, 윤의 얼굴은 침울했다.

금요일.

지원의 얼굴에 수심이 가득했고, 윤의 입가엔 살포시 미소가 패였다.

그리고 또 한 명.

진한의 얼굴에 장난기 가득한 웃음이 서렸다.

"옥 대리, 오늘 술 한잔 콜?"

진한이 지원에게 웬일인지 술자리를 제안했다.

"옥 대리 요즘 무슨 일 있어? 이화상 때문에 그래?"

회사에서 이 주임의 별명은 이화상이다. 이화선, 이화상. 참 생긴 대로 잘도 들어맞는 이름이다.

"일은 무슨 일, 없어."

술잔을 털어 넣으며 지원이 '나 안 좋은 일 많아요.' 라고 가득

써져 있는 얼굴을 내비쳤다.

"요즘 만나는 사람은 있고?"

"……있어."

지원이 망설이다 수긍했다. 여자들이야 남자 친구가 있다고 하면 어느 회사에 연봉은 얼마냐. 학교는 어디 나왔고 집안은 어떻냐. 외모는 어떠냐 등등 신상 터느라 정신없을 테지만, 진한은 괜찮을 것 같았다.

"많이 좋아? 어때?"

"……많이 좋아하지. 완전 멋진 사람이야. 착하고, 순수하고, 나한테 잘해 주고, 본인 인생 즐기면서 살 줄 아는, 멋진 사람."

지원이 자조적으로 웃으며 또다시 술잔을 들었다. 진한이 씨익 웃으며 그녀의 잔에 건배를 했다.

"요즘 다들 연애하나 봐? 우리 팀에 김윤 씨도 어제 백화점에서 여자 친구한테 가방 사 주던데, 그것도 샤넬을. 명품에도 급이 있다지? 그런데 그 비싸다는 샤넬을 사 주다니. 많이 좋아하나 봐."

"뭐, 뭐?"

뭐라고? 누가 누구한테 가방을 사 줘? 그것도 그냥 가방이 아니라 샤, 샤, 샤, 샤네엘?

"여자 친구가 팔짱 끼고 지나가는데 엄청 어리고 예뻐 보이더라, 대학생 같던데. 김윤 씨 능력도 좋아."

진한이 술잔을 돌리며 말을 이었다.

대, 대, 대학생? 어리고 예뻐어? 나는 일주일 동안 어떻게 미안한 마음을 전할까 고민하며 지옥에서 헤엄치고 있을 동안, 김윤은 어디서 굴러먹다 온지 모를 여대생에게 샤넬을 사 주며 시시덕거리고 있었다고?

"나, 나. 먼저 집에 가 볼게. 다음 주에 보자."

탁.

지원이 남은 술을 원샷하고는 자리를 박차며 뛰쳐나갔다. 헐레벌떡 뛰어 나가는 지원의 뒷모습을 보며 진한이 한 손을 들어 흔들었다.

"바이바이."

지원은 윤에게 전화를 했지만 윤은 전화를 받지 않았다. 택시를 타고 그의 집으로 향하는 지원의 가슴이 타들어 갔다. 그리고 뚝뚝. 눈물이 떨어졌다.

대, 대학생한테 뭘 사 줘? 샤넬을 사 줘? 샤아네엘? 지금까지 내게도 사 준 적 없던 샤넬을. 팔짱을 끼고 백화점을 돌아다녀? 팔짱이라니, 나만 만질 수 있는 윤을 어리고 새파란 것이 감히! 도대체 그년은 누구야. 김윤 어떻게 이럴 수가 있어? 아이고.

갑자기 엉엉거리며 우는 그녀를 의아하게 쳐다보는 택시 기사에게 만 원인지 오만 원인지도 모르는 지폐를 서둘러 건네고는 택시에서 내렸다.

쏴아아.

요즘 들어 소나기가 자주 오더니, 타이밍도 기가 막히게 시원하게도 비가 내렸다. 홀딱 젖은 채로 집에 올라갔다. 하지만 윤은 어디 갔는지 보이지 않았다.

"김윤. 어디 갔어. 어어엉."

엉엉 울며 온 집 안을 찾아 헤맸지만 윤은 보이지 않았다. 그의 핸드폰 또한 거실에 얌전히 놓여 있었다. 안방 드레스 룸에 허물 벗듯 벗어 놓은 옷가지만이 남아 있었다.

혹시, 수영하러 갔나? 그년이랑 수영하러 갔나?

화수목, 그녀가 정한 노 데이트 날에는 아래층 편의 시설에 있는 수영장에서 수영을 하며 개인의 시간을 보낸다는 것이 문득 생각났다. 이미 지원의 머릿속에는 수영장에서 시시덕거리며 수영하는 윤과 얼굴 없는 예쁘고 어린 대학생 여자애가 서로에게 물을 끼얹고 있었다.

금요일 저녁 밤 10시.

사람들은 이미 집에 들어가 가족과 함께 시간을 보내거나, 밖으로 나가 한잔하고 있을 시간이라 그런지 수영장에는 아무도 없었다. 빠르게 물살을 가르며 혼자 수영을 즐기고 있는 윤을 제외하고는.

대학생 여자애가 있는지 이쪽저쪽 다 살펴봤지만 윤 혼자였다. 지원이 그를 불렀다.

하지만 물 안에서 수영을 하고 있는 윤에게까지 그녀의 외침이 닿지는 않았다. 저 멀리 사라지려는 윤을 바라보던 지원이 신발을 벗어 던졌다. 그리고는 수영장 안으로 뛰어 들어갔다.

"김유우우우우우운."

그녀가 부르는 그의 이름과 그녀가 움직일 때마다 생기는 물소리가 늘어져 수영장 안을 가득 채웠다.

도대체 그 어린 대학생이 누군지, 나는 지옥에서 죽어나는데 넌 도대체 누구와 즐거운 시간을 보낸 건지, 지원이 분기탱천하여 수영장에서 빠른 속도로 물살을 가로지는 윤에게 다가가려 했다. 하지만 윤은 지원을 발견하지 못하고 빠른 속도로 반대편으로 멀어져 갔다.

"윤아, 어푸어푸, 가, 가지 마."

멀어지는 윤을 쫓아가는데 수심이 점점 더 깊어졌다. 발이 닿지 않았다. 그저 걸어서 쫓아가야 한다고 생각한 지원이 깊어지는 수심에 당황해서 허우적거렸다. 평상시에는 잘만 하던 수영을 해야 한다는 생각조차 할 새도 없이 점점 밑으로 가라앉으며 팔을 이리저리 뻗었다. 휘저었다. 그때,

쑤욱.

강한 악력의 손이 지원의 허리를 잡아 들어 올렸다. 윤이다.

☆★☆

윤의 일주일도 지옥 같았다. 자신을 한심스럽게 생각하는 것 같은 지원의 시선을 견딜 수가 없었다. 부쩍 자주 쉬는 지원의 한숨이 자꾸 생각나 윤의 가슴을 난도질했다.

일주일간, 윤은 차분히 생각하는 시간을 가졌다. 10년 넘게 외모에도 신경 쓰지 않고 살았고, 경제적 풍요로움 덕에 일적인 것도 그다지 원하는 것이 없었다.

하지만 그 모든 것은 지원이 나타나기 전까지의 이야기였다. 자신이 흥미로워하는 것들 이외의 다른 것들에는 그다지 열정이 없던 그는 현재 자신의 삶에 아무런 불만이 없었다.

하지만 지원과 함께하게 된 이후로, 남자로서 자신의 여자에게 멋지고 당당한 모습을 보여 주고 싶은 마음이 자꾸만 커졌다.

복잡한 마음으로 수영장을 찾은 윤은 더 빠른 속도로 팔을 움직이며 물살을 가르고 나아갔다. 그의 귀에는 헉헉거리는 자신의 숨소리와 물살을 가르는 소리만이 가득했다.

한참을 쉬지 않고 수영을 하던 윤이 레인의 끝에 손끝이 닿자 잠시 호흡을 가다듬으려 물속에서 얼굴을 들어 올렸다.

그런데 그때 뒤편에서 소리가 들렸다. 안경을 끼지 않아 잘 보이지 않았지만 하얀 물체의, 사람처럼 보이는 것이 허우적거리며 팔을 들어 올리는 것 같았다.

놀란 윤이 다시 물속으로 들어가 그것을 향해 빠른 속도로 다가갔다.

"어푸야, 흐악."

허우적거리며 정신을 못 차리는 물체를 윤이 바다에서 고기 낚듯 잡아 올렸다.

"헉헉, 괜찮으세…… 지, 지원 씨?"

탱탱 부은 눈에 화장은 번져 팬더가 되어 팔을 허우적거리는 물체는 지원이었다.

"아이고, 어푸어푸. 흐어어어엉, 윤아."

옷을 입은 채로 수영장 안으로 들어선 그녀가 홀딱 젖어 비 맞은 생쥐 꼴이 되어 버렸다. 하얀 블라우스가 물에 젖어 그녀의 봉긋 솟아오른 가슴을 그대로 드러냈다.

들먹거리는 그녀의 숨결이 오르락내리락거리며 윤의 시선을 간지럽혔다. 일주일 만에 끌어안은 지원이었다. 윤은 어안이 벙벙한 와중에도 반가운 마음이 크게 느껴졌다. 화장이 번져 흉측한 지원의 얼굴도 그저 예뻐 보였다. 콩깍지가 쓰인 것은 지원뿐만이 아니었다.

"지, 지원 씨."

정신 못 차리고 엉엉거리며 윤에게 매달리는 지원을 윤이 꽉 끌어안고 그녀를 들어 올렸다. 윤이 급히 수영복 위로 옷을 대충 걸치고 베스타월로 지원을 감싸 안고 집으로 올라갔다.

아침부터 드문드문 몰아친 소나기가 더위를 한풀 꺾었다. 비 온 이후 느껴지는 특유의 쌀쌀함에 지원이 몸을 떨었다. 그녀의 몸이 차가웠다. 거실 바닥에 널브러져 있는 그녀의 가방 또한 흠뻑 젖어 있는 걸 보니 아무래도 소나기를 맞은 듯했다.

윤이 집에 도착하자마자, 욕조에 따뜻한 물을 가득 채우고는 지원과 함께 몸을 담갔다. 그런 와중에도 지원은 계속 흐느꼈다.

흐느끼면서도 자신의 목을 감싸 안고 매달리는 지원이 윤은 귀엽게 느껴졌다.

일주일간 혼자 차분히 생각할 시간이 필요해 출근길에도 그녀의 집에 데리러 가지 않고, 회사에서 마주쳐도 시선을 피했다. 오늘내일쯤, 마지막으로 생각의 정리를 마무리하고 지원에게 찾아갈 생각이었다.

그런데 지원이 떡하니 자신을 찾으러 온 것이었다. 지원이 먼저, 그에게.

미안한 마음과 고마운 마음이 동시에 해일처럼 윤의 가슴에 몰아쳤다. 그런데, 엉엉거리는 지원에게서 술 냄새가 났다.

하아, 이 여자 또 술 마셨네.

윤이 한숨을 쉬고는 지원의 블라우스 단추를 하나씩 풀어냈다. 딴생각이 있어서가 아니라, 그저 일단 지원의 몸을 따뜻하게 만들어 주기 위해!

"흐윽, 흑흑. 김윤! 너 어떻게 그럴 수가 있어? 흑흑."

그녀의 블라우스를 열어젖혀 벗겨 내던 윤이 괜히 뜨끔해 지원을 쳐다봤다.

"아, 아니. 이건 그저⋯⋯."

"내가 월요일에 뭐라 하고 나서 화, 화나서 흑흑. 그다음 날 아침에 데리러 오지도 않고, 흑흑. 나는 일주일 동안 어떻게, 사, 사과할지, 흐엉, 생각하면서 헝헝, 엄청 힘든 시간을 보냈는데. 넌 어떻게 다른 여자랑 시시덕거리고 있을 수가 있어? 그것도 어린 여자애랑! 그 애한테 샤넬 가방도 사 줬다며! 시, 심지어 나한테도 아직까지 안 사 준 샤넬을! 팔짱까지 끼고 다녔다며! 어떻게 그럴 수가 있어! 도대체 그년 누구야? 너 바람펴? 바, 바람. 흑흑. 흐어어어어어어어엉."

지원이 혼자 북 치고 장구 치며 통곡의 강을 이루었다.

블라우스와 안에 입고 있던 흰색 나시까지 벗겨 내자 검은색 레이스 브라로 감싸진 그녀의 가슴이 훤하게 드러났다. 평소보다 더 부풀어 오른 그녀의 가슴이 그녀의 흐느낌에 따라 오르락거리는 것을 멍하게 쳐다보던 윤이 지원의 말에 정신을 되찾았다. 뭐? 바람?

"흐어어엉, 내가 다 잘못했어. 이화상이 건드리면 내가 다 막아 줄게. 이제 내가 밥도 다 하고, 아침도 다 챙길게. 싸우면 내가 먼저 다 연락할게. 윤아, 엉엉엉. 그러니까 그 어린 여자애 만나지 마. 엉엉."

어린 여자애?

도대체 누굴 말하는 거지? 윤이 어리둥절해하며 지원을 살짝 들어 안아 그녀의 스커트도 벗겨 냈다.

"형형, 나는 샤넬 안 사 줘도 돼. 돈도 내가 다 벌게. 너는 하고 싶은 것 하면서 살아. 흐엉. 앞으로 내가 다 설거지하고 밥도 차릴게. 그러니까 바람피지 마. 으엉어엉."

샤넬, 어린 여자애. 도대체 무슨 말을 하는지 욕실에 가득 찬 수증기처럼 답답하던 찰나, 머릿속을 무언가 스쳐 지나갔다.

미국에서 유학을 끝마치고 얼마 전 한국으로 돌아온 진한의 여동생, 시원과 저녁 식사를 함께했다는 것을. 집 근처 백화점에 위치한 고급 레스토랑에서 크게 쏘겠다는 시원의 말에 윤이 진한과 함께 백화점으로 향했고, 식사를 마치고 함께 매장을 돌아보며 이야기를 나누던 차에 명품 매장이 눈에 띄었다.

며칠 전, 남자 친구에게서 선물 받았다는 루이비통 백을 가져와 자랑하는 이화선 주임을 바라보며 미간을 찌푸리던 지원이 생각났다.

다른 어느 평범한 여자들과 같이 지원도 명품을 좋아했다. 단, 지원은 명품을 구매할 능력이 있는 여자였지만 적정한 선에서 스스로 구매를 하는 편이었고 이 주임은 자신의 능력 밖을 벗어나 과도하게 명품 구입에 열을 올리고, 그 이외의 열망은 남자 친구를 통해서라도 풀어야 하는 차이점이 있었다.

남친이 사 준 백을 자랑하던 이 주임을 바라보며 씰룩이던 지원의 귀여운 얼굴을 상상한 것만으로도 기분이 좋아진 윤이 시원에게 도움을 요청했다.

"여자들이 제일 좋아하는 명품 브랜드가 뭐야?"

"뭐? 왜? 오빠 여자 친구 생겼어?"

진한이 옆에서 요것 봐라 하는 표정으로 윤을 쳐다봤다. 윤이 수긍하며 어느 매장으로 갈지 고민했다.

"어머, 웬일이야! 윤이 오빠가 드디어 여자 친구가 생겼네! 경사 났네. 여자라면 당연히 샤넬이지. 명품이라고 다 명품인가? 명품에도 급이 있지. 아, 물론 샤넬보다 비싼 것도 많지만 그러면 받는 사람이 너무 부담스러울 테고. 뭐니 뭐니 해도 선물하기에도, 받기에도, 그리고 자랑하기에도 좋은 건 샤넬이 딱이지. 아니, 사실 샤넬도 부담스럽지만, 오빠 정도면 이 정도도 충분히 사 줄 수 있으니까."

시원이 윤에게 여자 친구가 생겼다는 말에, 그리고 누가 뭐라든 결국에는 항상 제 갈 길을 가는 윤이 명품매장 앞에서 어느 것을 사야 할지 두리번거리는 모습에 신이 나서 쇼핑 어시스턴트 역할을 자처했다.

어떤 여자일지 심히 기대가 됐다. 지금까지 한 번도 여자 친구를 사귀지 않아 게이가 아닐까 의심을 할 정도로 여자에게 무관심했던 그 김윤을 낚은 사람이 누구인지.

결국 시원의 도움을 받아 샤넬 수석 디자이너의 한정판이라는, 그는 잘 알지 못하지만, 여튼 시원이 호언장담하며 받는 사람이 분명 좋아할 거라는 가방을 샀다. 그리고 그의 한 달 월급에 두 배는 되는 가격의 신상 가방님은 그의 드레스 룸 한켠에 고이 모셔져 있었다.

일이 어떻게 된 건지 훤히 보였다. 아마도 옆에 있던 진한이 오늘 지원에게 약간의 거짓을 보태 술수를 부렸을 것이다. 그리고 사실 반, 거짓 반이 섞인 진한의 마수에 걸린 지원이 오해를 하고는 구슬 같은 눈물을 뚝뚝 쏟아 내며 윤의 마음에 불을 지피고 있는 것이었다.

윤은 진한의 장난에 눈살을 찌푸렸다가 오히려 고맙다는 생각이 들었다. 덕분에 지원이 먼저 이렇게 자신을 찾아와서는 귀여운 모습을 보여 주고 있었으니.

윤이 웃음을 참으며 지원을 끌어안고는 그녀의 등을 쓸어 내렸다.

"진짜? 지원 씨가 돈 다 벌어다 주고, 저는 일 안 해도 되요?"

"엉엉, 나 잘나가는 거 알지. 나 월급도 많이 받아. 그러니까 그냥 내가 일할게, 넌 스트레스 받으면서 형형, 일하지 않아도 돼. 흑흑. 내가 미안해. 그 이화상 고년이 자꾸 너 괴롭히는 게 보기 싫었어. 흐어엉어엉. 내가 다 잘못했어. 그러니까 나 버리면 안 돼."

애처로운 모습으로 윤을 애 닳게 만들며 끊임없이 미안하다고 말하다가, 결국엔 꺽꺽대며 목을 놓고 울어 젖히는 지원의 모습에 윤의 가슴이 파동을 일으켰다.

그래, 이 여자라면 좋다.

좋아하는 사진이나 찍고, 음악을 듣고 악기를 치고, 운동을 하고, 경제적으로 낮은 수준에 있는 개도국을 학문적으로 탐구하는 것과 같이 그가 흥미로워하는 것들보다도, 중요한 일이 생겼다.

옥지원. 그녀가 원한다면 무슨 일이든지 할 수 있을 것 같다. 회사에서 일을 열심히 하라면 열심히 할 것이고, 회사를 그만두고 사업을 해 큰돈을 벌어 달라면 벌어 볼 참이다. 귀찮지만 매일같이 용모를 단정히 하고, 깔끔히 하라면 그도 모두 따를 것이다.

이제부터, 이 여자가 원하는 대로 모두 들어줄 생각이다.

옥지원, 이 여자가 좋으니까.

5

"허억. 안 돼애애애애애애애!"

윤의 옆자리에 누워 인상을 찌푸리며 자고 있던 지원이 팔을 휘두르며 스프링 튀어 오르듯 튀어 올랐다. 얼굴 없는 어린 미녀가 윤을 끌어안고 키스를 하며, 뒤에서 멍하니 그 모습을 쳐다보는 지원에게 씨익 웃음을 날렸다.

그리고 그 어린 미녀의 팔에는 샤넬이 달려 있었다. 그 모습을 보며 처량하게 우는 지원에게 하늘에서 명품 가방이 떨어졌다.

툭, 손에 잡힌 명품 가방을 쓱 훑어본 지원의 분통이 터졌다.

LOUIS VUITTUNG. 루이뷔퉁. 짝퉁이었다.

분노한 지원이 짝퉁을 집어 던져 얼굴 없는 미녀를 맞추려던 찰나 머리 위로 수많은 짝퉁 비가 쏟아졌다.

그리고 얼굴 없는 미녀가 윤의 셔츠를 벗기며 저 멀리 사라졌다.

"안 돼애애애애애!"

"지원 씨, 괜찮아요?"

지원이 깨길 기다리며 지원의 통통한 엉덩이를 주무르고 있던 윤이 깜짝 놀라 비명 소리에 놀라 그녀를 흔들었다.

"헉헉, 헉."

얼굴 없는 미녀의 마수에 걸려 끌려간 윤이 다행히 되돌아왔다. 아니, 꿈이다. 꿈인가? 휴 다행이다. 꿈이었다.

지원이 거미처럼 윤을 다리로 감싸 안고 꽉 끌어안아 버렸다. 어디로 도망 못 가게.

"하아, 꿈에서 그 어린 여자가 널 데리고 도망갔어. 그리고 그, 여자가 네 옷도 벗겼다고! 절대 안 돼! 넌 나만 만질 수 있어. 나만 네 벗은 모습 볼 수 있다고!"

아직까지 꿈에서 다 헤어 나오지 못했는지 지원이 주변을 살피며 윤을 더 세게 끌어안았다.

윤이 차오르는 웃음을 참으며 그대로 지원을 안고 방 안쪽에 있는 드레스 룸으로 향했다.

아까의 사랑 이후로 아직까지 벗은 몸인 지원의 엉덩이가 손에 느껴지고, 풍만한 가슴이 느껴지자 그의 대롱이 다시 고개를 들었다. 윤은 그것을 애써 억누르며 콘솔 위에 지원을 앉히고는 서랍 장에서 그의 티셔츠를 꺼내 입혔다. 그리고 자신도 일단 바지를 찾아 입었다. 일단은 가리자.

한쪽에 고이 모셔 둔 쇼핑백을 꺼내 와 지원의 무릎 위에 놓았다.

"회사에서 계속 답답한 모습 보이고, 오히려 지원 씨한테 도움까지 받고. 미안해요. 일주일간 나도 생각 많이 했어요. 그 지원씨가 말하는 어린 여자애는 아마 제 사촌 동생일 거예요. 목요일에 백화점에서 일하는 동생한테 물어봐서 산 거예요. 아, 그, 그, 동생이 아무래도 나보다 여자들이 뭘 좋아하는지 잘 알 테니까. 그리고 난 팔짱 낀 적 없어요! 도대체 어디서 뭘 본 거예요?"

"이진한 대리가! 아, 아니. 그냥 누가 다른 사람이 봤대. 진짜? 사촌 동생이라고?"

역시 진한이 형이었군.

"네, 사촌 동생이에요. 이름은 이시원. 이진한 대리님 동생이에요. 그리고 셋이 같이 백화점 간 거예요 둘만 만난 것도 아니에요."

"아, 이진한 대리 동생…… 뭐? 그럼 유, 윤이 너랑 이 대리랑도 사촌이란 말이야?"

"뭐…… 그렇게 되네요."

윤이 혹시나 하는 마음에 지원을 쳐다봤다. 회사에서 이미 진한이 EH그룹의 일원이라는 소문이 돌고 있는 것을 지원이 알까 해서였다.

"이 대리랑 너랑 사촌이라고……."

지원이 가만히 생각하는 모습에 윤이 꼴깍 침을 삼켰다.

"이진한 이 시키! 그래 놓고는 나한테 그런 거짓부렁을!"

지원이 진한이 그녀를 가지고 장난을 쳤다는 사실을 깨닫고는 분노하다가, 무릎에 걸리는 쇼핑백을 바라봤다. 모르고 넘어가는 지원을 보며 윤이 그녀 모르게 안도의 숨을 내쉬었다.

"그, 그럼, 이건 누구 주려고?"

"당연히 지원 씨죠."

"다, 다른 여자 사 주고 걸릴까 봐 나한테도 사 주는 거 아니고?"

"입사 이후 한 번도 안 쓰고 모아 둔 보너스 반이 넘게 날아갔어요. 한 명 사 주기도 힘든데 두 명 사 줄 능력은 아직 없어요. 열어 봐요."

지원이 떨리는 손으로 찬란한 쇼핑백을 열었다. 곱게 포장되어 있는 상자를 여니 다시 더스트 백에 싸여 있는 미디엄 사이즈의 백이 형태를 드러냈다. 처녀의 저고리 벗기듯 떨리는 손으로 더스트 백의 매듭을 풀어내고 안에서 진짜 가방을 찾아냈다. 꿈에서 비 맞듯 얻어맞던 짝퉁이 아니었다.

"아, 아니. 이건!"

샤넬에서 그간의 행보를 기념하며 이번 시즌 한정으로 샤넬 정신을 모두 쏟아부은 장안의 화제인 가방이었다. 그 예쁜 전지현 같은 연예인들도 한 번 들어 보고 싶어 한다는, 그 가방! 그 화상 같은 이화상도 이건 남친한테 못 받았다.

"그, 그럼. 어린 대학생 여자애는 사촌 동생이고, 이, 가방은 내 거고?"

"응."

"그럼 넌 바람핀 것도 아니고, 다른 여자랑 팔짱 낀 것도 아니지?"

"응. 다른 여자는 안 돼."

윤이 그녀의 이마에 키스를 했다.

"바람핀 것도 아니고, 여자랑 만난 것도 아니고, 더군다나 기념일도 아닌데 샤, 샤넬을!"

지원이 윤을 밀치고 바닥에 서더니 꺄악 소리를 지르며 드레스룸을 벗어나 침실을 향해 뛰어가더니 우당탕탕 부딪히는 소리를 냈다. 놀란 윤이 쫓아 나가려는데 다시 번개같이 뛰어오더니 윤에게 새처럼 날아들었다.

뛰어가다 넘어진 지원이 무릎에 느껴지는 통증에 꿈이 아님을 깨닫고 윤에게로 뛰어들어 폴짝 안겼다.

"고마워. 윤아! 근데 나 너무 속물 같니? 그래도 좋아! 샤넬도 좋고, 네가 바람핀 게 아닌 것도 좋아. 꺄아."

윤에게 안긴 채로 방방 폴짝이는 지원의 허리를 잡은 윤이 끙, 신음을 내뱉었다.

"왜 그래, 윤아. 무거워?"

지원이 그의 품에서 내려오려 하자, 윤이 그녀의 허리를 강하게 붙잡았다.

"지원 씨. 지금 티셔츠 안에 아무것도 안 입었는데, 자꾸 그렇게 움직이면……."

윤이 입혀 놓은 티셔츠 안에는 맨몸이었다. 그에게 안기며 티셔츠가 말아 올라가 그녀의 다리가 훤히 드러났고 그녀의 뒤에 있는 거울로는 드러난 그녀의 엉덩이가 비쳐 윤의 시선을 흔들리게 만들었다. 벗은 윤의 뱃가죽에 느껴지는 그녀의 안쪽 여린 허벅지 살이 윤의 대롱이를 다시 자극했다.

윤이 지원을 다시 콘솔 위에 앉혔다. 윤의 손이 허벅지를 스윽 손으로 타고 올라왔고 그의 혀가 지원의 입술을 가르고 들어왔다. 지원의 손에 들려 있는 가방을 옆에 두고, 걸리적거리는 안경도 벗어 함께 그 옆에 두었다.

드레스 룸 안 곳곳에 거울을 설치한 인테리어 업자에게 고마움을 느끼며 윤이 지원을 잡아끌어 전신 거울 앞에 지원을 일으켜 세웠다. 윤은 지원의 뒤에 서서 한 손으로 그녀의 허리를 감싸고, 나머지 한 손은 그녀의 가슴에 두었다. 그리고 예민하게 부풀어 오른 구슬을 잡아 쥐었다.

계산해 보니 조만간 아마 그녀의 예민한 기간이 시작될 것이다. 그 전에 일주일간 쌓인 것을 모두 해결할 테다.

"어제, 지원 씨가 다 잘못했다고 했지요?"

"으응? 응."

거울 앞에 자신을 세우고 흐릿한 눈빛으로 쳐다보는 윤의 모습이 더욱 섹시해 보였다.

"난 바람핀 적도 없는데, 괜히 오해하고."

"미, 미안해."

"술은 누구랑 마신 거예요?"

뜨끔, 술에 취해 수영장에 들어가는 등 진상을 부린 것이 생각났다.

윤의 손이 허리를 타고 엉덩이로 내려갔다. 눈이 잘 안 보여 흐릿하지만 그의 시선은 여전히 거울 너머로 지원의 눈을 쳐다보고 있었다.

"그그, 이진한 대리랑."

"둘이서?"

"으, 으응."

윤이 지원의 엉덩이를 살짝 움켜쥐고는 허벅지를 쓰다듬었다.

"이제 나 없을 때 술 마시지 마요."

"으, 응."

얌전히 대답하는 지원이 맘에 든 듯 윤이 지원의 티셔츠를 쑥 벗겨 냈다. 맨몸으로 거울 앞에 선 지원의 몸 곳곳에 이미 불긋한 흔적이 남아 있었다. 어제 욕조에서 나온 후 윤과 한차례 나눈 행위에서 생긴 것이었다. 지원은 거울로 보는 자신의 몸에 민망하여 윤의 시선을 피했다.

"지원 씨 애태워서 미안해. 일주일 동안 나도 힘들었어. 이제 지원 씨가 원하는 대로 할게요. 이 주임한테 더 이상 가만히 당하고만 있지 않을게. 다른 사람보다 더 열심히 해서 지원 씨에게 어울리는 멋진 남자 친구가 될게."

남자로서 자존심 상해할 만한 부분을 건드리고 뭐라 한 것도 자신이고, 혼자 오해해서 술에 취해 수영장에 뛰어들어 추태를 보이고 바람폈다고 몰아간 것도 자신인데. 먼저 미안하다고 말해 주는 윤에게 지원이 다시 미안한 마음에 뒤를 돌아보려 했다.

"아냐, 윤아."

윤이 뒤돌아서려는 지원을 제지한 채 거울 옆편에 옷가지를 차곡차곡 개어 놓은 붙박이장에 지원의 손을 내려놓고 그녀의 등에 자잘하게 입을 맞췄다.

"나 어떻게 할까? 응? 지원 씨가 가르쳐 줘……. 지원 씨가 이런 거…… 알려 준 것처럼, 앞으로도 계속 어떻게 할지 또 알려 줘."

콘솔을 붙잡고 떨리는 몸을 간신히 지탱하는 지원의 가슴을 부드럽게 쥐어 잡으며 윤이 한 손으로는 그녀의 수풀을 가르고, 그의 손가락을 밀어내는 그녀의 단단한 내벽을 기어이 뚫고 들어갔다.

윤이 손가락을 타고 흐르는 끈적한 액을 윤활유 삼아 천천히 파고들었다. 흥분한 지원이 손을 내려 윤의 바지를 벗겼다. 흥분한 윤의 대롱이가 이미 무시무시하게 존재를 드러냈다.

거울로 흥분한 윤을 바라보며 뒤편으로 대롱이를 살살 쓰다듬었다. 그녀의 손길에 입술을 깨무는 윤의 표정이 섹시했다. 윤이 신음을 내뱉으며 드레스 룸 한가운데 놓여 있는 콘솔에 걸터앉았다. 그는 지원을 들어 제 무릎 위에 앉히고 그녀의 다리를 벌렸다. 지원의 온몸이 거울 앞에 낱낱이 드러났다. 지원이 차마 그 모습을 보지 못하고 손을 들어 올려 자신의 눈을 가렸다.

"아, 안 돼!"

등 뒤에서 그녀를 안은 윤의 대롱이가 지원의 엉덩이를 쿡쿡 찔러 댔다. 다리를 벌리게 하고 손가락으로 질척거리는 지원의 내벽을 살살 긁어내는 윤의 손가락에 지원의 신음 소리가 커져 갔다. 흐릿한 시선 너머로 흔들리는 지원의 가슴에 윤의 신음 소리도 거칠어졌다.

지원의 목에 콱 이를 박고 빨아 대는 윤의 손짓이 빨라졌다. 자신의 가슴을 지분거리는 윤의 한 팔을 꽉 잡고 눈을 가린 채 부끄러워하는 지원의 모습이 윤을 더 자극했다. 달게 들뜬 얼굴로 신음 소리를 내뱉는 오동통한 입술이 귀여웠다.

윤이 가슴을 만지던 손을 들어 올려 지원의 입술을 살짝 튕겨 내고는 오물거리는 입술에 손가락을 집어넣었다. 위아래로 손가락을 조여 대는 지원으로 인해 윤의 눈빛이 더욱 진해졌다.

"윽, 다리 조금만 더 벌려."

허벅지에 힘을 줘 지원을 받치고 한 손으로 지원의 허리를 감싸 안은 윤이 대롱이를 잡아 지원의 안으로 밀어 넣었다. 거울 너머로 흐릿하게 보이는 윤과 지원의 얽혀 있는 모습이 윤을 여느 때보다 더욱 흥분하게 만들었다.

그가 양손으로 허리를 잡고 살살 지원을 돌려 가며 삽입했다 뒤로 빼는 것을 반복했다. 눈을 감은 채로 그를 느끼던 지원이 결국엔 애원하기 시작했다.

"유, 윤아. 침대로, 침대로 가자."

지원을 안아 들고 침대로 돌아온 윤이 지원을 엎드리게 한 채로 그녀의 등에 하나하나 정성이 가득한 키스를 뿌렸다.

"말해 봐. 어떻게 할까?"

"이화상이 뭐라 하면 당하지 마. 웃."

"또?"

"또, 또…… 네가 잘하는 건 열심히 하고."

"응, 그리고?"

가만히 그의 애무를 즐기던 지원이 돌아누우며 윤에게 팔을 벌렸다. 안아 달라는 표시다. 윤이 그녀가 원하는 대로 그녀를 품에 안았다. 사랑스럽다. 윤에게 꼭 안겨 그의 목과 어깨에 키스를 하며 지원은 앞으로 변할 회사에서의 윤의 모습을 상상했다.

"음, 어깨도 펴고, 머리도 자르고, 수염도 밀고, 안경은, 안경은 나중에! 지금은 안 돼."

안경까지 벗어 던지면 아마 회사 내의 모든 여자들이 윤을 가만 놔두지 않을 것이다. 아직 거기까진 안 된다. 좀 더 윤의 멋진 모습을 그녀만 독점하고 싶었다.

"다른 사람들이랑 잘 지내고, 근데 여자는 안 돼! 여자가 말 시키면 도망가!"

"쿡쿡, 알겠어. 다 지원 씨가 원하는 대로 할게요."

있지도 않은 상대에게 질투심을 드러내는 지원이 귀여워 윤이 그녀를 안은 팔을 풀고 입술에 쪽 키스를 했다.

"그, 그렇지만 네가 원하지 않으면 정말 이대로도 좋아. 이화상도 내가 다 막아 줄게!"

진심 어린 눈빛으로 윤을 걱정하며 쳐다보는 지원의 모습에 윤이 다시 한 번 몸이 떨리는 것을 느꼈다. 말없이 그녀의 가슴을 베어 물고 할짝할짝 아기가 모유 먹듯 쭉쭉 빨아 댔다. 윤이 허리를 움직여 지원의 여린 살을 살짝살짝 쓸어내리며, 손을 내려 그녀가 여전히 젖어 있는 것을 확인했다.

"지원 씨가 원하는 대로, 다 할게, 사랑해."

윤이 지원에게 말하며 그녀의 안으로 자신을 밀어 넣었다. 윤의 말에 지원이 감동의 눈물을 흘리며 윤을 끌어안았다.

"나, 나도. 나도 사랑해, 윤아."

6

지원에게 손끝 하나 대는 것조차 바들바들 떨었던 어리바리 김
윤은 더 이상 없다. 다정다감하고, 지원에게 충성했으며, 밤에는
거울 앞에 그녀를 앉히고 되레 그녀가 민망해할 정도의 경지까지
이른 윤이었다. 더 이상 그 분야에서는 지원이 할 수 있는 게 없
었다.

지난 주말, 싸운 와중에도 그녀를 위해 샤넬을 갖다 바치고, 처
음으로 사랑한다고 말을 하며 감동을 준 그는 하루 종일 그녀를
놔주지 않았다.

눈도 못 뜨고 그저 침대에 지쳐 누워 윤이 주는 대로 받아먹고,
그가 만지는 대로 신음을 흘리던 그녀는 일요일엔 그를 데리고
나와 덥수룩한 머리를 시원하게 날렸다. 백화점에 데려가 샤넬에

대한 보답으로 옷까지 그녀 스타일로 사 입힌 지원이 집에 들어와 그를 보며 한참을 고민했다.

"아, 안경은 역시 안 돼! 아직 공개하면 안 돼. 그럼 분명히 제2, 제3의 얼굴 없는 미녀가 나타날 거라고!"

얼굴 없는 미녀가 도대체 어떻게 미녀가 될 수 있는지 알 수 없는 윤이, 이미 또다시 상상의 나래를 펼치며 중얼거리는 지원을 잡아끌어 안았다. 그리고 그녀의 티셔츠 속으로 손을 집어넣어 그녀의 브라를 밀고 올라가 가슴을 간질였다.

"지원 씨가 원하는 대로 할게. 걱정하지 마. 대신, 오늘 집에 가지 마. 나랑 같이 있어요."

그제도 같이 있었고, 어제도 같이 있었잖아! 항의를 하려던 지원의 입술이 윤에게 먹혀 아무 말을 할 수가 없었다. 또다시 정신없이 그녀 안으로 밀고 들어와 퍽퍽, 살과 살이 부딪히는 마찰음을 내는 윤의 밑에 깔려 헉헉, 신음 소리를 내는 수밖에는.

결국 윤의 집에서 밤을 지낸 지원이 그와 함께 출근했다. 일주일 만에 다시 맛본 도시락은 더욱 꿀맛이었다. 지난밤에 울며 한 얘기가 있어 아침에 기웃거리며 눈치를 살피던 지원을 윤이 방해된다며 돌려보냈다. 어설프게 칼질을 하는 지원의 손에서 아침부터 피를 보고 싶지는 않다며.

시원하게 자른 윤의 새로운 헤어스타일과 깔끔한 턱 선을 흐뭇하게 바라보던 지원이 윤에게 단단히 주의를 주었다.

"안경 절대 벗지 마. 대신, 어깨는 펴고! 당당하게! 알겠지?"

지금까지 함께 있을 때마다 필라테스 강사가 지원에게 하듯이 팔을 잡아 쭉쭉 당기며 스트레칭을 했다. 스트레칭하다 다른 길로 샌 적이 더 많긴 했지만.

구부정한 자세는 어느 정도 지원과의 스트레칭으로 교정이 됐다. 하지만 진짜 문제는 자세가 아니라 태도였다. 의욕이 없는 태도. 이제는 그것만 변하면 되는 것이다.

착하게 고개를 끄덕이는 윤에게 지원이 상이라도 내리듯 양 볼에 쪽쪽 뽀뽀를 하고는 양손을 불끈 쥐며 파이팅을 외쳤다.

"오늘부터 더 이상 당하기만 하는 김윤은 없다. 아자!"

전투적인 지원의 모습에 윤이 킥킥거리자, 지원이 슬쩍 윤의 대롱이를 쥐어 잡았다가 손을 뗐다. 당황해서 쳐다보는 윤에게 지원이 새침한 미소를 지었다.

"오늘 잘하고 오면, 저녁에 상 줄 거야."

윤의 표정에 사뭇 비장한 감이 서렸다. 아자.

☆★☆

아쉽게 윤의 변화를 느낄 새도 없이, 회사에 출근하자마자 비상이 걸렸다.

이미 2년 전에 개발이 끝나고 가스 공급을 시작하고 향후 20년간 변함없이 한국과 중국에 가스를 공급할 예정이었던 인도네시아 가스전에서 정부가 정권의 변화와 함께 계약에 토를 달고 공급 가격에 이의를 제기하고 계약의 전면 재검토를 요구한 것이다.

가뜩이나 바쁜 월요일 아침에 억도 아닌, 조 단위의 투자가 들어가고 이제 수익 창출만을 바라보는 인도네시아 프로젝트에서 문제가 생겨 전사 차원에서 비상이 걸렸다. 지원은 짜증이 났지만, 오히려 이것이 하늘이 도운 기회라 생각했다.

인도네시아 프로젝트는 인도네시아 국영 기업 뻬르타미나(Pertamina)가 자원을 제공, 세계 메이저 에너지 기업 중 하나인 프랑스 에너지 기업, 토탈이 기술 보조 및 이전, 한국의 EH가 한국가스공사와 함께 중국 차이나 에너지가 각국의 가스 공급권을 가지고 합작회사 형태로 일을 하고 있다.

이미 윤은 이 프로젝트에 투입되어 일을 배우는 중이었고, 더군다나 한 번에 각기 다른 4개의 국가가 참여하는 일이기에 자연스럽게 윤의 언어 능력을 사람들에게 알리고, 일처리만 잘한다면 업무 능력도 보여 줄 수 있는 좋은 기회였다.

그리고 현재 가스전을 담당하고 있는 1팀과 2팀이 소집되어 현지 법인팀의 연락이 오기만을 기다리는 중이었다. 오 부장이 책상을 내려치며 답답해했다.

"아, 이거 지금 일이 어떻게 돌아가는지 사태 파악도 못하고 다들 뭐하는 거야? 에휴, 원. 당장 비행기 잡고 자카르타 직접 갔다 와. 내일 가서 사태 파악하고 바로 보고해요. 백 과장이랑 이 주임……."

담당이었던 백 과장과 이화상 주임을 함께 보내려던 오 부장이 백 과장이 임신 7개월로 출산 휴가를 앞두고 있는 상황에서 7시간이나 걸리는 인도네시아 자카르타까지 보내기에는 무리라고 생각하고는 다른 사람을 찾았다.

이화상도 마찬가지였다. 지난주에 아침부터 거리에서 남자 친구와 브라질 월드컵 응원을 하다 넘어져서 늦었다며 다리에 압박 붕대를 하고 있는 상태였다. 진짜 다쳤는지, 아니면 늦은 것을 핑계 대기 위한 구실인지는 중요치 않았으나, 아니나 다를까 그 더운 나라에 가서 상처 덧나기라도 하면 어쩌냐며 갑자기 더 다리를 절뚝거리며 아픈 척을 하는 이화상을 보며 오 부장이 중얼거렸다. 으이고, 저 화상.

그 멀리까지, 그것도 날도 덥고 위생 상태도 좋지 않은 곳에 임신한 백 과장과 가 봤자 일처리도 제대로 못할 이화상을 대신해 보낼 사람을 찾았다.

"대신 갈 사람 없어? 중국어랑 프랑스어도 하면 더 좋고. 누가 있지?"

"김윤 사원을 추천합니다."

지원이 윤에게 눈치를 주기도 전에, 생글생글 진한이 나서 윤을 추천했다.

"제가 알기론 김윤 사원이 프랑스어에 능통하고, 중국어도 꽤 하는 줄로 압니다만. 영어는 당연하고요."

진한의 말에 다른 팀원들이 의외라는 듯 윤을 쳐다봤다. 중국어에, 프랑스어까지? 소곤거리는 말에 지원이 속으로 뿌듯해했다. 호홋.

인도네시아 프로젝트팀 담당이기도 하면서도 현지 출장은 꺼려하는 이화상이 이때다 싶어 윤을 도왔다.

"그래? 그럼 김윤 씨가 가면 되겠네. 가서 일도 좀 배우고, 실수하지 말고, 호호."

"그래? 잘됐네. 김윤 씨 지금 인도네시아 프로젝트 멤버지?"

"네, 그렇습니다만⋯⋯."

"자, 그럼 김윤 씨가 1팀에서 가고, 2팀은⋯⋯ 옥 대리! 자네가 대신 같이 좀 가 줘야겠어. 김윤 씨 혼자 가기에는 힘들어."

원체 사람 좋고 속 깊은 오 부장은 사무실에서 윤에 대한 저평가에도 불구하고 윤을 믿어보기로 했다. 대신, 사원 직급의 윤이 혼자 가기에는 무리가 있으니 대신 다른 한 명을 붙여야 할 텐데, 죽 사무실을 훑어보다가 지원을 콕 찍어 냈다.

아무렇지 않은 척했지만 지원은 속으로 이미 덩실덩실 춤을 추고 있었다. 가서 골치는 좀 아프겠지만.

임신한 백 과장님 땡큐! 월드컵 응원하다 다리 접질린 이화상! 때땡큐!

그다음 날까지 현지 법인팀에서 속 시원한 해결책을 받지 못하자 결국 지원과 윤, 두 사람은 자카르타로 파견됐다.

저녁 7시 반 비행기를 타고 7시간을 날아 자카르타에 도착한 새벽. 자카르타와의 시차가 2시간이라 도착했을 때 그곳의 시간은 새벽 1시를 바라보고 있었다.

공항에 도착하자마자 느껴지는 열도의 후끈한 바람을 느끼며 미리 법인팀에서 보내 준 차로 시내, 스나얀(Senayan)에 위치한 리츠 칼튼(Ritz-carlton) 호텔로 이동하며 화려한 자카르타 거리를 하염없이 바라보았다.

서울의 고층 빌딩보다도 높고 화려한 건물 뒤로 판자촌이 공존하는 양극화가 매우 심한, 전 세계에서도 빠르게 성장하고, 날마다 고층 빌딩이 새롭게 올라가는 도시.

전 세계에서 주목하고 투자하기 위해 뛰어들지만 아직까지 개발도상국으로 부정부패가 심한 나라. 달리 말하면 돈과 연줄만 있으면 온갖 술수도 통할 수 있는 나라가 인도네시아였다.

하지만 지원에게는 일단 골치 아픈 일거리를 줌과 동시에 윤의 능력을 입증할 수 있도록 하늘에서 내린 천운의 기회를 만들어 준 도시이기도 했다. 그리고 윤과 함께 처음으로 나오는 해외라, 비록 출장이긴 했지만 감회가 새로웠다.

회사 경비 처리 때문에 둘은 일부러 방을 두 개 잡았다. 방을 따로 잡고 같은 방을 사용하는 방법도 있었지만, 그랬다간 분명 일도 못하게 녹초가 될 것이 뻔했다.

아쉽지만 나란히 위치한 방문을 각자 열고 들어갔다. 지원은 내일 아침을 위해 서둘러 샤워를 하고는 침대에 비행으로 피곤한 몸을 뉘였다. 에어컨 바람이 선선하게 불었고 지원은 빠르게 곯아

떨어졌다.

덜컥. 탁.

으응? 달각거리는 소리에 지원이 잠결에 눈을 비비며 몸을 추슬렀다. 문을 안 잠갔나? 오싹한 소름을 느끼며 지원이 몸을 일으키려 한 순간, 검은 물체가 순식간에 지원을 덮쳤다.

"쉬…… 나예요."

"유, 윤아? 놀랐잖아, 으응."

윤이었다. 윤이 지원을 다시 끌어안고는 함께 침대에 누웠다. 윤임을 깨닫고 안도의 한숨을 쉰 지원이 시계를 확인했다. 벌써 6시다. 3시 정도에 침대에 누워 3시간밖에 자지 못했지만 비행기에서도 자고 호텔에서도 꽤나 달게 잠을 자서인지 컨디션이 나쁘지 않았다.

한국으로 따지면 이미 8시인 시각인 데다가 윤이 들어오는 것에 깜짝 놀란 지원은 이미 잠이 달아나 버렸다. 8시까지 호텔 로비로 나가려면 이제 슬슬 일어날 시간이 되기도 했다.

"문은 어떻게 열고 들어온 거야?"

지원이 몸을 돌려 누워 윤의 허리를 슬그머니 감싸 안았다.

"어제, 체크인 할 때 하나 빼놨지."

윤의 손도 슬그머니 잠을 자느라 브라를 하지 않은 지원의 가슴을 잠옷 안으로 손을 넣어 감싸 쥐었다. 윤이 소름이 오소소 돋아 있는 지원의 살을 쓸어내리며 에어컨 온도를 조금 높였다. 등 뒤로 그녀를 감싸 안으며 목덜미에 입을 맞추는 윤에게, 지원이 돌아누워 그에게 안기며 말했다.

"같이 씻자."

어차피 다시 잠자긴 글렀으니.

☆★☆

Jalan Soekarno, Jakarta, Indonesia.

잘란 수카르노(Jalan Soekarno)는 수카르노 길(Soekarno Street)로 인도네시아의 수도, 자카르타에서도 가장 번화한 상업 지구이다.

전 세계의 기업의 태평양(Asia pacific) 지점 오피스가 있는 화려한 도시 그 가운데에 EH계열사의 사무실도 위치해 있었다.

커피로 유명하기도 한 인도네시아의 로컬 브랜드인 '아노말리(Anomali)' 커피를 마시며 지원과 윤이 법인팀에 파견된 석철한 부장과 회의를 하고 있었다. 향긋한 커피의 향이 잘 정리된 사무실 안을 타고 흘렀지만, 분위기는 좋지 않았다.

"아시다시피 이번 달에 인도네시아 정권이 교체됐습니다. 정권이 교체되면서 이전 정권에서 가스 가격 책정 방식에 문제가 있다면서 멀쩡한 계약에 트집을 잡고 있어요. 갑작스런 난리에 지금 토탈이랑 차이나 에너지도 들고일어났습니다."

석 부장이 난처한 표정으로 윤과 지원에게 상황을 설명했다.

똑똑.

습한 공기를 가로지르는 노크 소리가 방 안을 울렸다. 안내하는 여직원 뒤로 인도네시아인 3명이 들어왔다. 인도네시아인 중 한 명과 윤이 반갑게 인사를 나누었다. 아침에 샤워를 할 때, 석사 시절 친구인 인도네시아 현지 친구에게 월요일 저녁에 미리 연락을 해 놓았다고 얘기하더니 그 친구인 듯했다. 친구의 이름은 벨트란(Beltran), 주로 벨(Bel)이라고 불린다고 했다.

벨을 보니 지원의 눈에 친근한 마리오가 떠올랐다. 후덕한 인상의 풍채 좋은 윤의 친구가 함께 들어온 다른 인도네시아인을 소개했다. 다른 두 명은 인도네시아 국영 석유기업인 뻐르타미나(Pertamina) 소속 직원이었다.

석 부장이 동석한 현지 변호사에게 도움을 얻어 계약 사항을 체크하며 Pertamina와 인니 정부의 비합리적 행동에 안타까움을 표했지만 Pertamina 측도 양보가 없었다.

상황을 지켜보던 윤의 친구가 어딘가로 전화를 걸었다. 현지어로 인상 좋게 허허거리며 빠른 말로 통화를 하던 마리오가 직원에게 핸드폰을 넘겼다. 전화를 건네받은 직원이 한참을 통화하더니 태도를 바꾸었다.

마리오의 전화 통화 하나로 갑자기 방향을 선회하다니? 마리오가 도대체 어떤 사람이길래.

Pertamina와 인도네시아 새 정부의 요구사항이 바뀌었다. 자원개발이 진행되고 있는 술라웨시 지역에 학교를 지어 준다면 현재 갈등의 원인인 가격 책정 방식에 대해 더 이상 문제 삼지 않겠다는 것이었다.

오히려 이런 제안은 EH측에는 이득이었다. 기업이 투자국에서 단순히 자원만 개발하여 이익을 창출하기보단 사회적 책임 또한 다하며 투자국과 동반 성장한다는 긍정적인 이미지 제고의 효과도 기대할 수 있기 때문이었다.

대신 정부 측에서 이번 일로 인한 보답으로, 이번 해 10월에 있을 술라웨시 제2가스전 입찰에 대해 정보를 흘려 주었다. 뿐만 아니라, EH에너지가 제2가스전 개발에 참여하면 EH중공업에 LNG수송선 전량을 수주하고, EH건설에 플랜트 건설 또한 수주를 맡기겠다고 제시했다.

LNG선박은 한 척에 2억, 특히 EH중공업의 수송선은 EH만의 특수 기내 액화 처리 기술로 한 척에 3억이 넘는 고부가가치사업이었다.

암울한 분위기에서 순식간에 엄청난 수확을 올린 지원과 윤이 기쁨의 눈빛을 교환했다. 환호의 비명을 지르고 싶던 회의가 끝나고 석 부장과 지원, 윤 그리고 마리오가 함께 자카르타 시내 북부에 위치한 '라라 종그랑(Lara jonggrang)'이라는 현지 레스토랑에 함께했다. 마치, 발리의 한 섬에 와 있는 것처럼 인도네시아만의 특이한 건축 방식에, 중국인의 취향이 덧붙어 빨간색으로 칠해진 벽지가 인상적이었다.

사람 좋게 보이던 마리오는 알고 보니 인도네시아 무슬림 단체

대표의 아들이었다. 권력이 곧 재물도 의미하는 인도네시아에서 마리오 집안의 위세는 실로 대단한 것이었기에 산유국의 대표 기업으로서 막강한 파워를 가지고 있는 국영 석유 기업인 Pertamina에 전화 한 통으로 입김을 불어넣는 것은 아무것도 아니었다.

마리오는 오랜만에 보는 윤이 반가웠는지 흥이 나서 그들의 학창 시절에 대한 이야기를 했고, 어엿한 사회인이 되어 학창 시절 이야기를 하는 두 친구의 모습이 보기 좋은 지원은 그저 옆에서 이야기를 들으며 그 둘의 시간을 존중했다.

일도 굉장히 성공적으로 마무리되었고, 윤의 친구와 함께 맛있는 요리도 가득했다. 이보다 더 좋을 수는 없었다.

벨이 담백하게 구워진 가지 요리를 지원에게 권하며 익살스러운 표정으로 지원에게 물었다.

『지원, 그런데 도대체 둘은 어떻게 만난 겁니까? 난 사실 이 친구가 게이가 아닌가 생각했다고요. 아직까지 스탠포드 동기들 사이에서 이 녀석은 유명합니다. 매일 공부 아니면, 운동이었으니.』

벨의 질문에 웃으며 답하려던 지원이 잠시 흠칫 굳었다.

스탠포드 동기들이라면 윤과 벨이 그 학교를 나왔다는 말인데, 그저 미국에서 석사까지 마치고 들어온 줄로만 알고 있던 윤이 그저 그런 사립대학이 아닌, 유명한 명문대에서 수학했었다니. 물론 회사에 하버드, 예일, 옥스퍼드 등 해외 명문대를 나온 인재들도 꽤 있었지만 내 남자 친구가 그렇다니 왠지 모르게 갑자기 윤이 낯설게 느껴졌다.

머릿속에 생각이 가득했지만 티를 내지 않고 저녁 식사를 마무리한 그녀는 벨과 아쉬운 인사를 나누고는 다음을 기약했다.

호텔로 돌아와 아예 가방을 통째로 들고 지원의 방으로 옮겨오는 윤을 피곤하다는 핑계로 밀어내고는 지원은 심란한 마음에 잠을 청했다.

도대체 뭐니, 윤아.

그저 사태 파악이라도 하려고 온 출장에서 사태 파악을 넘어 사건 해결까지 하고 오히려 엄청난 수확까지 얻게 만든 윤. 게다가 학벌도 상상 이상이었다. 해외 명문대에서 수학하고, 한 나라의 거대기업을 전화 한 통에 움직일 수 있는 친구까지.

갑자기 하루 만에 윤이 어색하게 느껴졌다. 한숨을 쉬며 몸을 뒤척이는 지원을 윤이 토닥였다. 거리의 야자수가 뜨거운 바람에 축 처져 흔들렸다.

☆★☆

이번 수확에 대해 본사에서는 아예 축제 분위기였다. 회사 상부에서 인도네시아 정부 측의 제안을 흔쾌히 받아들였다. 거절할 이유가 없었다.

일확천금의 수확에 결재는 하루 만에 빠르게 났고, 목요일 오전에 Pertamina 측과 다시 한 번 미팅을 하며 계약에 대한 의견을 나누었다. 오후 시간에는 파트너사인 토탈과 차이나 에너지의 현지 법인팀에 들러 현재 계약에 아무런 이상이 없음을 확인하고 하루를 마무리했다. 그곳에서 능숙하게 언어를 구사하는 윤을 보며 석 부장이 흐뭇한 웃음을 보였다.

예상외의 수확에 오 부장이 둘에게 금요일 하루 포상 휴가를 내렸다. 현지 법인팀에서 근무한 지 꽤 오래된 석 부장의 추천을 받아 자카르타 시내에서 북쪽에 위치한 휴양지 뿔라우 스리부(Pulau seribu, 천개의 섬)으로 향했다. 하루가 어떻게 흘러가는지조차 모르게 한 주가 빠르게 지나고, 그만큼 고된 몸을 이끌고 빡빡한 스케줄을 지원은 아무런 불평 없이 견뎌 냈다. 더군다나 어젯밤엔 갑자기 너무 크게 느껴지는 윤으로 인해 밤새 잠을 설치기까지 했다. 지원은 리조트에 도착하자마자 또다시 잠에 빠졌다.

"지원 씨, 지원 씨? 배 안 고파요?"

윤이 곤히 잠들어 있는 지원의 얼굴로 내리쬐는 적도의 강한 아침 햇살을 손으로 가려 주며 그녀를 살짝 흔들었다. 이미 하룻밤이 지나고 아침이었다. 어제 저녁, 섬으로 들어오기 전에 일찍 저녁을 해결하고 난 뒤로 아무것도 먹지 않았다. 평상시에도 먹성 좋은 지원이 분명 슬슬 배고파 할 시간이었다.

"으응."

부드럽게 흔드는 윤의 손길에 지원이 잠에서 깨어나는 듯했다. 윤이 이불 속으로 파고드는 지원의 머리를 귀 뒤로 넘겨주었다. 어깨 너머로 꽤 길게 찰랑이는 지원의 머리칼이 그녀를 더욱 여성스럽게 보이게 만들었다. 스트레스를 받을 땐 머리를 마구 헤집어 금세 산발이 되기도 하는 신기한 머리였다.

"아침 먹을까? 아니면 더 잘래요?"

"바, 밥? 하아."

자다가도 밥은 먹고 싶은지 지원이 꿈틀거리면서도 여전히 맥을 못 차렸다.

"으응. 배고파, 윤아. 그런데 힘들어서 못 일어나겠어. 씻으러 가지도 못하겠어."

정말 힘들어서 그런지 아니면 배고파서 늘어지는지 축축 침대로 몸을 늘어트리는 지원을 잠시 더 재우기로 하고 수화기를 들어 조식 서비스를 시켰다. 그제 지원이 시내 레스토랑에서 좋아하던 사떼 아얌(Sate Ayam, 땅콩 소스를 발라 구운 닭고기 꼬치)과 가도가도 샐러드(Gado-gado salad, 땅콩 소스를 끼얹은 인도네시아식 샐러드)를 꼭 많이 가져다 달라고 당부하는 것도 잊지 않았다.

잠시 후, 귀신같이 룸서비스 된 닭고기 꼬치 냄새를 맡고 겨우 몸을 일으킨 지원이 아침을 먹으며 기운을 차렸다.

둘은 인도네시아 전통 가옥 형태로 바다 위에 떠 있는 독립 형태 풀빌라 앞으로 펼쳐진 바다로 리조트에서 빌린 스노클링 고글만 착용한 채로 폴짝 뛰어들었다. 햇빛으로 반짝반짝 빛나는 깨끗한 바다에 윤과 지원, 단둘뿐이었다.

둘은 한동안 서로의 손을 잡고 수면 위에서 에메랄드빛 바다 안을 바라보며 유유자적 그저 물이 흐르는 대로, 바람이 부는 대로 바다 위를 떠다녔다.

지원은 윤에게 안겨 탁 트인 발코니에 놓여 있는 베드체어에 누워 한가로이 에메랄드빛의 자바 해(Java sea)를 바라보았다. 사방이 바다로 둘러싸여 있어 마치 아까처럼 바다의 한가운데에 떠 있는 기분이었다. 낮에는 아무도 없는 바다에서 스노클링을 즐기고, 점심을 먹고는 또다시 아무 생각 없이 일광욕을 즐겼다.

간만에 느끼는 여유에 그간 쌓였던 피곤이 풀리는 것 같기도 했다. 아무런 근심 없이 순수하게 웃는 윤의 얼굴이 지원의 마음을 다시 풀어냈다.

어느새 뜨겁게 내리쬐던 햇살이 종적을 감추고, 그들이 머물고 있는 빌라와 저 멀리 다른 빌라에서 새어 나오는 빛이 어둑어둑한 바다 위를 비추었다. 서울의 하늘과 다른 깨끗한 하늘에서 빛나는 별은 윤과 지원을 은근히 비추었다.

"오늘 하루 진짜 신선 같았다. 그치?"

밤이 되었어도 여전히 후덥지근한 바람을 느끼며 지원이 윤의 가슴에 묻고 있던 고개를 들어 윤을 쳐다봤다. 지원을 향해 몸을 누인 채 그녀를 끌어안은 윤이 투명한 웃음을 지었다.

물끄러미 윤을 바라보던 지원이 다시금 그의 품에 얼굴을 묻었다. 지원은 윤에게 왜 그런 좋은 학교를 졸업한 것을 말하지 않았냐고 물어보려 했다. 그런데 생각해 보니 윤은 자기 자신에 대해서 잘 말하지 않는 편이었다. 그리고 지원도 마찬가지였다.

지원과는 달리 그녀의 동생 지은은 어린 나이에 사귀던 남자 친구가 약대 공부가 끝나자마자 일찌감치 가정을 꾸렸다. 그리고 지금까지 알콩달콩 행복하게 벌써 2명의 조카를 키우며 바쁜 나날을 보내고 있었다.

그녀의 부모님은 평생 알뜰살뜰 모은 돈으로 건물을 사고 농사를 지으며 서로가 서로에게 손을 벌리지 않고 시골에서 평범하디 평범한 노후를 보내고 있었다.

지원은 서울의 상위권 대학을 졸업하고 취업을 하고, 회사 생활 도중 욕심이 생겨 다시 다른 국내 상위 대학에서 석사까지 취득했다. 하지만 그녀조차도 자신에 대해서 윤에게 자세히 말한 적이 없었다. 그저 뭘 좋아하는지 뭘 하고 싶은지 사소한 것들만 알면서도 둘은 문제없었다.

"윤아, 나 사실 네가 스탠포드 나왔다고 했을 때 뭔가 기분이 묘했어."

지원이 윤의 품을 빠져나와 하늘을 보고 바로 누웠다. 한 손으로는 그의 손을 잡았다.

"해외 명문대 나온 사람이 주변에 아예 없는 건 아니지만, 내 남자 친구가 그랬다고 하니 기분이 이상하더라."

윤도 가만히 그녀의 손을 잡고 하늘을 바라봤다. 별이 참 많았다. 그제 밤, 시내 호텔에서 잠을 설치던 지원이 기억났다. 이것 때문이었나?

"게다가 네 부탁 한 번에 전화 통화 한 번으로 우리 기업 전체가 쩔쩔매고 상황 파악도 제대로 못 하던 것을 해결해 주는 친구까지. 난 사회생활을 오래했어. 아무런 받는 것, 기대하는 것 없이 호의를 베푸는 사람은 없어. 아마 윤이 너도 비슷한 위치에 있다고 생각했으니 네 친구가 널 도와주지 않았을까? 그렇다고 네 친구가 나쁘다는 건 아냐. 그저, 그저 네가 갑자기 어색하게 느껴졌어."

지원의 씁쓸한 말투에 윤이 몸을 일으키려 했다. 하지만 지원이 다시 말을 이었다.

"그런데 생각해 보니 내가 너에 대해 아는 것이 별로 없는 거야. 벌써 우리 만난 지 반년이 다 되어 가는데. 나조차도 나에 대해 너에게 말한 것이 별로 없더라."

"지, 지원 씨."

윤은 갑자기 심장이 떨어지는 것 같았다. 이렇게 담담하면서 자조적으로까지 보이는 지원의 모습은 처음이었다. 무슨 말이 나올까 걱정이 되었다. 심장이 두근거렸다. 갑자기 더워도 아무렇지 않던 바람이 짜증스러웠다.

일렁이는 윤의 눈빛에 지원이 고개를 돌려 그를 향해 싱긋 웃음을 지었다. 그러곤 그의 몸을 살며시 눌러 다시 그녀처럼 눕게 했다. 하늘에서 별똥별이 떨어졌다.

"윤아. 네 꿈은 뭐야?"

갑자기 꿈 얘기를 꺼낸 지원으로 인해 말문이 막힌 윤을 대신해 지원이 먼저 자신의 이야기를 시작했다.

어린 시절 지원의 꿈은 미스코리아였다. 그러던 것이 어느 날은 과학 시간이 재미있어 과학자로 바뀌었다. 고등학교를 졸업하면서 과학자이던 꿈은 좋은 대학에 붙는 것이 되었고, 대학에 붙어서는 좋은 곳에 취업하는 것이 꿈이 되어 버렸다.

그래도 불만은 없었다. 좋은 대학을 갔고, 좋은 곳에 취업했다. 그러면서 중간에 토익 학원 오빠, 토빠를 만난 이야기도 간단히 말했다.

"이 부분은 굳이 지금 이야기할 필요가 없으니 넘어가자."

지원이 몸을 굴려 윤을 바라보며 말을 이었다.

"누가 그러더라, 결혼하기 전에 같이 여행 한 번 꼭 가보라고. 예상치 못한 상황에서 그 사람의 진실된 모습을 볼 수 있을 거라고. 그래서 내 지금 꿈은 같이 오지를 탐험하면서 그 남자의 됨됨이와 진짜 성격을 보고, 이 남자가 정말 내가 그리던 이상형에 죽을 때까지 함께할 수 있겠다고 생각되면, 그때 돌아와서 그 사람과 결혼하고 평생을 함께하는 거야."

오지탐험을 함께할 수 있는 남자. 어느 극한 상황에서도 그녀를 이끌어 주고 지켜주는 남자, 그런 남자를 신뢰하고 따르는 지원.

그렇지만 그 꿈이 실현화되기에 참 장애 요소가 많았다. 그래서 지원은 은연중에 왠지 자신이 너무 까탈스러워 결혼하기가 어려울 것 같다고 생각하게 된 것이었다. 자신의 이상을 이루기 위해서는 회사도 그만둬야 했다.

그만두고 가서 남자가 그녀가 생각하던 사람이라면 좋은 결실이 있을 테지만, 만약 그 남자가 내가 모르던 모습을 가지고 있던 꼴통이면 망설임 없이 뒤돌아 각자의 길을 갈 것인데, 갔다 오면 30대 중반에 결혼할 남자도 없을 테고, 그 나이에 미혼으로 다시 취업은 할 수 있을지.

벌써 32살인데 언제 여행 갔다 오고 언제 결혼해서 애를 낳을지, 또 운 좋게 좋은 사람 만나 결혼한다 해도, 그 좋은 감정이 끝까지 갈 수 있을지, 중간에 고부 갈등이나, 돈 문제와 같은 현실적인 문제로 인해 둘 사이에 금이 가지 않을지, 하는 생각들이 32살의 지원을 괴롭혔다.

항상 당당하고 자신만만하던 지원도 그저 평범한 32살 여자였다. 결혼을 생각하고, 나이를 생각하고, 아이를 생각하는.

"더군다나 이건 같이할 상대가 필요한 꿈인데, 어떤 남자가 미쳤다고 모든 걸 다 내려놓고 같이 간다고 하겠니? 이런저런 현실적인 생각 때문에 난 여전히 그저 옥 대리로 살고 있지. 그래도 내 꿈은 결혼할 남자와 오지 탐험하기야!"

윤이 지원을 물끄러미 쳐다봤다. 처음 듣는 그녀의 얘기였다. 지원이 그저 가만히 하늘을 바라보다 갑자기 윤을 향해 고개를 돌렸다.

"그렇다고 너한테 결혼하자, 이런 얘기는 아니야. 사실 난 내가 진짜 결혼을 하기를 원하는지도 모르겠고, 설령 원한다 해도 한국 사회에서는 나 같은 여자는 결혼 상대로 환영받지 못할 것 같기도 하고, 평생 한 남자와 살 수 있을지조차도 아직은 모르겠어.

제일 무서운 건 고부 갈등이야."

지원은 할까 말까 고민하던 얘기도 했다. 토빠와 만났던 일, 왜 그와 헤어졌는지. 너무 돈독한 모자 사이와, 그리고 서로 달랐던 생각.

그녀의 경험뿐만 아니라, 실제 시집을 간 주변 친구들도 대부분 부부간의 불화의 원인은 시댁으로 인한 일이 많았다.

"그냥 모르겠어. 과연 내가 한국 사회에서 이런 것들을 잘 견디면서 살 수 있을지도 모르겠어."

윤은 그녀의 말을 들으며 자신의 어머니를 떠올렸다. 윤이 기억하는 자신의 어머니는 평생 일에 미쳐 산 아버지의 뒤에서 조용조용히 내조하다 나이가 들자 아버지보다도 무섭게 호통을 치는 시원한 성격의 소유자였다. 왠지 지원과 비슷한 느낌인 것도 같았다.

나중에 윤과 지원이 부모님의 나이가 되면 그런 모습이 될까 하는 생각과, 자신의 어머니와 지원이 만나면 어떤 분위기가 될까 사뭇 궁금해졌지만 그저 아무 말 없이 지원의 머리카락을 정돈해주었다.

"그리고 절대 부담 갖지 말고, 이 여자가 왜 이런 말을 하지? 라고 생각도 할 필요 없어. 난 아무 의미 없이 그저 지금까지 아무한테 얘기 안 한, 사람들은 말도 안 되는 꿈이라고 얘기할지도 모르는 내 꿈을 너한테 얘기하고 싶었을 뿐이야. 히히."

윤은 갑자기 지원이 10살 난 소녀처럼 보였다. 순수하고 세상에 대한 꿈으로 가득 찬 아름다운 소녀. 현실에서 누구보다 열심히 살며 인정받는 골드미스의 삶을 살면서도 아이같이 반짝이는 꿈을 가지고 있는 지원이 더 예뻐 보였다.

윤이 안경을 벗고 그녀의 가슴으로 파고들었다. 아이가 어리광 부리듯 그녀를 끌어안고 얼굴을 묻고는 조용히 자신의 이야기를 시작했다. 단편적이면서도 사실인 이야기를.

"아버지 사업으로 어릴 때부터 해외 생활을 했고, 여러 나라에서 머물고, 언어도 배우며 다양한 문화를 배우다 보니 비교적 쉽게 좋은 대학교에 갈 수 있었어. 그저 운이 좋았어요."

둘은 자바 해 (Java sea)에 수놓인 반짝이는 별빛을 바라보며 오랜 시간 서로에 대한 이야기를 나누었다.

사실 지원이 남자 경험이 매우 많은 것처럼 허풍을 떨었지만, 그저 대학생시절에 그나마 길게 만난 토빠와 그 이후로 짧게 몇 번 거쳐 갔던 남자들이 다였다는 것도. 영어와, 프랑스어, 중국어만 할 수 있는 줄 알았던 윤이 스페인어와 그와 비슷한 포르투갈어까지 할 수 있다는 얘기와, 얌전한 줄로만 알았던 윤이 미국에서 학부시절에는 술도 진탕 마시고 친구 꼬임에 넘어가 대마도 한 번 피워 봤다는 얘기도.

시간이 얼마나 지났을까, 새근새근 잠에 빠진 지원을 한참을 바라보던 윤이 그녀를 안아 들었다. 테라스에 장식되어 있던 바틱 (Batik, 인도네시아 전통 천) 천이 그들 뒤로 끈적한 바람에 휘날렸다.

7

지난 주, 마리오가 나타나 윤에게 크게 호의를 보이며 일처리를 돕고, 파트너 법인팀에서도 자신감 있는 자세로 유창한 프랑스어와 중국어를 구사하며 능숙하게 일처리를 하는 모습을 지켜보던 석 부장이 이미 주말 동안 본사 인도네시아 프로젝트 담당자였던 백 과장에게 이를 전달하고 입에 침이 마르도록 칭찬을 해놓은 상태였다.

지원과 윤이 금요일에 자카르타 천개의 섬에서 여유로운 시간을 보내고 있을 때, 백 과장은 임신 7개월의 부풀어 오른 배를 붙잡고 열심히 개발 1, 2팀에게 이 소식을 전달했다.

"김윤 씨가 프랑스어도 잘하고, 중국어도 그렇게 잘하더래. 아니 게다가, 스탠포드 나왔었단다. 얘, 너 알고 있었니?"

윤에게 티끌만치 관심도 없던 여직원들은 윤의 학벌에 눈을 동그랗게 떴다.

"아니 무엇보다도, 일단 김윤 씨 친구가 그렇게 어마어마한 사람이래. 그 사람 말 한마디에 Pertamina가 그냥 말을 바꾸더라지 뭐니. 그러고는 미안하다고 술라웨시 다른 가스전 정보도 줬다는 거 아니야."

백 과장이 '아.' 하고 말한 것이 여직원들 사이에 '아이우에오.' 가 되어 이 사실이 회사에 급속도로 퍼졌다.

개발 1팀의 그 찌질이 김윤 씨가, 알고 보니 그렇게 능력이 좋더래요.

스탠포드 나오고, 인맥도 장난 아니래.

누구, 누구? 그 키만 큰 안경잡이가?

물론 소문을 과장하는 데 진한도 한몫을 했다.

"아, 그 친구, 어렸을 때부터 외국 여러 곳에서 살다 오고, 차도 엄청, 엄청 비싼 거 끌고 다니던데요. 집안도 꽤 좋다고 알고 있습니다."

생글거리며 덧붙이는 진한의 등 뒤로 여직원들이 소란을 떨어댔다.

어머어머, 얼굴 좀 못생기면 어떠니. 학벌도 장난 아니고 돈도 많다는데, 하며.

그다음 월요일 아침, 회사로 돌아오는 여직원들의 화장이 대략 3cm정도 더 두꺼워졌다는 소리가 들려왔다.

☆★☆

새로운 주의 아침, 다들 윤과 지원의 귀환을 환호했다.

오 부장이 입이 찢어질까 걱정될 만큼 환한 웃음을 숨기지 못하며 직원들을 회의에 소집했다. 화기애애한 분위기에서 다들 윤과 지원에게 칭찬 한마디씩 하는 가운데, 이화상만이 구석에서 그 분위기에 끼지 못하고 손톱을 잘근잘근 깨물고 있었다.

지금까지 화풀이 대상에 지나지 않던 김윤이, 팀 전체가 매달려도 하지 못했을 일을, 옥 대리와 둘이서 단번에 큰 수확을 걷어 왔던 것이었다.

이대로 김윤이 회사에서 크게 인정이라도 받는다면, 지금까지 화선이 윤을 괴롭힌 것이 얼만데, 절대 그녀에게 좋은 일이 생길 것 같진 않았다. 지금까지 해 온 잘못에 도둑이 제 발 저린다고 초조해하는 이화선의 뒤로 문이 열렸다.

"아, 아니. 전무님, 여긴 갑자기 어떻게."

해외 자원 개발 및 운영 본부를 총괄하고 있는, 그리고 동시에 EH그룹 회장의 아들이기도 한 김 전무가 회의실 안으로 들어왔다. 훤칠한 키와 준수한 외모로 사내 여직원들에게는 그저 보기만 해도 그 날 하루 행운이 찾아온다는 그림의 떡 같은 존재였다.

그리고 그는 윤의 그 잘난 형, 훤이었다. 김훤.

이 사실을 아는 사람은 이 사무실 내에서 당사자인 훤과 윤, 그리고 사촌인 진한뿐이었다. 진한이 싱글벙글 훤과 윤, 그리고 지원을 한차례 훑어봤다. 훤이 성큼성큼 걸어가 오 부장 앞에 섰다.

"전사 차원에서 좋은 소식이 있어 이렇게 왔습니다."

그러고는 윤과 지원 앞으로 다가가, 지원에게 먼저 악수를 청했다.

"고생했습니다. 옥 대리. 고생했습니다. 김윤 씨."

지원과 가볍게 악수 후 윤에게 악수를 청하고는, 잠시 윤을 응시했다. 그러곤 톡톡, 가볍게 윤의 어깨를 두드린 후 훤이 사무실로 몸을 돌렸다.

"오 부장님. 오늘 오후에 임원진에게 간단한 결과 보고를 했으면 합니다. 가능합니까?"

"아, 네! 옥 대리랑 김윤 사원과 함께 준비하도록 하겠습니다."

"네, 그러면 이따 4시에 대회의실에서 뵙죠. 간단한 질의사항 정도 몇 개 오갈 겁니다. 아, 그리고 아마 이번 성과로 인해 개발 1, 2팀에게 특별히 성과금이 따로 나갈 겁니다. 모두 고생 많았습니다. 특히, 옥지원 씨랑 김윤 씨."

훤의 말이 끝나자 사무실 전체가 환호로 들썩였다. 호주 다윗 프로젝트로 보너스를 두둑이 받은 것이 겨우 지난달인데 또다시 보너스라니! 훤이 사무실을 나서고 사람들이 신이 나서 다시 윤과 지원에게로 몰려들었다.

"야, 김윤 씨. 다시 봤어! 덕분에 우리 팀 전체가 보너스야!"

그 날 오후에 있던 간단한 보고회도 성공적이었다. 고위 임원진들과 인도네시아 현지 법인팀의 석 부장이 함께한 화상회의에서 결과 보고 후, 석 부장이 윤에 대한 칭찬을 아끼지 않았다. 그리고 그는 현재까지 인도네시아 프로젝트를 담당하고 업무처리를 담당했던 이 주임 대신 윤에게 그 업무를 맡기기를 원했다. 현지에서 업무처리 능력을 보니, 이런 재원을 그저 보조업무만 맡기기에는 아깝다는 것이었다.

다른 임원들도 이에 대해 승인을 하고 회의는 마무리되었다. 나가는 길에 임원진들이 윤과 지원에게로 다가와 다들 칭찬 한마디씩 하며 호의적인 태도를 보였다.

회의를 마치고 그 날 바로 인사팀에서 업무 발령 공고가 메일로 날아왔다. 이 주임을 공식적으로 호주 다윗 프로젝트에 투입시키고, 그 후임은 김윤 사원이 맡는다는 내용이었다.

겉으로 보기엔 이 인사는 아무런 문제없이 모두에게 좋아 보였지만, 그나마 인도네시아 프로젝트 하나라도 메인 담당에 있던 이 주임에게 이 발령은 청천벽력이었다.

호주 다윗 프로젝트는 엘리트 중에 엘리트들만 모인 팀이었다. 사실 그곳에서 크게 할 수 있는 일이 없다는 걸 그녀 자신이 제일 잘 알고 있었다. 다만 일단 회사에서 주목받는 프로젝트에 발을 들여놓고 실적을 쌓고 싶었을 뿐인데, 아직은 때가 아닌데, 호주 다윗 프로젝트에서도 제대로 자리를 잡지 못한 상태에서 담당하던 인도네시아 프로젝트에서까지 밀려났다.

결국엔 기존에 맡고 있던 업무도 잃고 낙동강 오리알 신세가 된 이화상이 서 차장에게 매달리는 것밖엔 할 수 있는 일이 없었다. 하지만 서 차장도 별수가 없었다.

☆★☆

띵동거리며 벨이 울렸다.

지원은 필라테스를 하러 가는 날이라 오늘 오지 않을 텐데.

마침 수영장에서 돌아온 윤이 의아해하며 화면을 확인했다.

훤이었다.

윤이 문을 열자 훤이 씩씩거리며 문을 확 열고 들어왔다.

"너 뭐냐?"

"뭐가."

"이번 일, 네가 만든 거잖아. 도대체 무슨 생각이야?"

훤이 그를 지나쳐 거실 소파에 앉았다.

윤은 혹시 지원이 찾아올까 어서 훤을 쫓아내고 싶었다. 당황하며 인상을 찌푸리고 허둥대는 윤을 훤이 이상하게 쳐다보자, 윤이 얼른 그를 보내고 싶은 마음에 말을 서둘렀다.

"내가 한 거 아니야, 그냥 타이밍이 맞았을 뿐이야. 안 그래도 Pertamina 쪽에서 가격 협상을 다시 하려던 참이었고, 운 좋게 내가 가서 해결했을 뿐이지. 결국 회사에 다 좋게 됐잖아, 그럼 된 거 아니야?"

"웃기고 있네, 협상 시기를 말도 안 되게 빨리 잡아당긴 게 누군데, 너잖아. 네가 벨(Bel)한테 전화 넣었다며. 다 확인했으니 발 뺌하지 마라."

그렇다. 싸움의 원인이 그 말도 안 되는 여자 이화선이라는 것을 깨달은 윤은 그녀의 말대로 자신의 인맥을 활용해 그녀를 약간 골탕 먹이려 했다. 그래서 마침 파트너사인 Pertamina에서 일하고 있는 석사 시절 동기인 친구 벨에게 전화를 걸어 유치하지만 화선을 골리도록 무리한 요구를 하도록 부탁하려던 참이었다. 맹세컨대 시작은 그저 그뿐이었다.

그런데 신이 도우셨는지, 안 그래도 마침 파트너 측에서 중국에 이어 한국에도 공급 가격 협상을 다시 하길 원한다는 벨의 말에 그럼 그 시기를 당길 수 없겠냐고 부탁했다.

그 후로는 모두 아는 대로 적당한 선에서 가격 합의를 해 주고 대신 다른 가스전에 대한 입찰 정보와 구두계약을 마치는 등 윤도 생각 못 한 성과에 일이 술술 풀리게 된 것이었다. 덕분에 그저 귀찮은 일을 만들어 화선을 골려 주려던 것은 화선을 밀어내고 윤을 그 자리에 앉혀 주는 성과까지 얻을 수 있었다.

하지만 이러한 것도 다 형과 아버지를 믿고 칠 수 있는 장난이었다. 그렇기에 지원에게 사건의 전말을 말을 할 수가 없었고, 윤은 혹시 벨이 지원에게 자신의 유치한 장난에 대해 폭로할까 두려워, 등 뒤로 땀 한 줄기를 흘렸다.

윤은 그 발령 공고 메일을 보며 홀로 웃음을 숨기지 못하던 지원의 얼굴에 세상 모든 것을 얻은 느낌이었다. 남자로서 무언가를 자신의 여자한테 해 줄 수 있는 것이 좋았다. 그녀를 괴롭히는 악을 대신 응징해 준 그런 유치한 감정이 들었다.

웃음을 숨기고 싶은데 숨기지 못하고 씰룩거리던 지원의 귀여운 얼굴이 생각나자 윤의 얼굴이 저도 모르게 풀어졌다. 그것을 본 휜이 이상한 시선을 보내자 윤이 정신을 차리고는 휜을 밀어냈다.

"다음에 얘기해, 시간이 늦었어. 얼른 집에 가."

"뭐? 지금 9시밖에 안 됐는데. 집에 뭐 숨겨 놓기라도 했냐."

평소와 다른 윤의 행동에 의구심을 가진 휜이 거실을 둘러보다 벌떡 일어나 방으로 향했다. 질겁한 윤이 그의 뒤를 쫓았지만 그를 막을 수는 없었다.

그의 집안 곳곳에 지원의 흔적이 남아 있었다. 평소 윤이라면 놓지 않을 식물부터 아기자기한 장식까지, 그리고 방 안에는 지원의 화장품과 옷가지들까지.

"Oh my god!"

젠장.

방 안에서 들려오는 휜의 목소리에 윤은 절망감을 느꼈다. 회사 내 사람들은 그 잘난 김휜 전무가 남자답고, 말도 없다고 생각하지만 실상은 정반대였다. 일적인 것 이외의 사생활에서는 이곳저곳 싱크홀처럼 구멍 난 곳이 많은 허당이었고, 무엇보다도 수다가 엄청났다.

체념한 채로 방 안으로 들어가자 아니나 다를까 윤을 향해 휜이 속사포처럼 말을 내뱉었다.

"너 여자 생겼구나? 드디어 생겼구나! 이 형은 네가 게이가 아닐까 생각했는데, 드디어 생겼어! 도대체 누구야? 누구길래 이렇게 집에 화장품과 옷까지 가져다 놓고. 그래, 가만 보니 거실에 화분도 절대 너 같은 놈이 놓을 화분이 아니었어. 도대체 누구지? 언제 만난 거야? 어디서? 와, 대단한 분이네, 그 목석같은 네놈이 넘어가다니."

"제발……."

윤이 조용히 속으로 외쳤다.

네 집으로 꺼져 버려!

8

구부정한 어깨를 펴고, 머리도 깔끔히 정리한 데다 지난번 인도네시아 프로젝트 성과까지, 윤은 더 이상 자원개발 1팀 찌질이가 아니었다.

경영지원에 해외영업팀부터 회계 총무, 저쪽 R&D 연구원들까지 죄다 갑자기 자원개발팀에 무슨 숨겨 놓은 떡이라도 있는 양 자꾸만 몰려들었다. 그것도 얼굴에 분을 덕지덕지 바른 여직원들만.

저리 가! 이 성괴들아! 못생기고 답답하고 찌질하다고 피할 땐 언제고!

업무적으로 엄청난 성과를 거두고 집안 좋고 돈 많다고 소문이 나니 여자들이 갑자기 벌떼처럼 달려들었다.

물론 그 소문은 진한의 농간에서 시작되었다. 구부정한 어깨도 더 이상 없었다. 안경을 여전히 쓰고 있어 외모가 아쉬웠지만, 저 정도 스펙과 키면 그 정도는 커버 가능했다. 아니, 여직원들은 애초에 윤이 구부정한 더벅머리 찌질이었다는 것도 기억하지 못하는 듯했다.

그래도 다행인 것은, 저 순진무구한 4살 연하의 대롱 선생 김윤의 태도다.

분 냄새 향수 냄새 풀풀 풍겨 가며 급작하게 관심을 보이는 여자들에게 기가 눌려 지원이 간신히 펴 놓은 어깨가 다시 굽어지며 소심해지기 시작했다. 어느 날은 회의실에 노트북을 들고 아예 피신을 가기도 했다. 다 미리미리 집에서 지시를 내린 지원의 교육 효과 덕이다.

요즘 윤은 사내 농구 동아리에 나가는 중이다. 다른 팀의 입사 동기의 추천으로 농구 동아리에 가입하게 되었다. 사내 농구 동아리에서는 지원이 마사지 샵에 가는 수요일에 회사 근처 한강에서 농구를 하는데, 한 번은 레슨 후 몰래 윤을 데리러 갔던 지원이 농구를 하는 그의 모습을 보고 다시 한 번 뿅, 반하고 말았다.

오늘도 몰래 한강 공원에 간 지원은 같이 농구를 하는 다른 직원들에게 들킬까, 윤의 차를 끌고 가 그 안에서 창문을 내린 채로 살짝 그의 모습을 훔쳐봤다.

반팔 티셔츠의 소매를 둘둘 걷어 올리고, 반바지 너머로도 보이는 귀여운 엉덩이, 팔과 등 근육을 울끈불끈거리며 차근차근 팀원들에게 전략 지시를 하며 농구 코트를 섭렵하는 윤의 모습이 보였다.

지원은 감동과 흥분이 쓰나미처럼 몰려옴을 느꼈다. 남자다웠고 멋있었다.

운동이 끝나고 근처 수돗가에서 차가운 물로 뜨거워진 몸을 식히려 웃통을 벗고 물을 끼얹는 윤을 보면서 지원은 또다시 감동의 눈물을 흘렸다.

흑흑, 세상의 모든 위인님들. 다시 한 번 감사드립니다. 엄마, 아버지! 저기 저 물 뚝뚝 흘리고 있는 연하남이 제 남친이에요! 나를 이렇게 예쁘게 낳아 주셔서 감사합니다!

지원은 농구 경기가 끝나자마자 윤을 홱 낚아채 차에 태우고는 지나가며 봐 뒀던 한적한 곳으로 차를 몰았다. 집으로 갈 시간이 없었다.

의아해하는 윤을 뒤로 홱 눕히고, 운동복을 확 내려 대롱이를 잡아 자신의 안으로 밀어 넣었다. 당황해하던 윤이 흥분으로 반짝이는 지원의 눈을 보더니 곧 지원의 허리를 잡고 농구공 튀기듯 힘차게 대롱이를 튕겨내며 지원의 안으로 골을 넣었다. 슛! 골인!

☆★☆

"아니 내가 저번 주 수요일에 그 회사 농구 동아리에 갔는데 글쎄, 거기 완전 대박 훈남이 있는 거야."

휴게실에서 잠시 뻐근한 목을 푸는데, 총무팀 윤수아 사원의 말에 지원의 귀가 쫑긋했다. 아, 지난주에 건설 쪽 사람들이랑 붙었다고 했던 것 같던데, 설마?

"내 남자 친구한테 은근슬쩍 물어봤는데, 이름은 모르겠고 우리 회사 사람이라 하던데. 남자 장난 아니야, 키도 완전 크고 등빨도 장난 아니고. 농구도 잘해! 완전 대박 훈남! 끝나고 세수하는 걸 얼핏 봤는데 진짜 잘생겼더라! 근데 우리 회사에 그런 훈남이 없는데, 아휴 궁금해 죽겠어. 도대체 어디 있는지!"

계열사 건설사에서 일하는 남친을 보기 위해 한강으로 향했던 수아가 기어이 윤을 보고야 말았던 것이다. 그 훈남이 윤이라고 생각 못 하는 수아가 그 훈남의 정체를 알 수 없어 분통을 터트렸다. 아무래도 남자 친구가 잘못 알고 있는 것 같다며.

그 날 저녁 거실 소파에 앉아 손을 마주 잡고 윤을 교육시키는 지원의 눈매가 사뭇 매섭다.

"여자 친구 있냐고 물어보면 뭐라 한다고?"

"있습니다."

잘한다.

"또? 그 뒤에 뭐라고 말하라고?"

"……니들이랑은 비교도 안 되게, 예쁘고 섹시하고 귀엽고 멋있는, 음, 자연산 미인이다. 그러니까 꿈도 꾸지 마. 이미 임자 있다."

"쪽. 잘했어. 궁디 팡팡."

지원이 주입한 대로 술술 얘기하는 윤을 보며 만족한 듯 윤의 엉덩이를 두드렸다. 그리고 윤에게 다리를 꼬아 착 달라붙어 앉으며 가슴에 머리를 기대더니 바지 뒷주머니로 손을 넣어 쭈물쭈물 찰지게 만져 댔다.

원래는 아침 시간대에 다니던 수영을 지원의 아침 셔틀로 인해 저녁으로 옮기고, 화, 수, 목에 지원이 개인 시간을 보낼 때 윤도 수영이나 농구를 하며 각자의 시간을 보내며 그의 몸은 더더욱 단단하게 다져졌다. 더욱 탄탄해진 그의 엉덩이 근육을 느끼며 지원의 기분이 더 좋아졌다. 이 엉덩이는 절대로 나만 볼 수 있다. 푸흐흡.

팅. 팅. 팅. 팅.

통통볼 튕기는 듯한 희한한 벨소리가 울렸다. 확인해 보니 희선이었다. 얼마 전까지만 해도 눈에 불을 켜고 함께 훈남 토론에 열의를 보였던 회사 후배. 지원이 윤과 함께 지지고 볶고 깨소금 맛 나는 생활을 즐기고 있을 때, 희선도 소개팅이 잘되어 꽤나 행복한 인생을 살고 있었다. 회사 계열사 중공업 쪽에 있는 과장이라던가.

그런데 웬일이지? 그것도 주말에.

"여보세요?"

— 옥 대리님! 저 희선이요! 대리님, 특급 소개팅 어때요? 제 남자 친구 회사 동기래요! 중공업에서 같이 근무하는. 지금 사진 봤는데, 완전 훈남에 동기 중에서도 승진도 제일 빠르대요. 다음

주 금요일 어때요, 대리님?

헉. 소개팅.

하도 크게 말해서 소파에 비스듬히 누워 함께 찰떡처럼 달라붙어 기대고 있던 윤에게도 이 말이 똑똑히 잘 전달되었음은 말할 것도 없었다.

함께 사는 제일 친한 언니인 윤수를 제외하고, 아직까지 윤에 대한 존재를 아는 사람은 없었다. 진한은 그저 남자 친구가 있다는 것만 알았다.

나이 32살은, 남자 친구가 생겨도 쉽게 밝힐 수 없는 나이다. 말하자마자 뭐하는 사람이며, 재력은 어느 정도나 되는지, 결혼은 언제 할 건지 따닥따닥 딱총 쏘듯 지원을 이리저리 쏘아 댈 것이 안 봐도 뻔했다.

"아, 희, 희선아. 나 소개팅 안 해. 요즘 바빠."

— 대리님, 저번에 외롭다고 하셨잖아요. 별로일까 봐 그러세요? 아니에요! 제가 보장할게요. 완전 대박 초특급, 주변에서 쉽게 찾을 수 없는 대박감이에요. 이미 다음 주 금요일로 얘기해 놨어요. 담주에 봬요, 대리님! 오호호호, 잘되면 한 턱 크게 쏴야 돼요.

"아니, 희선…… 야!"

난감한 지원의 속은 알지도 못하고 멋대로 소개팅 날짜까지 잡아 버린 희선이 김칫국을 마시며 멋대로 전화를 끊어 버렸다.

통화가 끝남과 동시에 지원은 싸한 정적을 느낄 수 있었다.

기분 좋게 지원의 허리를 감고 두드리던 윤의 손가락이 어느샌가 굳은 채 멈춰 있었다.

"소개팅?"

서로 비밀 연애를 하는 것에는 합의를 했지만. 윤은 지원이 주변 사람들에게 남자 친구가 있다는 것 정도는 언급을 한 줄로 알고 있었다. 이미 사귄 지 막 반년이 넘어가고 있었다. 그들이 함께 쌓아 올린 장성만 해도 만리장성을 쌓고도 남았을 것이다. 그런데 소개팅이라니?

국수 면발 흐르듯 생각의 꼬리가 줄줄 흘러나왔다. 기분이 나빠졌다. 매우.

횡. 시베리아 한복판의 차가운 냉기가 둘을 스쳤다. 지원은 갑자기 한기를 느끼며 허둥지둥 몸을 일으켜 변명을 했다.

"윤아, 자기야. 사실, 그게…… 말을 안 하긴 했는데, 그게 꼭 다른 이유가 있어서 그런 게 아니라."

윤이 차갑게 몸을 일으켜 지원을 한쪽으로 내려놓았다. 삐졌다. 김윤. 지원이 엉덩이를 들썩이며 눈치를 봤다.

"윤아. 일부러 말 안 한 것이 아니라, 분명 걔네한테 말하면 어디서 뭐하는 누구냐고 꼬치꼬치 캐물을 게 뻔하고, 결혼은 언제하냐, 뭐하는 남자냐, 말할 때까지 날 놔주지 않을 애들이야. 그래서 말 안 했어. 우리 아직 밝히지 않을 거잖아."

"그럼, 저도 이제 여자 친구 없다고 말할게요. 여자 친구가 대리님이라는 게 알려지면 안 되니까."

"안 돼!"

이 녀석. 지원과 수많은 밤, 사랑의 언어를 습득하며 생활 언어
도 제대로 습득했는지 이젠 말도 더듬지 않는다. 뭐든 습득이 **빠**
른 녀석이다.

젠장. 안 된다. 여자 친구가 없다고 하면, 안 그래도 달려드는
불나방들이 윤을 가만두지 않을 것이다. 이제 조금 있으면 안경도
벗기고 라식도 시킬까 했는데. 여자 친구라는 방어막이라도 있어
야 했다.

지원은 서둘러 다시 희선에게 전화를 걸었다. 하아, 다음 주에
회사 가기가 두려워졌다.

"희선아, 나 소개팅 못 해. 아니 안 해. 나 남자 친구 생겼어."

— 네에?? 언제요? 누구요? 몇 살? 뭐하는 사람인데? 언제 만
나셨는데요?

역시나. 전화를 걸자마자 대뜸 남자 친구 있다는 말에, 줄줄줄
쏘아붙이는 희선에게 회사에서 자세한 얘기를 하자며 서둘러 통
화를 끝냈다.

그리고 다음 날 아침, 회사에 출근하자마자 지원은 괜스레 바
쁜 척 희선을 피했다. 하지만 점심시간, 희선은 서연에게까지 얘
기를 끝내 놨는지 두 사람은 지원을 잡고 물어졌다. 누구예요? 말
한마디 없이 도대체 언제 남자를 만드신 거예요?

"뭐? 옥 대리 남자 친구 생겼어?"

근처 카페에 앉아 희선과 서연에게 시달리는데, 마침 지나가던

진한이 이를 듣고 희선이 앉아 있는 테이블로 다가왔다. 능구렁이 같은 놈. 지난번에 그 술수를 부려 나를 바보를 만들어 놓고는, 도대체 무슨 속셈이람.

윤과 1팀 여직원 몇 명과 함께 나타난 진한이 때마침 비어 있던 옆자리에 자리를 차지하고 앉았다. 진한의 옆자리에 윤이 떡하니 앉아 있어 제대로 쳐다볼 수가 없었다. 그때 앞자리에 이화상이 엉덩이를 붙이며 지원에게 영혼 없는 축하를 날렸다.

"옥 대리님, 연애하세요? 축하드려요. 호호."

전에는 앞장서서 윤을 깎아내리기 바쁘던 것이, 요즘에는 방법을 바꿨는지 아주 윤의 옆에서 떨어질 줄을 몰랐다. 참, 상황에 따라 행동이 빠릿빠릿하게 잘도 변한다, 이런 상황에서는.

"어휴, 완전 신비의 사나이예요. 지금 저희가 물어봐도 어디서 뭐하는 사람인지도 안 알려 주세요."

"왜? 혹시 사내 연애라도 해?"

"사내 연애는 무슨."

지난번 샤넬 사건 이후로, 윤은 진한을 찾아가 지원과의 관계를 밝히고 비밀을 엄수해 줄 것을 당부했다. 그리고 지난번 윤의 집을 찾아온 휜의 반응을 보면 다행히 진한은 약속을 잘 지키고 있는 것 같았다. 하지만 이를 모르는 지원은 진한의 장난에 가슴이 계속 철렁였다.

그때 희선이 휴대폰을 꺼내 지원에게 소개팅 주선을 해 주려던 남자의 사진을 보여 주었다. 서글서글, 꽤나 잘생긴 남자였다.

"대리님, 진짜 남자 친구 있는 거 맞아요? 이번 소개팅, 폭탄 아니라니까요! 이것 보세요. 완전 잘생겼죠? 제 남자 친구 후배예요. EH중공업 과장님! 지금 회사에서 완전 잘나간대요."

"아, 지, 진짜 남자 친구 있어! 소개팅 안 해!"

희선아. 제발 그만해. 저쪽에서 불타오르는 소리 안 들리니. 김윤 주먹 불끈 쥐는 소리 안 들리니.

지원이 절벽에서 떨어지는 기분을 느끼며 속으로 빌었다.

두 사람 사이를 아는 진한이 장난기를 주체 못하고 사진을 흘끗 보고는 윤에게 시선을 돌렸다.

"윤아, 그런데 네 여자 친구는 어떤 분이야? 여직원들이 되게 아쉬워하던데."

이진한, 그 입 안 다물래?

"그러게, 언제부터 사귀신 거예요? 여자 친구는 대학생?"

그래, 윤의 나이가 28살이니. 그보다 4살만 어려도 아직 대학생일 확률도 있었다. 28살이면 대학생이랑 사귀어도 전혀 이상할 것이 없는 나이였다. 갑자기 지원은 자신의 나이가 너무 많아 보였다.

32살 여자랑 28살 남자. 그것도 이제 입사한 지 1년 차인 졸업한 지 얼마 안 된 사회 초년생, 김윤과 32살 대리, 옥지원.

"윤이 씨, 요즘 여자들이 너무 대시해서 그냥 둘러대는 거 아니에요? 내가 24살 신입 소개시켜 줄까?"

"……."

안 그래도 나이 때문에 갑자기 또다시 저도 모르게 화가 올라오는데 초를 치는 이 주임과, 옆에서 실실거리는 진한, 그리고 아무 대꾸도 없는 윤으로 인해 지원의 안절부절이 극에 달했다.

탁!

마시던 커피를 탁 내려놓으며 지원이 회사로 발을 돌렸다.

"잔업이 남아서, 먼저 들어갈게요."

왜 대답 안 해. 여자 친구 있다고 대답을 왜 안 하냐고! 니들이랑은 비교도 안 되게, 예쁘고 섹시하고 귀엽고 멋있는 자연산 미인이라고 왜 말을 안 하냐고오오오오오오.

☆★☆

상반기 공채에 합격한 신입사원들이 출근을 시작했다.

부서마다 돌아다니며 인사를 하는 신입사원들의 패기 넘치는 모습에 지원은 1년 전쯤의 윤을 생각했다. 그때만 해도 그 키 크고 덩치 큰 소심이 윤과 그렇고 그런 사이가 될 줄이야 꿈에도 몰랐다.

이번 신입사원의 수준이 전반적으로 꽤 높았다. 대체로 훤칠하고 시원시원하게 잘생긴 남자 직원들의 대거 유입으로 기존 여사원들의 기분이 들떴고, 하늘하늘 청순한 외모의 신입 여직원의 등장으로 기존 남자 직원들의 사기가 고조됐다.

하지만 물 좋은 신입 직원이고 뭐고, 지원의 심기는 더욱 불편해졌다. 1년 만에 신입 직원이 들어온 자원개발팀인지라 1년 차인 윤에게 이번에 새로 온 신입 부하 직원이 배정되었다. 그것도 하필이면 제일 인기 많은 청순한 외모에 전지현 뺨치는 여직원이.

다른 남직원들은 이를 아쉬워했고, 지원은 혼자 몰래 열통을 터트렸다.

그러나 신입 직원의 투입으로 기분이 안 좋은 것은 지원뿐만이 아니었다. 이번 공채에 뽑힌 남자 직원 중에 현빈 닮은 직원이 있다더니, 윤이 보기에 현빈은 무슨. 훈빈이다, 훈빈.

윤이 기분 나쁜 것은 현빈인지 훈빈인지 따위가 아니었다. 그저 그 잘생겼다는 직원과 동기들이 점심시간에 나눈 이야기의 내용 때문이었다.

신입 직원들과 함께 점심을 먹던 어느 날, 진한이 은근슬쩍 불을 지폈다.

"이번 신입들 중에서는 누가 제일 인기가 많아?"

"아, 그야 물론 남자는 여기 EH의 현빈, 서호준이죠. 그리고 여자는 신희수 씨구요. 하하."

성격 좋은 신입, 규현이 시원스레 대답했다. 신희수는 윤의 부사수, 요즘 지원이 괜히 지나가다가 째려보는 그 청순한 신입 여직원이었다.

"그럼, 신입 말고 그냥 기존 직원들 중에는 누가 제일 예뻐?"

"옥 대리님이요."

진한의 2차 질문에 훈빈, 서호준이 망설임 없이 대답했다. 조용히 밥을 먹던 윤의 손이 잠시 멈췄다 아무렇지 않게 다시 수저질을 시작했다. 그리고 진한은 이를 놓치지 않았다.

"오, 역시 옥 대리."

"그렇지 않아도 여기 서호준 씨가 옥 대리님한테 첫눈에 반했다는 거 아닙니까. 옥 대리님 남친 없으시죠?"

"있습니다."

넉살 좋은 규현의 말에 윤이 저도 모르게 퉁명스레 지원의 남자 친구에 대해 언급했다.

"그래도 괜찮습니다. 결혼하신 것만 아니면."

당돌한 호준의 말에 윤은 몇 번이나 수저를 다시 잡았다. 진한은 이를 보며 휘파람을 불렀다.

설상가상으로 점심을 먹고 돌아오던 길, 휴게실을 지나다 여직원과 지원이 소곤소곤 무언가 작당 모의하듯 이야기를 나누는 것을 보다 걸음을 멈춘 윤의 귀에, 그의 심기를 한 번 더 건드리는 내용이 들렸다. 지난번 지원에게 소개팅을 시켜 준다던 희선이 또 일을 냈다.

"대리님, 이번에 새로 온 서호준 씨 너무 잘생기지 않았어요? 현빈이랑 진짜 닮았어요."

"그래, 멋있더라! 어려서 그런지 피부도 좋고 잘생겼더라."

"호호, 옥 대리님이랑 되게 잘 어울려요. 둘이 같이 있으면 선남선녀야. 옥 대리님, 그냥 지금 그 비밀의 남친 말고 서호준 씨랑 잘해 보는 건 어떠세요? 호호호."

"그, 그럴까? 푸하핫."

뚝.

지원은 그저 아무 의미 없이 윤에 대한 이야기가 나오기 전에 희선의 입을 막으려 장단을 맞추어 준 것뿐이었다. 그러나 이를 듣고 있던 윤의 인내의 끈은 결국 끊어지고 말았다.

퇴근길, 필라테스를 하러 가는 지원을 데려다 주는 윤의 태도가 왠지 모르게 차가웠다. 그러나 전혀 눈치채지 못한 지원이 윤의 볼에 쪽, 키스를 남기고 레슨을 받으러 갔다.

윤은 선바이저를 내려 자신의 모습을 가만히 쳐다보았다. 덥수룩했던 머리는 그나마 주기적으로 지원의 손에 이끌려 미용실에 다니며 깔끔해졌고, 까끌거리는 수염으로 붉게 부풀어 오르는 지원의 피부로 인해 매일매일 귀찮지만 수염도 깔끔히 깎아 냈다.

피부야 어머니를 닮아 깨끗하고 나무랄 데가 없었다. 문제는 성장기에 책을 보며 시력이 급격하게 나빠진 덕분에 평생을 쓰고 다닌 이 고시생 안경과 단춧구멍 같은 눈.

윤이 잠시 안경을 벗고 난 후의 자신의 모습을 쳐다봤다. 안경으로 인해 뚜렷해 보이지 않았던 눈이 시원하게 드러났다. 요즘 인기 있는 로코킹 배우처럼 보이기도 했다. 나쁘지 않았다. 솔직히 그 훈빈보다 괜찮아 보였다.

거울을 보며 한동안 깊이 고민하던 윤이 다시 안경을 쓰고 어딘가로 차를 몰았다. 흥.

☆★☆

"유, 윤아?"

서로가 서로 모르게 질투를 하던 한 주가 지나고 금요일 저녁, 퇴근하자마자 윤의 손에 이끌려 그의 집에 왔다. 현관문이 닫히는 순간 거침없이 달려드는 윤에게 지원이 힘없이 먹혔다.

함께 샤워까지 마치고 나란히 소파에 앉아 티비에서 나오는 아이돌 그룹의 무대를 넋 놓고 쳐다보던 지원이 갑자기 느껴지는 한기에 옆을 돌아봤다. 윤이 뚱한 표정으로 입술을 뾰로통 내밀고 팔짱을 낀 채 지원을 쳐다보고 있었다.

"유, 윤아?"

한참을 말없이 지원을 쳐다보던 윤이 폭탄선언을 했다.

"나, 내일 라섹 수술할 거예요."

"뭐? 라섹? 그건 갑자기 왜?"

갑작스런 선언에 지원이 물었지만 그는 대답이 없었다.

지금까지 내내 외모에 관심이 없다 신입 직원이 들어오자 대뜸 라섹 수술을 하겠다니. 그것도 이미 지난 화요일에 사전 검사를 받고 토요일에 예약까지 끝내고 월요일, 화요일 휴가까지 신청해 놓았단다. 말 한 마디 없이.

지원은 참 서운했다. 물론 그녀의 허락을 받을 일은 아니지만, 사전에 미리 말 한마디 정도는 해 줄 수 있지 않은가. 그리고 왜 갑자기 눈 수술을 하겠다는 건지. 신입 직원이 들어오니, 그 어린 여자애들한테 잘 보이고 싶은 걸까.

팽 토라진 지원이 피곤하다는 핑계를 대며 마사지를 하러 가겠다며 급히 예약을 잡는데도, 윤도 그저 얌전히 그녀를 샵에 데려다 주고는 쌩하니 집으로 돌아가 버렸다.

"왜 갑자기 안 하던 짓을 하는 거야!"

씩씩거리며 대기실에서 마사지 순서를 기다리고 있는 지원이 짜증 섞인 혼잣말을 했다. 그때 옆으로 고운 중년의 여인이 마찬가지로 콧김을 뿜어내며 자리에 앉았다.

얼마 전부터 몇 번 마주치기 시작한 고운 인상의 중년 부인이었다. 지원이 아까까지의 표정을 지우며 앞자리에 앉으며 반갑게 지원을 바라보는 중년 부인에게 먼저 인사를 건넸다. 샵 직원이 둘에게 향긋한 내음의 메밀차를 가져다주었다.

"늦은 시간에 오셨네요. 잘 지내셨어요?"

"아휴, 그래. 아가씨 또 만나네요. 나야 잘 지냈지. 아가씨도 잘 지냈지요? 어휴, 바깥양반이 도대체 말이 안 통해서 말야, 답답해서 이리로 나와 버렸어."

"어머, 저도 남자 친구 때문에 화나서 이리로 온 건데."

"왜요? 무슨 일 있었나보지?"

자상한 얼굴로 물어 오는 부인 덕에 속풀이할 곳을 찾은 지원이 요즘 회사에 신입 직원이 들어왔고, 비밀 연애 중인 남자 친구가 대뜸 눈 수술을 하겠다는 등 외모에 신경을 쓰기 시작했다며 하소연을 늘어놨다.

그러자 고운 얼굴로 지원에게 맞장구를 치며 본인의 남편 흉도 보는 부인 덕에 지원은 가끔 이렇게 이야기를 나누는 그녀가 퍽 반가웠다.

그녀와의 즐거운 대화를 마치고, 마사지도 끝마친 후 집에 돌아온 지원이 라섹 수술 그거 생각보다 아프다던데 그러지 말고 아가씨가 잘 돌봐 주라는 부인의 조언에 어휴, 이 웬수, 한숨을 쉬면서도 내일 아침에 병원에 함께 가기 위해 일찍 잠자리에 들었다.

☆★☆

띠리리릭.

지원은 도둑고양이가 남의 집 담벼락을 어슬렁거리듯 아침 일찍부터 윤의 집으로 다시 되돌아왔다. 아무리 미워도, 혼자 병원에 가서 수술을 마치고 힘겹게 집으로 되돌아올 윤을 생각하니 마음이 편치 않았다.

수술 시간이 언제인지도 모르니, 아침 일찍부터 찾아오는 수밖에 없었다. 전화로 물어볼 수도 있었지만, 왠지 아직까지 서운한 마음에 전화로 시시콜콜 수술 시간은 언제냐, 같이 가자라고 말하고 싶지 않았다. 아니, 나 원래 쿨한 사람인데 도대체 요즘 왜 이러는 거지?

지원은 혼자 고개를 절레절레 내저으며 조용한 거실을 지나 윤의 방으로 갔다.

아침 8시, 너무 빨리 오긴 했다. 윤이 오른쪽을 향해 옆으로 누워 조용히 잠을 자고 있었다. 오른쪽은 둘이 함께할 때 지원이 누워 있는 방향이었다. 지원이 침대맡에 앉아 한참을 말없이 그저 아이처럼 순한 표정으로 잠을 자는 윤의 머리를 쓰다듬으며 그를 관찰했다.

드러난 어깨가 울끈불끈 잔근육이 붙어 보기 좋았고, 탄탄해 보였다. 살짝 벌어진 발간 입술과 날렵한 콧날, 시원하게 옆으로 찢어진 눈매, 깨끗한 피부. 참 나무랄 곳이 없었다.

에휴. 이제 이 얼굴을 다른 사람들도 결국 보게 되는구나.

씁쓸한 마음이 들었지만, 본인이 안경을 벗고 싶다는데 아무리 여자 친구라 해도 그걸 막을 권리는 없다는 것을 잘 알고 있는 지원이 속은 상하지만 어쩔 방법이 없다는 것을 인정했다.

번쩍.

윤이 갑자기 눈을 뜨고 몽롱한 눈빛으로 지원을 어리둥절 쳐다보았다. 상황 파악이 안 되는지, 아직 꿈이라고 생각하는지 멍한 표정이 귀여웠다.

"일어났어? 오늘 병원 몇 시에 가기로 했어?"

"하, 한 시에. 언제 왔어요?"

한 시면 아직 시간 여유가 충분하다. 아침 일찍부터 집을 나서

느라, 갑자기 노곤함을 느낀 지원이 꾸물꾸물 침대로 기어 들어갔다.

"하암, 방금 전에. 이따 같이 병원 가자. 난 좀 더 자야겠다."

침대로 쏙 들어오는 지원을 바라보던 윤이 급히 정신을 차리고는 욕실로 향했다. 간단히 세수와 양치질을 하고 왔는지, 침대에 누워 이미 눈이 반쯤 감겨 비몽사몽 하는 지원을 끌어안은 그에게서 상쾌한 향기가 났다. 지원의 이마에, 눈, 코, 양 볼에 가벼운 키스를 남기며 윤이 지원의 등을 천천히 쓰다듬어 내렸다.

"어제, 화나서 간 거 아니었어요?"

"우웅, 맞아. 그래도 혼자 왔다 갔다 할 수는 없잖아. 수술하고 나면 당분간 눈도 안 보일 텐데."

눈을 감고 인상을 찌푸린 채 오물거리는 지원이 마냥 사랑스러웠다. 휴게실에서 희선과 나누던 대화 내용은 마음에 안 들었지만, 그런 것에 삐져 툴툴거리는 윤 자신의 모습도 이상하긴 마찬가지였다.

이 여자를 만나고 모든 것이 참 이리저리 통통 튀고 알 수 없이 이상했다. 그렇지만 윤은 그런 자신의 변화가 꽤 마음에 들었다. 윤의 입술이 나지막이 웃음을 터트리며 지원의 입술에 살며시 내려앉았다.

"고마워요."

"우웅."

"수술하고 오면 지원 씨가 나 돌봐줄 거야?"

"으음. 흥, 수술하고 회사 가서 네가 여직원들한테 쌩쌩 차갑게 군다고 약속하면 내가 계속 옆에서 돌봐주지!"

슬금슬금 달라붙는 윤을 바라보며 지원이 윤의 아랫입술을 물고 늘어지며 장난을 쳤다. 윤이 지원의 목덜미를 한 번 주욱 빨고는 그녀를 잡아 일으켰다. 그리고 곧 자신도 몸을 일으키며 침대 헤드에 몸을 기대고 자리를 잡아 앉았다.

"만세 해 봐. 지원 씨."

지원이 얌전히 말 잘 듣는 학생처럼 윤의 지시에 따랐다. 손을 들어 올리자, 단추 몇 개를 빠르게 톡톡 풀어내고 옷을 벗겨 내는 윤의 손길이 능숙하다. 하얀 속살에 검은색 브래지어만을 걸친 지원이 팔을 윤의 목에 두르고 그의 가슴에 몸을 기댔다.

"말 한마디만 해 줬더라도, 내가 삐지진 않았을 거야. 나 그렇게 속 좁은 여자 아닌 거 알잖아. 그런데 진짜 왜 갑자기 수술하겠다고 마음먹었는지 얘기 안 해 줄 거야?"

"미안해, 지원 씨. 그냥 갑자기 하고 싶었어. 별 이유 없어. 다음부터는 꼭 미리 말할게."

윤은 그저 새로 들어와 지원에게 호감을 보이는 서호준 씨가 잘생긴 것이 싫었고, 자신도 좀 더 잘난 외모를 가져서 지원에게 멋진 남자 친구가 되고 싶었을 뿐이었지만, 시시콜콜 그런 이유를 지원에게 말하는 것이 부끄럽다고 느껴졌다. 다정하게 지원의 허리를 쓰다듬으며, 윤이 지원 몰래 얼굴을 붉혔다.

"지원 씨, 졸려?"

"응, 조금."

"나 하고 싶어. 어제 우리 한 번밖에 못 했잖아. 눈 수술하면 주말 내내 또 못 할 텐데, 지금 미리 할래."

삐끔삐끔, 귀엽게 욕망을 드러내는 윤이 귀여워 지원이 킥킥거리며 윤의 넓은 가슴을 팔로 감싸 안았다.

"흥."

장난스런 지원의 거부에도, 이미 윤의 손은 바빠졌다. 도톰한 지원의 입술을 가르고 들어가 그 안에 있는 혀를 정신없이 탐하고 손은 그녀의 바지 버클을 풀고 통통한 그녀의 엉덩이를 만지기 시작했다. 품 안에서 꿈틀거리며 몸을 움츠리는 지원의 가슴이 더욱 풍만하게 모아지고 매끄러운 어깨선이 윤을 더욱 흥분하게 만들었다.

윤이 지원을 아이 안듯 팔로 등을 받쳐 안고 거칠게 그녀의 입술을 빨아 댔다. 마찰로 인해 지원의 입술이 더욱 발갛게 부어올랐다. 아침이지만 수면을 위해 꼼꼼하게 내린 암막 커튼으로 방 안이 아직 어둑어둑한 가운데, 커튼 사이로 햇빛이 군데군데 빛을 비추었다.

"지원아. 살짝 들어 봐."

한 손으로 지원의 바지를 벗겨 내며 윤이 지원을 낮게 불렀다. 가끔 지원 씨가 아닌 지원아로 부르는 윤의 나지막한 울림이 지원을 더욱 두근거리게 만들었다.

윤의 목소리에 짜릿함을 느낀 지원이 바르작바르작 몸을 꿈틀거리며 품 안으로 파고들자 윤이 낮게 웃으며 그녀를 침대에 내려놓으며 더 가까이 다가왔다. 윤이 지원의 귓가에 혹, 바람 불듯 속삭였다.

"귀여워."

복숭아마냥 볼을 발그스레 붉히며 지원이 꼬물꼬물 윤의 품으로 파고들었다.

그 날 오후, 윤은 라섹 수술을 받았다. 수술실 밖에서 윤을 기다리며 지원은 그의 안경을 뽀각. 반 토막 내 버렸다.

안녕, 고시생 안경. 흑흑, 안녕, 방패막아.

☆★☆

수술을 받고 벌게진 눈의 윤을 데리고 와 침대에 눕혔다. 마취가 풀리며 아픔을 호소하는 윤에게 진통제를 먹이고 배를 쓸어 주며 한숨 재웠다. 그리고 그의 옆에 앉아 한참을 바라봤다.

눈이 아픈지 인상을 찡그린 채로 색색, 잠에 빠진 윤의 머리를 정리해 줬다. 식은땀을 흘리며 흐트러진 모습으로 잠을 자고 있는 윤의 모습에 아침에 거친 모습으로 그녀를 탐하던 그가 생각났다.

이럴 줄 알았으면 어제 그냥 삐지지 말고 오늘 아침까지 그의 집에서 밤새 한바탕하는 거였는데, 괜히 튕긴 자신이 원망스러웠다.

수술로 인해 계속 집에서 휴식을 취해야 할 윤을 위해 집안일이라도 해 놓을까 싶어 빨랫감을 찾으러 드레스 룸으로 향했다.

어느새 윤의 드레스 룸에는 지원의 옷이 한 칸을 차지하고 있었다. 회사에 입고 갈 옷, 집에서 입을 편한 옷, 그리고 속옷까지. 옷뿐만이 아니라 칫솔과 화장품 등 집 안 곳곳에 지원의 흔적이 묻어났다.

나란히 걸려 있는 옷을 보며 흥얼거리다 서둘러 세탁기를 돌렸다. 할 일이 많았다. 분명 입이 까끌거릴 윤을 위해 죽도 끓여야 하고, 다음 주 회의를 위해 자료도 준비해야 했다.

이미 윤수에게는 윤에 대해 말하고 주말에 집에 들어가지 못할 것이라 말은 해 놓은 지원은 통통통, 야채를 썰다 하마터면 손가락을 통째로 썰어 버릴 뻔했다. 찔끔 새어 나오는 피를 재빨리 지혈하고 야채죽인지 야채 곤죽인지 알 수 없는 죽을 윤에게 먹였다.

지원은 새삼 윤의 대단함을 느꼈다. 잘생겼지, 멋있지, 자상하지, 요리도 잘하지. 아휴, 난 그나마 할 수 있는 일이라도 해서 돈이나 열심히 벌어야지.

윤이 수술하고 이틀이 지났다. 지원은 잠시 살 물건이 있다며 밖으로 나간 상태였다.

가만히 눈을 감고 침대에 누워 있던 윤은 온몸이 간지러운 것 같았다. 이틀 내내 모래가 기어 다니는 것 같은 눈을 비비지도 못하고 땀만 흘리며 고통스러워하던 윤은 온몸이 매우 찝찝했다.

병원에서 4일간은 세수도, 샤워도 하지 말라 했기에 어제 오늘 지원이 수건에 물을 적셔 얼굴만 간간히 닦아 주었지만 도저히 참을 수가 없었다. 날이 더워 찝찝한 느낌도 배가 됐다. 잠깐 빨리 물만 뿌리고 나오면 되겠지.

잠에서 깨, 식은땀으로 범벅이 된 몸을 일으켜 아직까지 까끌까끌 간질거리는 눈을 반만 뜬 채로 옷을 벗고 있는데, 때마침 지원이 돌아왔다.

"일어났어? 근데 왜. 뭐하게? 씻으려고?"

"응, 너무 더워. 잠깐 빨리 씻고 나올게요."

"아직 샤워하면 안 되잖아. 같이 들어가자."

눈도 제대로 못 뜨는데 혼자 들어갔다 미끄러지기라도 할까, 마침 더운 무더위에 사람 많은 백화점에 다녀 온 지원이 잘됐다 싶어 윤과 함께 욕실에 들어갔다.

혹시 눈에 물이 튈까 수건으로 눈을 가리게 하고 일단 머리를 감기기 위해 윤을 욕조에 앉게 했다. 벌거벗은 채로 얌전히 지원의 말을 듣는 윤의 모습에 지원이 입맛을 다셨다. 조심조심 머리를 감기는 지원의 손길에 윤의 대롱이도 이미 신이 나 있었다.

참아야 하느니라, 이 아이는 지금 아프다. 아프다.

조심조심 물이 튈까 머리를 감기고 헹군 후, 윤의 몸에 물을 끼얹고 간단히 비누칠을 해 주었다. 다리 사이에 대롱이를 의도치 않게 스치고 지나가자 윤이 끙, 앓는 소리를 냈다.

"아, 하고 싶다!"

윤도 어느새 참 능글맞아졌다. 대롱대롱 애처롭게 부르는 대롱이를 보며 지원이 비누 묻은 부드러운 손길로 잠시 대롱이를 감싸 쥐었다. 긴장하며 인상을 찌푸리는 윤을 보며 지원이 아쉬운 손길을 뗐다. 이 짧은 기간 참지 못해 혹여라도 눈에 무리가 가서 고생해서 한 수술이 효과가 떨어지게 하고 싶지는 않았다.

"그러려면, 빨리 나아!"

슬그머니 뻗어 오는 윤의 손을 찰싹, 한 대 장난스레 후려치고 애써 자신을 불러 대는 대롱이를 외면하고는 윤을 욕실 밖으로 내보냈다. 홀로 욕실에 남은 지원도 빠르게 샤워를 마치고 밖으로 나갔다.

휴, 잘 참았어, 옥지원!

그렇게 주말이 지나고, 미처 휴가를 내지 못한 지원이 아직까지 휴식이 필요한 윤을 위해 밥을 차려 놓고 약도 언제 넣어야 하는지 꼼꼼히 다시 주지시킨 후 떨어지지 않는 발걸음을 옮겨 회사로 향했다.

오랜만이었다. 출근길이 혼자인 것은.

느낌이 이상했다. 이전에는 출근길에 혼자인 것이 당연했는데, 이제는 윤이 데리러 오고 아침을 챙겨 오는 것이 당연해졌다. 싫지 않은 변화다.

☆★☆

총무팀의 수아는 몇 주 전에 농구 코트에서 본 그 훈남을 잊을 수가 없었다. 그 남자를 본 후로, 자신의 남자 친구가 오징어로 보이기까지 했다. 결국에 수아는 그 오징어 남친과 헤어지기까지 이르렀다. 분명 우리 회사라는데 도대체 그 훈남은 어디 있을까.

매일매일 매의 눈으로 사내를 훑으며 다니던 수아가 오늘 아침에도 스캔에 긴장을 늦추지 않았다.

퍽.

양옆을 훑다가 미처 앞을 보지 못한 수아가 단단한 무언가에 부딪혔다. 수술 후 첫 출근에, 잠시 눈이 건조해 눈을 깜빡이며 서 있던 윤이었다.

"죄, 죄송합니다."

수아가 사과를 하며 다시 스캔을 시작하며 몸을 움직이려는 순간, 눈을 가리고 있던 윤의 손이 내려가고, 수아는 그의 얼굴을 보았다. 그리고 수아는 속으로 외쳤다.

'그, 그 훈남이다! 올레! 드디어 찾았다! 진짜 우리 회사였어!'

그의 이름이 궁금한 수아가 재빠르게 가슴팍에 매달린 사원증을 스캔했다.

그리고 수아는 경악했다.

자원개발 1팀……. 김……윤……. 뭐? 김윤이라고?!

입사 초기에 찍은 사진이라 덥수룩한 머리와 수염에 왕눈이 개구리눈도 콩알만 하게 만드는 고시생 안경을 낀 사진. 그리고 이름은 김윤.

얼마 전, 인도네시아 프로젝트에서 엄청난 수확을 가져온 그 집안 좋고 돈 많다던 키가 큰, 다만 얼굴이 아쉬웠던 그 안경잡이 김윤!

대박, 대박! 그 농구장 훈남이 자원개발 1팀 김윤이었다니!

이렇게 아침에 환한 빛에서 다시 보니 더더욱 훤칠하니 잘생겼다. 괜찮다며 지나가는 윤의 뒷모습을 넋 놓고 바라보던 수아가 총무팀으로 있는 힘껏 내달렸다.

여러분 여기 특종! 특종! 그 자원개발팀 안경잡이 김윤 씨가 그 농구장 훈남이었어요!

☆★☆

"저게 누구야? 어머, 웬일이니, 웬일이니."

"대리님, 대리님. 옥 대리님! 보셨어요?"

아침부터 회사가 소란스럽다. 당연하다. 지원이 지난밤 심사숙고해서 그의 옷을 골랐고, 오늘 아침에는 직접 머리도 만져 주고 세심하게 수염도 밀어 주었다.

머리부터 발끝까지 지원의 손길에 거쳐 태어난 윤은 완벽했다.

사실 회사라 특별한 옷을 입을 순 없지만 매일 입는 바지와 셔츠도 떡 벌어진 어깨와 옷 안으로 자잘하게 붙어 있는 근육으로 인해 더욱 빛났고, 무엇보다도 윤의 얼굴이 그의 뒤로 후광을 비추게 만들었다.

거기에 하나 더, 오늘 아침 작품 하나를 세상에 내놓는 심정으로 윤의 매무새를 다듬어 주던 지원이 그제 백화점에서 구입해 와 한켠에 두었던 쇼핑백을 꺼내 왔다.

'열어 봐.'

상자 안에는 지원이 매우 큰맘 먹고 구입한 화이트 골드에 다이아몬드가 박힌 깔끔한 커플링이 들어 있었다.

'이건 내 선물.'

무려 3년을 사귄 토빠와도 커플링은 해 본 적이 없었다. 처음하는 커플링을, 여자인 지원이 먼저 구매했다. 가격도 반지 하나당 이백을 훌쩍 넘는 후덜덜한 반지였지만, 지원은 꼭 무리해서라도 비싼 반지를 사고 싶었다.

이건 단순한 반지가 아니었다. 어디 도망 못 가게, 함부로 다른 여자들이 눈독 들이지 못하게 채워 놓는 목줄이나 마찬가지였다.

지원은 준비한 얇은 줄 목걸이에 윤의 반지를 걸어 그의 목에 걸어 주었다. 그리고 나머지 하나는 자신의 왼쪽 손가락에 끼워 넣었다.

'이미 넌 내 거라고 내가 영역 표시해 놓는 거야, 여자들이 너무 귀찮게 하면 그 반지 꼭 보여 줘!'

'네, 알겠어요.'

윤이 싱그럽게 웃으며 그녀를 끌어안았다.

아침부터 소란스레 떠드는 사람들의 모습에 지원이 아침에 있던 일을 생각하며 그저 조용히 웃음을 지었다. 이미 내가 목줄 채워 놨단다. 그것도 엄청 비싼 목줄.

짧게 자른 머리에, 드라이로 앞머리를 올려 반듯한 이마를 훤히 드러냈고 그의 반듯한 콧대를 도드라지게 했다. 두꺼운 안경은 오간 데 없고, 대신 시원하게 드러난 눈이 반짝였다.

수술로 인해 아직까지 살짝 충혈된 상태지만, 회복된 시력으로 인해 흐릿했던 눈빛이 멀리 볼 때도 또렷했다.

은밀한 시간에 그녀만 볼 수 있던 눈을 이제는 다른 사람들도 볼 수 있었다. 안경을 벗고, 머리와 수염을 깔끔하게 정리하자 변한 그의 자세가 그의 멀쩡했던 허우대를 더욱 빛나게 했다.

월요일, 화요일에 휴가를 받고 라섹 수술을 받고 온다던 윤이 수요일 아침, 환골탈태한 모습으로 돌아오자. 성형외과라도 다녀왔냐며 여기저기 난리도 아니었다.

사막 한가운데 모래알에서 찾아낸 원석, 옥 대리가 반질반질 닦아 세상에 내놓았다. 훈남, 그것도 완전 킹카 한 명 추가에 회사 여직원들은 신이 났고, 한편으로는 안타까워했다. 왜 진작 이런 원석을 미리 캐내지 못했는지. 그래도 아직 늦지 않았다며 거울 보기에 여념이 없었다.

그런데 어쩌지? 너희들은 늦었다. 저기 개발 2팀의 옥 대리가 이미 물고 빨고 접수 끝낸 지 오래거든!

지원이 자리에 앉아 신명 나게 타자를 쳤다. 그녀의 손가락이 하늘 높이 날아갈 것처럼 보였다.

탁! 타닥! 타타닥!

9

오늘도 역시 회의에 참가한 파트너 측 사람들과, 사내 직원들의 호평을 받으며 회의를 마무리하는 지원을 보며 화선이 속이 부글부글 끓어오르는 것을 애써 억눌렀다.

밥 먹고 일만 하는지, 준비한 자료나 발표 능력, 중간중간 대화에서도 느낄 수 있는 논리 정연하고 일목요연한 지원의 일솜씨에 말 한 마디 못하는 화선의 속은 새까맣게 문드러진 지 오래였다.

불륜남인 서 차장에게 억지를 부려 겨우 호주 다윗 프로젝트에 투입되었으나 말 한 마디 못하고 돌부처마냥 회의 때마다 그저 지켜보기만 하는 게 전부고, 그 찌질이인 줄만 알았던 김윤으로 인해 그나마 담당하고 있던 인도네시아 프로젝트에서도 쫓겨난 화선은 서 차장만 달달 볶았다.

그러나 서 차장, 그 늙은 여우같은 놈은 해 주는 것도 없이 그저 그녀의 몸만 원할 뿐이었다.

게다가, 인도네시아 출장 때도 김윤 옆에는 옥지원이 있었다. 다른 대기업에서 스카우트되어 어느 날 갑자기 나타나더니 어느새 저 멀리 한참 앞서 나가고 있는 옥지원.

화선이 불만의 화살을 돌릴 대상은 지원뿐이었다. 지원이 잘못한 것이 없더라도, 그저 지원이 미웠다.

아, 이 거지 같은 상황을 어떻게 바꾸지?

요즘 화선은 친절한 듯 웃음 가면을 쓰고 있지만, 그 안에 감춰진 진짜 얼굴은 그녀가 발 디딜 틈 없는 이 사무실의 상황을 어떻게 전복시킬 것인가 고민하느라 한창이었다.

화선은 매주 회의를 할 때마다 자신의 무능력함을 철저히 느끼고 있었다.

오늘도 자신이 끼어들 틈이 없는 회의가 끝난 곳에 그저 무의미하게 자신의 휴대폰을 들여다보고 있었다. 다른 친구들은 어떻게 살고 있나 카톡의 프로필 사진을 그저 훑고 있는데 순간 대학 동기의 프로필 말이 눈에 들어왔다.

[HM에너지 김현아입니다.]

그래! 옥 대리가 HM에서 EH로 이직을 했다. 물론 EH도 중견

기업이긴 하지만, 오히려 기업문화나 연봉, 복지 차원에서는 여타 대기업을 능가하는 기업이긴 했다. 그런데 국내 굴지의 대기업 HM 에너지 계열사에서 왜 굳이 이곳으로 이직을 했을까? 단순히 경력 개발을 위한 것일까?

잔머리라면 누구 못지않게 뛰어난 화선의 머리가 빠르게 굴러가기 시작했다. 저 얄미운 옥지원에게도 흠이 있겠지. 이런 식으로 가다간 회사에서의 자신의 입지는 완전히 사라질지도 모른다.

하지만 화선은 이직도 쉽지 않은 상태였다. 아니, 이직을 한다 해도 실적이 뚜렷하지 않아 지금 이만큼의 연봉과 복지를 기대하기는 어려웠다. 어떻게든 계속 EH에 남아 있어야 하는 상황이라 어떻게든 지금 이 낙동강 오리알 신세를 면해야 했다.

화선이 통화 연결 버튼을 눌렀다.

"현아니? 나 화선이야, 잘 지냈니? 우리 오랜만에 한 번 만날까?"

☆★☆

EH에너지에는 훈남 한 명 추가라는 좋은 소식도 있었지만, 안타까운 소식도 있었다.

바로 그림의 떡, 김훤 전무의 결혼 소식이었다.

로열패밀리답게 어린 시절부터 친하게 지내온 유신그룹의 막내 딸과 결혼한다는 소식이었다.

회사에 많은 여직원들은 그저 바라보기만 해도 좋았던 김 전무의 결혼 뉴스에 망연자실했지만, 그래도 생각보다 그녀들의 반응은 덜 비극적이었다. 새로운 샛별, 김윤 사원이 부상하고 있었으니. 오히려 저 위, 손이 닿지 않는 곳에 있는 김 전무보다, 자신들과 같은 위치에 있는 김윤이 더 희망적이기 때문이었다.

　이로 인해 자원개발팀 사무실은 날이 갈수록 복작거렸다.

　인도네시아 프로젝트 성공 건으로 인해 윤의 이름이 유명해졌을 때만 해도 그저 지나가며 흘긋흘긋 쳐다보는 정도였다. 그런데 이제는 아예 대놓고 손가락질까지 하며 연예인 구경하듯 문전성시를 이루고 있었다.

　사무실 문 뒤에 다다닥 달라붙어 윤이 타자라도 치거나, 자리에 일어나서 다른 사람과 이야기를 하거나 할 때마다 눈동자가 또로록또로록 굴러가는 소리가 저 너머의 지원의 귀까지 들렸다.

　완전 잘생겼다. 너무 멋있어. 집안도 좋다며? 돈도 그렇게 많대. 아침에 차 타고 오는 거 봤는데 차도 완전 좋댄다. 손에 차고 있는 저 시계가 그렇게 비싼 거라던데?

　지원도 알지 못했던 사실까지 뒤에서 수군거리는 여직원들 덕분에 알게 된 그녀는 새삼 윤의 손에 걸려 있는 시계가 정말 비싼 건가 하고 다시 보게 되었다.

　아니 근데, 도대체 나도 모르는 윤의 집안에 대한 소문은 누가 낸 거야? 답은 진한이었으나 지원은 여전히 상상도 못 하고 있었다.

"옥 대리님, 지난번에 출장 같이 가셨었죠? 도대체 김윤 씨 여자 친구가 누구래요? 혹시 아는 것 없으세요?"

제일 열성적으로 윤을 따라다니는 총무팀 수아가 지원에게 다가와 은근슬쩍 윤에 대해 물었다. 수아가 지켜본 바로는, 무뚝뚝한 윤이 유난히 지원에게는 웃음도 많았다. 역시 옥 대리, 일도 잘하고 사람 끄는 매력도 있는가 보다 생각한 수아가 지원에게 윤에 대한 조언을 구했다. 그 궁금해하는 윤의 여자 친구가 지원인 줄도 모르고.

"그, 글쎄. 여자 친구 있다는 것만 알지, 나도 자세한 건 몰라. 하하."

"어휴, 진짜 누군지 몰라도 너무 좋겠다. 전 심지어 남자 친구랑 헤어졌어요. 김윤 씨가 매일 생각나서, 김윤 씨 얼굴 농구장에서 한 번 보고 그 이후로는 완전 전 남친이 너무 못생겨 보이더라니까요? 뭐 여튼, 지금 여자 친구 있다고 결혼하는 건 아니니, 혹시 헤어졌다는 소식 들리면 저한테 꼭 알려 주세요."

수아가 투지를 불태우며 위층 총무팀으로 돌아갔다.

그래, 지금 사귄다고 결혼하는 건 아니지.

가뜩이나 관계가 진전될수록 그 인연의 끝, 결혼 혹은 헤어짐에 대해 불쑥불쑥 생각이 많아지는 요즘이다.

더군다나 인터넷에 온통 도배되어 있는 휜의 결혼 뉴스를 보며, 결혼이라는 단어에 혼란스러워지기까지 한 지원이 잠시 사무실을 나와 회사 옥상에 위치한 정원으로 향했다. 비가 오려는지 날이 좋지 않아, 야외 정원에는 사람이 한 명도 없었다.

자주 찾는 구석의 벤치에 앉아 도심 한가운데 빌딩 숲에 조성된 나무들을 바라보며 지원이 생각에 잠겼다.

결혼이라……

윤은 신입 퀸카 희수나 다른 여직원들이 살랑이며 말을 걸어도 무표정한 얼굴로 업무상 꼭 필요한 말만 대답하고 주로 남자 직원과 어울렸다. 그러다 지원과 눈이 마주치면 다른 사람 몰래 살짝살짝 웃어 주거나, 지나가다 스리슬쩍 손을 터치하고 지나갈 때면 확, '이 멋진 연하남이 내 남친이에요.' 동네방네 소문을 내고 싶었다.

하지만 그때마다 지원은 꿈의 여행을 위해 들고 있는 적금, 결혼 자금을 위한 적금들을 생각하고 평생 이 EH에서 일하다 EH에너지사 최초로 여성임원이 되는 것을 꿈꾸며 마음을 다잡았다.

그때 지원의 옆에 누군가 털썩 앉으며 시원한 바람을 일으켰다.

"지원 씨, 화났어요?"

여직원들의 부담스러운 시선을 견디며 지원의 눈치를 살금살금 보던 윤이 안 좋은 표정으로 사무실을 나가는 지원을 몰래 따라온 것이었다.

"아니, 화는 무슨. 어떻게 알고 여기까지 왔어?"

지원이 손사래를 치며 윤을 돌아봤다.

"지원 씨 표정이 안 좋아서 따라왔지."

지원이 좋아하는 투명한 미소를 지으며 답하는 윤을 지원이 물끄러미 바라봤다.

"윤아, 너 진짜 잘생겼다."

대뜸 잘생겼다는 지원의 말에 윤이 가만히 웃음을 터트렸다. 지원이 말을 이으려는데, 불굴의 여직원들이 어떻게 알고 왔는지 코너 너머로 소란스러운 소리가 들렸다.

들킬까 긴장한 지원이 몸을 움츠리고 눈치를 보자, 윤이 지원의 얼굴을 잡고 입을 맞췄다. 단순히 가벼운 입맞춤이 아닌, 혀를 가르고 들어오는 진한 키스였다.

당황한 지원이 품에서 벗어나려 하자 윤이 지원을 더 깊게 끌어안았다. 한 손으로 커플링이 끼워진 그녀의 손가락을 만지작거렸다.

"지원 씨."

"유, 윤아."

"아무 걱정도."

"……."

"하지 마."

입을 맞추는 도중 한 마디 한 마디 끊어 내며 진지하고 낮게 속삭이는 윤의 눈동자가 또렷하다.

"난."

"……."

"지원 씨만 사랑해."

사내 연애는 달달하고 짜릿하다. 공개 연애를 하다 헤어지면, 어느 한 사람은 그만두거나 해외 지사로 나가야 했다. 물론 결혼을 한다면야 최상의 시나리오겠지만. 그러나 지원은 한때의 즐거움을 위해 평생 후회할지도 모르는 일은 사양이었다.

결혼? 그녀야 이미 결혼이 현실인 나이였다. 하지만 윤은…… 이제 겨우 28살.

학교 졸업한 지 2년도 채 되지 않은 상태에서 벌써부터 한 여자에게 발목 잡힐 생각은 아마 없을 것이다. 애초부터 괜한 기대를 하고 싶지 않았다. 윤과 함께하는 지금 너무 행복하지만, 현실은 현실이다. 그렇다면 답은 지금 이대로 계속 비밀을 유지하는 것뿐이었다.

게다가 이런 짜릿함, 나쁘지 않았다.

소란스럽던 소리가 다행히 꾸물거리는 날씨를 보고 다시 안으로 사라졌고, 생각의 정리를 마친 지원이 윤에게 팔을 두르며 적극적으로 화답했다.

☆★☆

윤의 얼굴이 드러나고, 지원의 심기를 불편하게 하던 여직원들이 항상 딱딱한 윤의 태도에 어느 정도 포기를 하고 각자의 자리로 되돌아가는 데 정확히 2주가 걸렸다.

이제는 여직원들이 윤을 그저 김훤 전무와 같이 취급하기에 이르렀다. 김 전무는 손이 닿지 않는 저 위에 있는 나무, 윤은 같은 눈높이에 있는데도 보이지 않는 벽이 막고 있어 닿을 수 없는 나무.

뭐가 어찌 됐든, 손에 넣지 못하는 건 마찬가지였다. 그래도 지나가며 힐끔힐끔, 소곤대며 눈에 하트가 가득 차는 것은 별수가 없었다.

왜 미리 저런 원석을 알아보지 못했는지, 같은 팀 여직원들의 곡소리는 날이 지나도 끊이지가 않았다.

내가 그 전에 잘해 줬더라면, 지금쯤 나에게는 특별하게 잘 대해 주지 않았을까? 그랬다면 내가 지금 저 훈남을 옆자리에 떡하니 꿰차고 있지 않았을까? 아이고, 아이고. 내가 미쳤지, 내 눈은 왜 눈이냐. 저런 대박감도 알아보지 못하고. 아이고, 아이고.

평범한 한 주의 수요일.

평소대로라면 지원은 마사지를 하러 가는 날이고, 윤은 사내 농구 동아리에 참석하는 날이었지만 지원은 잔업으로 인해 야근을 하기 위해 사무실에 남아 있었다.

수술 후 회복을 위해 운동을 쉬고 있는 윤이 같이 야근을 하며 기다리겠다는 것을 한사코 말리며 보내고, 지원은 빨리 일처리를 하고 집으로 돌아가기 위해 속도를 올렸다.

남아 있던 직원들이 하나둘 인사를 하고 떠나고, 어느 정도 일을 마무리한 지원도 집으로 돌아갈까 고개를 드는데, 그녀 앞에 훈빈, 서호준이 웃음을 지으며 그녀를 바라보고 있었다.

"옥 대리님, 이거 드시면서 하십시오."

호준이 스윽 내미는 비타민 음료를 받으며 지원이 어색한 미소를 띠웠다. 둘러보니 어느새 사무실에 남은 사람은 지원과 호준, 둘뿐이었다.

"늦게까지 열심히 하네요. 서호준 씨."

잠시 어색한 공기가 흐르고, 가방을 챙겨 나가려는 지원을 본 호준이 여전히 그녀 곁에 머물며 서성였다.

"뭐 할 말 있어요?"

"하하. 옥 대리님, 남자 친구 있으십니까?"

아니, 요즘에 갑자기 뭔 일이람 얘도 나한테 빠졌나? 지원이 내심 기분이 좋아지는 것을 느꼈지만 난처한 표시를 내며 선을 그었다. 왼손을 들어 커플링을 보여 주며 단호히 말했다.

"네, 남자 친구 있습니다. 보이죠? 커플링?"

지원이 자리에서 일어서 가방을 챙기며 서둘렀다. 아무리 사무실이지만 남자 사원과 둘만 남아 있는 줄 알았다면, 그 전에 미리 집으로 갔을 것이다. 아쉬워하며 우물쭈물 서성이는 호준에게 지원이 상냥하게 웃으며 가방을 집어 들었다. 그때 호준이, 주먹을 꽉 쥐고는 지원에게 내지르듯 말했다.

"저, 옥 대리님 조, 좋아합니다. 그, 그냥 말이라도 하고 싶었습니다. 죄송합니다."

땀을 뻘뻘 흘리며 뜬금없는 고백을 하는 호준이 지원은 귀엽게 느껴졌다. 왠지 모를 막무가내의 모습이 윤에게 들이대던 자신의 모습을 상기시키기도 했다.

"고마워요. 호준 씨. 그래도 미안하지만 전 남자 친구가 있고 그 남자 친구를 좋아해요. 오늘 일은 기분 좋게 넘어갈 테니, 우리 어색한 사이는 되지 말아요. 계속 같이 일해야 하는 사이잖아요. 저 먼저 갈게요."

지원이 가볍게 호준의 어깨를 두드리고 그를 지나쳐 사무실을 나왔다. 오늘은 그저 일을 끝내고 집으로 곧장 가려 했지만, 당장 윤이 보고 싶었다.

신입 직원들 중에 가장 킹카라는 서호준에게 고백을 받았다. 그 앞에서는 쿨한 척, 멋진 여성인 척 넘어갔지만 지원의 기분은 하늘을 찔렀다. 호준이 좋아서가 아니라, 이것을 윤에게 자랑할 수 있어서 기분이 좋았다.

지원이 날아가는 손가락을 겨우 억누르며 윤에게 전화를 걸었다.

"윤아, 나 지금 너희 집으로 가려고 하는데. 어디야?"

— 응, 집이에요. 지금 어디예요? 내가 데리러 갈게.

"아냐, 지금 택시 타고 가고 있으니까 밑으로만 내려와 줘."

감추려 해도 새어 나오는 지원의 떨리는 목소리에 윤은 안 좋은 예감이 들었다. 사실 그 떨리는 목소리는 웃음을 참는 것이었는데.

윤이 서둘러 아파트 입구로 나와 지원을 기다렸다.

수요일엔 보통 마사지를 하고 곧장 집으로 가는 지원인데, 오늘 야근한다더니 회사에서 무슨 일이 있었나? 아, 그냥 지원이 말리더라도 끝까지 우겨서 함께 야근하다 집에 데려다 줄 것을.

키가 크고 늘씬하면서도 여성스러운 몸매와 오목조목 예쁘장한 얼굴의 지원을 지나가던 남자들이 가다가도 다시 한 번 훑어보는 것을 목격한 것이 한두 번이 아니었다. 생각 같아서는 매일 옆에 끼고 다니고 싶었지만, 독립적인 성격의 지원은 윤의 생각대로 움직이지만은 않았다.

일단 이 화, 수, 목 노데이트 날만 해도 윤은 마음에 들지 않았다. 아니, 월요일과 금요일, 그리고 주말에도 꼭 함께 있다가도 집으로 가야 한다고 고집을 부리는 지원은 정말 미웠다.

젠장, 매일 같이 있으면 안 되나?

어디쯤인지 다시 한 번 전화를 걸어 확인하려던 찰나, 저 멀리서 두 개의 불빛이 윤에게 다가왔다. 조용히 입구에 서는 택시 안에서 하루 일과로 인해 피곤해 보이는 지원이 내렸다.

"지원 씨."

"윤아."

웃음을 참느라 어색하던 지원의 표정이 순식간에 환희의 표정으로 바뀌었다. 만세를 부르며 팔짝 뛰는 지원의 말에 윤의 울화통이 터졌다.

"야호! 나 다른 연하남한테 고백받았다!"

"……."

젠장, 어느 놈이!

무슨 안 좋은 일이 있었나 싶어 걱정하던 윤이, 지원의 말에 말 없이 그녀의 손을 잡아끌고 그의 집으로 향했다. 집에 들어서자마자 지원의 손을 놓고 주방으로 들어가 차가운 냉수 한 컵을 빠르게 들이켠 윤이 지원에게 날카롭게 물었다.

"무슨 말이야? 누가! 서호준?"

"너 어떻게 알았어?"

단번에 서호준을 집어내는 윤에게 지원이 놀라 되물었다.

서호준, 그 기생오라비 같은 놈이 지원에게 고백까지 했다니. 참나, 다시 생각해도 대책 없는 자식이었다. 감히 하늘 같은 회사 선배에게.

하늘 같은 회사 선배를 지난 반년간 물고 빨고 엎치락뒤치락, 심지어 회사 내에서도 지원을 바라보며 자신만 볼 수 있는 그녀의 벌거벗은 매끈한 몸을 상상하며 몸을 떠는 자신이 할 말은 아니었지만, 여튼. 그 자식은 그자식이고, 난 다르니까.

생각을 거듭하던 윤이 갑자기 끓어오르는 분노에 며칠 전 진한이 축구를 보며 흥분해 상대방 선수에게 삿대질을 하며 하던 말을 떠올렸다.

"젠장, 그 간나 새끼."

"……세상에, 김윤! 너 그런 욕은 어디서 배웠어?"

"네? 아, 이거 진한 형이 축구 보면서 하길래. 아니, 하여튼! 서호준이 지원 씨한테 고백을 했다고?"

어쩐지, 한국어로 욕은 잘 못하는 윤이 어디서 이상한 말을 쓴다 했더니. 이진한 대리님, 사촌 동생한테 좋은 거 가르치시네요.

"아니, 오늘 야근하는데 서호준 씨가 나보고 좋아한다고 고백하는 거야. 요즘 젊은 사람들 참 대담해, 그렇지? 하하하."

허리에 양손을 얹고 장군처럼 웃어 대는 지원에게 윤이 입술을 삐죽이며 다가왔다.

"좋아요? 그 현빈 닮았다는 서호준 씨한테서 고백받으니까 좋아?"

"하하하, 내 인기가 이 정도라고! 그래도 나 남자 친구 있다고 확실히 말했다?"

"불공평해. 난 지원 씨가 시켜서 여직원들이랑 말도 안 하는데. 지원 씨는 서호준 씨랑 얘기하고, 고백도 받고, 또 고백받았다고 좋아하고. 이참에, 아예 우리……."

윤이 지원에게 이참에 공개적으로 관계를 밝히자고 말하려던 찰나, 지원이 이를 눈치채고 미리 선수를 쳤다. 입고 있던 원피스의 지퍼를 쫙 내리고 반 정도 내린 후, 양팔로 가슴을 힘껏 끌어모았다. 미끈한 곡선의 어깨가 드러나고, 가슴 사이에 깊은 계곡이 생겼다.

지원이 팔에 힘을 주며 반짝반짝 초롱초롱한 눈빛으로 윤을 바라보며 그의 말을 막았다.

'이 여우.'

지금까지 관계를 공개하는 문제에 있어서 윤이 항상 양보했지만, 이번에는 윤도 단호했다.

"지원아, 오늘은 그냥 안 넘어가. 우리 사이 다른 사람들한테도 얘기하자."

윤의 말에 지원이 침묵했다.

"지원아, 그냥 얘기하자, 나 이제 더 이상은 못 참겠어. 서호준 같이 다른 사람이 또 너 좋다고 하는 것도 보기 싫어."

그저 장난스레 넘어가려던 지원이 강하게 나오는 윤의 태도에 당황스러워했다. 그저 연하남의 고백을 장난스럽게 자랑만 하고 넘어가려던 것이었는데 일이 이렇게 될 줄이야.

하지만 진지한 윤의 눈빛에 지원도 이번에는 그냥 넘어가지는 못할 것 같았다. 지원이 두서없이 그녀의 속마음에 자리 잡고 있던 것들을 꺼내 놓기 시작했다.

"우리, 결혼할 것도 아닌데, 그것도 같은 팀에서 사귀다 헤어지면. 나, 나중에 더 힘든 건 나란 말이야. 우리는 괜찮아도 옆에서 가만 놔두지 않는다고. 응? 윤아?"

"……!"

윤은 갑자기 허탈해졌다. 관심이 가는 여자도 지원이 처음이었고, 이렇게 행복했던 적도 없던 윤은 당연히 그 끝은 결혼이라 생각하고 있었는데, 정작 당사자인 지원은 속으로는 헤어짐을 염두에 두고 그들의 사이를 숨기고 있었다니.

윤이 잡았던 손을 놓고 지원을 바라봤다.

"나랑 결혼 안 할 거야?"

"아, 아니. 그게 아니라."

갑자기 차가워진 윤의 태도에 지원이 당황하며 몸을 일으켰다.

"아, 아니 그게 아니라 윤아, 너 이제 겨우 28살이야, 이제 막 사회생활 시작한 애한테……."

'아이' 라는 칭호에 발끈한 윤이 지원을 차갑게 쳐다보자, 지원이 당황하여 뻐끔거리며 주섬주섬 말을 덧붙이기 시작했다.

"미, 미안! 그게 아니라, 사실 난 아직 결혼보다는 일이 중요해. 지금 이대로 쭉 이어 가서 최초로 여성 임원도 되고 싶고. 이대로 결혼하고 애 낳고 육아 휴직 받고 하면 난 분명히 다른 사람들에 비해 뒤처질 거고, 게다가 넌 아직 28살인데, 이제 막 시작하는 너한테 32살인 내가 결혼에 대해 얘기하는 것도 죄짓는 것 같고."

진지한 얼굴로 미간을 찌푸린 채 조심스레 말하는 지원을 보며 윤은 속으로 마음이 썼지만, 이내 고개를 절레절레 흔들며 일단은 말을 아꼈다.

윤은 처음 지원과 자는 그 날부터, 이미 지원과의 결혼을 꿈꾸고 있었다. 애초에 끝이 있다는 생각을 했다면, 처음에 그녀와 잠도 자지 않았을 것이다. 단지 지원이 그와 같은 생각을 하지 않는다는 것은 아쉽지만, 이는 윤의 노력에 따라 차차 변할 것이다. 아무래도 슬슬 결혼에 대해 작업을 시작해야겠다.

윤이 씨익 웃으며 지원을 끌어안았다.

"그럼. 내가 지원 씨 우리 회사 최초로 여성임원 되게 해 주고 외조도 하면 나랑 결혼할래요?"

"후훗, 그래! 네가 임원시켜 주고, 집에서 애도 키우고 살림도 해 준다고 약속하면 너랑 결혼하지!"

굳었던 윤이 다시 예의 그 모습으로 돌아오며 허무맹랑한 장난을 치자, 지원이 안도하며 그의 제안에 육아까지 한술 더 떠 올려 놓았다. 윤이 단순하게 하하호호 웃는 지원을 바라보다 씨익 웃더니, 어느새 부풀어 오른 그의 대롱이로 지원의 손을 가져오며 눈을 반짝였다.

"근데 그러면 이거 나중에 다른 여자가 만지겠네? 지원 씨가 나랑 결혼 안 하면?"

"히잉, 아, 안 돼!"

지원의 머리에 또다시 얼굴 없는 미녀가 번뜩 떠오르고, 윤을 콱 째려봤다. 이제는 거기에 회사 여직원들도 모두 적이었다. 윤이 재빠르게 티셔츠를 벗고 지원을 돌아봤다.

"이 몸, 다른 여자한테도 다 보여 줄까?"

"아, 안 돼!"

지원이 통통 튀며 하지 말라는 듯 윤의 양손을 세게 붙잡았다. 생각만 해도 머리끝이 바짝바짝 섰다. 잘생긴 얼굴까지는 보여 줘도, 절대 그 밑으로는 나만 볼 수 있단 말야!

훗, 이럴 거면서 튕기기는!

윤이 속으로 웃음을 삼키고는 바싹 열이 올라 다가오는 지원을 번쩍 들어 안아 올려 한 손으로 그녀의 블라우스를 벗겨 내고 침대에 걸터앉았다.

가슴을 가리고 있는 검은 브라를 쓱 밀어올리고 눈앞에 두둥실 떠다니는 그녀의 하얀 가슴을 덥석 입으로 물고 솟아오른 돌기를 강하게 빨아 대며 손으로 받친 엉덩이를 확 꼬집어 버렸다.

"아야, 아파."

입술을 내밀며 윤을 탓하던 지원이 윤을 바라보며 말을 이었다.

"그리고 무엇보다도 같은 팀에서 그것도 연상 연하 커플이라는 걸 말하면 분명 안 좋은 소리가 나올 거야. 만약 네가 무슨 성과를 거두어도 내가 봐주거나 밀어줬다는 말이 분명 나올 거라고. 공개하는 건 서로에게 좋지 않다고 생각해, 일부러 숨기고 싶은 건 아니야."

말을 마친 지원이 조심스레 윤을 쳐다보았다. 풀 죽은 강아지마냥 축 처진 어깨가 윤의 마음을 건드렸다. 귀여운 여자 같으니라고.

쪽. 그녀의 입술에 뽀뽀를 하며 윤이 씨익 웃었다.

"난 피해 봐도 괜찮아, 하지만 지원 씨가 안 좋은 소리 듣는 건 싫어. 그러니 지원 씨 말대로 당분간 더 비밀에 부치자. 하지만, 오늘같이 안 좋은 일이 생길까 걱정되는 것뿐이야."

"윤아……."

"그러니까, 일단은 내 거라고 좀 더 도장을 찍어 놔야겠어요."

윤이 지원의 목덜미에 입술을 묻으며 지원의 허리를 꽉 그러안았다.

"옥지원, 내 거라고. 다른 사람은 안 돼."

언젠가 더벅머리에 고시생 안경을 썼을 때 바들거리는 몸짓으로 그녀를 안으며 했던 말이다. 왠지 예전의 찌질이 김윤이 생각나 혼자 키득거리다가 지원이 다시 그윽하게 그를 쳐다보며 말했다.

"오늘 내가 서비스로 마사지해 줄까?"

"응? 마사지?"

지원이 윤의 대답도 기다리지 않고 그를 끌어당겨 욕실로 들어가 욕실 안에서 지분거리는 그의 손길을 탁탁 쳐내며 함께 빠르게 샤워를 했다. 그러고는 침대에 커다란 타월을 깔고 윤을 탁 밀어 눕혔다.

지원은 욕실 안쪽에 서랍에서 예전에 사 놓고 여름이라 사용하지 않던 바디 오일을 가지고 와 양손에 미끄덩하게 바르고는 윤의 벌거벗은 근육질의 엉덩이를 톡톡 쳤다.

"손님, 오늘도 고생하셨습니다. 이 옥지원이 손님을 위해 특별히 서비스 해 드리겠습니다."

어휴, 엎드려 누운 윤의 등짝을 보니 지난번 인도네시아 천개의 섬에서 둘이 함께 바라보던 자바 해(Java sea)처럼 넓기도 넓었다. 일단 앞뒤 상체만 해야지, 전신 다 하려다간 내가 골로 가겠어.

지원은 자신이 지난 수년간 미모 유지를 위해 받아 왔던, 그 익숙한 전신 마사지 스킬을 더듬더듬 기억하며 윤의 등 근육을 쓸어내리기 시작했다. 대신 마사지사 언니들과는 달리, 윤의 엉덩이에 턱하니 걸터앉아서. 서로 벌거벗은 채로 그의 뒤로 다리를 벌리고 앉은 지원의 감촉에 윤이 몸을 들썩였다.

"가만히 있으세요, 손님. 그러다 다쳐요. 릴렉스."

지원이 엄지손가락에 힘을 주어 딱딱하게 뭉친 그의 근육을 풀어내며 장난스런 멘트를 날렸다. 위아래로 오일을 묻혀 부드럽게 자잘한 근육이 붙은 등허리를 쓸어내리고, 그리고 등으로 올라갔다. 불끈불끈하니 넓적한 그의 뒷태가 지원을 더욱 흐뭇하게 만들었다. 후훗.

일직선으로 내려갔다, 엄지손가락에 힘을 줘 원을 그리며 마사지를 하는 지원의 손길에 윤이 조용조용 신음을 삼켰다. 피곤했는지 꽤 단단히 뭉친 목을 지원이 풀어내자, 윤이 나지막이 고통의 숨을 내쉬었다.

"으윽, 지원 씨."

"아파? 아프면 말씀하세요, 손님. 목 근육이 많이 뭉치셨네요, 호호."

지원 혼자 신나서 마사지사 코스프레를 하는 것이 꽤 귀여웠다. 위아래로 쓸어내릴 때마다 엉덩이 위로 느껴지는 그녀의 까끌한 털과 여린 살결이 윤을 긴장하게 만들었다.

"손님, 앞으로 돌아누우세요."

지금 돌아누우면 흥분으로 가득 찬 그의 것이 보일 텐데.

괜스레 민망해진 지원의 허리를 붙잡고 그 밑에서 돌아누우며 그녀의 입술에 가볍게 키스를 했다. 몸을 돌아누우니 그 자리에 있던 엉덩이 대신 윤의 대롱이 지원을 콕콕 찔러 댔다. 누나! 누나!

"아아, 지원 씨. 지금 하면 안 돼?"

의도치 않게 지원의 허벅지 살과 닿게 된 윤이 간절한 표정으로 지원을 바라보았지만, 지원의 서비스 정신은 투철했다.

"안 돼요! 지금은 마사지 시간!"

대롱이 위의 복근에 올라앉은 지원이 윤을 다시 눕히고 손에 오일을 좀 더 덜어냈다. 딱딱한 복근을 가볍게 훑고, 마찬가지로 근육으로 뒤덮인 가슴으로 올라가 살살 손바닥으로 가슴을 만지고 짧게 솟아오른 그의 젖꼭지를 스치자 윤의 표정이 변하더니 지원의 손목을 잡았다.

"그런데 지원 씨, 매주 마사지 가면 이렇게 하는 거야?"

"네? 네, 그렇습니다, 손님."

"이렇게 지원 씨 가슴까지 다 만진다고?"

"응? 으, 응. 전신 마사지니까."

그녀도 처음에는 마사지사 언니들 앞에서 벗은 몸을 보이고 마사지를 받는 것이 매우 부끄러웠다. 하지만 이것도 몇 년이 지나니 이제는 그저 미용의 한 과정이려니 하며 여전히 부끄럽긴 했지만 참을 만해졌다.

윤이 양손으로 지원의 가슴을 움켜잡고는 마사지하듯 살살 돌려 댔다.

"이렇게? 매주 다른 사람이 지원 씨를 이렇게 만진다는 거지?"

"아, 아니. 다 여자야, 여자가 하는 거야. 그리고 지금 너처럼 야하게는 안 해!"

지원이 윤의 손을 잡아끌어 내리려 했지만, 윤의 손길을 당해 낼 힘이 없었다. 윤이 살살 돌려 가며 움직이던 손으로 상체가 숙여진 탓에 아래로 쏠린 가슴을 꽉 움켜잡으며 단호히 말했다.

"여자가 해도 싫어. 이제 가지 마."

"뭐? 싫어! 나 어깨 엄청 아프단 말이야, 피부 관리도 해야 하고."

"그럼, 피부 관리랑 어깨만 해. 내가 다시 마사지 샵 끊어 줄게. 대신 가슴은 하지 마. 내 거야."

"아이, 진짜."

"가슴 마사지는 내가 매일 해 줄게. 알겠지? 가지 마요, 응?"

이전에는 침대에서 안경을 벗을 때마다 흐릿했던 눈빛이 이제는 또렷했다.

별이 반짝이는 눈빛으로 그녀의 아래에서 물끄러미 쳐다보며 대답을 요구하는 윤의 얼굴과, 순진한 얼굴과는 달리 능수능란하게 움직이는 윤의 손에 지원이 무너졌다.

"아, 알겠어. 히잉."

"환영합니다, 손님. 누우세요."

이제는 옥지원 마사지 샵에서 김윤 마사지 샵으로 바뀌었다.

윤이 뛰어난 학습력을 적용해 지원의 몸을 흐물흐물해 녹아내리도록 마사지를 시작했다. 오일이 묻은 손길이 닿기 전에 입술이 먼저 닿는 것이 윤의 특별 서비스였다.

윤의 상체만 겨우 끝마친 지원과는 달리 윤은 지원의 머리부터 발끝까지 꼼꼼히 거친 후 침대에 깔려 있는 타월에 손을 닦아 내고 지원에 몸에 묻어 있는 오일도 어느 정도 훔쳐 냈다.

윤의 손길에 릴렉스가 아니라 되레 전신이 흥분으로 민감해진 지원이 풀린 눈빛으로 하아하아, 신음 섞인 숨을 내쉬었다.

윤이 자신이 직접 묻힌 오일로 인해 번들거리는 지원의 미끈한 몸을 내려봤다. 굴곡진 몸매에 허리는 쏙 들어갔다, 누워 있어도 탄력이 느껴지는 가슴 가운데 핑크빛의 젖꼭지가 딱딱하게 솟아 있었다.

부끄러운지 손톱을 잘근잘근 씹어 가며 오물거리는 지원의 입술이 윤을 더욱 흥분하게 만들었고, 당장이라도 지원의 안으로 들어가고 싶게 만들었다.

양옆의 토실한 허벅지 살을 빨아내고 그녀의 계곡을 혀로 쑤욱 훑어내다가 얼굴을 묻고 안쪽에 핵을 입에 머금자, 다시금 지원이 빠르게 흥분하기 시작했다.

윤이 재빠르게 비닐을 찢어 준비를 마치자, 지원이 기대감으로 허리를 비틀었다. 얼굴을 들어 올려 입술 끝으로 발끝부터 천천히 그녀의 몸을 다시 한 번 훑고 지나갔다. 정수리까지 자잘한 키스를 뿌린 윤이 고개를 들어 지원을 바라보며 말했다.

"머리부터 발끝까지, 넌, 내 거야."

세차게 고개를 끄덕이며 윤의 양 뺨을 감싸 안는 지원의 입술로 내려앉으며 윤이 그녀 안으로 파고들었다. 다시 한 번 서로의 마음을 확인한 둘의 몸짓이 어느 때보다 행복감에 젖어 있었다.

구슬땀을 흘리며 세차게 지원 안으로 들어갔다 나왔다를 반복하던 윤이 지원의 안에서 전율이 흐르는 것을 느끼고는 그 자신도 모든 것을 쏟아냈다. 그리고 그녀의 품으로 무너져내렸다. 환희에 젖어 몸을 가늘게 떠는 지원을 바라본 윤이 속으로 되뇌었다.

'널 이렇게 만들 수 있는 건 나뿐이야, 이런 네 모습을 볼 수 있는 것도, 나뿐이야. 그리고 나한테 여자는…… 평생 너뿐이야.'

이렇게 저를 가져 놓고 결혼 생각은 안 한다니. 윤은 지원에게 서운했지만, 일전에 그녀가 하는 말을 들어 보면 한국에서 왜 점차 여자들이 결혼을 꺼려하고 차라리 혼자 있기를 원하는지 알 수 있을 것 같았다. 더군다나 지원같이 혼자서도 경제적인 부분이 충분히 충족될 수 있는 직장 여성 같은 경우에는 더욱더.

일을 하며 같은 돈을 벌어도 한국 여자는 집에 들어가면 남편 저녁 준비에 집안일, 빨래, 그리고 아이가 있을 때는 육아까지 해야 했다. 거기에 친정은 챙기지 못하더라도 시댁은 챙겨야 하고, 매 명절에는 시댁에 가 마치 일을 하듯 허리 한 번 펴지 못하고 상에 올릴 음식을 만들어야 하는 그러한 풍습들.

윤은 기필코 지원과 결혼을 할 것이고, 만일 그녀가 염려하는 부분이 그런 부분이라면 윤은 자신 있었다. 평생 귀찮아서 그저 되는 대로 꿰어 입고, 머리를 늘어트리고 다니던 그 자신을 바뀌게 한 여자였다. 그런 여자를 위해서인데 못 할 것이 뭐가 있겠는가.

lo

금요일 오후, 회식 자리.

오늘 회식 자리의 화두는 베일에 감싸인 EH의 둘째 아들이었다.

첫째 아들 휜의 결혼 보도가 나며, 한 신문사에서 이름조차 알 수 없는 둘째 아들에 대해 언급하면서 세간의 관심을 모았다. 소문으로는 휜의 아버지이자 EH의 총수인 재현의 눈 밖에 나 어렸을 적부터 해외를 떠돌며 한국으로 돌아오지 못한다는 소문, 애초에 재현의 부인인 이화의 자식이 아니라 재현의 불륜으로 혼외에서 생긴 자식이라 배척당한다는 등의 소문만이 떠돌고 있었다.

"아무리 예쁨 못 받는 자식이라도, 언젠가는 나타나지 않을까요?"

"그래, 뭐 언젠가는 떡하니 한 자리 차지하겠지. 근데 김 전무님 동생이면, 분명 엄청 잘생겼겠다. 아, 궁금해."

여직원들은 훤의 동생이라면 분명 잘생기고 훤칠할 거라며 아쉬움을 토로하고 있었다. 그러나 정작 옆에 있는 윤을 그 둘째 아들과 매치할 생각은 전혀 하지 못하고 있었다. 김훤, 김윤, 이름도 비슷한 외자에 누가 봐도 닮은 형제인 둘을.

이 와중에도 지원은 둘째 아들이 어디서 뭘 하든 말든, 혹시나 술에 취한 여직원들이 윤에게 달려들까 긴장하며 연신 술로 목을 축이고 있었고, 저 멀리 남자 직원들과 자꾸 달라붙는 여자 직원들에게 둘러싸인 윤은 멀리서도 지원의 주위를 놓치지 않고 주시하고 있었다.

어휴, 조금만 마시라니까 진짜 말 안 듣지.

윤의 주변으로 검은 기운이 윤의 어깨를 짓눌렀다. 오늘도 술취해서 또 무슨 사고를 칠까 하는 걱정에, 아니 그런데 오늘 입은저 블라우스는 왜 이렇게 앞이 많이 파인 거야? 어깨 펴. 어깨펴, 지원 씨!

둥근 네크라인이 평소보다 깊게 들어가 몸을 숙일 때마다 살짝살짝 보이려 하는 가슴 라인에 윤의 입술이 바짝바짝 타들어 갔다.

이때 지원은 이미 취해 세월 타령을 하고 있었다. 강산이 변한다는 10년의 1/10도 되지 않는 1년이 지나지도 않은 이 마당에 EH에너지의 자원개발 1, 2팀에는 참 큰 변화가 있었다.

일단 찌질이 김윤이 지금은 기존의 최고 훈남이었던 이진한과 맞먹는, 혹은 더 뛰어넘는 잘생긴 대박 아이템이 되어 있었다. 그것이 다 내 덕이로구나. 나는 참 능력이 좋구나.

회식 자리에서 윤과 마주 앉아 조용히 술을 마셨던 게 불과 몇 달 전인데, 이제는 윤이 저리 여직원들에게 둘러싸여 술을 마시니 지원은 이것이 참으로 불만스러웠다. 게다가 왜 제 앞에는 불륜남서 차장 따위가 앉아서 깐족거려 속을 뒤집느냐 말이다.

"옥 대리, 내가 말야. 술 마신 김에 얘기하는데 말야. 여자가 너무 잘나면 남자한테 인기가 없어요. 알지? 자고로 여자는 나긋나긋한 맛이 있어야지, 히끅."

이미 마실 대로 마신 서 차장이 술에 취해 대놓고 그녀를 깎아내리는 것에 지원이 기가 차 그저 조용히 앞에 놓인 술을 마셨다.

"여자는 그저, 집에서 살림이나 잘하고 애나 잘 키우면 돼. 사회 나와서 일 잘해 봤자 하등 쓸모가 없단 말이야……. 아, 잠깐, 여보세요? 아, 알겠어, 알겠어. 금방 들어갈게."

윗줄 어딘가에 있다던 연줄로 겨우 지금까지 직장생활을 연명하고, 사내에서 불륜까지 저지르는 주제에, 말도 안 되는 소리를 늘어놓으며 추태를 부리던 서 차장이 집에서 걸려온 와이프의 전화에 신경질을 부리며 화장실을 가기 위해 자리를 떴다.

하도 술자리에서 하소연하듯 털어놔서 이미 아는 사람들은 다 안다. 그나마 EH계열사의 전무 자리에 있는 와이프의 오빠 덕분에 별 볼 일 없는 서 차장이 국내 굴지의 대기업인 EH에 들어와 지금까지 겨우 자리보전을 하고 있다는 것을.

그런 상황에서 화선과 불륜까지 저지르고, 그 이외에도 심심하면 여자 직원들에게 은근한 시선을 보내고 성적으로도 모욕적인 말을 건네기로 유명해 사내 여직원 기피 대상 1위였다.

어디 윗선에 찔러 이 같은 상황을 퍼트리고도 싶었지만, 서 차장의 연줄이 단단하다는 소문에 쉽게 나서는 이도 없었다.

그런 서 차장이 전화를 받으러 나가고 지원의 숨통이 트이자, 이번에는 이화상이 지원의 앞자리에 앉았다.

"그래도…… 옥 대리님 인기 많으셨나 봐요? 회사에 남자까지 찾아온 거 보면."

"무슨 말이야?"

지원이 화선의 말에 잠시 어리둥절해하며 되물었다. 무슨 남자?

"아니, 옥 대리님 HM에서 오셨잖아요. 그런데 제가 몇 일 전에 HM에너지에서 일하는 친구를 만났는데, 옥 대리님 거기서도 유명하셨다면서요?"

"뭐, 옥 대리님이야. 뭐 어디서든 인기 많을 타입이시지요."

옆에 있던 서연이 지원에게 잔을 부딪히며 다가왔다. 지원이 그런 서연에게 웃으며 함께 술잔을 넘겼다. 그런 서연의 말에 화선이 피식, 비웃으며 말을 이었다.

"그래, 인기가 너무 많으셔서 회사까지 남자가 케이크랑 꽃을 들고 쫓아왔는데, 옥 대리님이 그 남자가 가져온 케이크를 그냥 그 앞에서 묵사발을 만드셨다던데? 아니, 얼마나 싫으셨으면 그렇게까지 하셨어요?"

"도대체 그런 얘기는 어디서 들은 거야?"

지원은 화선이 도대체 왜 저런 이야기를 다른 사람도 많은 곳에서 꺼내는지 이해가 안 됐다.

그래, 저건 토빠 얘기다. HM에 다니던 시절, 지금으로부터 대략 2년 전 뜬금포로 나타난 토빠가 싫다는 지원의 이야기는 듣지도 않고 끈덕지게 회사 앞까지 몇 번이고 찾아오던 그 얘기.

앞뒤 전후 사정은 얘기하지도 않고, 지원이 매몰차고 몰상식한 행동을 하는 것처럼 말하는 화선의 어투가 지원은 마음에 들지 않았다. 아니 애초에 다시 토빠 얘기를 하는 것이 기분이 나빴다. 이제는 기억도 잘 나지 않으려 하는 사람을 왜 상관도 없는 화선이 이야기를 하는 것인지!

"소문으로는, 그 남자 때문에 HM 그만두신 거라고 하던데. 그 남자분도 같은 HM그룹 계열사 직원이었다면서요? 아니, 무슨 일이 있었길래 그 좋은 회사까지 그만두신 거예요?"

"그런 거 아니에요. 예전에 관계를 끝냈던 남자가 싫다고 하는데도 굳이 찾아와서 결국 마지막에는 좋지 않게 끝난 거고, 이미 EH에서 스카우트 제의가 들어왔던 상태라 어쩌다 타이밍이 그렇게 맞은 것뿐. 그 사람이랑은 상관없어요."

지원이 이렇게 말하자 화선도 더 이상 묻지는 않았다.

화선은 지난번 HM에서 일하는 친구와 만나며 혹시나 하는 마음에 지원에 대해 친구에게 물었다. 친구에게서 돌아오는 지원에 대한 평가는 매우 긍정적이었다. 다만 흥미로운 한 가지는, 한 달 내내 지원을 찾아 쫓아오던 같은 그룹 계열사 직원이라는 남자였다.

화선, 그녀라도 싫다는 남자가 지겹도록 쫓아온다면 그 앞에서 대놓고 무시를 했을 터였지만 그런 말은 굳이 덧붙이지 않았다. 그저 은근히 나무라는 말투로 지원에게 왜 그렇게 매몰차게 굴었느냐고, 혹시 남자 문제로 회사까지 이직한 게 아니냐는 듯 안 좋은 것으로만 몰아갈 뿐이었다.

화선은 흠 하나 없이 언제나 주변사람들에게 긍정적인 평가를 받는 지원이 미웠다. 회의할 때마다 자신을 답답하다는 듯 쳐다보는 그녀의 시선도 싫었고, 그러한 시선이 정당하다는 것을 알기 때문에 지원이 더더욱 싫어졌다.

이 이야기를 함으로써 큰 것을 바라는 것은 아니었다. 그저 무결점 옥 대리에게 작은 흠집 하나라도 내고 싶었을 뿐이었다.

그때 화장실에서 돌아오던 서 차장이 화선의 말을 듣고는 술이 올라 벌게진 얼굴로 다시 자리로 되돌아왔다.

"이야, 옥지원 씨. 안 그렇게 봤는데 인기 많나 봐! 옥 대리 매력이 뭔가? 난 잘 모르겠던데. 아까도 말했다시피 여자는 나긋나긋한 매력이 있어야 하는데 말이야. 우리 화선 씨처럼."

말을 하던 서 차장이 자연스레 화선에 손에 손을 얹었다. 그 모습이 보기 싫은 지원이 그저 말없이 술잔을 비웠고, 술에 잔뜩 취한 서 차장은 그런 지원의 모습이 마음에 들지 않았는지 목소리를 높였다.

"회사에 예전에 사귀던 남자가 잊지 못하고 쫓아올 정도면, 뭐. 다른 쪽으로 끝내주는 거라도 있나 보지? 지원 씨가 다른 쪽으로 아주 잘해 줬나 봐?"

"뭐라고요?"

또 시작이다. 술만 마시면 나오는 저 저질 발언. 오늘은 평소보다 좀 더 심한 것도 같았다. 지원이 모욕감에 얼굴을 붉히며 날카롭게 말하자 서 차장이 손으로 지원의 앞에서 굴곡을 그리며 말했다.

"하긴, 옥 대리 몸매가 좋긴 하지. 잘빠졌어, 아주……."

쾅!

물 잔이 서 차장의 말은 물론, 주위의 소음도 멈추게 할 정도로 쾅! 하고 큰 소리를 내며 그 앞에 놓였다. 물 잔을 테이블 위에 세게 놓는 바람에 잔에 담긴 물들이 서 차장에게로 잔뜩 튀었다.

물론, 잔의 주인공은 윤이었다.

"아, 아니. 김윤. 지금 뭐하는 거야? 아우, 차가워. 다 튀었잖아."

"그만하시죠? 술이 많이 취하신 것 같은데, 찬물 드시고 정신 좀 차리시고요."

"뭐야?"

화난 윤의 표정과 옷 앞자락을 적신 차가운 물에 화가 난 서 차장이 자리에서 일어서며 호통을 쳤다.

"아니, 네가 뭔데 갑자기 끼어들어? 나 참, 어이가 없네. 이 새 끼가 어려서 뭘 모르나. 너 잘리고 싶어 환장했어?"

여성의 입장에서 충분히 기분 나쁠 만한 말을 한 자신의 행동 에 대해서는 생각하지 못하는 모습에 윤은 오히려 화가 치밀었 다. 지원에게 감히 그따위 말과 시선을 보낸 것이 화가 났다. 윤 의 호흡이 점점 격해지자 지원이 그를 막아서며 조용히 말했다.

"왜 이래요, 김윤 씨. 그만해요."

"나 참, 어이가 없어서. 뭐 찬물 마시고 정신 차리라고? 안 그 러면 어쩔 건데, 내가 뭘 했다고 정신을 차려! 아니, 내가 뭐 옥지 원 어디 만지기라도 했냐! 아니 근데 네가 뭔데 갑자기 와서 물을 끼얹고 지랄이야?"

어디 만지기라도 했냐는 말에 윤은 화가 머리끝까지 치밀었다. 그냥 이 자리에서 내 여자니까 감히 그따위 말 함부로 하지 말라 고 하고 싶었다.

그러나 함부로 그럴 수 없었다. 고작 며칠 전에 지원과 이 문제 로 합의해 놓고 함부로 제가 먼저 폭로할 수는 없었다. 윤은 그건 지원을 무시하는 일이라고 생각했다.

하지만 윤도 도저히 참을 수가 없었다. 윤이 간절한 눈빛으로 지원을 바라보며 말했다.

"대리님, 저, 이젠 도저히 못 참겠습니다."

그냥 이 자리에서 서로의 사이에 대해 말을 하고 더 이상 서 차장이 지원에게 추태를 부리는 것을 막으면 안 되냐는 말이었다.

부들부들 쥐고 있는 주먹, 노기를 띠었지만 한편으로는 간절한 눈빛. 제 것을 보호하려는 남자의 얼굴이었다.

그런 윤의 모습에 지원이 결국 고개를 끄덕였다.

그녀의 허락에 윤이 그녀의 손을 감싸 쥐며 당당히 말했다.

"옥 대리님과 저, 사귀는 사이입니다. 그러면 제가 참견할 이유가 충분합니까? 제 여자 친구에게 그런 말씀 삼가 주십시오, 그리고 앞으로 다른 여직원들에게도 그런 말은 하지 않는 것이 좋을 겁니다. 성추행으로 고발당하고 싶지 않으면 말입니다."

"세상에!"

윤의 말이 끝나자마자, 주변에서 그들을 주시하고 있던 직원들이 모두 합창하듯 놀람의 말을 내뱉었다. 저 떠오르는 신예 김윤이 똑순이 옥 대리와 사귀는 사이였다니. 4살 차이 연상 연하 커플이 우리 회사에 있었다니!

윤이 시선을 돌려 호준을 잠시 쳐다봤다. 호준은 이미 입을 다물지 못하고 있는 상태였다. 윤이 괜스레 자신에게 쌀쌀맞던 것이 다 이유가 있었다. 남자 친구 앞에서 제 여자 친구를 좋아한다는 말을 했으니. 호준은 당황하여 어찌할 바를 몰랐다. 그런 호준에게 윤이 무언의 압박을 주고는 다시 말을 이었다.

"그 이전 회사에 찾아왔던 남자 이야기는 저도 아는데, 별것 아니니 다들 신경 쓰지 마세요. 그럼 저희는 먼저 들어가 보겠습니다.”

윤이 고개를 끄덕이고, 지원의 가방을 챙겨 들고 밖으로 향했다. 조심스레 지원을 챙기는 윤의 모습을 본 여직원들이 다시 한바탕 난리가 났다.

“어, 어머! 웬일이야! 김윤 씨 너무 멋있어! 자기 여자 지키는 모습, 진짜 남자답다!”

“아아, 옥 대리님 너무하셔! 일도 잘하고, 남자 보는 눈도 있고.”

“난 너무 부럽다. 김윤 씨가 그렇게 잘생겨진 것도 옥 대리님 때문인 거 아니야? 그럼 다 잘난 남자 만나는 것도 옥 대리님 능력이지.”

“에휴.”

“에휴.”

일찍부터 원석을 알아본 지원을 부러워하는 여직원들의 한숨 소리가 가득했다.

그들이 떠나고 난 뒤, 회식 자리는 둘에 대한 얘기로 가득했다. 다들 지원의 능력에 다시 한 번 감탄을 하고 그녀를 부러워했다. 둘이 언제부터 만났을까 내기를 하기 시작하더니, 지원의 탁월한 자원 개발 안목에 대한 토론이 이루어졌다.

어두컴컴한 광구에서도 다이아몬드를 기막히게 찾아냈다는 옥지원 광부설.

나도 이제 호미라도 들고 김윤 같은 숨어 있는 원석을 캐러 가야겠다는 호미론.

열띤 토론의 장 너머로, 화선은 씁쓸히 자리에서 일어났다. 그냥 작은 흠집 하나 내고 싶은 것뿐이었는데 흠집은커녕, 되레 지원에게 연하의 잘생긴 남친이 있다는 사실도 알려지고 그녀의 이미지는 더 좋아지기만 했다.

일도 잘하고 원석 같은 남자 친구도 가진, 뭐 하나 빠지는 곳이 없는 지원이 이제는 화선의 오기를 다 꺾어 버렸다.

오기로 악착같이 공부해 좋은 학교는 나왔지만, 그 열망이나 오기에 따를 만한 능력은 없다는 것을 화선 그녀 자신도 알고 있었다.

그래도 운좋게 EH에 입사하면서 나름 높은 자리에 올라가기 위해 노력했다. 하지만 그것에는 한계가 있었다. 스스로의 능력으로 승승장구하는 자와 늙은 차장의 옆에서 온갖 아첨을 다 떨고 여자로서 창피한 짓까지 하는 자가 이루어 내는 결과물은 이렇게 다른 것이었다.

화선은 이제 저의 일상에 지쳐 버렸다. 회사도 차라리 그만두고 그저 제 능력에 맞는 곳에 가는 편이 나을 것 같았다.

모든 것을 포기하고 터덜터덜 집으로 향하는 화선의 어깨가 축 처져 있었다.

다음 날.

지원을 위해 마사지 샵 아래 위치한 네일 샵에 네일과 패디, 그리고 그 아래 위치한 1층 미용실에 클리닉과 간단한 머리 손질을 부탁하고 결제까지 끝내 놓은 윤이 지원을 샵에 데려다 주고는 회사로 향했다. 아마 모두 다 끝내려면 족히 5시간은 걸릴 것이다.

지원이 혼자 있을 수 있는 시간을 계산하며 윤이 훤의 사무실로 걸음을 재촉했다. 이미 진한이 도착해 훤과 이야기를 나누고 있었다.

윤이 도착하자, 간단한 차와 다과를 내온 비서가 훤의 집무실 문을 닫고 나오며 다른 비서들에게 호들갑을 떨었다.

"웬일이니, 셋 다 완전 그림이다, 그림."

훤칠한 키와 수려한 외모의 유전자 셋이 뭉쳐 있으니 시너지 효과가 상당했다. 유명 연예인들이 사무실에 와 있는 것 같다며 몽상에 빠져 있는 젊은 여비서를 연륜 있는 다른 과장이 현실로 돌아올 수 있도록 도와주었다.

"꿈 깨. 저기 김윤 사원은 그 개발팀 옥 대리랑 사귄다는 분이고, 전무님은 이미 오래전부터 친구로 지내던 유신그룹 막내딸과 결혼한다고 공식 보도가 났고, 이진한 대리는, 그저 바라보기에만 좋은 만인의 연인이지. 누구에게든 웃어 주지만, 단 한 명만을 위하지는 않아."

비서팀 과장의 냉철한 말에 여비서들은 한숨을 내쉬며 제 일을 하기 위해 시선을 다시 모니터로 집중했다.

한편 훤의 집무실 내에서 왠지 귀가 가려운 진한이 몸을 떨어

내며 차를 한 모금 마셨고, 윤은 분노하며 휜에게 서 차장의 행적에 대해 털어났다.

"재무팀 곽 전무님 처남이 서 차장이야. 형, 그 사람 때문에 우리 팀 분위기가 엉망이야. 알고 보니 여직원들한테 남직원들 모르는 데서 몰래 몰래 성추행 발언을 한 게 한두 번이 아니었다고."

"네가 알아서 해라."

휜은 지원과의 관계에 대해 일절 언급이 없던 윤과, 이런 사실을 진즉에 알고 있던 진한에게 서운하다고 한바탕 쏟아부은 참이었다. 그러고는 삐쳤는지 유치하게 사이좋은 둘이 알아서 이번 일도 처리하라며 나 몰라라 다리를 꼬고는 콧방귀만 뀌는 휜이었다. 이를 보다 못한 진한이 중재에 나섰다.

"너도 랑희랑 사귄다고 윤이한테 얘기 안 했었잖아."

휜과 결혼하기로 한 유신그룹의 막내 따님 강랑희. 오랜 기간 친구로 지내던 둘이 집안 부모님의 결혼 통보에 오랫동안 앙숙으로 지내더니, 어느 순간 갑자기 말썽쟁이 말괄량이 강랑희가 순한 양으로 변해 휜과의 결혼을 수긍한 것이다.

둘 사이의 관계 변화를 휜도 마찬가지로 진한과 윤에게 말하지 않았지만, 진한은 이미 알고 있었고 윤은 그저 별 관심 없었다.

"형, 내가 부당한 요구를 하는 거야? 누가 봐도 서 차장은 이미 도를 넘어섰어. 그 사람이 어떤 위치에 있는 사람이든 잘못된

것은 고쳐서 이런 일이 다시는 일어나지 않도록 본보기를 보여
줘야 회사 내 기강이 바로잡히는 거 아닌가?"

"얼씨구, 달변가 나셨네. 언제부터 네가 그렇게 회사 일에 신경
썼다고?"

휜은 바른 말만 하는 윤을 비꼬면서 아직도 서운한 티를 벗지
못했다. 윤은 그런 휜을 보며 한숨을 쉬고는 자신의 마음을 고백
했다.

"휴. 나 지원이랑 결혼하고 싶어. 내 아내가 그런 무능력한 남
자 밑에서 일하면서 또 그런 모욕적인 발언을 듣는 일이 생긴다
면……."

이미 휜과 진한에게 윤의 뒷말은 들리지도 않았다. 그저 윤이
꺼낸 결혼이라는 단어에만 반응했을 뿐이었다. 윤이 지원과 결혼
까지 생각하는 것은 진한조차도 모르던 사실이었다. 그리고 잠시
후,

"뭐? 겨, 결호오온?"

휜과 진한이 동시에 윤에게 소리치자 그가 담백하게 고개를 끄
덕였다.

이제 겨우 28살밖에 안 된 녀석이, 아니 애초에 여자한테 관심
도 없어 보이던 녀석이. 4살 연상 누나를 몰래 만나더니, 이젠 결
혼?

서 차장으로 인해 화가 난 것도 잠시, '결혼'이라는 말에 반응
하는 그들을 보고 윤의 어깨가 축 처졌다. 사무실 내로 들어오는

햇빛이 윤의 연한 머리칼을 반짝이게 만들었고, 그의 투명한 피부를 더욱 처연하게 만들었다. 힘든 표정의 윤이 담담한 한숨을 내쉬며 진한과 휜을 쳐다봤다.

"응, 근데 지원이는 나랑 결혼하기 싫대. 그러니까 둘이 잘 도와 달라고. 나 결혼할 수 있게."

게다가 여자 쪽에서 김윤과 결혼을 꺼린다고?

휜이 아스라이 소파로 내려앉으며 머리를 짚었다. 겉으로 대놓고 티는 안 내도 속으로는 막내아들을 애지중지하시는 어머니 아버지가 이 사실을 들으시면 참 좋아하시겠네!

한편 진한은 도저히 이해가 안 간다는 표정으로 윤을 쳐다봤다.

아니 왜 도대체 벌써 그 인생의 무덤이라는 골로 네 스스로 들어가려는 건데?

어느 정도 일이 마무리됐다고 생각했는지, 윤이 주저 없이 자리에서 일어났다. 그리고 문을 나서기 전 둘을 돌아보며 눈짓을 했다.

"빨리빨리. 서 차장 일, 오늘 안으로 다 끝내 줘. 한국 사람은 빨리빨리 몰라? 나보다 더 잘 알 것 아냐?"

빨리빨리 움직이지 않고 뭐하고 있느냐는 듯 질책의 눈빛을 보내고는 쌩 나가 버리는 윤의 뒤로 휜이 뒷목을 잡으며 분기탱천하여 삿대질을 했다.

"저, 저저! 재수탱이!"

☆★☆

　회식 자리에서 있던 일에 대해 마음 쓰지 말고 편히 즐기며 있으라던 윤을 생각하며 마지막 코스인 미용실에서 흐뭇한 미소를 지으며 잡지를 보던 지원의 옆으로 낯이 익은 중년 부인이 와서 앉았다. 마사지 샵에서 종종 만났던 우아한 아주머니라는 걸 단번에 알아본 지원이 오늘도 역시 먼저 그녀에게 반가운 인사를 건넸다.

　"어머, 안녕하세요? 여사님도 여기로 다니시나 봐요?"

　그녀가 인자한 미소를 지으며 지원을 알은체했다.

　"마사지 샵이랑 가까워서 여기가 편하네요. 그런데, 아가씨 오늘 회사 가는 날 아니던가?"

　그녀와 이런저런 이야기를 나누며, 그저 근처 회사에 다닌다고 간단히 소개를 해 두었던 것이 기억이 났다.

　"아, 네. 그런데 오늘 일이 생겨서 일찍 조퇴했어요."

　"혹시 선이라도 보러 가시는가?"

　"에이, 선은 무슨요, 호호. 남자 친구 있는 거 아시잖아요."

　"아참, 그렇지. 월요일 오후인데 보게 돼서 내가 반가워서 그랬어요. 호호."

　일찌감치 먼저 온 지원의 곁으로 디자이너가 다가와 마지막 마무리를 하기 시작했다.

"어제 잠깐 불미스러운 일이 있었는데, 남자 친구가 기분 풀라고 여기 데려다 주고 가네요. 여사님 말씀대로 지난번에 눈 수술하고 병간호 해 준 게 효과를 톡톡히 보네요."

"남자 친구가 참 자상하네. 둘이 결혼은 할 건가?"

결혼이라는 말에 지원의 표정이 순간 어두워졌다.

"글쎄. 사실 제 남자 친구가 저보다 4살이나 어려요. 이제 막 사회생활 시작한 사람한테 결혼하자는 것도 참 염치가 없는 것 같고, 제 커리어도 문제고."

담담한 웃음을 지어 보이며 고민을 얘기하는 지원에게 부인이 웃음으로 화답했다.

"요즘 젊은 사람들한테는 연하남이 대세라던데. 걱정 마요. 아가씨 정도면 10살 아래도 괜찮겠어."

부인이 나이답지 않게 장난스런 웃음을 지으며 지원에게 파이팅을 외쳤다. 지원은 이 부인에 대해 아는 것은 많지 않았지만 푸근하고 말이 통하는 그녀가 참 좋았다. 조근조근 말하는 투며, 중간중간 숨길 수 없는 유머 감각과 화통한 성격까지.

이런 분이 시어머니가 되면 어떨까, 그러면 참 지금처럼 사이 좋게 잘 지낼 수 있을 것 같기도 한데.

쓸데없는 생각을 한다고 속으로 생각하다 부인이 샴푸실로 가기 위해 일어서자, 인사를 나누고는 가뿐한 마음으로 윤에게 전화를 걸었다.

그리고 까르륵 웃어 대며 윤과 통화를 하는 지원을 이화가 멀리서 흐뭇한 표정으로 바라보았다.

"곧 만나요. 아가씨."

☆★☆

지원에게는 모든 것이 안정을 되찾고 그저 매일매일이 행복하고 평화로운 시절, 윤은 남몰래 어떻게 지원을 구슬려 결혼을 할 것인가. 그리고 그 이전에 지원에게 어떻게 자신의 집안을 기분 나쁘지 않게 설명할 것인가 고민하며 술을 푸기 시작했다.

더군다나 지난번 훤의 결혼 보도에, 신문사에서 자신을 언급한 것 때문에 회사 내에서도 둘째 아들의 행방에 관심이 부쩍 늘어났다. 이러다가 혹시 들키기라도 한다면, 석사 논문보다 어려운, 사람 사는 일을 어떻게 풀어내야 할지 술을 들이켜는 윤의 손이 바빠졌다.

윤의 술 상대는 진한, 혹은 가끔 시간이 비는 훤이었다. 윤의 고민에 진한은 그저 생글생글 웃어 대며 그냥 돌직구를 날리라는 크게 도움이 되지 않는 조언만 하며 바(Bar)에 있는 다른 여자들을 훑어보기에 여념이 없었고, 가끔 나타나는 훤은 어디로 튈지 모르는 그의 약혼녀 랑희를 생각하며 형제가 쌍으로 한숨을 쉬거나, 어떨 때는 아예 랑희를 자리에 함께 데려오기도 했다.

그리고 오늘도 랑희는 이 자리에 함께하고 있었다.

"또 무슨 생각하는 거야, 강랑희."

"생각은 무슨 생각? 이거 놔!"

동그란 눈을 굴려 가며 생각에 빠지는 랑희를 보던 횐의 미간에 주름이 잡히더니 가만히 랑희의 손을 잡아끌었다. 그러자 랑희는 그저 탁 그의 손을 뿌리치고 나비처럼 팔랑이며 밖으로 날아가 버렸다.

그런 랑희를 한숨을 쉬며 이마를 짚은 횐이 따라나섰다.

잠시 후 작업하던 아가씨와 함께 나가려던 진한이 홀로 남겨져 구겨져 있는 윤을 발견했다.

"휴, 이 손 많이 가는 것들."

귀찮다는 듯 진한이 어디론가로 전화를 했다.

☆★☆

"허억, 허억. 김윤! 하아, 정말!"

거칠게 신음을 내뿜으며 윤을 거실 바닥에 내동댕이쳐 버린 지원이 분노의 눈빛으로 거실에 널브러진 윤을 쳐다보았다. 하필이면 들어오기 바로 직전, 갑자기 소나기가 쏟아지는 바람에 둘 다 흠뻑 젖어 버리고 말았다.

요즘따라 갑자기 부쩍 술을 마시는 횟수가 늘어나더니, 결국에는 꼭지까지 취해 정신을 못 차리는 윤에게 지원은 머리끝까지 화가 나 있었다.

이렇게까지 술 마신 적 없었잖아! 그리고 지금 내 허리 완전 나

갈 것 같다고! 허리 나가면 책임질 거야? 여자도 허리가 생명인데.

"김유운, 김윤! 안 일어날래, 진짜! 어휴, 술 냄새."

별일 없는 요즘, 아니 더군다나 지원 그녀는 비밀 연애의 종지부를 찍고 공개 연애를 하며 여직원들의 선망의 대상이 된 요즘. 너 나 할 것 없이 행복한 나날을 보내고 있는 지원은 윤이 왜 이러는지 이해가 되지 않았다.

속상하게 잔뜩 술을 마시고 퍼질러진 윤을 바라보던 지원이 팽돌아서 욕실로 들어갔다. 술에 취해 늘어지는 거구의 윤을 데리고 씻을 수는 없었다.

흠뻑 젖어 달라붙은 옷을 벗어 던지며 욕실로 들어가 샤워 꼭지를 틀고 따뜻한 물 아래에 잠시 서 있자, 속상한 마음이 어느 정도 내려앉는 것이 느껴졌다.

"에휴, 이 웬수."

잠시 흐르는 물에 몸을 맡기고 있던 지원이 서둘러 웬수탱이 윤을 처리하기 위해 밖으로 나가려던 찰나, 욕실 문이 열렸다. 옷도 벗지 못한 윤이 비틀비틀 안으로 들어오고 있었다.

샤워 부스를 열고, 뽀얀 김에 품어져 있는 듯한 지원에게 다가온 윤이 다시 후루룩, 몸을 늘어트리며 벽에 비스듬히 기댔다.

"김윤! 술 깼어?"

이건 연하남 정도가 아니라 아예 아들이 됐네, 이제는.

지원이 놀랄 틈도 없이 들어온 윤의 가슴을 찰싹 때리며 그를 째려봤다.

"아야, 우웅. 다 깼어."

윤이 눈을 가늘게 뜬 채 웅얼거렸다. 불그스레한 볼에 눈을 내리까는 모습조차 귀여우면서도 섹시해 지원의 마음을 약하게 만들었다.

"어휴, 깨긴 뭘 깨! 들어온 김에 옷이나 벗어!"

정신도 못 차릴 만큼 술을 마시고 흐느적거리는 윤이 마구 귀여워 보였지만 지원이 마음을 다잡고 그에게 물을 끼얹었다.

서둘러 나가기 위해 지원이 젖은 그의 옷을 벗기려 단추를 풀어내는데, 손과 옷이 물에 젖어서인지 잘 되지 않았다.

가만히 지원을 내려다보던 윤이 답답했는지, 힘을 주어 옷을 벗어내자 미처 풀리지 않은 단추가 툭툭 떨어져 나갔다.

"진짜, 김윤! 술 안 깰래? 너 진짜."

헤롱거리며 옷까지 찢어 버릴 듯한 윤의 모습에 기가 찬 지원이 그를 찰싹찰싹 때려 가며 나무라자, 윤이 입술을 삐죽이더니 그대로 지원을 다리 사이에 넣고는 입술을 부딪혀 왔다.

침실에서 사랑을 나눌 때 하듯 깊고 농밀한 키스에 녹아내리던 지원이 일순 정신을 차리고는 그의 입술에서 자신의 입술을 떼내었다. 주욱 늘어지는 타액과, 물끄러미 원망스레 바라보는 윤의 눈빛에서 색기가 잘잘 흘렀다.

"그, 그만해! 나 오늘 너랑 안 해! 너 이렇게 술 마시면 너랑 앞으로도 안 할 거야. 이거 놔. 난 나갈 거야, 너 혼자 알아서 씻고 나와."

"……."

"놓으라니까!"

수차례 서로의 벗은 몸을 보고, 그보다 더한 일도 했지만, 괜스레 벗은 몸이 부끄러워진 지원이 샤워 부스 문 밖에 걸려 있던 커다란 수건을 들어 몸을 가리자, 윤의 손길이 거칠어졌다.

탕.

깨질까 무섭게 샤워 부스 문을 다시 닫으며 지원을 그 안으로 당긴 윤이 지원을 끌어안으며 그녀 몸에 걸쳐진 수건을 순식간에 걷어 내 버렸다. 그러고는 착착 옆편에 길게 달려 있는 보호봉에 수건을 걸고는 그 위로 지원의 손이 감싸도록 이끌었다.

"김윤! 뭐하는 거야?"

거친 그의 손길에 지원이 뒤를 돌아보려 했으나 지원의 등 뒤에 서서 한 손으로는 강하게 그녀의 허리를 둘러 잡고 다리로 그녀를 결박한 윤이 다급하게 바지 버클을 풀었다.

"나랑, 안 할 거야?"

"그래! 나 지금 하기 싫어. 너 술 취했잖아, 이거 놔!"

지금 윤은 학부 이후로 거의 처음이다 싶을 정도로 엄청난 과음을 한 상태였다. 고로 엄청 취했다.

그리고 요즘 그의 머릿속엔 어떻게 하면 지원과 결혼을 할지에 대한 생각으로 가득 차 있었다. 그래, 지금 윤의 귀에는 지원의 하기 싫다는 말이 자신과 결혼을 하기 싫다는 말로만 들렸다.

"나랑 정말, 안 할 거야? 결혼 안 할 거야?"

"아니, 지금 여기서 결혼 이야기가 왜 나와? 그래, 안 해. 난 이렇게 술 많이 마시는 남자랑 절대 결혼 안 해. 그러니까 이거 놔!"

결혼 안 한다는 지원의 말이 안 그래도 결혼 때문에 힘든 윤의 가슴에 콕콕 박혔다. 바지 버클을 풀어내는 손이 빨라지고 겨우 거추장스러운 바지를 벗어낸 윤이 지원의 등 뒤로 바싹 붙어 한 손으로는 그녀의 가슴을, 다른 한 손으로는 그녀의 깊은 곳을 급하게 주물럭거렸다.

말로는 싫다 하지만, 왠지 모르게 흥분되는 현재의 상황에 지원이 허리를 비틀어 대며 윤의 품을 빠져나가려 했지만, 그로 인해 맞닿아 있는 윤의 대롱이가 지원의 엉덩이에 더욱 자극을 받으며 이미 커질 대로 커져 있었다.

윤이 지원을 바싹 밀어붙이고 지분거리다가, 그의 손가락을 타고 뜨겁게 흘러내리는 액을 확인하고는 몸을 약간 뒤로 빼 지원이 앞으로 구부리게 만들었다. 그리고 대롱이를 잡아 뒤에서 지원의 안으로 들어갔다.

여전히 뒤에서 받아들이는 걸 힘들어하며, 밀어내는 지원의 살결을 느끼며 윤이 강하게 대롱이를 밀어 넣으며 지원에게 파고들었다. 처음으로 콘돔 없이 무방비한 상태로 들어오는 윤에게 지원이 새된 목소리로 그를 부르며 제지했다.

"유, 윤아! 그만해! 지금 콘돔도 안 꼈잖아!"

지금까지 서로 무언의 합의하에 콘돔 없이는 절대 관계를 하지 않았고, 피임약은 싫다며 알아서 꼭꼭 콘돔을 끼던 윤이었는데, 술에 취한 상태에 결혼을 하지 않겠다는 지원의 말에 혼자 극에 치달은 윤이 작정하고 지원을 괴롭히는 것이었다.

"몰라. 안 할 거야, 이제. 지원 씨가 결혼 안 하면 난 콘돔 안 할 거야."

그거랑 그거랑 같냐!

"아아, 김윤! 그만해!"

"몰라, 조용히 해, 다 들려."

욕실이라 울려 퍼지는 소리가 심해, 혹시 이웃집에도 들릴까 식겁한 지원이 의지와 상관없이 자꾸만 터져 나오는 신음 소리에 손으로 입을 가렸다.

퍽퍽거리는 마찰에 몸이 앞으로 쏠리며 싫다고 바르작거리는 지원의 몸짓에 하얀 등가죽을 바라보던 윤의 속도가 더욱 빨라졌다.

빨라진 속도와, 더욱 깊이 들어오는 대롱이로 인해 약간의 아릿한 아픔을 느낀 지원이 저도 모르게 아프다고 속삭이자, 빠르게 피스톤 운동을 하던 윤의 대롱이 부드럽게 빠져나가더니 다시 들어오지 않았다.

왠지 모르게 허전함을 느낀 지원이 몸을 일으키며 돌아서자 윤이 그녀를 번쩍 안아 들었다. 키가 큰 윤으로 인해 욕실 천장이 한층 더 가까워졌다. 지원을 안아 들은 윤이 다시 그녀의 입구를 찾아 들어가며, 지원에게 속삭였다.

"지원아…… 위에 벽 잡아."

그 뒤로는 도대체 뭐가 어떻게 흘러간지 모르겠다. 그저 통통볼 튕기듯 몸을 튕겨 대는 통에 혼이 쏙 빠진 지원이 날아갈 것 같은 몸짓에 다리로 윤의 허리를 꽉 졸라매며 들어왔다 나가는 대롱이를 정신없이 조였다.

교성을 내지르다 간신히 차린 정신으로 샤워기를 틀어 버렸다. 물소리로라도 신음 소리를 가리기 위해서였다. 다행히 위에서 폭포처럼 쏟아져 내리는 물줄기와 바깥에서 또다시 꽝꽝 내리치는 소나기 소리에 지원의 신음 소리도 묻혀 버렸다.

그리고 반짝하며 내리친 번개에 윤이 천둥처럼 포효하며 지원의 안에 그의 모든 것을 뜨겁게 방출해 냈다. 동시에 지원도 희열을 느끼며 윤에게로 무너져 내렸다.

폭풍 같은 행위는 한 번으로 끝나지 않았다. 아까 술에 취해 흐느적거리며 지원에게 기대던 윤이 맞는지, 침실로 돌아온 윤이 지원이 결국에 흐느끼며 아파서 더 이상 못하겠다고 애원할 때까지 밤새 지원을 이리저리 돌려 대고 쑤셔 대며 괴롭혔다.

온몸이 울긋불긋해지고, 몇 번의 절정에 기진맥진해 흐느끼며 침대에 늘어지는 지원을 바라보던 윤이 발갛게 불어터진 지원의 입술에 연고를 발라 주며 잠으로 빠지려는 그녀를 붙잡았다.

"하고 싶은 말이 두 개 있어."

"뭔데?"

"하나는······."

"으응."

"나랑 결혼하자······."

"하, 해, 해. 하자, 결혼."

지원이 반쯤 눈을 감으며 소리를 질러 대 이미 쉰 목으로 간신히 대답을 마쳤다. 그놈의 결혼, 그냥 해, 하자!

"그리고 나머지 하나는······."

"우, 웅."

지원의 눈이 감겼다.

땀에 젖어 달라붙은 그녀의 잔머리를 정돈해 주던 윤이 나머지 말을 이었다.

"우리 형 이름이, 김휜이야."

"······."

"내가, 그 EH의 둘째 아들이야."

"······."

잠에 빠진 지원은 들었는지 못 들었는지 말이 없었다. 물끄러미 자신의 손길에 울긋불긋해진 지원의 알몸을 바라보던 윤이 지원의 옆에 누우며 얇은 이불을 끌어 올렸다.

곧이어, 윤의 숨소리도 지원의 숨소리와 같이 부드러워지고, 아침을 밝히는 햇살이 고개를 빼꼼 내밀기 시작했다.

☆★☆

술에 취한 윤은 집요하고 힘이 더욱 넘쳤다. 밤새 격하게 시달려 온몸이 몽둥이 찜질이라도 당한 듯 쑤셔 대는 통에 지원은 늦게까지 침대에 늘어져 정신을 차리지 못했다.

술에 취했어도 기억은 멀쩡한 윤이 잔뜩 미안한 얼굴로 쳐다보는 것을 뒤로하고, 지원이 홀로 기어가듯 욕조 안에 들어가 백숙이 보글보글 끓는 육수 안에서 몸을 풀 듯 따뜻한 물에 몸을 누였다.

"아이고, 아이고."

절로 나오는 신음 소리를 듣고 욕실 안으로 들어오려는 윤을 지원이 날카롭게 제지했다.

"들어오지 마! 들어와서 또 뭐하려고!"

문을 빼꼼히 열고 얼굴만 내민 채 지원을 애처롭게 바라보는 윤을 지원이 매몰차게 외면했다.

"나 지금 너무 힘들고 배고파, 나 30분 있다 나갈 거야."

"네……."

윤이 이미 늦은 시간 덕에 영어로는 브런치, 한국말로는 아침 겸 점심, 아점을 차리기 위해 주인에게 혼이 난 강아지마냥 깨갱깨갱 얌전히 문을 닫고 부엌으로 향했다.

지원은 욕조 옆에 크게 나 있는 네모난 창으로 밖을 내려다보며 이전처럼 생각에 잠겼다.

일전에는 이 창문을 바라보며 윤과의 연애의 시작에 대해 고민을 했었다. 지금은 그 연애의 마지막 결승점이라고도 볼 수 있는 결혼에 대해 고민을 하게 되다니.

어젯밤, 잠에 빠지기 직전에 결혼하고 싶다는 윤의 말이 기억이 난다. 하지만 그 뒤에 또 무언가 하나를 더 말했던 것 같은데…… 꿈이었는지 기억이 나질 않았다.

4살이나 어린 연하남이 고맙게도 먼저 결혼을 하자고 하다니. 근데 너무했어. 대뜸 술에 취해 전에 없이 집요하고 거칠게 밀어붙이더니 결혼하자니!

지원의 나이 벌써 32살, 아니 정확히 말하면 32.5살. 이미 여름이 왔고 한 해의 반이 지났다. 곧 33살, 30대의 중반을 향해 달려가는 골드미스에게 윤과 같은 다이아몬드를 만날 기회가 다시 찾아올까.

더군다나 다른 여자가 지금은 지원만이 볼 수 있는 다른 사람은 모르는 윤의 다정한 모습을 보고, 벗은 몸을 보고, 만진다는 것을 상상만 해도 얼굴이 붉어질 정도로 질투가 났다.

같이 있으면 편하고, 안정되고 즐겁다. 게다가 밤에는 세계여행까지 다닌다. 인생에 다시 오지 않을 기회이다. 게다가 능력도 나쁘지 않고, 재력도 어느 정도 있는 것 같다.

무엇보다 중요한 건 얼굴도 잘생기고 키도 크고 거기도 큰데, 손때 한 번 묻지 않은 오롯한 지원의 것이고, 그녀로 인해 다시 태어난 순진한 순정남이라는 것이다.

정말 소설에서만 발생할 수 있는 일이, 현실에 지원에게도 발생한 것이다.

결혼한다면…… 지금처럼 살 수 있다면 참 걱정 없이 행복할 것이다. 다정하고 자상한 윤이. 근데 과연 그게 얼마나 갈까? 그 토빠도 처음엔 참 자상했다. 갈수록 마마보이의 찌질한 모습을 보여서 그렇지.

거기에 하나 더, 결혼한다면 지금처럼 회사 일에 완전히 몰두할 수 있을지도 고민이었다. 지금처럼 승승장구해 최초 여성 임원이 되고 싶은데, 아무래도 결혼하고 출산에 육아까지 맡다 보면 다른 남직원들보다 뒤처지는 것이 한국 사회의 현실.

결국 명절에는 시댁에 끌려가 중노동을 하고 눈치를 보다 친정에는 겨우 하루 얼굴만 비치고, 명절이 아닌 평상시에도 점차 윤의 내조를 하다가 집에 들어앉는 꼴이 나지 않을까?

내가 그렇게 살려고 대학원까지 나오고 지금까지 아등바등 열심히 산 건 아닌데…….

"후우……."

생각에 생각을 거듭하던 지원이, 어느새 미지근하게 식어 버린 물을 느끼고 몸을 일으켜 욕실 밖으로 나왔다. 욕실과 드레스 룸 사이에 윤과 지원의 화장품이 나란히 놓인 화장대 앞에 서서 온통 울긋불긋해진 그녀의 몸을 훑어보았다.

아직까지는 그녀의 갖은 노력으로 인해 20대 시절의 몸보다 더욱 아름답고 탄력이 있었지만, 결국엔 이 모든 것도 시들 것이다.

과연 그때도 윤의 마음이 지금과 같을까? 아니, 나는? 내 마음은
뭘까……

☆★☆

윤은 거의 2년 만에 부모님이 계시는 본가에 들렀다. 저녁 시
간, 아버지인 재현과 평생을 대장부 성격의 재현 옆에서 조용히
내조를 해 온 어머니 이화, 그리고 형인 휜.

재현과 이화는 오랜만에 보는 아들의 신수가 훤해진 것에 내색
은 안 했지만 궁금증이 가득한 얼굴이었다.

조용한 침묵을 윤이 와장창 깨트렸다.

"저, 결혼할 겁니다."

"콜록, 콜록."

윤의 폭탄선언에 휜이 마시던 차를 내려놓으며 잔기침을 했다.

결혼이라니, 동생 입에서 이렇게 빨리 결혼이라는 말이 나올
줄은 몰랐다.

"어느 댁 아가씨니?"

이화가 윤에게 물었다.

"같은 팀 직원입니다. 부모님은 은퇴 후 시골에서 농사지으시
며 노후를 보내고 계시고, 여동생이 있는데 일찍 결혼해서 잘 살
고 있고요. 좋은 여자예요."

이화가 부쩍 바뀐 아들을 바라보며 웃음을 삼켰다. 조용해도

누구도 꺾지 못한 저 고집쟁이 김윤을 이렇게 바꾸어 놓다니.

이화는 이미 윤이 회사에 들어와 지원과 만나기 시작할 때부터 윤에 대한 관심을 놓지 않고 있었다. 그래, 마사지 샵에서 지원과 만난 것도 절대 우연은 아니었다.

아들이 처음 만나는 여자가 궁금해 몰래 뒤를 쫓았다. 마사지 샵에 미리 연락을 취해 지원이 예약을 잡으면 바로 보고하라고 지시를 하고는 지원이 나타날 때마다 우연인 척 그곳에 가느라 얼마나 서둘렀는지 모른다.

이화가 아무것도 모르는 척 차를 마시며 말을 이었다.

"나이는?"

"32살, 저보다 4살 많습니다."

"그래, 32살이란 말이지."

연상이라고는 생각을 못 했던 재현은 처음에는 당황스러웠지만 이내 나이에 대한 생각은 하지 않기로 했다. 젊은 시절 일에 미쳐 가정에 소홀했던 자신을 못마땅해하던 막내아들 윤이 혹시나 그 때문에 결혼에 대해 부정적이지 않을까 내심 걱정도 했는데, 이렇게 빨리 결혼을 하고 싶어 하다니.

게다가 얼마 전까지만 해도 어디 산에서 내려온 산적처럼 하고 다니던 아들이 이렇게 멋지게 변한 것도 모자라, 그저 거북이 기어다니듯 누가 봐도 억지로 다니는 것이 티가 나는 회사에서 인정도 받았다.

그게 다 지금 만난다는 그 아가씨 덕인지 얼굴은 몰랐지만 한 번 만나 보기라도 했으면 싶던 차였는데, 결혼이라니!

속으론 좋았지만, 약혼만 하고 아직 결혼은 하지 않은 형이 있는데 벌써 결혼 이야기를 꺼내는 것이 재현은 좋으면서도 괘씸해 짐짓 마음에 들지 않는 척, 어깃장을 놓았다.

"가뜩이나 회사 내에서 힘도 없는 놈이, 그저 평범한 여자랑 결혼하면 어쩌겠다는 게냐. 내 얼마 전에 인도네시아 프로젝트에 대해서 들었다. 그걸 보면 너도 아예 일에 대한 생각이 없는 것도 아니야. 그 아가씨와는 그저 연애만 하거라."

가부장적인 태도로 자신의 말만 늘어놓고 입을 다무는 재현을 윤이 발끈해서 쳐다봤다.

"그 인도네시아 프로젝트도 다 지원이 때문에 한 거고, 이렇게 사람같이 멀쩡하게 하고 다니는 것도 지원이 때문에 한 겁니다. 결혼하면 전 회사 그만두고 외조나 할 겁니다. 지원이나 사장 시켜 주세요."

"아, 아니! 잘 다니는 회사를 왜 그만둬, 이 녀석아!"

재현이 이번에는 윤의 말에 진심으로 당황해하며 윤에게 큰 소리를 내질렀다. 옆에 가만히 앉아 차를 마시던 이화가 나섰다.

"여보, 잠시만요. 내가 이야기할게. 그 아가씨도, 너랑 결혼한다고 하니?"

윤은 대답을 하지 못했다. 아직까지는 오로지 자신 혼자만의 생각이기 때문이었다.

이화가 입가에 고여 있던 미소를 지우고 윤을 내려다봤다.

윤은 항상 밖으로 나돌아 알지 못했지만, 그의 집안에서 대장은 재현이 아니라 이화였다. 할머니만 할아버지를 꽉 잡고 사신 줄 알겠지만, 부인에게 약해 잡혀 사는 것이 김씨 가문의 내력이었다.

윤은 이 사실을 모르고 그저 이화를 조용하고 순종적인 어머니로만 알고 있었다. 하지만 재현은 평생을 이화에게 말 한 마디 못할 정도로 잡혀 살았다. 일에 미쳐 집에 늦게 들어와도 윤과 훤이 자는 새에 심심치 않게 꽃도 사다 바치고, 이화가 좋아하는 선물도 사 오는 다정한 남자였다. 그저 윤은 그 모습을 보지 못했을 뿐이었다.

그리고 재현이 그렇게 일을 열심히 한 것은, 다 아내 이화와 두 아들을 위해서였다.

"일단 그 아가씨를 보고 결정하마. 일단은 아가씨를 데려와야지, 너 혼자 와서 뭐하겠다는 거니."

"네."

이 결혼에 아직 서로의 합의를 보지 못했다는 것을 이화는 잘 알고 있었다. 이화는 이미 마사지 샵에서 지원에 대한 파악을 끝내 놓았고, 이전부터 결혼에 대해 은근히 지원에게 운을 띄우며 의중을 물었다. 그러나 마사지 샵에서 마주칠 때 하는 지원의 말을 잘 들어 보면 지원은 결혼에 대한 확신이 없었다.

이화는 고집불통 아들을 꺾는 순간부터 지원이 마음에 들었다. 조건 따위는 중요치 않았다. 이미 돌아가신 시어머니, 순희처럼 이화는 사람, 그 자체만을 보는 눈을 가졌다.

그렇기에 이화는 그저 지원이 지금의 복잡한 생각을 잘 정리하고 윤과 좋은 결실을 맺기를 바랄 뿐이었다.

11

　전자 티켓을 출력하고 마지막 확인을 하는 윤의 표정이 웃음으로 가득 찼다. 페루 마추픽추. 잉카 문명의 미스터리로 인천에서 남미에 위치한 페루까지 가는 길만 비행기로 거의 40시간이 걸리는 먼 곳이지만, 평소 모험을 좋아하는 성격의 지원을 위한 곳이었다.

　다음 주면 회사 전체가 쉬는 여름휴가다. EH는 복지 좋은 대기업답게 7월의 셋째 넷째 주에 회사 계열사가 돌아가며 2주씩 모든 사원이 여름휴가를 다녀온다.

　휴가 시작 후 시골 부모님 댁에 지원이 3일 정도 머무른 후 서울로 돌아오면 바로 페루로 출발할 예정이다. 오지 탐험과 역사 유적지를 좋아하는 지원을 위해 안데스 산맥 트래킹을 하다 마추픽추를 둘러보고, 해가 지기 전 산맥에서 마추픽추를 바라보며 모든 것을 고백하고 반지와 함께 프러포즈.

윤이 서재 서랍을 열고 그 안에 있는 반지 케이스를 꺼냈다. 한 달 전 지원 몰래 미리 주문을 한 결혼반지가 반짝이며 주인을 위해 기다리고 있다.

반지를 바라보며, 프러포즈를 할 때 무슨 말을 할까, 프러포즈를 받은 지원은 어떤 모습일까 상상하는 것만으로도 가슴이 벅차올랐다.

모든 것이 완벽하게 흘러가고 있음에 안도한 윤이 반지와 여행 서류를 서랍 안에 다시 넣었다. 이제 며칠만 지나면 대망의 프러포즈의 날이다.

☆★☆

긴 휴가는 행복하지만, 휴가 전은 언제나 전쟁 같다. 2주 동안 휴가를 가기 전에 업무를 마무리해 놓아야 하기 때문에 그 바로 전주는 말 그대로 매일 야근이었다. 일주일 내내 몰아치는 업무에 바쁜 일주일이 지나고 어느덧 마지막 날, 금요일이었다.

폭풍 같던 한 주를 끝내고, 드디어 일 년에 한 번 있는 꿈 같은 휴가를 향해 집에 돌아가려던 지원이 고개를 들고 주위를 살폈다. 윤은 자리에 앉아 업무 마무리를 하는 듯했고, 방금 전까지 자리에 있던 진한은 보이지 않았다.

휴가 가기 전 진한에게 간단히 인사를 하고 돌아가기 위해 지원이 잠시 스트레칭도 할 겸 휴게실로 향했다.

이미 대부분이 돌아가고 난 뒤라, 사내가 조용했다. 그나마 남아 있는 사람들도 빠른 발걸음으로 집으로 돌아가느라 바빴다. 그런데 아무도 없을 줄 알았던 휴게실에 불이 켜져 있었다. 그리고 두런두런 대화를 나누는 소리도 들렸는데, 진한의 목소리였다.

그를 찾았다는 생각에 안으로 들어가려던 지원은 귓가에 들려오는 또 다른 이의 목소리에 발을 멈췄다.

낯익은 목소리. 그 목소리는 훤의 것이었다.

말단 대리인 진한이 저 위에 있는 훤과는 무슨 일인지, 괜히 둘 사이에 끼고 싶지는 않은 지원이 방향을 틀어 다른 곳으로 향하려는 찰나, 훤의 목소리가 지원의 발걸음을 잡았다.

"윤이 녀석, 이번 휴가에 프러포즈 할 계획이라던데?"

이미 훤은 윤을 통해 프러포즈 계획을 들은 상태였다. 훤의 말에 진한이 흥미로워하며 물었다.

"외삼촌이랑 외숙모는 뭐라고 하셔? 윤이가 집에 간 날, 난 따로 일이 있어서 가지를 못했어. 아쉽네, 윤이가 결혼 얘기할 때 외삼촌 표정을 봤어야 하는 건데."

훤이 낮게 웃음을 터트렸다.

"어머니 아버지도 내색은 안 하셔도 내심 좋아하시는 것 같아. 그렇게 걱정하던 막내가 이렇게 빨리 결혼한다고 말할 줄은 모르셨겠지."

훤의 말에 진한 또한 함께 웃으며 훤의 어깨를 가볍게 두드렸다.

"이제 그만 돌아가자, 나도 집으로 가야겠어. 그리고 아직 회사에 사람들도 남아 있고."

말을 마치고 돌아서 휴게실을 나오는 진한의 눈에 저 멀리 코너 너머로 얼핏 인영이 비쳤다.

'옥지원?'

설마 했지만 이내 그런 생각을 지웠다. 발소리도 나지 않았고, 둘은 꽤 목소리를 낮춰 조용히 대화를 했다. 하지만 이미 많은 사람들이 떠난 회사도 조용하기는 마찬가지였다.

☆★☆

휴게실에서 진한과 훤의 대화를 본의 아니게 듣게 된 지원은 빠르게 사무실로 돌아갔다. 마무리를 하고 지원을 찾던 윤의 모습이 눈에 들어왔다.

진한과 훤은 매우 허물없어 보였고, 조용했지만 또렷이 들린 그들의 대화는 지원을 패닉에 빠트렸다. 진한과 윤은 사촌지간이라 했다. 그리고 진한은 훤에게 외숙모와 외삼촌에 대해 물었고, 훤은 그 외숙모와 외삼촌을 어머니 아버지라고, 그리고 윤은 막내라고 말했다.

그렇다면 휜이 바로 윤의 형이라는 말이었다.

지원은 혼란스러운 생각을 뒤로하고, 윤에게 다가갔다.

"이 대리가 휴게실에서 잠깐 보자고 하던데? 지금 휴게실로 가
봐."

굳이 휴게실로 오라는 진한의 말에 어이없으면서도 전혀 상황
을 알지 못하는 윤은 미안해하며 휴게실로 향했다.

그사이, 지원은 허겁지겁 가방을 챙겨 빠르게 사무실을 나섰다.
윤에게 거짓말하고 먼저 가는 건 미안하지만 머릿속을 정리할 시
간이 필요했다.

주차장으로 내려간 지원이 차 안에 앉아 핸드폰으로 EH차남에
대해 검색해 보았다. 베일에 싸인 EH의 차남에 대해 겨우 알 수
있는 건 28살이라는 것뿐이었다. 어렸을 적 가족이 프랑스에서
지내다 차남만 계속 해외 생활을 했기 때문에 그에 대한 모든 것
은 베일에 가려져 있다고 나왔다.

윤도 그의 가족과 함께 초등학교 시절 프랑스에서 지냈다고 했
다. 아니, 이런 것이 다 무슨 소용이란 말인가? 이미 그의 형이
자신의 동생이라고 말을 해 버렸는데.

아니, 근데 나는 왜 지금 뭐가 문제인 거지?

조용한 주차장 한가운데, 그녀의 차 안에서 그저 멍하니 휴대
폰만 바라보고 있는데, 그 순간 윤에게서 전화가 걸려왔다.

"응, 윤아."

— 지원 씨, 지금 어디야? 진한이 형이 나 부른 적 없다는데?

"……."

지원은 잠시 생각에 잠겼다.

"아, 그래? 내가 잘못 들었나 봐. 나 잠깐 밑에 내려왔어. 다시 올라갈 거야."

— 알겠어. 기다릴게, 와서 얘기하자.

지원은 전화를 끊고 차에 시동을 걸었다. 그리고 윤에게 말한 것과는 반대로 윤의 집으로 방향을 잡고는, 윤수에게 전화를 걸었다.

"언니, 나 지원이. 언니 오늘 밤 비행기로 싱가포르 간다 했지? 그거 나도 같이 가도 돼?"

— 당연히 되지! 근데 무슨 일 있어? 갑자기 왜 같이 간다는 거야?

"공항 가서 말할게, 비행기 시간이랑 편명 좀 알려 줘, 티켓 끊게. 그리고 내 방에 짐 챙겨 놓은 것 좀 같이 가지고 공항으로 와 줘. 나도 바로 공항으로 갈게."

내일모레 윤과 함께 페루로 떠나기로 했기에, 이미 간단한 짐을 챙겨 놓은 것이 오히려 다행이었다. 다만 서류 보낼 것이 있어 여권을 윤의 집에 놓고 온 것 때문에 그의 집에 들러야 했다. 윤에게는 거짓말로 그를 사무실에 묶어 놓고 그의 집으로 향하는 지원의 얼굴은 심란하기 그지없었다.

윤의 집에 도착한 지원이 곧장 서재로 들어가 그녀의 여권을 찾기 위해 서랍을 뒤졌다. 제일 첫 번째 서랍을 열자마자 여행 관련 서류들 위에 조그마한 반지 케이스가 눈에 띄었다. 지원은 자신도 모르게 떨리는 손으로 조심스레 상자를 꺼내 뚜껑을 열었다.

역시나 프러포즈용 결혼 반지였다.

윤은 이번에 페루에 가서 정말로 프러포즈를 할 계획이었던 것이었다.

지원은 입술을 깨물고는, 조심스레 뚜껑을 닫아 그것을 제자리에 놓고 두 번째 서랍에서 그녀의 여권을 찾아 서재를 빠져나왔다.

거실을 지나는데 갑자기 그의 피아노가 눈에 들어왔다. 악기에 대해 문외한인 그녀가 들어도 윤이 연주하는 피아노의 소리는 깊이가 꽤 깊었다.

지원이 거실 한가운데 놓여 있는 피아노로 다가가 피아노 오른쪽에 금박으로 박힌 브랜드 이름을 검색했다.

Steinway & Son

검색을 해 보니 바로 스타인웨이 앤드 썬 피아노에 관한 정보가 나왔다. 미국으로 이주한 독일 피아노 장인이 아들들과 함께 만든 고급 피아노로 전 세계 유명 공연장의 대부분은 이 피아노를 고수하고 있었다. 윤의 거실에 놓인 것과 비슷한 그랜드 피아노는 일반적으로 1억 5천에서 2억 사이.

"헉."

지금까지는 그저 아무렇지 않게 여기던 장식품과 같던 피아노 가격이 윤수와 지원이 살고 있는 집의 전세가와 비슷했다. 전문 연주자도 아닌데 취미용으로 하기엔 확실히 비쌌다. 너무 비쌌다.

피아노 옆에서 머뭇거리던 지원이 고개를 흔들다 드레스 룸으로 갔다.

드레스 룸 한쪽에 나란히 걸려 있는 지원의 옷 옆으로 윤의 슈트와 캐주얼한 옷들이 쭉 걸려 있었다. 옷 아래쪽의 시계와 커프스 등 각종 액세서리가 들어 있는 서랍을 열어 보았다. 눈에 띄는 시계를 들어 커다란 알 안에 시계 브랜드를 확인해 보았다.

Patek Philippe, Vacheron Constantin, Breguet, Jaeger-LeCoultre, Audemars Piquet 등 브랜드 네임은 모르겠지만 모두 Made in Swiss, 즉 스위스제였고, 시계를 잘 모르는 지원도 이 중에 파텍 필립(Patek philippe)은 알고 있었다.

세계 최대 명품 시계 브랜드로, 가장 저렴한 일반 모델조차도 2천만 원에서부터 시작했다. 서랍 안에 들어 있는 20개가 넘는 시계에서 파텍 필립을 심심치 않게 찾을 수 있었다.

이제까지 아무렇지 않게 보던 것들이 사실은 그녀 형편에는 생각지도 못할 정도의 억소리 나는 명품들이었다. 시계를 살펴보던 지원이 이번엔 고개를 들어 쭉 걸려 있는 옷을 살피기 시작했다.

Kiton, Brioni, Bottega Veneta, Giorgio Armani 등 대부분 이태리 테일러 장인들의 명품 슈트였다. 슈트 한 벌에만 수천만 원을 호가하는, 이 역시 지원 평생 꿈도 못 꿀 것들이었다.

생각해 보니 윤의 주변 모든 것은 지원이 꼬박꼬박 보너스와 월급을 적금해야 겨우 살 수 있는 것이었다.

사소한 이런 옷, 액세서리부터 아침저녁으로 그녀를 데리러 올 때 쓰던 자동차, 심지어 제집처럼 들락날락거린 이 집까지.

이 집만 해도 필요한 모든 시설이 단지 내에 있고, 철저한 사생활 보호로 유명한 데다 특히 높은 분양가로 유명한 집이었다. 윤이 비록 아는 형의 집이라고 하긴 했지만, 그렇다고 하기에는 집 안의 물건들이 모두 윤을 위한 것이었다. 아무래도, 이 집 또한 윤의 것이 분명했다.

지금까지 그저 그의 곁에서 아무렇지 않게 봐 오던 것들이, 윤을 만나기 이전의 지원에게는 상상도 못 할 고가의 사치품들이었다. 지난번 사 준 샤넬 가방, 그 이후 아무렇지 않게 윤이 지원에게 사다 나르던 각종 명품 신발, 가방, 액세서리들.

"휴."

상황이 어떻게 돌아가는지, 생각이 복잡하게 얽히고설켜 도무지 감이 잡히지 않는 지원이 그저 한숨을 쉬며 서 있는 와중에, 사무실에서 그녀를 기다리던 윤이 다시 그녀에게 전화를 걸었다.

— 지원 씨? 어디야? 왜 안 와? 혹시…….

"……미안해 윤아. 미안해, 이번 휴가는 나 혼자 보낼게. 휴가 동안 나한테 생각할 시간을 줘. 미안해, 미안해."

— 지원 씨! 잠깐만! 잠깐만 만나서 내 얘기 좀!

"미안해, 미안해. 지금 이게 무슨 상황인지 잘 모르겠어. 내 기

분이 왜 이런지도 잘 모르겠어. 미안해, 미안해. 나한테 시간을
줘."

지원은 급하게 그의 전화를 끊고, 서둘러 그의 집을 빠져나왔
다.

그리고 그 날 저녁 지원은 마침 프로듀싱 하는 아이돌 그룹의
아시아 공연을 살피기 위해 싱가포르로 가는 윤수와 함께 비행기
에 몸을 실었다.

지원은 비행기 안에 앉아 창가 너머로 그저 흩어져 있는 하얀
구름을 바라보며 무엇이 문제인지, 자신이 왜 윤을 보지도 않고
도망치는지 생각을 했다.

지원은 절대 차이 나는 집안에 시집가고 싶은 생각이 없다. 굳
이 부잣집에 시집가지 않더라도 돈은 필요한 만큼 충분히 그녀
스스로가 벌고 있었다. 그런 상황에서 굳이 차이 나는 집안으로
시집을 가, 주고받는 것 없이 기가 죽고 시어머니의 눈치를 보는
삶은 그녀 자신도 싫었다.

EH기업이 어떤 기업이던가? 재벌 기업은 아니더라도, 에너지
업계에서는 특히 알아주는 중견기업에 규모도 재벌 기업 못지않
았다.

게다가 에너지 업계를 중심으로 건설사와, 중공업까지. 단일
기업도 아니고 서너 개의 계열사를 가지고 있는 탄탄한 중견기업
이다. 그러니 그 집안의 사모님은 당연히 지원을 탐탁지 않게 생
각할 것이고, 설령 윤이 그 중간에서 조정자 역할을 잘한다 해도

항상 갈등은 끊이지 않을 것인데.

아니, 무엇보다도 지원이 이렇게 도망가는 가장 큰 이유는 그의 프러포즈 계획이었다. 그녀는 아직 윤에 대한 확신이 없는 상태에서 프러포즈는 너무나도 큰 부담이었다.

세상에 다시없을 좋은 남자인 것은 분명했지만, 과연…… 그것이 평생 갈 수 있을까?

지금 지원은 현재의 윤과 지원의 관계가 너무 좋았다. 서로 좋아하고 여유를 함께 즐겼지만, 책임은 없었다.

그런데 결혼이라니, 결혼은 좋아하는 감정보다 책임이 더 큰 관계였다. 서로의 집안에 대한 책임, 관계에 대한 책임, 아이에 대한 책임 등. 지금의 윤은 그녀를 자유롭게 방관하고 존중하지만, 막상 지원이 그와 결혼을 하게 되면, 그 이후에 윤은 지금과 같을까?

결혼이라는 둘레 안에서 지원을 다른 보수적인 남자들처럼 집안에서 그를 외조하고 아이를 낳아 키우고, 사회생활도 하지 못하게 하며 서로의 관계에서 사랑이 아닌 책임만을 요구하는 사이가 되지 않을까?

그렇게 될 바에야 차라리 지금 같은 좋은 시간만을 함께하고 싶었다. 평범한 남자라도, 한국 사회에서는 여자에게 많은 희생과 책임을 요구하는데, 더군다나 그렇게 엄청난 집안의 아들이었다니. 그런 아들은 둔 그의 어머니도 당연히 지원에게 원하는 것도 많을 것인데……

그래, 지원은 아직 결혼에 대해 진지하게 생각해 본 적도 없고, 윤에 대한 확신이 없었다. 그런 상태에서 윤에게 프러포즈를 받는다면, 제대로 된 Yes도 못 할 것 같고, No를 하기에는 지금 이 관계를 깨고 싶지 않았다.

그렇기에 지원은 도망가는 것이었다. 일은 터졌지만, 잠시 그 혼란 속에서 도망가고 싶었다. 무책임하고, 나쁜 년이라고 욕을 하겠지만 일단은 도망가고 싶었다.

비행기 창문 너머로 눈이 부시도록 하얀 구름이 지원을 더욱 심란하게 만들었다.

12

밤새 비행기를 타고 싱가포르에 아침이 다 되어 도착한 지원과 윤수는 랜드마크인 마리나 베이 샌즈 호텔에 짐을 풀고 간단히 호텔을 둘러봤다.

윤수는 요즘 핫한 '짐승들'의 다음 앨범 작업을 위해 내일 있을 싱가포르 공연을 보러 온 것이고, 이 호텔은 그런 그녀를 위해 '짐승들'의 소속사에서 준비한 것이었다.

하루 숙박에만 30만 원이 넘는 고급 호텔로 이 호텔이 위치한 마리나 베이는 작은 도시 국가인 싱가포르의 가장 유명한 관광 장소이기도 했다.

하지만 전날 한숨도 자지 못하고 6시간을 비행기에서 뒤척인 지원은 피곤한 몸을 누이고 그저 잠에 빠졌다.

그다음 날.

'짐승들'의 공연을 위해 윤수는 일찍부터 숙소를 떠났다. 홀로 남아 있는 지원이 걱정되는지 발길을 쉽게 떼지 못하는 윤수를 억지로 내보냈다.

지원은 호텔 57층에 위치한 호텔 수영장으로 올라갔다. 잘 정돈된 싱가포르 도심 전경이 한눈에 내려다보이는 마리나 베이 샌즈의 인피니티 풀이, 마치 지원이 싱가포르 하늘에 떠 있는 듯한 착각을 불러일으켰다.

"하……."

수영장 옆에 놓여 있는 베드 체어 중 하나에 누워 파랗다는 말로는 부족한 깨끗한 하늘을 바라보며 지원이 생각에 잠겼다.

"김윤은 원래 찌질했다."

둥근 구름 하나가 흘러갔다.

"내가 먼저 덮쳤다."

지원이 조용히 머릿속으로 사건을 정리하며 중얼거리다 획 일어나 혹여 주변에 한국인이 있는지 두리번거렸다. 이른 시간이라 그런지 사람도 몇 없었고 전부 노랑머리 외국인이었다. 다시 의자에 누운 지원이 뒤를 이었다.

"김윤은 내가 처음이었다."

획획. 고개를 돌려 다시 한 번 점검했다. 한국인은 없다.

속으로 정리하면 될 것을 바보같이.

"나한테 지극정성으로 잘 한다. 내 말이라면 껌뻑 죽는다."

"나도 윤에게 잘한다."

"샤넬 한정판을 사 줬다. 이건 보통 좋아하지 않고는 사 줄 수 없다. 날 사랑한다고 했다. 윤이는 날 사랑한다."

고개를 끄덕이던 지원이 다시 고개를 절레절레 흔들었다.

"아직 어려서 세상 물정을 몰라서 날 좋아하는 것일 수도 있다. 더군다나 우리 회사 회장님 아들이다."

휴…… 잘 가던 길에 장애물이 생기자 지원이 깊은 한숨을 내쉬었다. 시무룩하던 지원이 갑자기 펄떡 일어나 함성을 질렀다

"회장님! 매달 따박따박 월급 주시고, 분기마다 보너스 넣어 주시는 회장님 아들!"

회장님 아들이라니! 생각해 보니 좋은 일 아닌가?

갑자기 끓어오르는 행복에 지원이 그 자리에서 통통 발을 구르다, 주변을 의식하고는 철푸덕 다시 자리에 앉았다.

회장님 아들이라니! 그럼 나 평생 일 안 해도 되는 건가?

아니, 아니. 그럼 윤이랑 결혼하면 나 임원 할 수 있는 건가?

말로만 듣던 그런 일이 나한테도 생기는 건가. 그런데 그런 윤이가 왜 날?

"근데 윤이가 날 왜 좋아할까?"

"나 예쁘잖아. 나 정도면 괜찮잖아?"

"돈 많은 여자 중에도 예쁜 여자도 많은데, 굳이 왜 날?"

"……."

누가 들으면 두 명의 사람이 이야기라도 하는 것 같은 대화를

혼자 하는 지원은 이미 뜨거운 태양 아래 수학 공식보다 어려운 문제로 정신이 혼미해진 상태였다.

지원은 과부하로 터질 것 같은 뇌를 식히기 위해 차가운 수영장 안으로 들어갔다. 싱가포르 전경이 훤히 보이는 유리벽으로 가까이 다가가 도심 아래를 내려다보았다.

그래, 일단 돈을 떠나서 제일 중요한 것은 이것이다.

"내가, 윤이랑 결혼하면……."

같은 중국계 도시인 홍콩의 빽빽하고 얇고 길게 들어서 있는 것과는 다른 깨끗하고 비교적 넓은 싱가포르의 고층 빌딩과 그 사이를 가르고 빠져나가는 강물을 지원이 멍한 시선으로 바라봤다.

"행복할까?"

끝이 보이는 시작을 할 정도로 용기가 있지 않았다. 유명 연예인들도 재벌 2세와 결혼을 하긴 했다. 그저 개중에 끝까지 무탈하게 백년해로하는 커플을 찾기가 힘들어서 그렇지.

시작은 언제나 행복하다.

지원은 시작과 함께 그 끝도 행복했으면 싶었다. 미래는 알 수 없지만, 끝에서 그녀를 기다리는 불행이 뻔히 보이는 시작은 사절이었다.

쨍한 햇빛이 지원의 하얀 등으로 강하게 내려왔다. 햇빛에 반사되어 번쩍이는 하얀 빛이 그녀의 등 뒤로 총총 길을 만들어 냈다.

"아, 몰라!"

뜨거운 햇살에 지원이 몸을 일으켜 수영장을 빠져나왔다. 가운으로 몸을 가리고 그대로 룸으로 돌아갔다. 간단히 씻고는 윤수가 남기고 간 지도를 펼쳐 들고 30분 정도 지하철을 타고 전 세계 명품이 가득 찬 쇼핑의 거리, 오차드 로드로 향했다.

더위에 지쳐 있던 지원이, 지하철 역사와 연결된 몰에 들어서자마자 강하게 그녀를 반기는 에어컨 바람에 환호를 불렀다. 대리석 바닥에 반짝이는 조명이 그녀를 인도했다.

환영합니다. 쇼핑의 거리 오차드 로드에 오신 것을!

☆★☆

지원이 오차드 거리에 가득한 명품 사이에서 침을 흘리다 배고픔을 느끼고 카야 토스트를 먹고 있을 시간, 윤은 지원을 향해 싱가포르로 날아오고 있었다. 지원의 난데없는 동행에 의혹을 품은 윤수가 혹시나 하는 마음에 윤에게 귀띔을 해 준 것이었다.

그의 옆자리에는 진한이. 복도를 건너 그 옆에는 훤이, 그리고 그 옆 창가에는 랑희가.

윤은 혹시 지금이라도 지원을 설득해 페루로 떠날 수 있을까, 페루로 가기 위해 꾸려 놓았던 가방을 그대로 들고 가슴팍에는 며칠 전 찾아온 결혼반지를 품고 있었다.

진한은 왜 나까지 끌려가야 하냐며 불평을 늘어놨지만, 이 상황이 싫지는 않은 듯 희미하게 웃으며 조용히 책을 읽고 있었다.

훤은 의도한 것은 아니었지만, 자신의 말로 인해 동생의 프러포즈 계획이 틀어진 것에 대한 미안한 마음에 함께했고, 랑희는 훤과 함께하는 휴가, 그리고 그곳에서의 쇼핑 생각에 이미 엉덩이가 들썩들썩 춤을 추고 있었다.

☆★☆

휴가철의 시작이라 그런지, 아니면 관광도시인 만큼 원래 그리 사람이 많은지 도시 곳곳이 발 디딜 틈조차도 없었다. 특히 싱가포르에 오는 사람이라면 누구나 꼭 한 번 숙박을 하거나, 혹은 비싼 숙박료에 그저 언젠가는 다시 와서 이곳에 한 번쯤은 묵어 봐야지 생각을 하거나, 하다못해 근처 야경이라도 보고 가는 호텔 근처는 더욱 사람들로 붐비었다.

이 호텔에 묵고 있다는 진한의 말에 이곳까지 쫓아왔으나, 휴대폰 전원을 꺼 버린 채로 쇼핑 삼매경에 빠져 있는 지원이 어디 있는지 아는 사람은 아무도 없었다. 윤수 또한, 일 때문에 공연장에 있느라 진한도 더 이상 캘 수 있는 정보가 없었다. 그저 윤수와 지원이 묵고 있는 룸의 호수만 알 수 있었다.

바로 옆에 방을 잡고 문을 두드리고 내선 번호를 울려 봤지만 인기척조차 없었다. 윤은 혹시나 지원이 휴대폰 전원을 켤까 끊임없이 전화를 거는 중이었다.

그때, 기적같이 지원의 휴대폰에 전원이 들어왔고 통화 연결이
되었다.

"지원아! 지원아! 제발! 전화 끄지 마!"

한편 지원은 마침 쇼핑 중에 윤수에게 일이 언제 끝나는지 전
화를 걸어 볼까 싶어 가방 안에 있던 전화를 꺼내던 참이었다. 윤
에게서 오는 전화를 피하기 위해 꺼 놓았던 휴대폰을 켜자마자
전화가 느닷없이 걸려와 의도치 않게 연결이 되고 말았다.

전화가 연결되자마자 수화기에서 윤의 다급한 목소리가 흘러나
왔다.

— 지원아! 지원아! 제발! 전화 끄지 마!

"윤아……."

아직은 전화를 받을 수가 없었다. 너무나도 윤에게 미안할 정
도로 그에게 말 한 마디 없이 생각할 시간이 필요하다며 급하게
혼자 떠났는데, 정작 정리된 생각은 하나도 없었다.

— 어디야?

수화기 너머의 윤이 다급하게 물었다.

"……."

지원이 미안한 마음에 차마 말을 잇지 못했다.

— 지금 어디야? 제발 지원아!

"윤아, 사실은 나……."

지원은 윤에게 자신의 위치를 말하기를 주저했다. 하루 새에

적도 근처의 싱가포르에 왔다 하면 윤이 얼마나 어처구니가 없을 지 상상도 가지 않았다.

이미 윤은 지원을 따라 싱가포르에 도착해 있었지만, 이러한 상황은 꿈에도 모를 지원은 머뭇거리기만 했다.

그때 기막힌 타이밍에 지나가던 미국인이 지원에게 길을 물었 다.

『실례합니다. 여기가 니안 시티 맞아요?』

오차드 로드 중에서도 명품 쇼핑에 용이한 니안 시티, 그곳에 지원이 있었다. 윤이 수화기 너머로 들려오는 말소리에 귀를 기울 였다.

『네? 네. 맞아요.』

『오, 감사합니다. 우리 지금 니안 시티 3층에 있는 거죠?』

정확한 타이밍에 윤에게 의도치 않게 도움을 준 외국인이 총총 걸음으로 사라지고, 지원은 그저 아무것도 모른 채로 윤과의 통화 를 서둘러 끊어냈다.

"여튼, 윤아, 난 지금 잘 있으니까 걱정하지 말고. 이렇게 막무 가내로 행동해서 정말 미안해. 너무 미안해, 정말로. 우리 돌아가 서 보자."

제 말만 하고 지원이 전화를 끊어 버리자 윤이 바로 몸을 일으 켰다. 위치는 이미 외국인과 지원의 대화로 파악한 상태, 그녀를 찾는 건 시간문제다. 아침에 지원이 싱가포르에 있다는 것을 확인 하고 집에 들러 짐을 챙기고 공항에서 이곳으로 오니 어느덧 저녁시간이 훌쩍 지났다.

피로감에 윤을 제외한 나머지는 내일을 기약하자며 방으로 돌아갔고, 피곤한지조차 느낄 수 없는 윤은 오차드 로드로 향했다.

고맙습니다! 얼굴 없는 외국인님!

윤과의 통화를 마친 지원은 윤수에게 전화를 걸었다. 미안하다며 오늘은 일 때문에 자정이 다 되어서야 들어올 수 있겠다는 윤수의 말에 갑작 허기를 느낀 지원이 쇼핑몰 안에 있는 조그마한 카페에서 간단히 저녁을 해결하기로 했다.

코코넛향이 잔뜩 나는 빨간 국물의 국수를 후루룩 먹고, 이곳에서만 먹을 수 있는 달짝지근한 카야 토스트와 코코넛 주스까지 먹으며 지원이 배를 볼록하게 채웠다.

30분 후 폐장한다는 안내 방송에 지원이 오늘의 수확물을 슥 훑었다.

이전 같았으면 오로지 그녀만을 위했을 쇼핑의 수확물들이, 어느샌가부터 윤을 위한 것들이 침범하기 시작했고 오늘도 마찬가지였다.

윤이 회사에 입고 다닐 만한 셔츠나, 넥타이. 깔끔하면서도 유니크한 디자인의 백팩은 윤이 메면 참 잘 어울릴 것 같아 비싼 가격에도 불구하고 큰맘 먹고 구매를 했다. 하지만 흐뭇하게 그것들을 바라보다가도, 윤의 집에서 봤던 고가의 명품 브랜드들이 떠오르면서 다시 의기소침해졌다.

80만 원 주고 산 저 가방, 백팩 하나가 80만 원이면 꽤 비싼 축에 속했다, 그녀에게는. 그러나 윤에게는? 80만 원이 아니라 800만 원이라도 비싸다고 느낄까?

앞으로 계속 이렇게 되지 않을까 이러한 부분도 문제였다.

그가 자신과 함께함으로써 평생 부족함을 느끼며 살게 될까 봐 무서웠다. 선물이나, 무언가를 할 때도 그녀 스스로가 시작도 전에 위축되고, 윤은 아무렇지 않게 입고 쓰고 먹는 것들이 지원 에게는 사치품일 것이고 그러한 일들이 차곡차곡 쌓이다 보면 언 젠간 터져 버릴 것이었다.

폐장을 알리는 종소리에 지원이 정신을 차리고는 수확물들을 주섬주섬 챙겨 숙소로 향했다. 짐이 많으니, 돌아가는 길은 지하 철이 아니라 택시를 타기로 했다.

'호텔에 도착하면 수영장이나 갈까. 아니, 시간이 너무 늦었네. 그냥 호텔 스카이라운지 바(Sky on 57)나 가자.'

탁.

『마리아 베이 샌즈 호텔로 가 주세요.』

택시가 호텔을 향해 출발했다.

지원이 탄 택시가 출발하고 남겨진 자리에 윤이 숙소에서 타고 온 택시가 섰다. 허겁지겁 요금을 지불하고 택시에서 내렸지만, 이미 쇼핑몰은 폐장 직전이었다. 혹시 몰라 열린 문 사이로 들어 간 윤이 이곳저곳 뛰어다니며 지원을 찾으려 애썼지만 그녀는 이 미 떠났는지 종적을 찾을 수가 없었다.

도착해서 내내 마음 졸여하는 동생 옆을 지키다 그나마 잠시 쉬기 위해 훤과 랑희가 라운지로 올라왔다. 야경이 멋진 도시인 만큼 초고층의 스카이라운지 바에서 내려다보는 도심은 낮에 본 그것과는 차원이 달랐다.

야경을 보며 감탄을 하고 있던 그때, 훤이 라운지 바 입구로 들어오는 지원을 발견했다. 당황한 그가 랑희를 붙잡았다.

"왜? 왜 그래?"

"저기 지금 들어온 한국인 보이지?"

랑희가 저 멀리 라운지 안으로 들어오는 지원을 바라봤다. 시원시원하게 생긴 호감형의 미인이었다.

"저 친구가 옥지원 씨야. 보니까 아직 윤이랑은 만나지 못한 것 같은데. 괜히 내가 먼저 만나서 또 일을 그르치고 싶지는 않아."

랑희는 훤의 말에 동의하면서도 지원의 근처에 한 번 다가가 보고 싶었다. 어떤 여자길래 만년 혼자 지낼 것 같던 윤이 빠졌는지 궁금했다.

"내려가자, 랑희야."

"먼저 가. 난 조금 이따 내려갈래."

훤은 재차 랑희에게 내려가길 말했지만, 랑희는 고집불통이었다. 평소 차분한 훤도 랑희에게만은 차분한 모습을 유지할 수가 없었다. 지원을 바라보며 눈을 반짝이는 랑희를 본 훤이, 결국은

체념하고 마지막 당부를 했다.

"너, 혹시라도 지원 씨한테 말 걸거나 그러지 마. 더 이상 안 좋은 일 만들고 싶지 않으니까. 부탁이야."

"알겠어, 알겠어. 이 잔소리쟁이! 어? 여기 쳐다본다. 빨리 가, 빨리!"

랑희가 이쪽은 신경도 쓰지 않는 지원을 핑계로 휜을 방으로 내쫓아 버렸다. 이러지도 못하고 저러지도 못한 휜이 결국엔 방으로 걸음을 옮기면서 랑희에게 눈짓으로 재차 경고를 남겼다.

☆★☆

"윤이는 날 사랑한다. 나도 윤이를 사랑한다."

"그런데 문제는?"

"문제는, 윤이네 집이 지나치게 돈이 많다는 거지."

"근데 그게 뭐? 너무 잘사니까 숨긴 것 아냐? 그럼 좋은 거 아닌가?"

"그렇긴 한데."

"뭐가 문제야! 감사합니다, 하고 그냥 받아들이면 되지!"

또 시작됐다. 1인 2역의 상담코너.

"그렇지만, 그렇게 되면 과연 내가 눈치 안 보고 서로 평등한 관계로 살 수 있을까가 문제인 거지! 나는 앞으로 일도 계속하고 싶고 임원까지도 달고 싶은데…… 그 집에서는 날 환영하겠냐고,

나이도 많은 데다 집안도 그저 평범한데!"

그리고 제일 두려운 것은 과연 윤이 토빠와 달리 시어머니와의 사이에서 적절히 중립을 지킬 수 있는 남자일지, 그리고 윤의 어머니는 윤에 비해 부족한 지원을 너그럽게 받아들여 줄지 그것이었다. 아무래도 평범한 남자이더라도 4살이나 연상인 그녀를 달가워하지는 않을 텐데, 자그마치 EH기업이라니.

가장 전망 좋은 자리(사실은 랑희가 웨이터에게 재빨리 팁을 찔러 주며 지원을 제 옆자리로 안내하도록 부탁했다)에 앉아 간단한 안줏거리에 시원한 호랑이 맥주를 홀짝이는 지원의 볼이 어느새 붉게 달아올랐다.

그때 옆에 앉아 있던 여자가 다가와서 말을 걸었다.

"한국인이죠?"

"에휴, 모르겠다, 모르겠어. 네? 네! 맞아요."

"저도 한국인인데, 우리 같이 한잔하는 거 어때요?"

홀로 여행 와서 마음 맞는 한국인을 만나면 같이 동석하는 것이 이상한 일은 아닌지라 지원이 흔쾌히 수락했다.

각자 통성명을 한 두 여자는 어쩌다 이곳에 혼자 있는지 사정을 간단히 얘기하게 되었다. 랑희는 바보 같은 남자 친구 때문에 머리를 식히기 위해 이곳에 왔다고 거짓말을 했다. 사실 완전한 거짓말도 아니었다. 훤의 바보 같은 행동 때문에 지금 이곳에 모든 사람이 오게 된 것이니.

한차례 술이 돌아가자, 취기가 오르기 시작한 랑희가 먼저 조심스레 윤에 대한 이야기를 꺼냈다.

"들으려 한 건 아닌데 어쩌다 듣게 됐어요. 남자 친구랑 무슨 문제가 있나 봐요?"

랑희의 질문에 지원이 지금까지 홀로 진행한 고민 상담 코너에 방청객이 있었다는 사실을 깨닫고 얼굴을 붉혔다. 창피해!

평소 같았으면 아니라며 그냥 웃으며 넘어갔겠지만, 어느 정도 술기운도 올랐고, 더군다나 지금 이곳은 관광지였다. 내가 사는 곳이 아니라 낯선 타국에 와 있다는 그 느낌이 지원을 좀 더 자유분방하고 대담하게 만들었다. 결국 앞에 앉아 있는 랑희의 호감 가는 인상에 지원이 술술 자신의 문제에 대해 말했다.

연애를 많이 해 보지도 않았는데 고작 만나 본 남자는 3년이나 만났었는데도 마지막에는 결국 좋지 않게 헤어졌고, 점점 날이 갈수록 보이던 마마보이 같은 모습과 실제 아들을 너무 사랑하고 일일이 간섭하는 그의 어머니로 인해 그와 그다지 관계의 진전이 있던 것도 아닌데 트라우마와 같은 강박관념이 생겼다는 사실.

그래서 그 이후로 남자를 볼 때 제일 먼저 보는 부분이, 지원 그녀 자신보다 너무 잘나지도 않고 그저 서로 평등한 관계로 사이좋게 오순도순 살 수 있는지, 고부 사이의 갈등을 잘 조절할 수 있을지 그러한 것들이 우선순위가 되었다는 것.

현재 남자 친구의 집안이 그녀 자신과 비교해 너무 차이가 나기 때문에 그 집에서 자신을 어떻게 생각할지에 대한 걱정, 사람은 좋지만 이 관계가 계속 진전이 돼도 되는지, 더군다나 남자 친구는 결혼을 생각하는데 지원 자신은 아직까지 결혼에 대한 확신보다는 불안이 크다는 점까지 모두 랑희에게 술술 털어놓았다.

지원의 이야기를 가만가만 경청한 랑희가 고개를 끄덕이다가 자신의 생각을 공유했다.

"돈이 많다고 행복한 건 아니지만, 꼭 불행한 것도 아니잖아요. 모든 것을 다 떠나서 남자 친구 하나만 한번 봐 보세요. 지금까지 지원 씨한테 어떻게 했는지, 어떤 사람인지. 그러고 나서 한번 남자 친구 가족도 만나 보는 게 어때요? 좋은 부모님이면 좋은 거고, 아니면 그때 가서 지금 하는 고민해도 나쁘지 않잖아요."

그래. 랑희의 말도 어느 정도 일리가 있었다.

생각해 보면 지원은 윤의 어머니를 만난 적도 없었고, 그의 가족이 어떠한 분위기를 가지고 있는지조차 몰랐다. 그런 상태에서 덜컥 겁을 먹는 것은 쓸데없는 걱정 같기도 했다.

랑희의 말에 수긍하며 맥주를 한 번 더 홀짝이던 지원이 대답을 하려는 찰나, 그녀의 휴대폰이 울렸다. 윤수가 생각보다 일찍 돌아왔다며 자신의 위치를 묻는 것이었다.

위치를 말하고 지원이 윤수와 랑희에게 함께해도 되는지 동의를 얻었다. 둘 다 흔쾌히 수락했다.

잠시 후 윤수가 나타났다.

굉장히 어려 보이는 동안의 랑희는 지원보다 한 살 많은 33살이었다. 윤수와 동갑이라 순식간에 서로의 어색함이 풀리고 금세 친해졌다. 여느 여자들의 대화가 그렇듯, 서로의 남자에 대한 토론이 시작되었다. 랑희는 휜에 대해, 지원은 윤에 대해.

술이 어느 정도 들어가자, 술과 분위기에 취해 신이 난 랑희가 잔을 들며 외쳤다.

"그래, 이렇게 우리가 만난 것도 좋은 일인데 마시자! 이야! 야? 야? 끼야아아악!"

랑희의 쾌활한 파이팅이 순간 비명으로 변했다.

"언니, 왜 그래요? 헉, 뜨아악!"

지원 또한 랑희의 시선을 따라갔다 비명을 터트렸다. 지원이 매번 티비에서 넋을 놓고 보던 아이돌이 바로 그 '짐승들'이었다.

윤수가 프로듀싱 하는 '짐승들'도 간단하게 한잔하기 위해 라운지 바에 올라왔다가 윤수를 보고 이쪽으로 온 것이었다.

지원의 열렬한 짐승들 사랑 때문에 윤이 삐친 적이 한두 번이 아니었는데, 랑희도 마찬가지였다. 재작년부터 '짐승들'과 그들의 노래에 빠져 싫다는 휜을 대동하고 콘서트에 빠짐없이 참여했다. 이번 싱가포르 공연도 하루 차이로 놓쳐 얼마나 아쉬워했는지 모른다.

"어? 윤수 쌤 친구분들이신가 봐요? 다들 미인이시다."

"어머어머, 미인이래!"

랑희가 어쩔 줄 몰라 하며 호들갑을 떨었다.

"랑희야, 너도 애들 좋아해?"

"나 완전 팬이야! 어머 어떡해, 어떡해!"

"얘들아 인사 한 번만 해 줘. 팬이래. 여기 지원이도 엄청 팬이야."

윤수의 부탁에 짐승들 6명이 나란히 서서 랑희와 지원에게 그들 특유의 인사법으로 인사를 했다.

"하나, 둘, 셋! 안녕하세요! 우리는 '짐승들' 입니다!"

술, 술!

술을 가져오라 이르는 랑희와 지원의 손짓이 바빠졌다.

내가 언제 짐승들이랑 이런 곳에서 술 한 잔을 하겠냐고!

웨이러, 웨이러! 여기 술 좀 주세요! 독한 걸로!

☆★☆

젠장, 강랑희!

1시간이 지나 2시간이 지나도 도무지 올 생각을 하지 않는 랑희를 애타게 기다리던 훤이 결국엔 다시 살금살금 라운지로 올라왔다.

거의 대부분의 사람들이 빠져나가고 한적한 라운지에 아까 훤이 있던 그 자리 근처에 랑희가 보였다. 흐느적거리는 것이 이미 한참 맛이 간 것이 분명했다. 내가 그리 술 더 마시지 말라고 일렀는데도!

가까이 다가가니 지원도 랑희와 비슷한 상태였고, 그나마 윤수만이 나머지 둘보다는 괜찮아 보였지만 그녀 역시 많이 취한 상태였다. 횐이 이 고주망태들을 실어 나르기 위해 윤에게 전화를 걸었다.

"여기 57층 라운지, 지원 씨 여기 있다. 완전 취했어. 그리고 그 옆에 친구도 같이 있는 것 같고. 진한이도 같이 와."

늦은 시간인데도 도시는 반짝반짝 조명으로 가득 차 있었다. 저 조명에 반짝이며 횐의 마음을 쿵덕이게 만든 랑희는 지금 고주망태가 되어 그 별것도 아닌 짐승들의 노래를 흥얼거리고 있었다.

"Yeah yeah yeah, 미, 미드 나잇. 다시 찾아온 이 밤."

☆★☆

술만 마시면 곤히 숙면을 취하는 지원이 갑자기 번쩍 눈을 떴다.

어제 저녁 라운지 바에서 새로운 친구인 랑희를 만나고 윤수까지 함께해 이야기를 나누다가 상상도 못한 짐승들이 나타나 그들과 평생을 꿈꿔 왔던 꿈같은 시간을 보냈다.

그 이후로는…… 그저 누군가의 등에 업혀 있던 기억이 나는데, 눈 떠 보니 어느새 아침이고 윤수는 이미 일하러 나갔는지 옆에 없었다.

우와, 나 설마 짐승들이 업어다 준 건가? 어머어머, 어떡하니, 너무 좋아!

침대에서 기쁨에 차 방방 뛰다 거울에 일 때문에 먼저 나가 본다는 윤수의 쪽지가 붙여져 있는 걸 보았다.

오늘은 어딜 가볼까 관광 지도를 펼쳐 보던 지원의 눈에 싱가포르의 인공 해변인 센토사(Sentosa) 섬이 눈에 들어왔다. 센토사 섬 사진을 가만히 바라보니 윤과 함께 갔던 인도네시아 천개의 섬이 문득 떠올랐다. 윤에게 미안한 마음이 들어 지원이 한동안 멍하니 그저 앞을 응시하고만 있었다.

지원이 문을 열고 테라스로 나가 싱가포르의 후덥지근한 바람을 느꼈다. 순간 더운 바람과 함께 천개의 섬 리조트에서 처음으로 조근조근 이야기하며 서로에 대해 알아 가던 그 밤과, 그 밤의 바람, 자바 해의 짭쪼름한 향기가 떠올랐다.

문득 그 날이 그리워진 지원이 방으로 돌아와 짐을 싸기 시작했다.

비행기로 겨우 한 시간 남짓한 거리의 인도네시아이니, 지금 공항으로 가도 충분히 티켓을 끊을 수 있을 터였다.

☆★☆

윤이 피로에 지친 몸을 겨우 일으키며 시간을 확인했다.

젠장! 벌써 10시가 넘는 시간이었다.

어제 하루 만에 인천에서 7시간을 싱가포르로 날아오고, 도착하자마자 마음 졸이며 지원에게 연락이 닿기만을 기도하다가, 오차드 로드에 있는 걸 알고 구석구석 그녀를 찾아 헤맸다. 그러던 중 지원이 술에 취해 있다는 제보에 부랴부랴 지원을 업어 나르 느라 강철 체력인 윤도 지칠 수밖에 없었다.

윤은 지원과 함께 있고 싶었으나, 이미 늦은 시간인 데다 지원 이 술에 너무 많이 취했기에 그저 방으로 돌아올 수밖에 없었다. 그래서 아침 일찍 그녀를 찾아가기로 마음먹었는데 그만 너무 늦 게 일어나 버린 것이었다.

진한은 어딜 갔는지 이미 나간 후였다.

"젠장, 깨워 주지!"

간단하게 샤워를 마친 윤이 옆의 방으로 가 벨을 눌렀지만 답 이 없었다. 이미 나간 건가?

도대체 여기까지 왔는데도 왜 이렇게 만나기가 힘든 건지, 망 연자실하여 방으로 돌아온 윤의 어깨 너머로 그의 핸드폰이 울렸 다.

문자가 왔다.

[윤아, 나 사실 어제까지 싱가포르였어. 그리고 지금 인도네 시아로 가려고 공항에 왔어. 걱정시켜서 미안해. 여기 잠시 있 다가 한국으로 갈게. 가서 연락할게.]

싱가포르 창이 공항에서 비행기에 오르기 직전, 어제 방으로 지원을 엎어다 준 남정네가 윤이었고, 그 윤이 바로 옆방에서 자고 있다는 사실도 몰랐던 지원이 공항에서 휴대폰 전원을 켜자마자 우수수 떠오른 그의 부재중 통화를 보고 미안한 마음에 출발하기 전 문자를 보낸 것이었다.

"젠, 젠장! 옥지원! 나 여기 있는데, 어딜 가는 거야!"

윤이 절망에 빠져 소리쳤다.

그 모습이 흡사 뭉크의 절규(The scream)와도 같았다.

1 3

고작 1시간의 비행으로 싱가포르 창이 공항에서 인도네시아 수카르노-하타 국제공항에 도착한 지원은 지체 없이 시내로 나가는 택시에 몸을 실었다.

지난번 윤과 함께 출장 차원에서 방문했을 때보다 훨씬 소란스러운 분위기였다. 무슨 특별한 날이라도 되는지 소란스럽게 붐비는 공항의 모습에 지원은 그저 어서 이 공항을 빨리 빠져나가고 싶어 걸음을 재촉했다.

지난번에 머물렀던 시내 한 중간의 호텔에 짐을 푼 지원이 호텔 로비에서 내일 아침 천개의 섬으로 가는 차편을 예약하고는 바로 옆에 위치한 인도네시아의 3대 쇼핑몰, Pacific place 일명 PP몰에 가서 간단히 그녀가 지난번 좋아했던 닭고기 꼬치와 밥으로 끼니를 해결했다.

문화생활을 즐길 수 있는 상류층은 대부분 해외로 가거나, 주변국인 싱가포르에서 문화생활을 해결했기에 아직까지 수도인 자카르타조차도 일반인들을 위한 부대시설이 없어 그들에게는 쇼핑몰이 가장 큰 문화생활을 할 수 있는 곳이라 자카르타 시내에만 수백 개의 크고 작은 쇼핑몰이 있었다. 이런 쇼핑몰에 오는 것 자체도 중상층이 아니면 엄두도 나지 않는 실정이었다.

오히려 PP몰과 같은 대형 몰에는 2억 5천의 인구에서 3%도 채 되지 않지만 인도네시아 재벌 리스트 20개 중 거의 대부분을 차지하고 있는 중국계 인도네시아인들이 한국인들보다도 하얀 피부와 화려한 차림으로 쇼핑몰 이용객의 거의 대부분을 차지하고 있었다.

한가하게 쇼핑몰을 돌아보며 일하는 데 방해될까 말하진 않고 그저 쪽지만 남기고 훌쩍 떠나온 터라, 윤수에게 선물할 인도네시아 커피, 인도네시아 여기저기 모든 사람들이 즐겨 입는 바틱 스카프, 스커트, 손지갑, 커다란 수건, 코코넛 크림 등 자잘한 기념품들을 사느라 바빴다.

서울에서 다시 만나기로 약속한 랑희에게 줄 선물 몇 가지도 샀다.

위층에서 쇼핑을 끝내고 내일 섬으로 가기 위한 준비물을 몇 가지 챙기기 위해 지하에 위치한 슈퍼마트에 간 지원이 마침 크게 세일하는 선크림을 잔뜩 사고 간단한 간식거리를 사고는 호텔

방에 들를까 하다가, 그닥 무겁지 않아 그냥 곧장 택시를 잡아탔다.

지난번 방문했을 때 윤과 그의 친구 벨과 함께 저녁 식사를 한 라라 종그랑(Lara jonggrang) 식당 주인이 시내 모나스(Monas, 인도네시아 독립 기념탑) 바로 옆에 비슷한 종류의 식당을 하나 더 가지고 있다는 것을 기억하고는 그곳을 향하는 길이었다.

거리로는 그저 10분이면 갈 곳을 악명 높은 교통 체증의 도시답게 30분 만에 겨우 당도할 수 있었다.

모나스 탑 옆으로 난 길로 조금만 걸어가면 열댓 개의 상점이 붙어 있는데 그곳에 레스토랑 바바(Baba)가 있었다. 그리고 그 옆에는 100년도 더 된 전통 이탈리아 기법의 아이스크림 가게도 있었다. 네덜란드 식민지 생활을 꽤 오래한 인도네시아인지라, 여기저기 군데군데 식민지의 잔해를 찾을 수 있었다.

알지 못하면 가게를 찾을 수 없을 정도로, 하지만 입구부터 특이한 분위기가 물씬 풍기는 레스토랑 안으로 들어서며 바깥 온도와는 크게 차이 나는 싸늘한 실내 온도에 지원이 잠시 몸을 떨었다.

아직 저녁시간도 아닌 애매한 시간이라 그런지 사람이 없었다. 일단은 아이스 레몬티를 시킨 지원이 이리저리 신기한 인테리어를 둘러보며 셀카를 몇 번 찍었다. 그중 가장 예쁘고 어리게 나온 사진 하나를 골라 윤에게 한 장 보냈다.

어제 쌀쌀맞게 대한 것에 미안함도 있고, 술 취해 다른 남자 등에 업힌 것에 대한 미안함도 있었다. 그것이 짐승들 중 한 명일 것이라는 생각에 다시 선택에 여지가 있다 해도 냅다 업힐 것이지만.

[윤! 나 어디게? 여기 모나스 옆에 바바라는 식당이야. 지난 번 갔던 라라 종그랑 식당 운영하는 사람이 하는 곳이래! 이제 진짜로 한국에 가면 연락할게! 이번 주 안으로는 돌아갈 거야.]

영화나 드라마에서는 이럴 때 떡하니 남자 주인공이 여자 주인공 앞에 나타나던데.

문자를 보내고 혼자 망상에 빠진 지원이 푸흣하며 자리에서 일어나 나머지 신기한 돌 조각들을 구경했다.

그 시각.

인도네시아로 간다는 지원의 문자를 보자마자 윤도 지체할 것 없이 가방을 훌쩍 들고는 공항으로 갔다. 진한은 어디로 갔는지 찾을 수 없었고, 훤은 랑희와 함께 뭘 하는지 전화도 받지 않았다.

도대체 저 인간들은 여기까지 왜 따라온 거냐고!

답답함을 느낀 윤이 자카르타 공항에 도착하자마자, 지난번 인도네시아 가스전 프로젝트 관련하여 크게 도움을 받았던 친구인 벨에게 지금 자카르타에 도착했다며 문자를 남겼다.

그리고 그 때, 지원에게서 온 문자를 확인한 윤이 그나마 다행이라며 서둘러 공항을 빠져나왔다.

제발, 이번엔 놓치지 않기를.

팅. 팅. 팅. 팅.

지원의 벨소리가 울렸다. 윤이다.

자카르타에서 괜스레 지난번의 추억이 떠오른 지원이 윤의 전화에 가슴이 뭉클해졌다. 생각해 보니, 막무가내로 도망친 지원의 행동에 화도 날 만한데 성질 한 번 안 내고 그녀의 뜻을 따라 주는 윤이 너무 고마웠고, 너무 보고 싶었다.

"여보세요?"

— 어디야?

"아까 보낸 사진 봤지? 여기 바바라고, 그 지난번 친구랑 함께 갔던 곳이랑 비슷한 데야. 인테리어도 거의 비슷해."

따뜻하면서도 왠지 숨이 찬 듯 헉헉거리며 호흡을 가다듬는 윤의 목소리에 지원이 쾌활하게 답했다.

— 어디쯤에 앉아 있는데? 나도 지금 거기야.

인천에서 자카르타까지 비행기로 7시간이 넘는다. 문자를 보낸 지 1시간도 지나지 않았는데, 말도 안 되는 소리였다. 윤의 말이 그저 장난이라고 생각한 지원이 그의 장난에 맞장구를 쳤다.

"음, 입구에서 들어와서 왼쪽 안에 있는 바에 앉아 있지. 킥킥."

— …….

윤은 말이 없었다.

화났나?

화날 만도 하다는 생각에 지원이 조심스레 수화기 너머의 그를 불렀다.

"저기, 윤아?"

"……찾았다."

시원하면서도 다디단 레몬티를 홀짝이던 지원이 이상한 느낌에 뒤를 돌았다. 수화기에서도 들린 목소리가 뒤에서도 들리는 것 같았다.

"드디어 찾았다. 옥지원."

그곳에 지친 표정의 윤이 한 손에 휴대폰을 들고 그녀를 바라보며 서 있었다.

탁.

지원이 휴대폰을 바 위에 놓고 천천히 스툴에서 내려와 바닥에 발을 딛고 섰다.

"어, 어떻게 여기에?"

믿기지 않는다는 듯 지원이 떨리는 목소리로 윤을 바라봤다.

"도망갈까 봐 데리러 왔지."

"여길 어떻게 알고? 문자 보낸 지 1시간밖에 안 됐는데, 우주선이라도 탄 거야?"

"어제 일 기억 안 나? 술에 취해서 방까지 데려다 준 게 누군데, 나잖아!"

지원이 순간 어리둥절하게 지난밤 일을 생각했다.

어떻게 방에 돌아왔는지 기억이 나질 않았는데 어렴풋이 떠오르는 그 남자의 등이 윤이었다니! 윤이 같은 싱가포르에 있는지도 모르고 홀로 여기까지 이렇게 왔다니.

당황한 지원이 눈을 동그랗게 뜨고 윤에게 물었다.

"뭐어? 그게 너였어? 짐승들이 아니라?"

"젠장. 그놈의 짐승들. 어제 술 취해서도 걔네만 찾더니. 여튼 이제는 나 좀 안아 줘. 너무 힘들었어, 지원아."

윤이 양팔을 벌리고 지쳤다는 듯 어깨를 으쓱이며 그녀를 쳐다봤다.

정신을 차린 지원이 그대로 윤에게 가서 안겼다. 익숙한 그의 향기가 코를 찔렀다. 그제서야 어젯밤 그녀를 안아 준 그 등의 체취가 기억이 났다. 사람은 단편적인 향기로 많은 것을 기억한다. 그래, 그건 윤이었다.

서로를 부둥켜안고 재회의 기쁨을 만끽한 기쁨도 잠시, 윤의 핸드폰이 그들의 만남을 방해했다.

윤의 친구 벨, 지원이 마리오라 부르는 그였다.

전화를 받자마자 흥분한 목소리로 왜 하필 이런 시기에 이곳에 왔냐며 당장 다른 곳으로 피하라는 벨의 말에 윤이 긴장했다.

지난번 대선에서 패한 후보를 지지하는 세력이, 현 대통령이 사실은 중국계 인도네시아인이며 무슬림이 아니라 기독교라며 정당성을 의심하며 시위가 일어났다. 그것도 그들이 있는 바로 옆 인도네시아 독립의 상징인 모나스 탑에서.

전화 통화를 하는 윤의 등 뒤로 식은땀이 주욱 흘러내렸다.

1997년 한국에 IMF가 터질 당시, 동남아에도 외환 위기가 터졌다. 그 당시 인도네시아에서는 경제적 타격과 함께 그 당시 독재 정권에 대한 학생의 시위가 발발했는데, 처음에는 독재에 대한 시위가 인도네시아 경제 대부분을 차지하고 있는 화교에 대한 학살로 변질됐다. 얼마나 끔찍했는지, 예전에 친구가 온라인에서 보여 준 사진이 문득 생각났다.

인도네시아인들은 죽음에 대한 경각심이 그다지 크지 않았다. 자동차보다도 많은 수의 오토바이와, 그 오토바이를 아무렇지 않게 타고 다니며 사고가 나도 툭툭 털어내고 그저 갈 길 가는 그들의 일상생활에서도 그러한 그들의 생각이 잘 드러났다.

그렇기에 오히려 더 위험했다. 극심한 양극화로 시위의 주동자들은 사회의 하층민이었다. 더 이상 잃은 것 없는 그들의 분노의 대상은 대체로 집권층보다는 진짜 인도네시아인도 아니면서 자기들의 땅을 침범하고 경제 대부분을 차지하고 있다고 생각되는 인도네시아 화교였다.

지금 있는 이곳의 주인도 이 레스토랑뿐만 아니라 인도네시아 전역 곳곳에 식당을 운영하고 있는 중국계 인도네시아인으로 유명하다 했다. 언제 이곳으로 화가 난 시위대가 쳐들어올지도 모르는 일이었다. 중국인과 생김새가 비슷한 한국인인 지원과 윤이 그들의 눈에 띄어서 좋을 것이 하나도 없었다. 오히려 중국인으로 오해를 받고 큰일이 날 수도 있는 상황이었다.

일단 그곳을 최대한 빨리 빠져나와 바로 옆에 있는 보로부두르 (Borobudur) 호텔로 들어가 숨어 있으라는 벨의 말에 윤이 다급히 전화를 끊고 직원을 찾았다. 직원들도 이제야 시위에 대해 알게 됐는지 분주한 모습이었다.

왜 이렇게 사람이 없나 했더니, 이런 식당에 오는 주 고객층인 중상층의 인도네시아인, 혹은 화교들이 이미 낌새를 눈치채고 몸을 사린 듯했다.

직원에게 여벌의 히잡(무슬림 여성들이 머리에 두르는 천)을 빌려 지원의 얼굴을 가렸다. 윤이 상황을 설명하며 지원에게 10분 정도 걸어야 한다고 차분히 말을 했다.

"바로 옆에 모나스 탑에 사람들이 모여 있어. 정권에 대한 시위인데, 이게 어떻게 될지 몰라. 현지인들 눈에 띄면…… 일이 잘못될 수도 있어. 일단 몸을 숨기고 반대 방향에 호텔로 숨을 거야. 내 말 이해되지?"

지원은 갑자기 일이 어떻게 돌아가는지 이해가 되지 않고 가슴이 두근거렸다. 처음 보는 윤의 긴장된 심각한 얼굴에 지원도 겁이 났다.

"최대한 얼굴 가리고, 혹시 가는 길에 잘못되면 무조건 호텔 쪽으로 뛰어가."

윤이 지원의 휴대폰에 벨의 번호를 입력하고 다시 지원의 주머니에 휴대폰을 잘 넣어 주었다.

"혹시 나랑 떨어지게 되면 친구에게 연락해. 그 친구가 도와줄 거야."

지원은 번호를 입력할 때 떨리는 윤의 손을 보고서 이제야 사태가 실감이 나기 시작했다.

말로만 듣던 시위다. 지원도 인도네시아 가스전에 대해 공부하면서, 얼핏 인터넷에서 화교 학살에 대한 글을 읽은 적이 있었다. 정권에 대한 시위가 화교에 대한 무차별적인 폭력으로 변하며, 아니 그보다 더한 강간과 살인도 무자비하게 행했던 끔찍한 사건이었다.

제발 이번엔 그런 일이 벌어지지 않길 바라며 지원이 윤의 손을 꼭 잡았다.

지원의 차림새를 꼼꼼히 확인한 윤이 그녀의 손을 잡고 레스토랑의 문을 나섰다. 서서히 해가 지기 시작하고 저 멀리 모나스에서 사람들의 함성 소리가 들렸다.

길가에 있던 사람들이 허둥지둥하는 틈에 끼어 윤이 지원의 손을 잡고 달리기 시작했다.

☆★☆

지원은 울고 싶었다. 하지만 울 수가 없었다. 모나스에서 시작한 시위대가 큰 구호를 외치며 시내로 퍼져 나가고 있었다. 호텔을 향해 레스토랑의 뒷문으로 빠져나와 무지막지하게 달리던 그 둘의 뒤로 시위대의 구호 소리가 더욱 크게 가까워졌다.

헉헉거리며 숨이 가빠 더 이상 달리지 못하는 지원을 보던 윤이 가까워지는 소리에 주위를 두리번거리다 근처에 있는 나무 사이로 몸을 숨겼다.

무성한 풀이 관리가 되지 않아 들쑥날쑥했고, 지원의 가느다란 팔다리를 무자비하게 긁어내렸다. 따끔함을 느낄 새도 없이 제 몸을 확 잡아끌어 나무 사이에 몸을 가리는 윤의 품에 안긴 지원이 간신히 울음을 참아 내며 숨을 골랐다.

시위대의 소리가 점점 가까워지더니, 그들이 방금 서 있던 그 거리로 시위대가 나타났다.

교육도 제대로 받지 못하고 그저 글자도 모른 채로 농사를 짓고 식당에서 허드렛일을 하며 한 달에 10만 원에서 20만 원 남짓한 돈을 겨우 벌 때, 상류층들은 어디가 조금 아프기만 하더라도 옆의 도시 국가인 싱가포르로 비행기를 타고 날아가 병원 치료를 했고, 미국이나 영국으로 자식을 유학 보내고 그 자식들은 다시 되돌아와 부의 세습을 거쳤다.

시위대가 자신들의 분노를 표출하기 위해 주변에 있던 고급 자동차들을 마구잡이로 부수기 시작했다. 알 수 없는 구호를 외치며 현 대통령의 사진을 불태워 곳곳에 불씨를 남기고 지나갔다. 거리를 파괴해 나가는 시위대가 흡사 마귀처럼 보였다.

제발 그저 지나가기를 간절히 바라는 지원이 가까스로 울음을 참았다. 지금 여기서 울어 버리면 사력을 다해 그녀를 지키고 있는 윤을 더욱 힘들게 만들 것 같았다.

어제와 오늘, 단 이틀 만에, 인천에서 싱가포르, 싱가포르에서 자카르타까지 그녀를 위해 달려온 윤의 얼굴이 지금 이 상황으로 인해 더더욱 지쳐 보였지만, 그녀를 지키기 위해 온 신경을 곤두세우고 있는 것이 느껴졌다.

그리고 아이러니하지만, 이 순간에 지원은 그와의 결혼을 결심했다.

설령 살다가 윤이 그녀에게 지치고, 그녀도 윤에게 지친다 하더라도. 그리고 차이 나는 집안으로 지원이 자신의 꿈을 접고 희생하며 윤을 위해서만 살아야 한다 해도, 그래서 그 끝이 불행하다 할지라도.

지원은 저 멀리서 비추는 불빛에 빛나는 그의 얼굴을 바라보며, 그의 턱 선을 타고 흘러내리는 그의 땀방울을 바라보며 윤에 대한 자신의 사랑과, 자신에 대한 윤의 사랑을 느꼈다.

지원이 조용히 그를 올려다보며 그에게 속삭였다.

"유, 윤아. 우리 돌아가면."

두려움에 터져 나오려는 울음을 지원이 간신히 억눌렀다.

"돌아가면, 결혼하자."

윤이 그녀를 한참 바라보다 고개를 끄덕이고 뒤로 메고 있던 커다란 백팩의 가장 안쪽에서 조그마한 반지케이스를 꺼냈다. 반지 때문에 이런 상황에서도 이 무거운 가방을 들고 다닌 것이었다. 케이스 안에 어둠 속에서도 휘황찬란하게 빛나는 반지가 보였다.

"유, 윤아……."

"원래는 마추픽추를 보며 청혼하려 했어."

그래, 지원도 알고 있었다. 그래서 도망친 것이었다. 아직 지원 그녀 자신도 그녀의 마음에 대해 확신이 없었다. 그리고 그녀는 이제서야 깨달았다. 시위대가 근처에서 목청 높여 소리를 지르고 있는 이 말도 안 되는 상황에서, 그제야 지원은 깨달았다.

윤에 대한 확신보다는, 그녀 자신 스스로의 마음에 대한 확신이 없었다.

지금이 너무 좋은데, 결혼이라는 굴레로 묶이면 지금의 이 행복이 계속 갈까 두려웠다. 그녀 자신의 사회적인 야망도 있었는데 그걸 과연 지킬 수 있을까 무서웠다.

그래서 도망쳤다. 윤을 사랑하지 않는 것이 아니었다. 지금은 지금껏 자신이 꿈꿔 온 생활을 하지 못한다 하더라도 이 사람과 평생 함께하고 싶어졌다. 설령 지금의 이 마음이 언젠가 변해서 남보다 못한 사이가 된다 하더라도 괜찮을 것 같았다. 그냥 이 사람에 대한 믿음이 생겼다.

회사에서 그들의 관계를 밝힌 후, 반지는 손에 끼고 남은 줄만 목에 걸고 다니던 윤이 자신의 목에 걸려 있던 목걸이를 풀어냈다. 그 목걸이에 반지 케이스에 있던 결혼반지를 걸어 지원의 목에 걸어 주고는 옷 안으로 그것을 잘 숨겼다.

당장이라도 그녀의 손가락에 끼워 주고 싶었지만, 혹시 모를 상황에 대비해 고가의 반지를 가지고 있는 것을 숨기기 위함이었다. 윤이 지원의 이마에 길게 입을 맞췄다.

"결혼하자. 옥지원."

시위대의 소리가 어느 정도 멀어졌다.

"응, 응. 결혼하자. 윤아."

고개를 끄덕이며 안기는 지원을 윤이 꽉 끌어안고는 잠시 지원을 떼어 놓고 길가에 나와 주변을 살펴봤다.

윤이 다시 돌아와 가방을 메고는 지원의 손을 잡았다.

"가자! 지원아!"

지원이 망설임 없이 그의 손을 잡았다. 이 남자다! 이제 더 이상 고민은 없다. 인생에서 그 어떤 일이 생기더라도 절대 오늘보다는 못할 것이다. 이 사람과 함께라면 더 무서울 것도 없었다.

지원이 윤의 손을 꽉 잡고 시위대를 피해 호텔을 향해 뛰기 시작했다.

2014년 7월의 한여름이었다.

☆★☆

영화 같은 하루였다.

15분 남짓, 짧은 시간이었지만 그 시간이 마치 지난 인생의 시간과도 같이 느껴졌다. 그녀를 덮어쓸 듯한 시위대의 함성 소리를 피해 호텔로 뛰어가는 지원은 그저 앞에 달리고 있는 윤의 뒷모습만을 바라봤다. 넓은 어깨가 마치 그녀를 세상과 차단하고 보호하는 듯 느껴졌다.

호텔에 도착하니 이미 입구에 호텔에서 고용한 용병들이 그곳을 지키고 있었다. 평상시에도 무슬림 테러에 대비해 총을 소지한 용병들이 자카르타 시내 곳곳을 지키고 있긴 했지만, 그 수가 훨씬 늘어났다. 그리고 그들의 표정이 더욱 긴장돼 보였다.

호텔 안으로 들어가니, 이미 벨에게서 연락을 받은 듯한 직원이 정신없는 틈을 타 그들을 호텔 옥상으로 안내했다.

이미 자카르타 공항은 시위 발발을 눈치채고 해외로 도피하려는 사람들로 북새통을 이루고 있다고 했다. 아까 왠지 지난번보다 더 소란스럽다고 느끼던 것이 이 때문인 듯했다.

하필이면 이런 시기에 이곳에 오다니. 장난 같은 타이밍에 지원이 하늘을 원망했다. 아니, 괜한 오기로 윤을 뒤로하고 이곳으로 온 그녀 자신을 원망했다.

애초에 그녀가 괜한 고집을 부리지 않았더라면 둘은 지금쯤 페루에서 환상 같은 시간을 보내고 있었을 것이다. 아니, 그저 싱가포르에만 머물고 있었더라면. 지원은 할 수만 있다면 시간을 오늘 아침 싱가포르에서 일어난 그 시간으로 되돌리고 싶었다.

공항은 이미 포화 상태고, 공항으로 가는 길은 이미 마비되고 시위대가 점령하기 시작했다. 벨이 그곳으로 헬기를 보낼 테니 그걸 타고 잠시 진정될 때까지 그의 사유지인 섬으로 피해 있으라 말을 전했다. 지난번 갔던 천개의 섬보다 더 위쪽으로 떨어진 벨 가족의 사유지인 섬이었다.

이미 그의 가족은 일찍이 시위에 대한 사전에 정보를 입수하고 이웃 나라인 말레이시아로 움직인 뒤였다. 그나마 벨이 말레이시아에 도착하고 나서 윤의 연락을 받아 다행이었지, 비행기에 있는 상황이었다면 그가 윤을 도와주기도 힘들었을 것이었다.

헬기를 타고 윤과 지원 또한 싱가포르나 주변 국가로 피신하는 것이 가장 좋은 방법이지만, 출입국 문제로 함부로 움직일 수 있는 상황이 아니었다.

그나마 자카르타에서 멀리 떨어진 섬이니 그곳은 안전하다는 벨의 전화에 초조히 헬기를 기다리는 윤과 지원의 머리 위로 헬리콥터가 주변을 빨아들이는 소음을 내며 그들에게 다가왔다.

소용돌이를 만들 듯한 바람을 가르고, 지원과 윤이 헬기에 오르고, 둘은 인생에서 가장 공포스러웠지만 가장 기억에 남을 1시간을 뒤로하고 자카르타 상공으로 떠올랐다.

적도의 늦은 해가 발간 궤적을 그리며 그들 뒤로 완전히 저물었다.

☆★☆

한참을 헬기를 탔다. 영어가 가능한 현지 직원이 그들에게 섬에 대해 간단히 설명을 해 주었고, 준비해 온 간단한 식료품, 마치 구호품과도 같은 양이 매우 많은 물품을 함께 내리고는 그 길로 다시 자카르타로 돌아갔다.

끔찍했던 상황에서 벗어났다는 생각에 지원과 윤은 서로를 부둥켜안고 정신없이 키스를 나누며 서로의 몸 곳곳을 만지고 쓰다듬으며 다친 곳이 없는지 확인했다.

나무숲으로 숨을 때 가시덤불에 긁히고 찔려 여기저기 자잘한 상처는 있었지만 둘은 살아 있었다.

다 저 때문에 이런 일을 겪은 거라며 미안하다고 목 끝까지 올라오는 울음을 끅끅거리며 참아 내는 지원에게로 윤이 다급하게 입술을 부딪혀 왔다. 오지 탐험이 아닌 식은땀이 줄줄 흐르던 사지 탐험을 하고 난 뒤라 그런지 윤의 온몸의 근육이 아직까지 긴장한 상태였다. 그에게서 강한 남자의 체취가 진동을 했다.

언제나 지원이 충분히 젖을 때까지 정성을 다해 애무를 하는 윤이 이번에는 이렇다 할 전희 없이 성급하게 최소한의 옷가지만을 벗은 채로 그녀의 틈으로 파고들었다. 지원은 아직 마른 그곳으로 거칠게 들어오는 윤으로 인해 고통을 느꼈지만, 그저 조용히 그의 목을 끌어안고 심장이 두근거리는 소리를 들었다.

그녀 안으로 들어온 윤이 그제서야 긴 안도의 한숨을 내쉬었다.

잠시 지원이 적응하기를 기다리던 윤이, 양손으로 그녀의 티셔츠를 밀고 들어와 가슴을 지분거렸다. 엄지손가락으로 톡 튀어나온 유두를 확인하듯 슥슥 매만졌다.

가슴에 있던 손이 등으로 허리로 무게를 가늠하듯 그렇게 내려왔다. 바닥에 짓눌린 엉덩이도 바지 사이로 손을 넣어 확인하고, 바지를 벗겨 내려가며 양 허벅지도 똑같이 쓸어내렸다. 애무라기보다는, 다시 한 번 지원이 무사한지 확인하는 행위 같았다.

다시 한 번 깊은 한숨을 내쉰 윤이 천천히 몸을 움직였다. 그의 움직임에 따라 지원에게도 뭉근하게 열꽃이 피었다. 젖어 드는 지원을 느낀 윤이 갑자기 돌변하여 강하고 빠르게 피스톤 운동을 했다.

평소와는 달리 자제 없이 빠르게 지원에게 모든 것을 쏟아 낸 윤이 부르르 떨며 드디어 몸의 긴장을 풀고 지원을 강하게 끌어안았다. 한참을 그대로 부둥켜안고 아무 일도 없음에 감사하고 그저 또 감사했다.

그때, 거실 한가운데서 울리는 전화벨 소리에 지원의 옷매무새를 정돈해 주고, 그녀를 끌어안고는 전화기가 놓여 있는 테이블 앞 소파에 앉았다. 잘 도착했는지 묻는 벨의 전화였다.

일단 시위가 가라앉을 동안 맘 편히 그곳에 머물라는 벨에게 다시 한 번 그의 크나큰 도움에 감사를 전한 윤이 이번에는 휜에게 전화를 걸었다. 시위에 대한 소식을 듣고 걱정에 싸인 휜에게 자초지종을 설명하고 상황이 일단락되는 대로 돌아가겠다며 통화를 마쳤다.

통화를 마치고 윤이 지원을 다시금 끌어안고는 집안 곳곳을 헤집고 다녔다. 매미가 고목나무에 달라붙어 있듯 지원은 그저 다리로 그의 허리를 꽉 부여잡고, 팔로 그의 목을 감싸 안고 얌전히 그가 움직이는 대로 따랐다.

걸어 다니는 와중에도 윤이 지원에게 끊임없이 얕은 입맞춤을 이어 갔다. 지원을 감싸 안은 그의 손힘이 단단하고 견고했다.

외딴 섬에 우두커니 홀로 있는 집은 외관은 인도네시아식 목조 건물이었지만 안은 깨끗한 현대식의 건물이었다. 지난번 갔던 리조트와 흡사할 정도로 훌륭한 시설에 지원이 속으로 안도의 숨을 내쉬었다.

대강 집의 구조를 익힌 윤이 욕실로 들어가 깨끗하고 넓은 욕조 안에 물을 받기 시작했다. 그 앞에 지원을 세우고는 하나하나 땀에 절은 옷가지를 벗겨 냈다. 알몸이 된 지원을 욕조 안에 조심스레 앉힌 윤이 그녀의 이마에 키스를 했다.

"잠시만, 냉장고에 저거 넣어 놓고 올게."

윤은 피곤한 와중에도 더운 기후에 식료품이 상할까 그것들을 차곡차곡 냉장고 안에 넣었다. 시위가 진정될 때까지는 이곳에 있어야 하니, 식료품을 잘 보관하는 것이 무엇보다 중요했다.

"흐윽, 흑흑."

지원은 그제서야 지금까지 참아 왔던 울음을 터트렸다. 아무 일 없다는 안도감과, 괜한 오기로 이리저리 움직인 자신 때문에 둘이 이런 위험에 처했다는 자책감에 눈물이 올라왔다. 자신의 울음소리를 윤이 들을까 지원은 괜히 물장구 소리를 만들어 가며 숨을 죽여 흐느꼈다.

저런 남자인 것을, 도대체 무엇 때문에 망설였는지 기억조차 나지 않았다. 지원은 그저 평생 윤을 놓치지 않겠다고 다짐했다.

윤이 욕실로 돌아오는 소리에 지원이 얼굴에 물을 끼얹고 호흡을 가다듬었다. 그도 훌훌 옷을 벗어 던지고 욕조로 들어왔다. 윤의 얼굴에 피로가 가득했지만, 안도의 미소가 여전히 걸려 있었다.

욕조 안으로 들어온 윤에게 지원이 꾸물꾸물 몸을 움직여 그에게 기댔다. 쿵쾅거리던 심장 소리를 다시금 느낀 지원이 그에게서 몸을 일으켜 한편에 있는 새 샤워볼을 뜯어 거품을 내었다.

지원이 미안한 마음과 고마운 마음을 섞어 조용히 구석구석 그의 몸을 깨끗이 닦아 내었다. 청바지를 입어 다리는 비교적 멀쩡했지만, 손과 팔 여기저기에 자잘한 상처가 나 있었다.

지원이 방울방울 눈물을 떨어트리면서도 말 한 마디 없이 조용히 그의 몸을 닦아 내렸고, 윤도 지원의 몸에서 먼지와 함께 무서웠던 경험을 떨어내었다.

☆★☆

시간이 얼마쯤 지났을까. 잠에서 깨어난 지원이 몸을 일으켜 주위를 살폈다. 덥지만 꽤 시원한 바람이 맞바람을 만들어 방 안 이곳저곳을 훑어 갔다.

옆에 누워 자고 있는 윤을 바라보던 지원이, 어제 저녁 목욕을 마치고 윤이 그의 커다란 배낭에서 주섬주섬 꺼내어 온 비상약을 다시 한 번 그의 팔과 등에 난 상처에 발라 주었다.

핸드폰을 꺼내 시간을 확인해 보니 이미 하루가 지나고 오후 3시를 향하고 있었다. 저녁에 그저 목욕을 마치고 침대에 누워 서로의 상처에 약을 바른 뒤 그대로 둘 다 곯아떨어졌다. 윤의 벗은 몸 위로 시트를 잘 여미고, 지원이 조용히 몸을 일으켰다.

짐도 챙기지 못하고 급하게 오느라, 여벌의 옷이 없었다. 지원이 어제 입었던 옷 중에서, 상의는 허겁지겁 뛰어다니며 어딘가 걸렸는지 군데군데 찢어져 버릴 수밖에 없었다.

그녀는 자신의 속옷과 바지와, 윤의 옷가지를 겨우 빨아 널어 놓고는, 그나마 다행으로 윤이 끝까지 들고 온 그의 배낭에서 그의 여벌 티셔츠를 찾았다.

그 와중에도 짐이 잔뜩 들은 저 배낭을 메고 온 윤이 대단하게 느껴졌다. 티셔츠를 입으려던 그녀가 목에서 짤랑이는 빛나는 광채의 다이아몬드 반지를 만지작거렸다.

"몇 캐럿일까? 푸핫!"

아까는 펑펑 울더니 이제는 살 만해졌다고, 말도 안 되는 속물 같은 마음에 지원 스스로도 웃음이 터졌다. 그래도 어떡하는가, 궁금한데.

다이아몬드 반지는 처음 받아 보니 지원은 이것이 얼마나 큰 것인지 알 수가 없었다. 다만 그녀와 윤의 왼쪽 손가락에 끼워진 커플링에 박힌 조그마한 다이아몬드의 10배는 되는 것 같았다.

커다란 다이아몬드를 가운데로 작은 사이즈의 다이아몬드가 다시 그것을 둘러싼 생김이었다. 그 밑으로 자잘한 다이아몬드로 연결된 링까지 반짝이면서도 깔끔하고 우아한 모양새가 지원의 마음에 쏙 들었다.

그 안에 한글로 각인된 문자에 지원이 윤에게 진심으로 미안한 마음을 느끼고 티셔츠 안으로 반지를 잘 넣었다.

지원-윤, 페루 마추픽추에서, 2014년 7월 17일.

그의 계획대로라면 오늘 페루에서 그에게 청혼을 받았을 것인데.

지원은 그녀가 윤의 계획을 다 망쳤다고 생각했다.

자꾸만 터져 나오는 한숨을 내쉬며 부엌으로 나오는 그 짧은 순간에도 잔뜩 긴장했던 근육이 풀렸는지 온몸이 얻어맞은 듯 아프기까지 했다.

어제 저녁부터 한 끼도 먹질 못해 움직일 기력도 없었지만, 그녀보다는 윤이 더할 것이었다. 이 시간까지 잠에 빠져 그녀가 일어나는 것도 못 느끼는 윤을 보니 그가 얼마나 고단했을지 고스란히 느껴졌다.

부엌에 나가 서랍을 뒤져 보니, 평소에도 따로 관리를 하는지 대부분의 기본적인 조미료가 새것인 상태로 갖추어져 있었다.

"휴."

지원이 한숨을 내쉬었다. 돈이 좋긴 좋구나. 이런 비상사태에도 이렇게 아무렇지 않게 일상생활을 영위할 수 있는 은신처도 있고.

　지원이 생각에서 벗어나 분주히 몸을 움직였다. 쌀을 찾아 밥을 안치고 어제 저녁 윤이 정리해 놓은 냉장고에서 재료를 찾아 간단히 먹을거리를 만들어 냈다. 갖가지 열대 과일들 중 상온에 보관할 것들은 바람이 잘 부는 부엌 한 편에 올려놓고, 망고와 용과(Dragon fruits)는 먹기 좋게 잘라 냉장고에 넣어놓고 일부를 접시에 담아냈다.

　"휴, 벌써 시간이 이렇게 됐네."

　별 한 것도 없는데 시간이 한 시간이나 훌쩍 지났다. 지원이 뻐근하게 쑤셔 오는 어깨를 두드리며 과일을 들고 윤이 자고 있는 침실로 향했다.

　윤은 지금까지도 세상모르게 잠을 자고 있었다. 처음 보는 그의 지친 모습에 지원이 다시금 미안한 마음을 느꼈다. 깨워서 밥이라도 먹고 다시 재울까, 아니면 그저 더 자게 놔둘까 고민하다 어느새 4시가 넘어가는 시계를 보고 윤의 옆에 모로 앉아 그를 조심스레 깨우기 시작했다.

　잔뜩 굳은 그의 어깨를 부드럽게 주무르며 지원이 그를 불렀다.

　"윤아, 많이 힘들지? 일어나서 뭐 좀 먹고 다시 잘래?"

　"……."

윤이 몸을 뒤척였지만 대답이 없었다.

"배 안고파? 더 잘래?"

"으응, 아니, 지금 몇 시야?"

비척비척, 윤이 눈을 비비며 겨우 자리에서 일어났다. 보기 좋게 달라붙은 탄력 있는 근육과 적당히 그을린 피부, 그리고 양팔 곳곳에 긁힌 상처가 그에게는 미안했지만 윤을 더욱 남자답게 보이게 했다.

지원이 옆에 두었던 과일을 끌어와 그의 입에 넣어 주었다. 윤이 눈도 제대로 뜨지 못하고 그저 얌전히 과일을 받아먹었다.

지원이 침대 헤드에 윤의 늘어지는 몸을 기대고, 그의 입에 과일 한 조각씩 넣어 주며 그의 어깨와 팔 근육을 부드럽게 마사지했다. 겨우 기력을 찾은 윤이 지원을 끌어안아 그의 무릎에 앉히고 그녀의 목덜미에 고개를 묻었다.

"후……."

또다시 깊게 숨을 내쉬는 윤을 본 지원이 떨쳐 낼 수 없는 죄스러운 마음에 그저 윤의 머리를 가만히 쓰다듬었다.

간단히 끼니를 해결하고 찌뿌둥한 몸을 다시 샤워기 아래 서서 근육을 풀어냈다. 옷을 갈아입을 새도 없이 커다란 베스타월을 몸에 둘둘 두른 상태로 윤이 그의 배낭을 가져와 하나씩 풀어내며 너스레를 떨었다.

커다란 여행용 가방에서 옷가지와 간식 꾸러미, 책 두 권과 선글라스, 모자. 거기에 커다란 카메라까지 마치 지원의 눈에는 그

배낭이 요술 배낭처럼 보였다. 기도를 하고 손을 집어넣어 꺼내면 원하는 것이 모두 나오는.

모두 페루에 가서 그녀와 함께 여행할 것을 상상하며 꾸린 짐이었다.

지원이 가만히 그녀의 목에 걸려 있는 반지를 만졌다. 자신이 받을 프러포즈를 놓쳤다는 생각보다는, 프러포즈를 위해 준비하며 고생하고 신경 쓴 윤의 노력을 꺼내놓을 기회조차 없이 날려 버렸다는 생각에 이루 말 할 수 없이 미안한 마음이 파도처럼 그녀를 덮쳐 왔다.

지원이 가만히 그에게 가 안겼고, 둘은 서로를 부둥켜안고 서로의 심장 소리를 들었다. 쿵쿵거리며 일정한 박자를 띠고 건강하게 박동하는 윤의 심장 소리에 밀려오는 서러움을 느낀 지원이 손으로 입을 틀어막고 울음을 삼켰다.

미안하다고 사정하는 윤에게 뚜렷한 이유도 말해 주지 않고, 홀로 싱가포르로 윤수를 따라왔고, 그 바로 옆에 윤이 있는지도 모르고 인도네시아까지 왔다가 이 사달을 만들어 냈다.

시위가 발발한 것이 지원의 탓은 아니었고, 심지어 그것에 대해 윤과 지원, 그 누구도 알지 못했지만 어제와 같은 일을 겪은 것은 전적으로 지원의 탓이라고 생각했다.

울 자격도 없으니 답답하게 울지 말아야지 하면서도, 전날에 느꼈던 공포감과 그가 애써 준비한 것들을 망쳤다는 죄책감이 섞인 복잡 미묘한 감정에 눈물이 차올랐다.

그의 품 안에서 소리 없이 숨죽여 눈물을 떨어트리는 지원을 본 윤이 그녀를 더욱 깊게 끌어안으며 지원을 달랬다.

윤의 입술이 방울방울 떨어지는 지원의 눈물을 훔쳤다.

"울지 마, 울지 마. 왜 울어, 무서워서 그래? 괜찮아. 여긴 안전해."

"아, 아냐. 아니야."

지원이 숨을 참으며 눈물을 집어삼키려 애썼다. 하지만 다정한 윤의 목소리와 손짓에 더욱 가슴이 답답하게 멍으로 가득 찼다.

"이제 괜찮아. 울지 마, 괜찮아."

"아, 아냐. 흑흑. 미, 미안해. 미안해, 정말로. 다 나 때문이야. 미안해, 미안해."

기어코 참았던 숨을 터트리며 큰 소리로 엉엉 울어 대며 미안하다고 하면서도, 그 미안한 마음에 울음조차 참으려 하는 지원에게 찡한 감정을 느낀 윤이 지원을 다시금 끌어안고 그녀를 진정시켰다.

"울지 마, 아니야. 미안할 것 없어."

"으엉, 미안해. 미안해, 윤아. 미안해."

사랑스러웠다.

눈물 콧물 쏟아 내며 미안한 마음에 울음을 참으려고 애쓰는 저 맑은 얼굴이 32살이 아니라 23살의 소녀처럼 보였다. 윤, 그 조차도 무서운 밤이었지만, 두려움보다는 지원을 무사히 그 상황에서 빼내야 한다는 마음만이 가득했던 밤이었다.

우습게도, 그녀를 안전한 곳으로 데려왔다는 우쭐함이 들기도
했다.

지금까지 항상 지원에 비해 보잘것없어 보인다고 느끼던 자신
이, 어젯밤은 꽤 멋져 보였다. 무섭고 정말 위험한 상황이었지만,
다 지나고 보니 윤은 왜인지 모르게 이런 상황이 자랑스러웠다.
자신이 꼭 전쟁에서 승리하고 전리품인 지원을 쟁취한 장군이라
도 된 듯한 기분이었다.

비록 계획했던 페루에서 프러포즈는 하지 못했지만, 어제 긴박
한 상황에서 먼저 지원에게 결혼하자는 소리를 들었고 반지도 전
해 주었다. 그러니 지원은 그에게 미안해할 것이 하나도 없었다.
그저 둘 다 아무 다친 곳 없이 지금 이곳에 있는 것조차 윤은 너
무 행복했다.

양손에 고개를 묻고 혼자 폭풍 눈물을 쏟아 내기 시작한 지원
을 윤이 귀여워 미치겠다는 듯 그녀의 양손을 얼굴에서 떼 내었
다.

눈물 콧물 얼룩진 발간 얼굴이 정말 한 입에 잡아먹고 싶을 정
도였다.

"으앗, 지지!"

윤이 장난스레 씨익 웃으며 그녀를 놀리자, 지원이 그를 밀어
내고는 후다닥 욕실로 도망가 얼굴을 씻어 내고 코를 팽 풀고는
다시금 돌아왔다.

쭈뼛쭈뼛 걸어오는 모습에 윤이 한걸음에 그녀에게 다가가 타

월을 풀어내고 옷을 갈아입으려 하는 지원을 통째로 안아 들고 밖으로 나갔다.

"우와."

붉은 별빛이 바다에서 하늘로 춤을 추며 올라가는 듯한 장관에 지원이 저도 모르게 탄성을 내질렀다.

어제저녁 초조하고 긴장된 마음으로 상공의 헬기 안에서 지원과 윤을 무섭게 쫓아오던 발간 태양이, 지금은 끝없이 이어지는 수평선만이 보이는 자바 해의 한 섬 위로 떠 있었다. 에메랄드빛의 반짝이는 물빛이 햇살로 인해 붉게 물들고 있었다.

"같은 태양인데도 느낌이 다르다. 그치?"

"응."

윤이 그녀를 안은 팔에 힘을 주며 크림색의 모래를 밟으며 바다로 걸어갔다.

사방이 고요한 그곳에, 그들의 오른쪽으로는 끝없이 반짝이는 바다가 펼쳐져 있었고, 다른 한쪽으로는 그들이 머물렀던 작은 집, 백사장, 그리고 몇 그루의 야자수가 심어져 있었다.

세상에서 동떨어져 마치 무릉도원 어딘가에 떨어져 있는 것 같은 느낌에 지원의 기분 또한 나른해졌다. 더운 바람이 그녀와 윤의 몸을 가볍게 훑고 지나갔다.

투명한 바닷물 앞에 윤이 지원을 세웠다. 뜨겁지도, 차갑지도 않은 맑은 물이 살랑살랑 지원의 발을 간질였다 빠져나갔다.

"지원아."

윤이 나지막이 그녀를 불렀다. 은근한 그의 눈빛에 지원의 가슴이 두근, 뛰었다.

"응."

"반지 다시 줘."

윤이 단호하게 말했다.

"뭐어? 푸핫!"

예상치 못한 말에 지원이 김이 빠져 허탈한 웃음을 지었다. 윤이 재빨리 그녀 목에 걸려 있던 목걸이를 풀어내다가 그만 줄에 걸려 있던 반지를 빠트리고 말았다.

"아이코?"

윤이 눈을 동그랗게 뜨며 허망하게 지원을 쳐다봤다.

그의 손에 목걸이 줄만 달려 있고, 방금 전까지 달려 있던 반지는 온데간데없이 물속으로 사라져 버렸다.

"으악! 안 돼! 내 반지!"

지원이 소스라치게 놀라며 투명한 물 안을 뒤적이며 반지를 찾으려 애썼다. 맑고 깨끗했던 물이 모래로 인해 오히려 더 시야를 가리기 시작했다.

"안 돼. 안 돼! 내 반지!"

지원이 물 안에 철푸덕 주저앉아 통곡했다. 다이아몬드 알 엄청 컸단 말야! 아이고!

윤도 그녀를 따라 찰랑이는 물 안으로 철푸덕 앉았다.

"지원아."

"아이고, 내 팔자야! 으엉."

지원이 이제껏 참아 왔던 진짜 울음을 터트리며 하늘이 무너져라 큰 소리로 울어 댔다.

"어찌해서, 어젯밤에는 그렇게 날 괴롭히더니 이제는 겨우 받은 결혼반지까지 뺏어 가세요! 하느님! 교황님! 포세이돈님!"

지원은 바다에 빠트렸으니 혹시 바다의 신인 포세이돈이 찾아 줄까 포세이돈을 간절히 불렀다.

윤이 드디어 원래의 지원처럼 마구잡이로 울어 대는 그녀를 바라보며 웃다가 조용히 불렀다.

"지원아."

"어엉?"

지원이 눈물 가득한 얼굴로 그를 바라봤다. 윤이 천천히 말문을 떼었다.

"네가 한국에 있든, 싱가포르로 가든, 인도네시아로 와서 시위대 한가운데에 있든, 지금처럼 바다 한가운데에 있든. 난 죽을 때까지 지원이 네가 있는 곳에 함께 있을 거야."

저물어 가던 태양이 조명이라도 비추듯, 그들을 향해 멈춰 섰다. 반짝반짝 빛나는 그의 몸, 얼굴, 눈동자. 그리고 그 안에 비추는 자신의 모습.

그 모든 것을 지원이 멍하게 바라보며 윤을 불렀다.

"유, 윤아."

"어디로 가서, 무얼 해도 좋으니까, 그러니까 나한테 어디 있는

지만 알려 줘."

지원의 눈이 눈물로 차면서, 윤의 모습이 흔들렸다. 또렷하게 지금 이 순간을 기억하고 싶은 지원이 한 손으로 거칠게 눈물을 닦아 냈다.

"결국에는 내가 널 찾아갈 수 있게."

지원이 자꾸만 흘러내리는 눈물을 닦아 내며 고개를 끄덕였다. 어린아이가 다짐하듯 그에게 다짐했다.

"흑흑, 응, 알겠어. 꼭 말할게, 아니, 너랑 항상 같이 갈래. 어딜 가든, 무얼 하든 너랑 할래."

윤이 반짝 웃으며 그녀의 왼쪽 손을 잡아끌어 커플링이 껴져 있는 그녀의 왼쪽 네 번째 손가락에 뒤로 몰래 숨겼던 결혼반지를 끼워 넣었다.

"사랑해, 나랑 결혼하자, 지원아."

윤이 그녀의 손에 조심스레 깍지를 끼고, 입을 맞춰 왔다. 지원이 조용히 눈물 흘리며 얌전한 새신부처럼 고개를 끄덕였다.

"으, 응. 결혼하자!"

어제도 오늘도, 똑같은 자리에서 그들을 비추고 있던 태양이 이제는 만족한 듯 고개를 끄덕이고는 윤과 지원의 아름다운 밤을 위해 그의 짝인 달을 불러냈다.

짐승들이 부릅니다.

아름다운 밤이야!

☆★☆

　지원을 끌어안아 자신의 무릎 위에 앉히고 미지근한 별빛의 바 닷물 안에서 둘은 혼인 서약이라도 하듯 경건한 키스를 나누었다.

　윤이 그녀가 두르고 있던 커다란 타월을 조심스레 풀어냈다. 어느새 해가 지고 나타난 달빛 아래 지원의 나신이 드러났다. 푸 르스름한 달빛을 받아 진주보다도 윤기가 흐르는 그녀의 하얀 몸 이 윤의 가슴을 두근거리게 만들었다.

　윤이 동그랗게 떨어지는 그녀의 어깨선을 할짝 핥으며 그녀를 찬양했다.

　"예쁘다, 지원아. 진짜 예쁘다."

　지원이 부끄러워하며 몸을 틀었다.

　윤이 그녀를 들어 올리고 약간 위쪽의 마른 모래에 지원이 방 금까지 둘둘 두르고 있던 수건을 깔았다. 천천히 조심스레 그녀를 그 위에 눕힌 윤이, 오늘을 새기듯 지원의 머리부터 발끝까지 천 천히 입을 맞췄다.

　사람이 없는 바다 한가운데 섬이었지만, 모래사장에서 밤하늘 의 쏟아질 듯한 별빛을 받으며 사랑을 나누기는 처음인지라 괜스 레 긴장되는 마음에 지원이 붉게 달아오르는 몸을 자꾸만 비틀어 댔다.

　"괜찮아, 괜찮아."

　괜찮다고 말하며 그녀를 손으로, 입술로, 마음으로 보듬는 윤에 의해 지원이 점점 달아올랐고, 마침내 윤이 조심스레 그녀의 안으로 밀고 들어갔다. 둘의 몸이 빈틈없이 하나가 되었다.

깍지를 끼고 있는 손에서, 지원의 반지가 반짝였지만 지원의 빛에 가려 제값을 하지 못했다. 밤하늘을 가득 덮고 있는 별이 윤의 등 뒤로 반짝였지만, 지원은 그저 지원을 바라보고 있는 윤의 눈동자의 반짝임만이 그녀의 시야를 가득 채웠다.

지금 이 순간, 둘은 서로가 서로에게 세상 어느 보석보다도 휘황찬란하게 빛나는 나만이 알고, 나로 인해 가공될 원석이었다.

천천히 빛을 내며 움직이는 그들 발치에서 둘의 발을 간질이던 맑은 물이 부끄러운지 얼굴을 가리고는 철썩철썩 그들로부터 멀어져 갔다.

14

지원과 윤은 로맨틱한 별빛 아래의 프러포즈 이후 벨의 섬에서 일주일을 더 지냈다.

티비도 휴대폰도 터지지 않는 외딴곳.

어느 날은 창고에서 찾은 파라솔을 모래사장에 꽂고 그 아래서 윤의 가방 안에 있던 책을 읽기도 했다.

하지만 책도 오래 읽지는 못했다. 파라솔을 모래에 박아 넣는 윤의 울끈거리던 등 근육이 자꾸 지원을 아른아른 괴롭혔다.

지원은 결국 반바지만을 걸치고 그녀 옆에 엎드려 책을 읽는 윤의 손에서 책을 휙 뺏어 버리고는 그대로 그의 바지를 벗겨 내었다.

성이 난 채로 씩씩거리는 대롱이를 잡아 한 입에 삼키고 이쪽저쪽 돌려 가며 꼬챙이에 걸려 있는 살점을 먹어치우듯 강하게 빨아냈다.

지원은 이곳이 아무 벽 없이 사방이 뚫려 있는 실외라는 것에 더 이상 개의치 않았다. 지금 아니면 언제 이렇게 바깥에서 주위 시선에 대한 걱정 없이 이런 즐거운 시간을 보내겠나 생각하며 눈앞에 있는 윤에게 집중했다.

실내, 외 구분할 것 없이 시도 때도 없이 서로를 타고 오르는 행위 이외에 그들이 사유지에서 즐긴 것이 하나 더 있었다.

윤의 요술 가방 같은 배낭에서 나온 카메라였다.

페루 여행을 위해 챙겨 놓았던 윤의 여행 가방에서 그의 서재에 있던 커다란 카메라와 렌즈도 나왔는데, 지원이 처음으로 이 카메라에 관심을 가지기 시작했다. 흥미로워하는 지원에게 윤이 사용법과 구도 잡는 법을 간단히 일러 주었다.

페루의 비경은 담지 못하는 대신 지원은 서툰 손짓으로 윤의 모습을 찍어 냈다. 그가 자고 있는 모습, 책을 읽는 모습, 지원을 쳐다보는 모습.

맘 같아서는 홀딱 벗은 그의 매끄러운 전신을 찍어 내고 싶었으나, 혹시 메모리카드를 잃어버릴까 걱정되어 그것만은 자제했다. 대신 다른 사람에게 들켜도 크게 민망할 일은 없을 부위까지는 마음껏 찍어 냈다.

카메라 미러를 통해 보이는 부끄러워하는 윤의 모습이 무척 귀여웠다. 이것저것 모델 포즈를 요구하는 지원으로 인해 얼굴을 붉히며 부끄러워하는 그의 모습에 결국 지원은 카메라를 옆으로 조심히 내려놓고 부끄러워하는 윤의 손을 휙 낚아채 방으로 들어가 버렸다.

얼마의 시간이 지났는지, 오늘이 무슨 요일인지도 알 수 없는 어떤 날.

지원과 윤은 모래사장 위에 타월을 깔고 파라솔 그늘 아래에서 꽤 선선하게 불어오는 바람을 느끼고 있었다. 이번에는 윤이 고운 모래에 끄적끄적 의미 없는 그림을 그리는 지원을 한 장 한 장, 카메라에 담기 시작했다.

찰칵거리는 셔터 소리를 들으며 지원은 슬슬 잠이 오기 시작했다. 후덥지근하지만 시원하게 불어오는 바람, 따뜻한 햇살, 그리고 무슨 일이 일어나도 그녀를 지켜 줄 좋은 사람, 윤.

깜빡깜빡 나른함과 현실의 그 사이를 헤매고 있는 지원이 결국 얕은 잠에 빠졌다.

꿈속에서 지원은 결혼식장 한가운데에 있었다.

리조트 한 동을 통째로 빌리고 그 앞에 펼쳐진 정원에 나풀거리는 꽃과 신부를 상징하는 하얀 베일, 그리고 행복한 표정의 지원과 윤, 그 둘을 둘러싸고 그들의 결혼을 진심으로 축복해 주는 사람들.

그녀가 꿈꿔 오던 완벽한 결혼식의 모습이었다.

지원이 무슨 꿈을 꾸는지 윤은 알 수 없었지만, 달달한 과일을 머금은 듯한 그녀의 미소에 그도 덩달아 기분이 좋아졌다. 윤이 조용히 그녀의 미소에 초점을 맞추고 그 모습을 렌즈 안에 담아 냈다.

찰칵거리는 소리에 지원이 살금 잠에서 깨 눈을 떴다. 잠에서 깨고 꿈에서 본 그 결혼식이 꿈인 것이 아쉬웠지만, 그래도 기분 은 좋았다.

"무슨 꿈 꾼 거야? 계속 웃고 있던데."

윤이 부드럽게 그녀를 쓰다듬었다.

지원이 꿈에서 본 장면을 잊을까, 벌떡 일어나 고운 모래 위에 그녀가 꿈에서 본 그 결혼식의 모습을 하나하나 그려 냈다.

"결혼식이었어, 이렇게 넓은 마당이 있는 곳에."

지원이 스윽, 모래 위에 마당을 그려 냈다.

찰칵, 소녀같이 들뜬 지원의 모습에 윤은 그 옆에서 천천히 하 나하나 그 모습을 기록으로 남겼다.

"그리고, 하얀 베일 같은 천들이 꽃이랑 함께 나풀거렸고."

모래 위 마당에 꽃장식과 하얀 베일이 넘실거리기 시작했다.

찰칵.

"신랑 신부 가족이랑 친한 친구들이 그들을 진심으로 축하해 주었고."

지원의 손가락이 몇 몇의 사람 같은 형체를 그려 냈다. 몸의 형 체는 의문스러웠지만, 표정은 모두 웃고 있었다.

찰칵.

"엄청 맛있는 음식도 많이 있었어, 물론 맛나는 술도 잔뜩 있었고!"

음식과 술을 그려 내는 지원의 손이 빨라졌다. 생각만 해도 좋은 듯, 입도 헤벌쭉 벌어지기 시작했다.

찰칵.

"그리고 그 가운데 나랑 너, 신랑 신부가 가장 행복한 표정으로 서 있었어."

찰칵.

지원이 세심하게 신랑 신부를 그려 냈다. 신부의 드레스는 풍성하진 않지만, 몸을 타고 흘러내리는 웨딩드레스의 선이 우아했다. 신부 옆에 서 있는 신랑은 키도 크고 자신감 넘치는 자세였다. 이 여자가 내 신부가 됩니다! 라고 말하는 듯했다.

지원이 몸을 일으켜 그 결혼식장에 하트 모양에 큰 테두리를 그려 그림을 마무리했다.

"짜잔! 어때? 상상만 해도 좋다. 그치?"

찰칵.

윤이 마무리로 그 결혼식의 모습과 그 옆에 앉아 있는 지원을 담아냈다.

지원이 몸을 일으켜 윤에게로 다가가 카메라를 내려놓고 그의 품에 안겼다. 그리고 상상하듯 눈을 또로록또로록 굴려 가며 말을 이었다.

평생 한 번 있을 결혼에 대한 로망을 주절주절 풀어내는 지원의 총총한 눈빛이 그녀를 더욱 사랑스럽게 만들었다. 그런 그녀의 모습에 윤은 지원이 원하는 것을 꼭 이루어 줄 것이라고 속으로 홀로 다짐했다. 지원을 끌어안는 윤의 힘이 잠시 강해졌다.

"부모님이랑 친구들만 불러서 하루 종일 파티를 하고 노는 거야. 외국 문화에 대해 무조건적으로 찬양하는 건 아니지만, 결혼식은 파티처럼 하고 싶어. 인생에 한 번뿐이잖아, 그 날은 나랑 너만을 위해서 좋은 사람들과 좋은 시간을 보내고 싶어."

그러나 실제로 이런 결혼식은 현실적으로 이루어지기가 쉽지 않았다. 한국에서 결혼식은 보통 신랑 신부를 축하하는 것보다도 이제껏 자식을 물심양면으로 키워 온 부모의 노고를 알아주는 자리이며, 단순히 결혼식이 아니라 결혼식에 참석하는 것만으로도 자신의 사회적 위치와, 다른 사람들과의 관계를 드러내는 수단이기도 했다.

더욱이 윤의 집안 같은 경우는, 더하면 더할 것이라고 지원은 조심스레 추측했다.

지원이 고개를 돌려 그녀 옆에 윤을 돌아봤다. 그녀를 바라보는 윤의 눈에서 지원은 왠지 그가 난처해한다고 느꼈다. 하지만 사실 윤은 난처해하는 것이 아니라 이미 홀로 그의 머릿속에서 어딜 예약해야 할지 지도를 훑는 중이었다.

지원이 그런 윤의 고민을 덜어 주기 위해 싱긋 웃으며 모래에 그린 그 그림을 손으로 뭉개 지워 버렸다.

"근데 뭐, 그건 그냥 꿈일 뿐이야. 실제로 그런 결혼식을 하는 사람들이 얼마나 되겠어, 한국에서."

지원은 이제 윤을 믿고 그와 함께 길을 걷기로 결심했다. 얻는 것도 많겠지만, 그 얻는 것으로 인해 조심해야 할 것들, 지금까지 아무렇지 않게 누려 왔던 일상적인 것들을 포기해야 할 수도 있다는 것을 잘 알고 있었다. 아마 그녀가 지금까지 꿈꿔 왔던 그 결혼식도 포기해야 할 것 중의 하나일 것이다.

　지원이 몸을 돌려 하늘을 바라보는 윤의 가슴 위로 몸을 포개며 그의 위로 올라갔다. 윤이 자연스레 그녀를 품어 안으며 한 손은 그녀가 입고 있는 그의 티셔츠 안으로 들어가 그 안으로는 아무것도 입지 않은 그녀의 엉덩이와 허리를 쓰다듬었다.

　둘은 이 외딴곳에서 시도 때도 없이 서로에 대해 이야기를 나누었다.

　지원이 왜 휜의 말을 듣고 싱가포르로 도망을 쳤는지. 전에 만나던 토빠와의 연애 경험에서 생긴 미래 남편과 시어머니상에 대한 강박관념. 그와 관련된 쓸데없는 걱정과 고민거리들.

　그리고 지금까지 쌓아 놓은 경력을 기반으로 앞으로 한 사람으로서 더욱 승승장구하고 싶은 야망과 희망, 꿈들.

　그리고 여자로서 그 꿈을 이룰 때 걸림돌이 될 '아내', '엄마', '며느리' 라는 역할에 대한 부담감들.

　윤은 지원의 이야기를 듣고는 말했다.

　아직까지 형이나 윤이나 결혼한 사람이 없으니 자신의 어머니가 며느리에게 어떻게 대할지는 윤 자신도 모르니 확답은 하지 못하고, 혹시 둘 사이에 갈등이 생긴다 해도 그때마다 지원과 상의하고 최선의 방법을 찾겠다고.

어렸을 적, 일에 미쳐 집에도 잘 들어오지 않는 아버지를 보며 커서는 그렇게 되지 말아야겠다고 생각을 하게 되고 살면서도 일보다는 그저 인생을 풍요롭게 만들어 줄 취미생활이나 다른 것에 몰두했다는 이야기.

앞으로 결혼을 한다 해도 여자이기 때문에 사회생활을 포기해야 할 일은 없을 테지만, 그저 자신을 외롭게 방치하지만 않으면 최선을 다해서 외조를 하도록 노력하겠다며 가슴을 팡팡 치기도 했다.

그리고 윤은 자신은 정말 회사에 욕심이 없다고 얘기했다. 지원은 그저 지금처럼 평범하게 자신의 능력껏 일을 할 수만 있으면 좋겠다고 얘기했다.

"지원 씨가 일을 하기를 원한다면 난 그걸 응원할 거고, 일을 쉬고 집에서 살림을 하기를 원한다면 난 그걸 응원할 거야. 난 계속 옆에서 지원 씨를 위해 응원할 거야. 그냥 그런 사람이 되고 싶어."

정말 무슨 복을 타고났길래 이런 남자를 만난 걸까.

윤의 말에 지원이 고마움을 느끼며 그에게 더욱 깊이 안겼다. 설령 윤의 지금 이 마음이 살다가 변한다 해도 지원은 괜찮았다. 이런 심성의 남자라면, 분명 어떤 고난과 역경도 같이 서로 이겨 나갈 수 있을 것이 분명하니까.

따뜻한 햇살이 비추는 바다를 배경으로, 둘은 결혼을 약속한 여느 평범한 커플처럼, 자신들의 미래를 그리며 그 미래가 행복하기를 꿈꿨다.

☆★☆

일주일 후, 다행히 시위가 어느 정도 안정되고 둘은 한국으로 바로 돌아올 수 있었다. 먼저 한국으로 돌아간 훤이, 미안한 마음에 다방면으로 둘을 빼 오기 위해 노력했던 탓에 귀국이 더 **빨라**진 것도 있었다.

영화 같던 시간과 공간에서 돌아온 지원이 쉴 틈도 없이 윤은 그녀를 재촉해 그녀의 집으로 갔다. 지원이 충동적으로 비행기에 올라탄 것이기에, 지원의 부모님은 그녀가 인도네시아에 간 사실조차 모르고 있었다.

뜬금없이 전화를 걸어 남자와 함께 내려오겠다더니 진짜 그들 앞에 나타난 딸의 돌발 행동에 그녀의 부모님은 놀랐지만, 둘이 뉴스에서 나오던 그 시위 현장에 있었다는 사실에 한층 더 놀라며 어째 그 나이 먹고 아직까지 그리 바깥나들이를 좋아해 그런 일을 겪냐며 지원을 나무랐다.

"아이고, 내가 내 딸이 거기에 가 있을 줄은 꿈에도 몰랐네, 꿈에도 몰랐어! 이것아!"

윤이 옆에 있음에도 불구하고, 다 큰 딸을 철썩철썩 하소연하 듯 따갑게 내려치는 모친의 모습에 윤은 왠지 그 모습이 지원과 겹쳐 보여 웃음이 나왔다.

그 날의 하이라이트는 지원이 데려온 남자가 지원이 다니고 있는 회사인 EH의 차남이라는 것이었다. 나도 너무 나는 집안 차이에 그녀의 부모님은 처음부터 안 된다고 못을 박았다.

하지만 말없이 싱가포르로 떠난 지원을 쫓아오고, 인도네시아까지 쫓아가 그 일촉즉발의 시위 현장에서 그녀를 안전히 보호한 윤의 이야기에 지원 모친의 눈이 순간 윤을 찬양하듯 바라보고, 딸인 지원을 바라보는 시선에 부럽다는 느낌이 가득 차기 시작했다.

옆에 얌전히 앉아 있던 지원의 동생, 지은은 언니인 지원을 장하다는 듯 쳐다보기 시작했다. 익숙한 눈빛이었다. 회사 여직원들의 옥지원 광부설 토론 시에 자주 받아 보던 시선이었다.

부러운 눈빛으로 지원을 바라보던 모친이 윤에게 시선을 돌렸다.

"내 딸이긴 하지만, 아니 총각 같은 사람이 이 노처녀가 어디가 좋다고."

"엄마! 내가 엄마 딸이거든?"

딸을 공격하는 모친의 말에 지원이 어이없어하며 대꾸했다. 둘의 장난에 지원의 부친이 끼어들며 찬물을 끼얹었다.

"으흠! 어찌 됐든, 일단 우리는 지금은 허락 못 한다!"

그가 몸을 일으켜 방으로 들어가며 지원의 모친에게 조용히 말했다.

"그래도 여기까지 왔고, 복날이기도 하니 삼계탕은 끓여 줘."

돌아선 그의 등은 매정했지만, 저 나이 먹도록 연애도 제대로 못하고 일에만 몰두하던 큰 딸에게 좋은 남자가 생겼음에 기뻐하는 마음은 숨기려야 숨길 수가 없었다.

이봐! 동네 사람들! 우리 딸이 누굴 데려왔는지 알긴 아나?

말로는 허락을 안 한다더니 미리 준비해 놓은 토실토실한 윤기나는 영계로 끓인 삼계탕을 먹으며, 지원의 부가 한마디 거들었다.

"오늘이 초복이라 주는 거니까, 딴생각은 마! 난 우리 딸 구박 받으면서 사는 꼴은 못 보니까."

윤이 자체는 마음에 드는데, 그의 배경이 부담스러운 것은 지원의 부모님도 마찬가지였다. 그러니 네놈이 어떻게 일처리 하는지에 따라 허락하고 안 하고가 달렸으니 잘 하라는 속마음이었다.

그녀의 집에서 돌아오고 쉴 틈도 없이 휴가가 끝나기 전 윤의 부모님과의 약속을 잡았다. 말로만 듣던 그 회사 회장님 집에 지원이 들어서고 있었다. 넓긴 했지만, 으리으리하다는 느낌보다는 아기자기하게 잘 꾸며 놓은 갖가지 나무들이 지원의 마음을 한층 편안하게 만들어주었다.

싱가포르에서 만났던 랑희가 사실은 윤과 함께 싱가포르에 왔던 횐의 약혼녀였다는 사실을 윤을 통해 미리 전해 들었다. 랑희가 윤의 일행으로 함께 싱가포르에 온 것이라는 말에 놀라기도 했지만, 지원은 다시 한 번 그녀의 바보 같은 행동에 후회를 했다.

그때 랑희를 만났던 그 날, 술에 많이 취하지만 않았어도 윤을 알아보고 그 자리에 있었을 텐데, 그럼 그 위험한 일을 겪지 않아도 됐을 텐데.

하지만 그 시위대 한가운데에서 받은, 지금 그녀의 왼손에 자리 잡은 결혼반지와 무인도에서 받은 꿈같은 프러포즈와 다시 오지 않을 시간들을 생각해 보니 우습게도 그 날 충동적으로 비행기에 몸을 실은 것이 잘한 일이라고 생각되기도 했다.

어쨌든 오늘 이 자리에 훤과 함께 그의 약혼자로서 기다리고 있다는 말에 지원은 그나마 좀 더 마음이 편했다. 화려하고 예쁘장한 외모였지만, 털털한 말투와 배려가 묻어나는 랑희의 언행이 지원의 마음에 긍정적으로 자리 잡고 있었기 때문이다.

"어서 와요."

설레고 긴장되는 마음으로 거실로 들어온 지원이 그녀를 환영하는 말소리에 고개를 들었다.

털썩.

지원이 손에 들려 있던 가방을 떨어트렸다. 자주 가는 마사지 샵에서 마사지 베드에 누워 이러쿵저러쿵 서로의 남자에 대해 흉을 보던 그 부인이 그 자리에 있었다.

당황한 지원이 가방을 다시 들어 올리며 이화에게 말을 건넸다. 당황한 티가 여실히 드러나며 지원이 마치 그 옛날에 윤이 지원의 손을 타기 전 말을 더듬듯, 더듬더듬 말을 이었다.

"아, 아니. 여기 어떻게?"

"어서 와요. 곧 보게 될 줄 알았는데, 꽤 시간이 오래 걸렸네. 내 아들이 좀 바보 같았지? 호호."

이화가 미용실에서 나가는 지원의 등 뒤로 조만간 보자는 말을 남긴 적이 있었다. 그때만 해도 이렇게 시간이 오래 걸릴 줄은 몰랐는데, 그녀의 생각보다 더 늦게 지원을 데려온 윤을 이화가 살짝 흘겨봤다. 지원과 이화의 말에 윤도 놀랐다. 분명히 처음 마주하는 자리인데 이화와 지원이 어떻게 서로를 알고 있는지 감이 잡히지 않았다.

지원이 윤이 회사에서 답답하게 일부러 일처리를 대충 처리할 때, 그 이후 멋대로 라섹 수술을 한다고 했을 때, 라섹 수술 후 인기가 많아져 고민이 생겼을 때, 전혀 윤과 관계가 없을 거라고 생각하던 이화에게 종종 고민을 털어놓고 수다를 떨었다. 그리고 이화는 그녀의 답답한 남편에 대해 이야기하고는 했다.

그럼 지금 이화의 옆에 서 있는 저분이, 그 답답한 바깥양반? 이번에도 보너스 빵빵하게 넣어 주신 회장님?

이화는 그녀 자신을 제외하고 모두 휘둥그래진 눈으로 어떻게 된 건지 설명을 해 달라는 듯 쳐다보는 주변 사람들의 시선에 이화가 그저 대충 상황을 마무리했다.

"우연이야, 우연. 다 우연적으로 마사지 샵에서 만나서 몇 번 이야기 했던 사이야, 호호호호."

그 자리에 있던 사람은 다 알 수 있었다. 그 우연이 이화가 만들어 낸 우연을 가장한 필연이라는 것을.

이화가 모두의 시선을 무시하며 지원에게 재현을 소개했다.

"여긴 내가 자주 말하던 그 우리 집 바깥양반."

이번에는 당사자가 옆에 있어서 그런지, 항상 남편에 대해 얘기할 때 붙이던 수식어 '답답한'은 뺀 것 같았다.

"아, 안녕하십니까."

회사에서 만난 상사 대하듯, 지원이 뻣뻣하게 몸을 움직여 재현에게 인사를 건넸다.

이화를 통해 전해 들은 그녀의 남편 이미지는 말 안 듣는 고집불통 곰탱이 노인의 모습이었는데, 지금 지원이 마주하는 재현은 꼭 훤의 올드한 버전 같았다.

훤칠한 키와 다부진 체격, 그리고 약간 차갑고 단단한 인상.

재현의 젊은 버전이지만 지은 죄가 있어 눈치를 보는 훤, 그리고 그 옆에 환한 미소로 그녀를 반겨 주는 랑희와 언제나 그렇듯 능글맞은 표정의 진한까지 그녀를 반겨 주었지만, 날카로운 재현의 시선에 지원이 침을 꿀꺽 삼켰다.

그때, 훤의 커다란 손이 슬그머니 잔뜩 긴장한 지원의 손을 감싸 잡았다. 옆을 흘끗 쳐다보니, 여유로운 표정의 훤이 긴장하지 말라는 듯 지원을 바라보며 웃었다. 지원은 순간 훤이 얄미웠다.

넌 하나도 안 어렵겠지, 여긴 네 집이니까!

그렇게 열이 오르며, 지원의 차가웠던 손의 긴장이 풀렸다. 예상했던 것과는 다르게 긴장이 풀렸지만 어찌 됐든 지원의 긴장을 풀어 주려던 윤의 의도는 성공했다.

조용히 지원을 바라보던 재현이 말문을 열었다.

"고집불통 독불장군 김윤이 요즘 많이 바뀐 것을 보고 내 크게 놀랐다. 그리고 이 녀석을 이렇게 바꿔 놓은 것도 다 아가씨 덕분이라 하니 아가씨가 새롭게 보이기도 하더구만."

그래, 어느 누구도 하지 못할 일을 지원이 해낸 것은 사실이다. 그 파묻혀 있던, 찌질이 김윤을 캐내어 이렇게 번듯한 다이아몬드로 깎아 낸 것이 지원이었다. 옆에 앉아 가만히 재현의 말을 듣던 이화가 흐뭇한 표정으로 윤과 지원을 바라보았다. 내가 낳긴 했지만, 결국 완성한 것은 지원이 너란다.

"가만 얘기를 들어 보니, 아가씨도 참 대단한 인재인 것 같고 주변 평도 아주 좋더구만. 지금 자리에 있기는 아쉬워, 결혼하면 윤이 보필하며 같이 EH에너지를 이끌어 나가면 좋겠어."

지원은 재현이 무슨 말을 하려는지 가늠되지 않았다.

"다만, 이 모든 것은 윤이 네가 정신 차린 만큼 결혼하고 네 형처럼 회사 일에 적극적으로 참여한다는 조건 아래에 있다. 어차피 휜이 내년 즈음에 중공업으로 갈 예정이었으니 둘이 결혼하고는 형한테 일 배우고 그 자리는 윤이 네가 맡거라. 어느 정도 적응하고는 아예 에너지는 너한테 맡길 생각이다."

그런데 재현의 말에 윤이 한숨을 쉬며 대답했다.

"싫어요. 전 지금이 좋아요."

윤이 잠시 지원을 쳐다보고, 재현에게 말을 이었다.

"그리고 지금 아버지한테 회사 일 얘기하러 온 거 아니잖아요. 저 지원이랑 결혼 허락받으러 왔어요. 그냥 다른 집처럼, 평범하게 아들이 결혼하고 싶은 여자 데려온 거라고요."

이런 순간에도 회사 일을 얘기하는 아버지에게 서운함을 느끼는 윤의 표정에 지원이 맞잡은 손에 힘을 주었다. 그녀를 돌아보는 윤의 표정에서 미안함을 느낄 수 있었다.

무인도에서 윤은 그랬다. 자신은 정말 회사 일에 참여하고 싶지 않다고, 오히려 진정 하고 싶은 것은 그저 개발도상국에 대해 연구하고 그곳의 아이들을 후원하는 복지 사업이었다. 세계 곳곳을 떠돌며 산 것도 결국에는 새로운 나라를 경험하고, 그곳을 공부하는 것이 윤에게 흥미로웠기 때문이었다.

그리고 그런 윤의 마음에 대해 잘 알고 있는 지원이 조심스레 말문을 뗐다.

"만약 윤이 씨가 저랑 결혼하기 위해서, 관심도 없는 회사 경영을 해야 한다고 하신다면 저도 이 결혼 사양합니다."

모두의 시선이 지원에게로 쏠렸다. 지원이 윤과 맞잡은 손에서 느껴지는 온기에 점점 자신감이 생기는 것을 느끼며 말을 이었다.

"윤이 씨가 저를 위해 안경도 벗고, 용모도 단정히 하고 회사에서 그다지 원하지 않는 일까지 열심히 일한 것만 해도 저한텐 충분합니다. 저를 위해서 노력한 것처럼, 이제는 제가 윤이 씨를 위해서 노력할 겁니다. 이 사람이 저 때문에 관심도 없는 회사 일에 매달리는 것, 보고 싶지 않습니다. 그리고 그렇게 높은 사회적 위치, 돈 그런 거 바라지도 않고 지금 제가 가지고 있는 것도 저한테는 충분하고 오히려 넘칩니다."

잠시 숨을 고른 지원의 시야에 당황한 재현의 얼굴이 보였다. 지원은 이제 오히려 웃음까지 나오려 했다. 자신이 무슨 말을 하는지 지원 자신도 몰랐다. 그저 마음속에 있는 말이 제 맘대로 나오는 것뿐이었다.

"결혼하면, 저희는 하고 싶은 것 하면서 살고 싶습니다. 윤이씨가 원하는 것이 경영이면 옆에서 열심히 응원할 것이고, 일도 아예 하기 싫다고 하면 제가 돈 벌죠, 뭐. 저희 회사 월급 많이 주지 않습니까?"

말을 마친 지원은 쥐구멍으로라도 숨고 싶었다. 어른 앞에서 말도 안 되는 헛소리를 지껄인 게 아닌가 하는 생각이 들었다. 아, 내가 도대체 무슨 말을 한 거지?

"어머, 너무 멋있다, 정말. 내가 이래서 지원이가 마음에 든다고 한 거예요. 역시 요즘 젊은 친구들은 멋있다니까!"

이때까지 가만히 듣고 있던 이화가 나섰다. 저 고집불통 윤을 데리고 살 여자는 지원이밖에 없었다. 화끈하고 대찬 성격으로 윤을 휘어잡으면서도, 순수하고 여린 속내가 윤의 마음을 사로잡은 것이다. 이화는 처음 보는 순간부터 지원이 제 아들의 짝임을 한눈에 알아봤다.

지원이 고개를 돌려 윤을 바라봤다. 지원을 바라보는 윤의 눈이 한없이 따스했다.

윤은 당당하게 말을 잇는 지원의 모습에 다시 한 번 사랑을 느꼈다.

원치 않은 차고 넘치던 다른 사람들의 시선을 피해 조용히 살았던 그를 표면 밖으로 꺼내고 인도해 준 여자. 언제 어디서든 당당하게 자기 할 말을 예의 있게 하는 멋진 여자. 그리고 이제는 나와 내 인생을 함께할 여자.

그런 지원과 윤을 바라보던 재현이 당황하여 말을 더듬었다.

"아, 아니. 뭐, 아. 이거 참. 또 나만 이렇게 나쁜 사람 되는구만! 누가 싫다는데 억지로 시킨다고 했나! 그냥 말이라도 못 해 보나!"

지원은 그제서야 왜 이화가 마사지 샵에서 재현 보고 답답한 남편이라고 한지 이해가 되었다.

재현은 그저 윤이 진정으로 무얼 원하는지 알지 못했고 표현법이 서투른 것뿐이었다. 아들이 싫다는 것을 무조건 시키려고 하는 것은 아니었다. 그저 아들이 원하는 것을 알려고 시도해 보지 못한 것이었다. 첫째인 훤이 그저 말없이 잘 따라와 주니 둘째인 윤도 당연히 그럴 것이라 생각한 것뿐이었다.

30년이 지났지만 여전히 초보 아빠인 재현이었다.

그 날 그렇게 지원은 모두의 축복을 받으며 자연스럽게 그들과 한 가족이 되었다. 창문 밖 태양이 결혼 허락을 축하하듯 강하게 햇빛을 내렸다.

그렇게 우당탕탕 결혼 허락을 받고 재현과 이화는 집에 남고, 나머지 일행은 청담동에 위치한 조용한 바로 자리를 옮겼다. 연예인들도 많이 찾는다는 유명한 곳이었다.

둘의 무사 귀환과 결혼 허락을 축하하는 자리였다. 지원이 오는 길에 윤수에게 강력히 함께할 것을 부탁해 윤수도 왔다.

"이런 신나는 날에 술이 빠질 수가 없지!"

윤과 지원의 결혼 소식에 덩달아 기분이 좋아진 랑희가 목을 빼고 이 자리를 더욱 신나게 할 술을 찾았다.

그런데 주문을 하려던 찰나, 랑희의 눈이 더 커질 수 없을 만큼 번쩍 뜨였다.

저기 저 문을 넘어 들어와 이리로 오는 저 찬란한 후광의 주인공들!

서, 설마!

"오, 쌤! 또 만나네요! 저희랑 한잔하시자니까, 약속 있으시다더니! 그게 여기였나 봐요."

싱가포르에서 만났던 그 짐승들이었다!

싱가포르 호텔에서 술 한 잔 같이 기울이던 그때가 짐승들과 함께하는 처음이자 마지막 시간일 줄 알았는데, 윤수, 네가 진짜 대단한 사람이구나! 휜이보다도 대단한 사람이었어!

짐승들에서 가장 잘생긴 기관이가 다가와 윤수에게 알은척을 했다. 지원도 난리가 났다. 아니 짐승들이랑 약속이 있었는데 이리로 온 것이라고? 아니 왜 그랬어, 말만 했으면 나랑 랑희 언니가 그리로 갔을 텐데!

"아, 그때 같이 계시던 친구분들이시네요? 아, 역시 오늘도 아름다우십니다."

"어머어머, 아름답대! 나 미치겠다, 진짜!"

랑희가 기관의 말에 숨이 넘어갈 듯 부채질을 하며 안절부절못했다.

"어, 기관아. 너네 이리로 왔니? 애들 다 같이 왔어? 혹시 사장님도 같이 오셨니?"

"네, 그럼요. 저쪽 룸에 있어요. 사장님이 아까 윤수 쌤 찾던데요?"

"그래? 그럼 저 잠깐 실례 좀."

윤수가 자리에서 일어났다. 그런 윤수를 따라 땡그란 눈동자 4개가 끔뻑끔뻑 눈치를 보다 함께 움직였다.

"나도! 나도! 저도 같이 가요!"

"나도, 한 번만! 나도 한 번만 더 볼래!"

뭐가 지나갔나? 순식간에 6명이었던 사람이 3명으로 줄어들었다.

휜과 윤은 어이가 없었다. 멀쩡히 남자 친구 옆에 놓고 아이돌 보러 쫓아가는 꼴이라니. 그 비실비실한 것들이 뭐가 그렇게 좋다고.

윤이 한숨을 내쉬었지만 이때다 싶어 휜에게 말을 걸었다.

"형."

휜이 술잔을 들어 올리며 계속 말하라는 듯 윤을 바라봤다.

"지원이가 원하는 것이 있어. 난 그걸 이루어 주고 싶고."

윤이 조심스레 그의 생각을 휜에게 털어놨다.

"아무래도 형이 먼저······."

그렇게 길고 길었던 2주간의 휴가가 끝이 났다.

15

　신부를 위한 특별한 하얀 웨딩드레스. 그리고 그 날의 주인공, 신부를 위한 버진로드.

　지원이 감탄스우면서도 긴장한 눈빛으로 천 명이 넘는 하객으로 인해 가득 찬 홀 안을 둘러봤다. 긴장으로 인해 축축하게 젖어오는 손과 사람들의 시선으로 온몸의 근육이 위축됐다.

　비공개 결혼식으로 철저하게 초대된 사람들만이 입장할 수 있는 결혼식임에도 불구하고 식장 안이 사람들로 가득 찼다. 그리고 그중에는 이 자리에 초대된 지원의 직장 동료들도 있었다.

　일생에 단 한 번 있을 특별한 날을 기념하기 위해 여기저기에서 사진을 찍어 대는 기사들에게서 터져 나오는 플래시, 그리고 동료들과 주변 사람들의 지원을 향한 놀라움과 부러움의 수군거림.

"후회 없어?"

자부심을 갖고 회사 일을 좋아하던 지원이 회사를 그만두는 것을 미안해하던 윤이 물었다.

이 자리에 함께하기로 결정하면서 윤과 지원, 둘 모두 일단은 회사를 그만두기로 했다. 윤의 배경이 드러나면서, 그리고 윤과 지원의 사이가 공개되면서 둘이 더 이상 같은 회사, 같은 부서에서 일하는 것은 서로에게, 그리고 모두에게 좋지 않다고 판단되었기 때문이다.

지원이 그를 돌아보며 긴장을 풀며 그가 좋아하는 그녀의 싱긋한 미소를 보였다.

"응, 후회 없어. 사랑해, 윤아."

윤이 그녀의 말에 주변을 반짝반짝 빛나게 만드는 그만의 미소를 지었다.

"나도 사랑해, 지원아."

드디어 일생에 단 한 번 있는 결혼식이 시작되었다.

"하객 여러분, 모두 자리에 착석해 주시기 바랍니다. 신랑 김훤 군과, 신부 강랑희 양의 결혼식이 곧 시작될 예정입니다."

오늘은 훤과 랑희의 결혼식 날이었다.

그 날의 결혼식은 가히 최고였다. 최고의 신랑, 신붓감으로 꼽히던 훤과 랑희. 예식장부터 그곳을 휘황찬란하게 장식하고 있는 장식, 음식. 그리고 그들이 입고 있던 예복과 드레스까지 모두.

그리고 마무리로 서로를 바라보는 그 눈빛에서 저절로 느껴지는 진실된 마음까지.

　'아무래도 형이 먼저, 결혼을 해야겠어.'

　그 날 윤은 휜에게 지원이 꿈꾸던 결혼식을 말해 주었다. 그러나 재력이 넘친다고 모든 것을 원하는 대로 할 수 있는 것은 아니었다. 그만큼 따르는 책임도 넘쳐났다. 사회적 위치와 다른 사람들과의 관계로 인해 집안의 첫 번째 결혼은 지원이 원하는 대로 하기는 불가능했다.

　지금까지 휜이 도와준 덕에 제 원하는 대로 마음껏 자유롭게 살았고, 이번에도 형의 도움이 필요했다. 어렸을 때부터 집안의 장남으로, 게다가 조용해 보이지만 누구보다도 고집이 센 동생으로 인해 책임이 더 막중했던 휜은 이번에도 흔쾌히 윤의 부탁을 수락했다. 다만, 그의 결혼식에 윤이 모습을 드러내는 것을 조건으로.

　더 이상 무조건적으로 존재를 숨기지 말고 지금껏 잘 키워 온 자식을 세상에 자랑하고 싶은 아버지와 어머니의 마음을 이제는 너도 알아 달라는 것이었다. 더군다나 형의 결혼식인데, 동생이 함께하는 것은 말할 것도 없이 당연한 일이었지만, 지금까지 두문불출 사람들에게 제 정체를 드러내지 않았던 윤에게는 큰 결심이 필요한 일이었다.

　윤은 휜과의 약속대로 그들의 결혼식에 당당히 가족석에 자리했다. 물론 그의 옆자리에는 지원도 함께했고, 그런 둘을 식장에서 발견한 회사 직원들이 까무러칠 듯 놀란 것은 말할 것도 없었다.

일전에 사내에서 가장 주목받는 처세술, 자기 개발론으로 떠오르던, 옥지원 광부설과 호미론에 이어 순식간에 옥지원은 도대체 전생에 어느 나라를 구했나, 아니 어느 우주를 구해서 현세에 이런 복을 받나, '옥지원 업보론'과 옥지원 눈은 보통 눈이 아니라, 인물을 세포 하나하나까지 자세하게 꿰뚫어 보는 눈이라는 '옥지원 현미안' 설이 새롭게 떠올랐다.

이런 윤이 밤일까지 쿵덕쿵덕 척척 잘 해낸다는 것을 다른 이가 안다면 과연 그때는 과연 어느 이론이 새롭게 부각될지?

휜과 랑희의 결혼식 이후 그 자리에 함께했던 회사 직원들의 입소문을 타고 윤이 EH의 차남이라는 것이 일파만파 퍼져 갔고, 자연스럽게 그 옆에는 다이아맥 대광부 옥지원의 이름도 빠질 수가 없었다.

지원을 잘 모르는 개발팀 이외의 팀에서 지원에 대한 시기와 질투, 부러움은 끊이지 않았고 팀 내 오 부장과 다른 상사들이 지원과 윤을 어려워하기 시작했다.

"하 참, 옥 대리. 나도 참 이거, 말로만 듣다가 내가 이런 상황이 돼 보니 나도 자네 대하기가 참 어려워지는 것이 어쩔 수 없구만."

그동안 지원의 능력을 좋게 평가하고, 뒤에서 말없이 지지하던 사람 좋은 오 부장도 언젠가 지나가는 말로 지원에게 하소연 아닌 하소연을 늘어놓기도 했다.

회사 사주의 둘째 아들과 그와 곧 결혼할 지원.

더 이상 같은 선상에서 다른 사람들과 같이 일하는 것이, 지원이 아니라 오히려 다른 사람들을 불편하게 만든다는 것을 확연히 드러났다. 예상하던 상황에 지원은 휜의 결혼식에 가기 전, 윤과 상의한 대로 사표를 냈고, 밀린 일처리로 인해 3개월이 지나고서야 드디어 회사를 떠날 수가 있었다.

그리고 그만큼 윤과 지원의 결혼식도 두 달 앞으로 성큼 다가왔다.

지원이 사표를 내기 전, 재현이 윤과 지원을 불러 둘의 의중을 물었다. 윤은 그저 기업 경영보다는 그가 전공한 개발도상국 지역 연구를 좀 더 공부해 그룹 내 경제 연구소에 들어가고, 이화가 맡고 있는 복지 재단에서 장학 사업과 해외 원조 사업에 관심이 있다고 했다.

일전에 재현에게 윤이 장난스레 말한 것처럼 이번에도 윤이 재현의 그물을 벗어나기 위해 말했다.

"저 말고 지원 씨 사장 시켜 주세요."

그런데 이게 웬걸, 윤이 그렇게 말하지 않더라도 재현은 이미 지원을 염두에 두고 있었다.

이미 아들인 윤은 회사에 그다지 관심이 없어 보였고, 그럼 며느리라도 그 자리를 대신해 주면 좋겠는데. 평사원으로 입사해 남자들이 득시글거리는 에너지 회사에서 지원은 알게 모르게 불이익을 받는 여자임에도 불구하고 주목받는 인재였다.

지금 당장은 무리지만, 차차 시간이 지나면서 오히려 윤보다도 회사를 더 잘 이끌어 갈 수 있는 잠재력이 재현에게는 보였다.

재현의 전폭적인 지지로 지원은 일단은 회사를 그만두고 일단은 미국에서 2년간 경영자 수업을 받기로 했다. 그리고 덩달아 윤은 본인이 원하는 공부에 박사 코스를 밟기로 했다.

지원은 그 길로 유학을 결심했지만, 내심 출산이 마음에 걸렸다. 미국에서 학위를 따고 오면 어느덧 그녀의 나이 35살, 그럼 도대체 아이는 언제 낳을지. 아이를 낳고 나서 유학길에 오르는 것은 더더욱 무리 같았다. 아이도 낳고 싶었지만, 그녀 자신의 경력을 개발하는 것도 중요했다.

고민하는 지원을 윤이 다독였다.

"일단은 아이 생각하지 말고 가자. 그러다가, 자연스럽게 생길 때 낳자, 우리. 걱정하지 마, 지원 씨. 아이가 생기더라도, 지원 씨는 계속 공부하고 일하면 돼. 낳아 주기만 하면 내가 열심히 키울게요."

뻔한 멘트였지만, 지원은 그런 그의 응원이 고마웠다. 그리고 이 뻔한 멘트는 2년 후, 정말 그대로 실행되었지만 이는 아직 나중 얘기였다.

훤과 랑희의 결혼식 후 어느덧 3개월의 시간이 지났다.

윤이 일전에 따낸 인도네시아 술라웨시 가스전 입찰도 성공적으로 끝났고 그로 인해 EH에너지뿐 아니라 관련 계열사의 주가도 연일 상승 중이었다. 그리고 모든 일을 마무리 짓고 지원과 윤은 후임에게 인수인계를 마치고, 결국에는 오늘 회사를 떠나게 되었다.

마지막 회식을 위해 다른 팀원들은 이미 회식 장소로 이동하고, 지원이 텅 빈 사무실에 남아 그녀가 일하던 그곳을 천천히 둘러보았다.

처음 회사에 이직해 남들 눈치를 보며 누구보다 열심히 하며 밤을 지새던 그 자리.

대부분 원만하게 지냈지만, 잘나가는 지원을 시기하던 이화선과 그의 불륜남 서 차장으로 인해 스트레스를 받던 시절.

그리고 지원은 그녀의 원석 윤을 이곳에서 만났다.

어수룩한 모습과 움츠러든 어깨로 어색하게 쭈뼛거리던 윤.

다른 여직원들은 모두 그런 윤을 답답하다며 기피했지만, 지원은 왠지 모르게 그런 윤에게 자꾸 시선이 갔고, 술에 취해 회식자리에서 그런 윤에게 말도 안 되게 무대포처럼 달려들었던 그때 그 날.

그날이 생각나자 지원은 울적했던 마음이 다시 웃음으로 번지는 것을 느꼈다. 그 날이 있었기에 지금 이렇게 윤이 그녀 옆에 서 있을 수 있었다.

그 날 회식을 잡은 것이 누구였더라? 아! 그 날 회식은 호주 가스전 성과를 축하하기 위해 휜이 만든 회식 자리였다. 그리고 그 자리에서 멀리 떨어져 앉아 있던 윤을 그녀 앞에 떨어트려 준 진한도 한몫 톡톡히 했다.

휜과 진한에게 나중에 만나면 꼭 한 번 고마움을 표해야겠다고 생각하며 지원이 뒤를 돌았다.

누구보다 열심히 일하며 옥지원 자체로서 인정받던 그곳을 마지막으로 돌아보는 지원을 위해 조용히 기다리고 있는 그녀의 원석, 김윤.

"이제 갈까?"

윤이 언제나 그렇듯 그저 그녀만을 바라보며 싱긋 웃었다. 윤은 언제 어디서든, 그리고 언제까지고 그녀를 믿고 지지해 줄 수 있는 사람이 되었다. 언제부턴가 그녀 마음에 그가 그렇게 다가왔다.

윤이 웃으며 한 손을 그녀에게로 내밀었고, 지원이 더욱 환하게 웃으며 그의 손을 맞잡았다.

윤이 불을 끄고, 지원과 함께 사무실 밖으로 나갔다. 지원과 윤이 함께했던 추억이 있는 사무실의 문이 닫혔다. 등 뒤로 닫힌 사무실은 깜깜했지만, 지원과 윤이 나가는 길은 빛이 환하게 비추었다. 마치 그들의 앞날을 축복하는 것처럼.

"아이고, 두야. 아이고, 아이고."

지원이 깨질 것 같은 머리와 욱신거리는 몸을 부여잡고 자리에서 일어났다. 마지막 회식, 그리고 거기에 그 소문의 왕자님, EH 둘째 아들을 휘어잡고 찬란하게 떠나는 지원을 향해 여기저기에서 부러움의 잔이 끊이지 않았다.

마지막이라 빼지도 못하고 주는 대로 죽죽 받아마셨더니 결국엔 이렇게 머리가 반으로 쪼개질 듯 아파 왔다.

지난 밤, 술에 한껏 취해 윤과 함께 집에 돌아와 처음 만난 날을 회상하며 마치 그 날로 돌아간 것처럼 함께 장난을 쳤다.

지원이 집에 들어서자마자 윤에게 휴대폰을 건네며 말했다.

"김윤 씨, 여자 친구 있어요오?"

술에 취해 지원의 혀가 제 기능을 하지 못해 혀가 제멋대로 굴러갔지만, 윤은 지원이 무슨 말을 하려는지 단번에 알아챘다.

"으음? 여자 친구?"

윤 역시 술에 취해 게슴츠레한 눈으로 지원을 바라봤다. 그런 윤을 지원이 홱 낚아채고는 방으로 들어갔다.

"없으면 나랑 자요! 푸하핫."

결국 그렇게 둘은 해가 뜰 때까지 둘의 첫날밤 리플레이를 하며 정신없는 밤을 보냈다.

달라진 점은, 첫날 벌벌 떨리는 손으로 겨우 지원의 셔츠 단추를 풀던 윤의 손길이 이제는 매우 능숙했고, 제대로 시작도 하기전에 일을 끝내 버린 그 찌질이 김윤이 이제는 지원이 항복을 외칠 때까지 능수능란하게 그녀를 이리저리 획획 돌렸다 잡아챘다 정신을 못 차리게 만든다는 것.

그리고 그때보다 더욱 깊어진 둘의 마음이었다.

느지감치 일어나 해장을 하고 오랜만에 함께 영화 한 편을 보고 나니 어느덧 저녁시간이었다. 결혼식 준비야 알아서 척척 잘되고 있었다.

훤과 랑희의 결혼식을 보고 난 후로 지원은 일절 그녀가 꿈꾸던 그 결혼식에 대해 입 밖으로 꺼내지 않았다. 둘의 결혼식을 보니 지원이 원하던 결혼식은 절대 실행 불가하다는 생각이 들었기 때문이었다.

직접 준비해 주고 싶다는 이화의 말에 지원은 그저 감사히 그녀의 마음을 받아들였고, 모든 것이 착착 순서대로 진행되었다. 사실 유학 준비로 인해 결혼식에 신경 쓸 여유가 없는 참이었는데, 이화가 맡아 준다니 지원은 그것이 오히려 더 고마웠다.

잠시 할 일이 있다며 서재에 틀어박혀 있던 윤이 기쁨에 찬 얼굴로 지원에게 다가왔다.

책을 읽다가 그런 그의 모습에 의아하게 윤을 바라보는 지원에게 윤이 신이 나서 그녀의 손목을 잡아끌었다.

"우리, 놀러 가요!"

"어, 어딜?"

"그냥. 내가 찾은 곳으로, 오늘 거기 가서 자고 내일 와요. 빨리 짐 챙기자!"

도대체 무엇 때문인지 모르겠지만 들썩들썩 신이 나 보이는 윤이 귀여워 지원도 서둘러 간단하게 짐을 챙겼다.

출발하기 전 밖에서 간단히 저녁을 먹고 어디론가 향하는 차 안에서 저도 모르게 살짝 잠이 들었는데 어느새 도착했는지 윤이 지원을 살살 흔들며 깨웠다.

어느새 사방이 깜깜해져 도무지 여기가 어딘지 알 수가 없었다. 그저 그녀를 이끄는 윤의 손을 잡고 펜션처럼 보이는 곳의 안으로 들어왔다.

"여기 어디야?"

"여기 안면도에 있는 펜션이에요. 여기 밖이 아주 좋아요. 일단은 날이 저물었으니 오늘은 여기서 쉬고 내일 밖에 구경하러 가요."

펜션 내부는 알록달록 중세 유럽풍으로 웅장하면서도 아기자기한 것이 동시에 공존하도록 잘 꾸며져 지원의 마음에 들긴 들었다. 하지만 이 정도 펜션이 그리 대단한 것도 아닌데 도대체 윤이 무엇에 이렇게 흥분했는지 지원은 어리둥절했다.

그 의문은 그다음 날 아침에 풀렸다.

"으갸아아아아아아아아악!"

방 안 가득 채우는 햇살에 눈이 아파 이런 괴상한 소리를 질렀냐고?

아니다.

지원은 밤에는 그저 깜깜하기만 하던 그 창 너머의 풍경이, 이제는 아침 햇살을 받아 그녀의 눈앞에 펼쳐지는 초록 잔디와 그 앞의 바다에 놀라 환희의 탄성을 내질렀다.

넓은 잔디밭과 그곳을 둘러싸고 있는 나무, 거기에 저 멀리 보이는 알록달록한 정원과 그곳 너머로 끊임없이 펼쳐 있는 넓은 바다.

윤이 왜 그렇게 신나했는지 이제야 이해가 갔다.

그녀가 꿈에서 보고 바다 위 모래에 그렸던 그 결혼식장과 흡사한 모습이었다.

지원의 괴성에 놀라 일어난 윤이 그녀 옆으로 슬그머니 다가오더니 하하하, 웃었다. 지난 몇 달간 지원이 말하던 그 결혼식을 위한 장소를 위해 얼마나 찾고 찾았는지 모른다. 이곳을 찾아낸 자신 스스로가 대견했다.

윤이 자신의 가방 안에 있던 태블릿 피씨를 가져왔다. 일전에 지원이 벨의 사유지 위의 모래에 그렸던 그 꿈의 내용이 윤의 손에 의해 태블릿 안에 하나하나 사진으로 옮겨져 있었다.

윤이 태블릿 안에 사진을 보여 주며, 창문에 하나하나 사진을 따라 그렸다. 일전에 지원이 꿈에서 본 그 결혼식을 모래 위에 그려 내며 하나하나 윤에게 설명해 줄 때와 같이. 그 날 지원이 했던 말도 그대로 따라 했다.

"이렇게 넓은 마당이 있는 곳에……."

찬란한 아침 햇살 아래 초록 잔디가 빛을 받아 윤기가 흘렀다. 윤이 손가락으로 사진을 넘겼다. 창문 위로 그림을 그리는 윤의 손가락 위에 떠오르는 모습들을 상상하며 지원이 살며시 눈을 감았다.

'하얀 베일 같은 천들이 꽃이랑 함께 나풀거렸고.'

지원이 메이크업을 받으며 감고 있던 눈을 떴다.

그녀 앞에 나 있는 그 커다란 창문 너머로 마당 위에 하나둘 의자가 채워지고 그곳에 이화가 지원을 위해 고른 꽃장식과 하얀 베일이 넘실거리기 시작했다.

그저 평범한 결혼식을 준비하는 줄 알았던 이화가 사실은 윤과 함께 지원 몰래 그녀가 원하던 결혼식을 준비하던 것이었다.

'신랑 신부 가족이랑 친한 친구들이 그들을 진심으로 축하해 주었고……'

사람들이 하나둘 도착하며 그림 같은 결혼식장의 모습에 탄성을 내질렀다. 도대체 왜 서울에서도 얼마든지 멋지게 치를 수 있는 결혼식을 이 멀리까지 와서 하나 했더니, 그만큼 어디서도 보기 힘든 예쁜 결혼식이었다.

'엄청 맛있는 음식도 많이 있었어, 물론 맛나는 술도 잔뜩 있었고!'

식장 한편 옆으로 길쭉하게 놓인 테이블 위에 갖가지 음식과 술이 날아들었다. 그곳이 훤히 내려다보이는 창문 앞에서 마지막 준비로 드레스를 갈아입은 지원이 그녀의 머리를 마지막으로 정리해 주는 헤어 디자이너의 손길을 받으며 그곳을 천천히 내려다보았다.

똑똑.

지원의 부친이 그녀를 데리러 왔고 지원은 그의 손을 잡고 조심조심 그녀가 바라보던 그 그림 안으로 걸음을 옮겼다.

저 멀리 한가운데에 그녀를 기다리고 있는 윤이 햇살을 받아 반짝반짝 빛나고 있었다.

'그리고 그 가운데 나랑 너, 신랑 신부가 가장 행복한 표정으로 서 있었어⋯⋯.'

오늘은 지원과 윤의 결혼식이었다.

모든 것이 그 날 지원이 꿈꾼 대로 이루어졌다.

지원이 꿈에서 보던 그 모습 그대로,

지원과 윤이 가장 행복한 표정으로 소중한 사람들과 함께 인생의 새 길에 첫발을 내딛었다.

사랑해.

내 평생에 다시없을 내 인생 최고의 원석. 김윤.

에필로그

EH에너지 자원개발팀 팀장실.

여느 임원의 사무실과는 다르게, 작은 크기에 따뜻한 파스텔톤의 사무가구와 장식들로 포근한 분위기를 풍기는 사무실 안.

그 안의 1/3을 차지한 커다란 책상 앞에 지원이 앉아 사내 사보팀의 인터뷰에 응하고 있었다.

"네, 옥지원 팀장님. 이번에 러시아에서 우리나라 최초로 파이프라인 천연가스가 들어오면서 가스 단가를 대폭 줄게 해 일반 가정과, 제조업계를 비롯해 한국 기업 모두가 환호를 하고 있습니다. 뿐만 아니라 이로 인해 이번에 우리 EH에너지 자원개발팀이 대통령상을 받게 되었는데요. 그 선두에 옥 팀장님이 계셨다고 들었습니다. 정말 축하드립니다! 감회가 어떠신지요?"

"감사합니다. 정말 기쁘고, 함께 열심히 일한 팀원들에게 정말 감사합니다."

2년 전 자원개발팀의 김훤 전무가 새롭게 시작하는 자동차 계열사로 옮기면서 그 뒤를 이어 온 사람이 바로 옥지원, 지금의 자원개발팀 팀장이었다.

EH에너지로 이직하면서 단숨에 사내 에이스로 떠오르고, 그 누구도 관심 주지 않던 사내 찌질남 김윤 사원과 연상 연하 커플임을 선언하더니, 얼마 안 가 그와 결혼식까지 올렸다.

더욱 대박인 것은 그 김윤 사원이 그 비밀의 사주의 둘째 아들인 것이었다.

이때 사내에 베스트셀러 자기 개발서보다 유명한 이론이 어두컴컴한 광구에서도 다이아몬드를 기막히게 찾아냈다는 옥지원 광부설. 나도 이제 호미라도 들고 김윤 같은 숨어 있는 원석을 캐러 가야겠다는 호미론이었다.

그러더니 결혼과 동시에 회사를 그만두고 남편과 함께 미국 유학을 떠나고 5년 만에 돌아오더니 2년 만에 대통령상이라는 대박을 쳤다.

처음엔 말이 많았다. 아무리 날고 기는 사내 에이스 사원이라지만, 그녀는 그저 평범한 평사원이었다. 그 때문에 평범하지만 머리가 비상한 지원이 멍청하고 못난 사주의 아들을 꾀어서 그 많은 돈으로 성형을 시켜 환골탈태를 시켰다느니 어쩌느니 말이 많았고, 결국에는 결혼까지 해 신분 상승의 꿈을 이뤘다는 등 나쁜 말까지 돌기도 했다.

그렇기에 지원은 5년 만에 다시 EH로 돌아와 오로지 일에 전념하며 자신의 능력을 입증하기 위해 노력했다. 5년 만에 회사로 돌아오는 그녀의 공식 직함은 옥지원 상무였지만, 늘 옥 대리, 옥 대리 하고 불리던 지원은 영 옥 상무가 입에 붙지 않았다. 그리고 안 그래도 그녀를 어려워하는 팀원들로 인해 지원은 그저 옥 팀장으로 불리기를 원했다.

그녀가 옥 대리인 시절 함께하던 오 부장은 어느덧 이사로 임원이 되어 있었고, 서 차장은 성추행 혐의로 퇴사를 한 지 오래였다.

화선은 서 차장보다 일찍 그녀 스스로 일을 그만두었고, 건너듣기로는 어느 중견기업에 입사해서 그저 평범하게 살아가고 있다고 했다.

지원과 친하게 지내던 서연과 희선은 아직까지도 EH에 근무하는 중이었고 둘 다 이미 결혼해 귀여운 조카까지 열심히 잘 키우고 있는 상태였다. 특히 그중에 희선은 개발팀보다는 홍보팀 일에 적성을 찾아 일찌감치 보직 신청을 통해 홍보팀에서 그 능력을 십분 발휘하는 중이었다.

오늘 이 인터뷰도 희선의 기획하에 열린 것이었다.

'팀장님 사표 내시고 나서 신입 들어올 때마다 다 뭐했는지 아세요? 다들 원석 찾느라 정신없었다고요. 조금만 잘 꾸미면 보석으로

변신할 남자 찾는 데 다들 여념이 없었어요. 얼마나 웃겼는데.'

회사로 다시 돌아온 그 날, 함께 옛날을 그리며 커피를 마시던 희선과 서연이 지원이 미국에 있는 동안 회사에 있던 이야기들을 들려주었다.

'팀장님 잘 모르는 사람들은 아마 좋은 얘기가 안 나오긴 할 거예요. 그러니 조만간 사보에 인터뷰 한번 하시는 게 어떠세요? 제가 최선을 다해서 잘 편집할게요!'

2년 전 회사에 복귀하며 우스갯소리로 말했던 사보 인터뷰가 2년 만에 지원이 국내 최초로 액화천연가스보다 절대적으로 단가가 낮은 파이프라인 가스를 들여오며 대통령상까지 받는 성과를 내며 현실로 이루어졌다.

희선이 지원의 업무에 관한 인터뷰를 끝내고, 모든 이들이 궁금해할 지원과 윤의 러브스토리에 대해 질문을 시작했다.

지원은 있는 그대로 그들의 사연에 대해 말했다. 아 물론, 회식 때 술에 취해 지원이 먼저 덤벼들어 그들이 하룻밤을 보냈다는 이야기는 그저 술에 취해 평소보다 말을 더 많이 했다는 정도로 돌려 말했다.

희선이 이번에는 결혼 후 미국생활에 대해 물었다.

"남편분이신 김윤 연구원님과 함께 미국으로 유학을 떠나신 지

셨는데요? 제가 알기로 애초에 유학길은 2년으로
써다고 들었는데, 5년이나 계신 이유가 무엇인가요?"

지원과 윤은 2년 안에 빠르게 공부를 끝마치고 돌아올 계
획이었다.

그러나 결혼식을 마치고 유학길에 오르고 새롭게 학기를 시작
하자마자, 떡하니 첫째 우현이가 생겨 버렸다. 이미 윤도 지원과
함께 박사과정 학기를 시작한 터라 일단은 지원만 한 학기 수학
후에 휴학을 하고 태교에 전념했다.

넘쳐나는 학교 공부로 인해 지원에게 신경을 쓰기 어려운 것이
미안했던 윤이 지원과 지원의 부모님 상의하에 지원의 부모님을
미국으로 모셔 왔다.

낮 시간, 윤이 학교에 갈 때는 지원의 부모님이 지원과 윤의 집
으로 와 지원과 함께하고 저녁 시간에 윤이 학교에서 돌아오면
지원의 부모님은 랭귀지 스쿨에 다니며 늘그막에 학습의 즐거움
을 깨우쳤다. 그리고 윤과 지원은 함께 공부를 하거나 태교를 하
며 시간을 보냈다.

지원이 우현을 낳고, 우현이 남자아이인 것에 윤은 은근 아쉬
워했으나 지원은 당장은 둘째를 생각하지 않았다.

우현이 1살이 되고, 윤의 박사과정이 끝날 때쯤, 지원은 다시
학교에 복학하려 했으나 돌아갈 수가 없었다. 배 속에 다시 둘째
가 생긴 것이었다. 이럴 거면 차라리 한 방에 쌍둥이로 태어나 시
간을 절약하면 좋겠다는 말도 안 되는 생각을 했지만, 아쉽게도

배 속에 아이는 한 명뿐이었다.

지원의 배가 불러오고 윤의 박사과정도 끝이 났다. 공부가 모두 끝난 윤은 아예 전업주부로 집에 들어앉았고, 지원의 부모님과 함께 우현이를 키우고 지원의 태교를 도왔다.

그렇게 유학 4년 차에 둘째 아이, 그리고 윤이 고대하던 딸아이 수현이 태어나자 지원은 윤에게 아이를 맡기고 출산 3개월 만에 학교에 복학해 그대로 학교 수업에 몰두했다.

그렇게 5년의 시간이 지났다.

생각보다 지체되긴 했지만, 5년 안에 계획했던 공부도 끝났고 나이 때문에 걱정하던 출산도 두 번이나 거쳤다. 모두 윤의 열렬한 지지 덕분이었다.

미국에서 윤이 거의 육아를 도맡아 했다는 지원의 말에 희선이 부러움의 눈빛을 보내며 윤에 대해 더욱 자세히 물었다.

"역시 소문대로 부군이 매우 가정적이신가 봅니다. 지금도 여전하신가요?"

한국에 돌아와 원하던 대로 계열사 경제연구소에서 연구원으로 일하는 윤은 아이들이 유치원에 가는 오전에만 회사에 출근했다.

회사에 자리를 차지하고 있는 것보다, 논문으로 성과를 내는 연구원이라는 직업을 윤은 무척 마음에 들어했다. 그런 직업적 특성 때문에 윤은 오후 시간에는 아이들과 더 많은 시간을 보낼 수 있었다.

결혼 전, 지원은 결혼 생활에 대해 불안해했었다. 지금까지 쌓아 온 커리어를 결혼 후에도 계속 잘 이어 나갈 수 있을지, 결혼이라는 굴레로 인해 윤과 지원 사이에 어쩔 수 없이 불화가 생기지는 않을지. 거기에 결혼한 모든 여자들의 스트레스의 주범인 시댁, 게다가 윤은 그저 평범한 시댁도 아닌 어마어마한 부를 축적하고 있는 시댁이었다.

그런 시댁과 트러블은 없을지 걱정하며 결혼을 부담스러워하던 지원을 위해 윤은 결혼 이후 지원을 위해 최선을 다했다.

물론 지난 7년이 모두 물 흐르듯 평탄하지는 않았다.

미국에서는 지원을 위해 모셔 온 지원의 부모님 때문에 이화가 뿔이 났었다. 이화도 타지에 있는 아들과 며느리를 보고 싶었고, 태어난 손주도 보고 싶었는데 윤은 지원의 부모님만을 미국으로 데려갔기 때문이다.

하지만 임신을 하고 출산을 하고, 집 안에서 옷차림도 밥 먹는 것도 편히 하고 싶은 지원에게 이화의 출현은 아무리 좋은 시어머니라 해도 부담이 될 것이 뻔했다.

그래서 윤은 그들 집 근처 다른 주택에 지원의 부모님을 위한 거처를 따로 마련했고, 지원과 윤의 공간은 오롯이 그들의 공간으로만 남겼다.

이화와 재현이 그들을 보기 위해 미국에 올 때도 마찬가지였다. 지원과 윤의 집은 낮 시간은 공개됐지만 저녁에는 무조건 비개방이었다. 이런 윤의 태도에 불만이 있는 사람은 아무도 없었다. 모두가 좋았다.

한국에 돌아와서는 명절이 문제였다.

딸만 둘이 있는 지원의 부모님은 지원까지 시집을 가고 난 뒤, 명절이 되면 유난히 외로워했다. 한국에 돌아와서 말없이 윤을 따라 시댁에는 와 있지만 홀로 집에서 외로워하는 부모님을 생각하며 안쓰러운 마음을 숨길 수 없는 지원의 표정에 윤은 또 고심했다.

"우리도 다른 집처럼, 명절마다 번갈아 가면서 갈까?"

요즘에는 설에는 시댁 먼저, 추석에는 친정 먼저 가는 사람도 있다던데 우리도 그렇게 갈까, 말하는 윤에게 지원이 고개를 저었다.

이화와 재현도 평상시에는 윤과 지원을 부러 많이 찾지 않았다. 그런 그들이 1년에 몇 번 손꼽아 기다리는 것이 명절이었는데 지원은 그런 그들의 기쁨을 깨고 싶지 않았다. 더군다나 친정에 먼저 간다 하더라도, 동생인 지은은 시댁에 가 있으니 가족 모두가 모이기도 쉽지 않았다.

이런 지원의 고민에 윤은 다른 대안을 내놓았다.

"그럼 명절에 여행을 보내 드리는 건 어때?"

지원과 윤을 따라 미국에서 그저 시간을 보내기보다는 틈틈이 시간을 내 어학코스를 다니던 지원의 부모님은 늘그막에 언어 학습에 재미를 깨우쳤다.

어학코스에서 제일 나이가 많아, 학습의 속도도 다른 어린 친구들보다 느렸지만 꾸준히 배워 지금은 어느 정도 간단한 의사소통은 가능한 정도가 되었다.

윤이 박사과정을 끝내고 육아에 전념하자, 지원의 부모님은 그들보다 일찍 한국으로 들어갔는데, 그들끼리 다녔던 미국 여행을 한국에 돌아와서도 몇 번을 신나게 얘기했는지 모른다.

그것을 기억한 윤이 그럼 차라리 명절에는 지원의 부모님은 여행을 보내 드리는 것이 어떠냐고 하는 말에 지원이 반기며 부모님에게 의중을 물었다.

그 이후 지원의 부모님은 용돈과 연금을 꼬박꼬박 모아 명절마다 여행을 다니며 노후의 새로운 재미를 찾았고, 지원과 윤은 그때만은 홀로 남은 부모님 걱정 없이 윤의 부모님과 함께 즐거운 시간을 보낼 수 있었다.

내일이면 추석 연휴의 시작이었다. 이미 지원의 부모님은 이번 유난히 긴 추석 연휴 성수기를 피해 일찌감치 한 달 계획으로 그리스와 터키로 여행을 떠난 상태였다.

휴대폰 메시지로 날아온 그들의 사진을 확인한 윤이 지원에게 전화를 걸었다.

"지원 씨, 어디쯤이에요?"

— 여보! 나 지금 다 왔어. 문 열어 줘.

집 앞이라는 말에 윤이 전화를 끊고는 현관으로 나갔다.

달칵.

문이 열리고, 7년 전 처음 만났을 때처럼은 아니지만, 여전히 당차고 활발한 아름다움을 가지고 있는 지원이 들어왔다.

어느덧 지원의 나이 39살, 윤의 나이 35살이 되었다.

지원은 꾸준한 관리로 내일모레 40살이라는 나이가 무색할 만큼 젊음을 유지하고 있었고, 윤은 30대 중반의 남자답게 힘과 젊음을 겸비한 한창의 남자가 되었다.

"나 왔어, 여보."

"오늘 하루도 고생했어요. 옥 팀장님."

"애들은? 아, 맞다. 어머니가 데려가셨지?"

내일부터 시작되는 추석 연휴에 아이들은 이화와 재현이 미리 유치원에서 픽업을 해 그들의 집으로 데려간 상태였다. 오늘, 내일 아이들 없이 푹 쉬다가 건너오라는 이화의 배려에 이화와 재현은 손주들을 독차지해 기분 좋았고, 윤과 지원은 아이들 없이 편하게 지낼 수 있어 좋았다.

지원이 샤워를 위해 방으로 들어가고, 윤은 점차 쌀쌀해지는 날씨에 문단속을 하고 지원에게 줄 따뜻한 차를 우려내 방으로 들어갔다.

윤이 방으로 들어오자 지원은 이미 샤워를 끝내고 피곤한 표정으로 어깨를 두드리고 있었다. 윤이 그런 지원에게 다가가 부드럽게 어깨를 풀어냈다.

"많이 아파? 오늘 일 많이 바빴어요?"

"응, 조금. 추석 연휴 되기 전에 일 마무리해야 해서, 요즘 좀 무리했더니 어깨가 조금 아프다."

명절 전, 후의 지원은 특히 바쁘다. 연휴기간 동안에는 오로지

가족과 함께하기 위해 쉬는 기간 동안 할 일을 몰아서 하기 때문이었다.

그로 인해 요 며칠 이렇게 지원과 앉아 이야기를 하는 것도 참 오랜만이었다. 지원이 일에 지쳐 들어오면 바로 쓰러져 잠에 들었기 때문이다.

피곤해 보이긴 했지만, 근래 드물게 오랜 시간 버티는 지원을 윤이 가뿐히 들어 안아 침대에 눕혔다. 그러고는 부부의 특별한 시간을 위해 항상 침대 옆 서랍에 놓는 마사지 오일을 집어 들고는 지원의 잠옷을 들췄다.

"피곤하지? 오늘은 그냥 어깨만 풀어줄게, 그냥 편하게 자."

업무에 지친 지원으로 인해 마지막으로 그녀를 안은 지도 벌써 일주일이나 지났다. 아이들도 없는 참에 둘만의 시간을 보내고 싶었지만, 피곤해하는 지원을 억지로 안고 싶지는 않았다.

윤이 불끈거리는 대롱이를 애써 달래며 지원을 돌아눕히고는, 오일을 손에 묻혀 지원의 어깨를 부드럽게 마사지했다.

연애시절부터 서로 애정을 담아 해 주던 마사지였다. 사이가 좋을 때나, 간혹 다투어 사이가 나쁠 때도 일주일에 두세 번은 꼭 서로 마사지를 해 주었는데, 마사지를 하며 뭉친 근육을 풀어 줄 때마다 상대방의 긴장과 힘겨움을 느끼고, 서로에게 미안함과 고마움을 느끼며, 서운한 마음도 함께 풀어져 나가는 마법의 마사지였다.

뭉친 어깨를 풀고, 아직까지 날씬한 그녀의 등을 따라 잘록한 허리를 마사지하던 윤이 자꾸 침대에 눌린 지원의 가슴으로 가려는 자신의 손을 애써 자제하며 마사지를 마무리하려 했다.

'지원 씨는 지금 피곤하다, 매우 피곤하다.'

아쉽지만 피곤에 지친 지원을 건드릴 정도로 굶주린 상태는 아닌 윤이 애써 손을 거두고 지원의 잠옷을 추스르려는 찰나, 얌전히 그의 밑에서 그의 손길을 느끼던 지원이 윤의 커다란 손을 덥석 잡고는 침대에 눌린 자신의 가슴으로 가져갔다.

"자기야, 여기는?"

지원의 목소리가 잔뜩 가라앉고, 윤의 가슴은 쿵쾅쿵쾅 뛰었다.

"지원 씨, 안 피곤해?"

윤이 스멀스멀 올라오는 기대감을 억누르며 지원에게 물었다.

"안 피곤해. 마사지해서 다 풀렸어."

그러고는 지원이 이미 신이 나서 움직이고 있는 윤의 다른 한 손을 잡아 아래로 이끌었다. 이미 잔뜩 젖어 있는 지원을 확인한 윤이 급속도로 흥분하며 몸을 떨었다.

두 번의 출산 이후에 학교를 다니면서도, 4살 연하남에 뒤지지 않기 위해 필살의 노력으로 관리를 하는 지원의 몸은 여전히 아름다웠다. 출산으로 인해 여성의 성숙함이 더욱 늘었고, 윤과 함께하며 애교도 더욱 늘었다.

여전히 그를 떨리게 하는 지원의 희고 눈부신 자태에 윤이 서둘러 지원의 잠옷과 그의 잠옷을 벗었다. 그리고 그대로 지원의 엉덩이를 살짝 들어 올리고 오일이 묻지 않은 그녀의 흰 둔덕에 자잘히 입을 맞췄다.

그와 함께 달아오른 지원이 얇은 신음 소리를 내며 엉덩이를 들썩였고, 윤은 그대로 뒤에서 그녀 안으로 들어갔다.

지원이 익숙한 남편의 몸짓에 만족스러운 신음을 내뱉었고 윤은 여전히 풍만한 지원의 가슴을 양껏 짓누르며 오랜만에 느끼는 아내의 뜨거움에 빠져들었다.

☆★☆

"당신은 저기 거실에서 밤 껍질 까고, 훤이랑 윤이 너는 여기와서 부침개 할 거 밀가루 입히고 계란 옷 입혀라."

명절이면 이화와 재현의 집에는 거의 30명의 대식구가 모인다. 재현과 그의 형제 내외, 그리고 그 형제들의 자식과 손주들. 이들은 너 나 할 것 없이 이화의 진두지휘하에 각자의 맡은 몫을 다해야 명절에 이 집에 자리하고 밥을 먹을 수 있었다.

거동이 불편할 정도로 다친 곳이 있거나, 임신을 한 사람은 제외하고는 남녀노소 불문하고 모두 일을 해야 했다.

재현의 아버지인 성훈과 그의 부인인 순희 때부터 봐 왔던 풍경이기에 집안 식구 모두들 불평 없이 집안의 제일 큰 마님인 이화의 말을 따랐다.

그렇게 다 함께 일사분란하게 명절 음식을 만들면 넓은 거실에 크게 상을 펼치고는 왁자지껄하게 함께 식사를 했다.

식사를 하고 나서는 상은 남자들이 치우고 설거지는 여자들이 했다. 힘쓰는 것은 남자가, 섬세한 부분은 여자가. 많은 사람들이 제 역할을 다하니 명절 증후군 같은 것은 이 집에서는 찾아볼 수가 없었다.

손주들의 재롱을 보다가 하루가 지나고, 다음 날 아침 남자들도 일찍 일어나 부지런히 상을 펴고, 무거운 음식을 날라 일찍 차례를 지내면, 함께 만든 음식을 바리바리 싸고는 갈 길이 먼 사람은 일찌감치 집을 나섰다.

이미 조실부모하여 친정 부모가 없거나, 외국에 살거나, 혹은 지원처럼 명절마다 여행을 가는 친정을 둔 사람은 재현과 이화의 집에 좀 더 머물렀다.

그러나 이번에는 이화가 지원과 윤을 일찍 내쫓았다.

"요즘 지원이가 일이 많아 쉬지도 못할 텐데, 이번에는 좀 일찍 돌아가서 니들끼리 시간도 좀 보내고 그래라. 애들은 주말까지 여기 놓고 가라, 내가 유치원도 보내마. 자꾸 눈에 밟혀서 내가 못 보내겠어."

이화 덕분에 여유가 생긴 지원과 윤은 아이들도 없겠다, 다시 한 번 생긴 자유에 몰래 환호하며 냉큼 집을 나섰다. 그들의 집으로 돌아가는 줄 알았던 지원이 다른 길로 빠지는 윤에게 의아한 눈빛을 보냈다.

"어디 가는 거야?"

"좀 걸릴 거야, 도착하면 깨울 테니까 좀 자요, 지원 씨."

둘만의 시간이 생겨 냉큼 집으로 돌아가 그제 밤에 하던 일을 이을 줄 알았는데, 무슨 꿍꿍이인지…….

지원은 싱글벙글한 표정으로 운전을 하는 윤을 의아하게 쳐다보면서도 밀려오는 잠을 참을 수가 없었다.

사람들이 슬슬 올라오기 시작하는 반대 방향으로 움직여서인지, 차가 그다지 막히지는 않았다. 도착했다며 지원을 흔들어 깨우는 윤의 손길에 지원이 깜빡깜빡 눈꺼풀을 간신히 들어 올리며 눈을 떴다.

"으응, 다 왔어?"

아직까지 눈을 다 뜨지 못하고 눈을 비비던 지원이 창문 밖으로 보이는 익숙한 풍경에 기쁨에 차 눈을 번쩍 떴다.

그곳이다.

윤과 지원에게 특별한 그곳.

둘의 결혼식을 치른 서해의 한 펜션.

결혼식 이후 미국으로 곧바로 넘어가고, 돌아와서는 회사에 복귀해 정신없는 생활을 보낸 터라 결혼식 이후로 7년 만이었다.

"뭐야, 뭐야. 말도 없이, 갑자기 여긴 어떻게 온 거야?"

사실 윤은 이번 추석이 시작되기 전, 이화에게 부탁을 했다.

연휴도 길고 집에 남아 있는 사람들도 꽤 될 테니 이번에는 지원과 함께 오랜만에 여유로운 시간을 보내고 싶다고. 결혼식을 올린 장소에 식 이후로 가 본 적이 없는데 이번에 둘이 함께 가 보고 싶다고 말을 했다.

그 말을 하는데 듣던 이화가 옆에 있던 재현을 콱 째려봤지만, 별말 없이 흔쾌히 수락하고는, 지원에게는 말없이 차례가 끝나자마자 둘을 내쫓았던 것이었다.

'으이구, 아들의 반만 닮아 봐요, 좀!'

방을 나서는 윤의 등 너머로, 재현을 나무라는 이화의 목소리가 들렸다.

'아버지 미안해요. 그러니까 아버지도 이제 이벤트 좀 하세요!'

그렇게 다시 찾은 그곳은 변함이 없었다. 변함없이 푸른 잔디가 마당을 감싸고 있었고, 그 앞으로 탁 트인 바다가 저 멀리 끝까지 펼쳐져 있었다.

둘의 결혼식 날에 썼던 펜션 한 동을 빌리고 짐을 풀었다. 그 안에서 머리를 손질하고 메이크업을 받고, 웨딩드레스를 입었던 7년 전의 지원이 생각났다.

"그때 진짜 예뻤는데……."

아련히 말하는 윤을 지원이 예리하게 쳐다봤다.

"뭐? 그러면 지금은? 지금은 안 예쁘고?"

"지금도 당연히 예쁘지!"

윤이 싱긋하고 웃으며 지원의 손을 잡고는 밖으로 나왔다.

건물 사이사이에 자리한 마당과 정원을 돌며 회사 일이 어떻게 돌아가는지 이야기하고, 아이들이 유치원에서 무슨 일이 있었는지 이야기했다. 또, 그리스 여행을 하고 있는 지원의 부모님에게 전화를 걸어 안부를 묻고, 이화에게 전화를 걸어 예전 추억의 장소에 도착했다고 알렸다.

한참을 그렇게 손을 꼭 잡고 걸으며 이야기를 나누었다. 그러다가 7년 전 그때의 그들이 수백 개의 의자를 놓고, 단상을 놓고 식을 진행했던 그 앞마당으로 나와, 둘이 함께 서서 식에 참가한 하객들을 바라보던 그 자리에 또다시 함께 나란히 섰다.

지원의 등 뒤로 서서히 지려 하는 발간 해를 보며, 윤이 지원에게 물었다.

"옥 대리님, 저와 결혼해 보니 어떻습니까? 역시 하길 잘했죠?"

오랜만에 듣는 호칭이다, 옥 대리. 오랜만이지만 여전히 친숙한 옥 대리.

"김윤 씨! 7년 전 그때, 내가 왜 그렇게 고민을 했는지조차 모르게."

지원이 윤의 허리를 감싸 안고 그에게 기대며 윤의 눈을 바라봤다.

"너무 행복해. 고마워요."

윤은 지원의 등 뒤로 발갛게 타오르는 해를 보며, 데자뷰를 느꼈다. 그 언제도 이렇게 빨간 해가 둘을 감싼 적이 있었다.

아, 그래. 지원이 윤의 프러포즈 계획에 겁을 먹고 싱가포르, 그리고 인도네시아로 도망갔을 때. 가까스로 시위대를 벗어나 헬기에 타고 벨의 사유지로 갈 때. 그때도 이렇게 해가 졌었다.

그때 결혼을 부담스러워하던 지원은 지금 이렇게 행복하게 잘 살고 있다. 지원을 쫓아가며 불안해하던 윤도 지금 이렇게 지원과 아이들과 함께 행복하게 잘 살고 있었다.

지원의 등 너머로 깜빡깜빡하던 발간 해가 바다 너머로 내려갔다.

「한 사람으로서, 지금까지 배우고 쌓아 온 것들을 살려 사회에서도 계속 인정받고 싶은데, 여자로서 마주하게 될 제약조건 때문에 결혼에 대해 부담스러워하던 저에게 남편이 결혼 전에 약속한 것이 있어요. 제가 무슨 일을 하든 어디에 있든, 옆에서 응원하는 사람이 되겠다고 했어요. 한국으로 돌아오고, 저는 다시 원래 하던 일을 계속하고 싶어 했고 남편은 그런 저를 처음처럼 변함없이 지금도 응원해 주고 있습니다. 남편이 아니었다면, 지금의 저도 절대 없었을 거예요. 남편의 사회적 위치나 집안도 물론 지금의 저를 만들어 준 한 부분이죠. 그건 절대 부정할 수 없는 사실이에요. 하지만 그것뿐만 아니라, 남편 김윤이라는 사람의 끊임없는 응원과 지지가 지금의 저를 만들었어요. 이 자리를 빌려 다시 한 번 남편에게 고맙다고 말하고 싶어요. 고마워요. 그리고 사랑해요, 내 인생의 원석.」

"엄마다, 엄마! 수현아, 여기 봐봐, 엄마다."

지원의 인터뷰가 실린 사보를 펼친 윤이 딸 수현을 무릎에 앉히고는 지원의 얼굴이 나온 사진을 손으로 가리켰다.

벌써 4살이 되어 어느 정도 의사소통이 가능한 수현이 방방 뛰며 기쁨을 표시했다. 옆에서 얌전히 책을 읽고 있던 6살 우현도 엄마라는 말에 쪼르르 달려와 그녀의 인터뷰 사진을 바라봤다.

"엄마다, 엄마! 아빠! 엄마 예뻐요."

일찍 오전 근무를 마치고 유치원에서 아이들을 데려온 윤이 집에 놓여 있는 사보를 보고는 밀려오는 뿌듯함에 옆에서 신이 나들썩이는 아이들처럼 기분이 좋아졌다. 윤이 전화를 찾아 지원에게 전화를 걸었다.

— 응, 자기야.

익숙하게 들려오는 엄마의 목소리에 옆에 있는 아이들이 꺅꺅 환호성을 질렀다.

"지원 씨, 오늘 몇 시에 끝나요?"

— 음, 오늘은 금방 끝날 것 같아요. 이제 슬슬 마무리하려고요. 오늘은 내가 맛있는 저녁 차려 줄게. 조금만 기다려, 여보!

지원은 회사 일을 병행하면서도 가정에 충실하기 위해 최선을 다했다. 지칠 대로 지친 몸을 이끌고 와서도 저녁을 차리려고 노력하고, 저녁을 함께하며 아이들의 일과를 물었다.

아이들을 재우고는 윤과 함께 침대에 누워 오늘 하루 무슨 일이 있었는지, 아이들 교육은 어떻게 하면 좋을지 사소한 것들을 함께 공유했다.

지원이 밖에 나가 일을 하면, 윤은 오전 근무만을 하고 집에 돌아와 간단히 청소와 빨래를 하고 장을 보고는 아이들을 유치원에서 데려왔다.

이전에는 밖에 나가 돈을 벌어 아내와 아이들, 가족을 부양하는 것이 남자의 필수 조건이었다. 하지만 이제는 여자도 충분히 배우고 능력을 발휘하는 시대이다. 이런 잘난 여자를 아내로 두고 있다면, 이런 아내를 성심성의껏 외조 하는 것도 이 시대의 남자의 필요조건이 아닐까?

"우현아, 수현아. 우리 엄마 데리러 갈까?"

"네, 네! 가자! 가자!"

오늘은 다행히 지원이 일찍 일이 끝날 것 같았다. 신난 세 사람이 간단히 옷을 챙겨 입고는 EH에너지 본사로 향했다.

다른 기업보다 30분 빠른 퇴근 시간에, 사람들이 우수수 낙엽 떨어지듯 쏟아져 나왔다. 멀찍이 떨어져 지원이 나오기만을 기다리는 윤과 우현, 수현을 발견한 사람들이 수군대기 시작했다.

"저기 자원개발팀 팀장님 남편 아니야?"

"아, 그 이번 달 사보에 나온 팀장님? 그러면 저분이 회장님 둘째 아들?"

이미 이번 달 사보는 동이 난 지 오래였다. 사람들이 궁금해하던 그 엘리트 옥 대리와 알고 보니 대박이었던 회장님 둘째아들 김윤 사원의 러브스토리가 들어 있었기 때문이었다.

"그래, 4살 연상 연하 커플이잖아! 아무도 회장님 아들인 줄 몰랐는데, 옥 팀장님이 한눈에 알아본 거지."

"아니, 듣기로는 옥 팀장님도 몰랐대. 그냥 평범한 사람인 줄 알고 만났는데 알고 보니까 대박이었던 거지!"

"아니, 처음에는 외모도 그렇게 별로였다며? 아니, 그게 말이 되니? 같이 사무실 쓰던 사람들은 도대체 왜 저 외모를 몰라본다 니, 어휴 내가 진짜 7년만 일찍 들어왔었어도."

"일찍 들어왔었어도, 뭐? 네가 꼬시게? 으이구. 꿈 깨라, 꿈 깨! 근데 진짜 그때는 다들 몰라볼 정도였대. 저렇게 잘생긴 줄 몰랐댄다. 그래서 광부론, 호미론 같은 게 나온 거 아니야. 그 이후로 결혼하고 나서는 제일 인기 있던 게 옥지원 원석론이란다. 김윤 같은 원석을 캔 옥 대리. 옥지원 원석론!"

그때 한참 신이 나서 퇴근길에 길 한가운데 멈춰 서서 윤을 가리키며 떠들던 신입 여직원들 뒤로 누군가 나타났다.

"아, 옥지원 원석론도 있었어요? 그건 처음 듣네? 퇴근 잘하고 내일 봅시다, 다들!"

사람들 틈에서 나타난 사람은 지원이었다. 지원이 나타나자 사람들 시선을 피해 멀리 떨어져 있던 윤이 걸음을 옮겨 그녀에게 가까이 다가왔고, 이를 발견한 지원이 깜짝 놀라며 달려오는 우현 과 수현을 보듬었다.

"뭐야? 말도 없이. 데리러 온 거야?"

"응, 사보 잘 나왔던데? 그거 보고 기분 좋아서 왔지."

윤이 지원의 가방을 건네받고, 지원이 자유로운 두 손으로 우현과 수현을 양손에 잡고 윤과 함께 집으로 향하자, 회사에 전설같이 내려오는 옥 대리의 원석론을 그저 말로만 듣던 직원들이 그 모습을 뒤에서 아련히 바라보며 속으로 외쳤다.

아. 부러워! 아직까지 숨어 있는 원석, 어디 없나?

—*The end*

외전
윤의 이야기가 궁금한 당신에게

아버지 사업으로 인해 초등학교 시절 프랑스에서 지내면서도, 방학이 되면 윤은 항상 한국에 있는 할머니 할아버지 댁으로 나왔다. 윤의 형인 훤은 비교적 엄한 아버지의 뜻에 따라 경영 수업을 받느라 항상 함께하지 못했다. 대신 윤의 옆에는 사촌인 진한이 늘 함께했다.

그렇다. 윤과 지원이 다니고 있는 EH에너지, 그리고 그 에너지를 중심으로 기업의 모태인 건설업, 중공업의 계열사를 거느린 중견 기업, EH기업의 창업주가 윤의 할아버지였다.

밖으로 나가면 호랑이처럼 무서워 보이는 할아버지가, 집으로 돌아오면 할머니의 잔소리에 꼼짝 못하는 것을 알고 있었다. 큰고모의 아들, 사촌 형 진한과 함께 시시덕거리며 할머니 편에서 함께 할아버지를 공격하는 재미에 매학기 방학이 오기만을 손꼽아 기다리던 기억이 있다.

한국전쟁 이전에 황해도에 살던 동네 유지 망나니 김성훈은 옆 마을 동네 처녀인 순희에게 한눈에 반해 냉큼 그 집에 소 두 마리와 큰돈을 쥐여 주고는 번갯불에 콩 구워 먹듯 결혼식을 치렀다.

결혼 전에는 이 마을 저 마을 넘나들며 손 한 번 안 잡아 본 처녀가 없던 성훈이 결혼하고는 올망졸망 작지만 총기 있는 눈빛의 순희에게 꼼짝없이 잡혀 사는 모습에 성훈의 아버지 병우가 살아 생전 며느리를 그리도 아꼈다.

그러나 불행히도 1950년 6월 25일. 한국전쟁이 터지고 성훈과 순희는 모든 것을 뒤로하고 남한의 땅끝, 통영으로 도망을 쳤다. 피난 도중 순희가 유산을 하고 생사를 헤매던 중에도 성훈은 순희를 들쳐 업고 펑펑 터지는 포를 피해 도망쳤다.

3년 1개월, 숨 막히던 전쟁이 끝나고 전쟁 이후 폐허가 된 도시에서 수요가 느는 건설업 붐을 틈타 사업 수완이 좋았던 성훈이 흐름을 파악하고 고향 집을 떠나서 착실히 허드렛일을 하며 모아 둔 돈을 가지고 서울로 올라와 건설 회사를 창업했다.

그것이 현재 EH기업의 모태였다.

정든 고향을 떠나 이남으로, 그리고 다시 생면부지 서울로 이리저리 삶의 터전을 옮겨 다닐 때에도 순희는 불평 없이 성훈을 따랐고, 성훈은 순희의 손을 놓지 않았다.

아이를 잃고 힘들어하는 순희에게 있는 돈, 없는 돈 탈탈 털어

가며 전쟁통에도 좋은 것을 먹이며 지극정성으로 돌보았다.

성훈의 지성에 감동했는지, 전쟁이 끝나고 그들에게 다시 아이가 찾아왔고, 예쁜 딸을 낳았다. 첫째 아이를 피난 중에 유산으로 잃고 난 이후로 찾아온 딸아이, 재연은 방긋방긋 배냇짓을 하며 그들의 삶을 더욱 행복하게 만들어 주었다.

그 이후로 하나둘 태어나는 아이와 함께 그들의 가정에도 복이 찾아오고 날이 갈수록 성훈의 사업도 대박을 터뜨렸다.

건설 붐과 함께 시작한 조그마한 건설사가, 시대의 흐름을 타며 중공업에서도 덩치가 커지고 윤의 아버지인 재현의 각고의 노력으로 에너지 사업도 벌이며 재벌기업까지는 아니더라도 탄탄한 중견 기업체로 성장하게 되었다.

사업이 안정화되고 가진 것이 많아지자, 성훈이 어느 날 순희의 손을 잡아끌고 지방으로 내려갔다. 그곳이 이 통영 집이었다. 방 한 칸, 두 식구 겨우 살던 그 허름한 집을 성훈이 사들여 바다가 보이는 한적한 한옥 별장으로 만들어 놨던 것이다.

그 옛날 황해도에서 같이 살던 그 고향집처럼.

'보잘것없는 망나니 같은 나랑 결혼해 줘서 고맙소. 이남으로, 그리고 서울로 아무 말 없이 나를 따라와 줘서 고맙소. 떡두꺼비 같은 자식들도 5명씩이나 낳아 주고 오늘 날까지 이리 나와 함께 살아 줘서 고맙소. 모든 것이 다 고맙고, 또 고맙소. 그리고 내가 참 아직도 당신을 많이 사, 사랑하오.'

얼굴을 붉히며 지나간 세월을 회상하며 순희의 손을 붙잡고 통영 집을 보여 주며 고백하는 성훈의 모습에 한없이 눈물을 흘리던 것이 엊그제 같은데…….

성훈이 순희에게 통영 집을 선물하고 40년 후, 80살의 나이로 하늘나라로 가고, 순희가 홀로 남겨진 지도 벌써 2년이 다 되었다.

홀로 통영 집에 머물며 날이 갈수록 기력이 떨어지는 순희를 위해 윤과 진한도 좀 더 자주, 오래 통영 집에 머물렀다.

여느 날과 다를 것 없이 앞마당에서 함께 레고를 만들며 장난을 치는 윤과 진한에게 순희가 직접 간식을 차려 주었다.

"어제 네 할아버지가 옛날 그 젊은 총각 모습으로 할머니 꿈에 나타났다."

할머니와 할아버지의 사랑 이야기는 매 방학 때마다 할아버지가 자랑스레 진한과 윤에게 들려주어, 익히 잘 알고 있다.

망나니 같던 바람둥이 할아버지 성훈, 동네 처녀 순희를 만나 바뀌다!

이번엔 할머니도 옛날 얘기인가 싶어 윤이 앞에 있는 사과를 와삭 깨물었다.

"참 잘생겼었다. 그 당시 동네에 네 할아버지 안 좋아하던 사람이 없었지. 그런데 그 망나니 김성훈을 이 유순희가 확 낚아챘단 말이지! 네 할아버지는 자기가 먼저 날 좋아했다고 생각했지만, 그게 다 이미 이 유순희가 수작을 부려 놓은 거였어."

"에에?"

매일 듣던 이야기에 처음 듣는 레퍼토리가 나오자, 금세 흥미가 생긴 윤과 진한이 눈을 반짝였다.

"잘생긴 데다가, 그 동네 부자 아들이었던 네 할아버지를 내가 일찍부터 점찍어 놓고 살랑살랑 치맛바람 흔들며 언제 크나 기다리고 있었다. 일부러 그 양반 지나갈 때 연지 살짝 찍어 바르고 들고 있던 물동이를 일부러 나한테 부어 버렸어."

성훈과 순희도 연상 연하 커플이었다.

"전쟁통에도 날 얼마나 애지중지하는지, 내 그때 아기를 잃고 확 죽어 버리려다 엉엉 울면서 날 엎고 도망치는 네 할아버지를 보며 나도 살기로 결심했다. 그 이후로 내 속 한 번 안 썩이고, 이렇게 진한이, 윤이 같은 손주도 생기고, 할머니는 참 행복했다."

금세 이야기에 흥미를 잃은 윤과 진한이 다시 레고 장난감을 만지작거렸다.

"윤아, 진한아. 너희들도 나중에 커서 이 할미 같은 참하고 똑똑한 색시 만나야 한다. 알겠지?"

"슈웅! 네!"

장난감을 가지고 놀며 성의 없이 대답하는 윤과 진한을 바라보는 순희의 입가에 미소가 패였다.

"이 할미랑 할아버지가 꼭 네 두 녀석은 행복하게 살게 해 줄게. 사랑한다, 이놈들아!"

진한과 윤의 머리를 차례차례 쓰다듬고 말을 마친 순희의 시선이 윤의 너머 어딘가로 꽂혔다. 순희의 시선을 따라 진한도 그곳을 바라봤다.

살풋 미소를 지은 순희가 피곤하다며 낮잠을 잔다며 안방으로 들어갔다.

자리를 펴고 눕는 순희의 손 위로 다른 손 하나가 겹쳤다. 크고 투박했지만, 주름 하나 없는 고운 손이었다. 그 손에 잡힌 순희의 손도 그 옛날 동네 미청년 성훈에게 잘 보이기 위해 연지를 찍어 바르던 때처럼 하얗고 곱게 변해 있었다.

'순희야, 오래 기다렸지? 이 성훈이가 다시 데리러 왔다.'

황해도 통틀어 제일 잘생겼다고 소문이 자자하던 김성훈이, 결혼하자며 순희네 집으로 쳐들어오던 그 날처럼 잘빠진 양복을 입고 누워 있는 순희를 토닥였다.

눈물 한 방울이 주룩, 그녀의 고운 얼굴을 타고 떨어졌다.

지나간 세월이 필름 넘어가듯 한순간에 펼쳐졌다.

참 행복했다. 그 예전 망나니 성훈을 한 번에 사람으로 만든 처녀, 유순희가 성훈의 심장을 요동치게 만들던 그 미소를 보이며 성훈의 손을 잡았다.

'가요. 예전처럼 다시 같이 가요.'

그렇게 순희는 잠에 든 채로, 조용히 성훈의 곁으로 돌아갔다.

순희는 생전에 그녀가 가지고 있던 회사 지분을 손주들에게 공평히 나눠 주었다. 그러나 그녀가 마지막까지 살던 성훈과 그녀의 끝이자 시작이었던 통영 집, 그리고 해외 신탁과 한 기업의 안주인으로서 보유하고 있던 어마어마한 부동산은 윤과 진한에게 남겨 주었다. 회사에 다니지 않아도 평생 원하는 일을 하며 살기에 충분했다.

다른 친척들은 윤과 진한에게만 떨어진 부동산에 대해 말이 많았지만, 크게 신경은 안 썼다. 무엇보다 중요한 회사 지분이 그래도 공평하게 떨어졌기 때문이다.

윤은 순희의 장례식이 끝나고 조용히 스페인으로 출국했고, 진한은 미국으로 떠났다.

옷을 입은 채로 수영장에 들어와 그를 깜짝 놀라게 만들었던 지원을 씻기고, 드라이기로 머리를 말려 주는 도중에도 그의 손길에 가만히 몸을 맡기고 흐느끼는 지원이 귀여워 결국엔 홱 침대로 데려가 일주일간 품지 못한 지원을 안아 버렸다.

한차례 폭풍이 지나가고, 얼핏 잠에 든 윤이 할머니에 대한 생각을 했다.

10년이 넘게 에너지 특허 기술 개발에 열과 성을 다해 젊음을 바치며 가정과 어머니에게 소홀한 아버지와는 달리, 윤의 시선에서는 할아버지인 성훈이 할머니 순희에게 쩔쩔매며 알콩달콩, 오순도순한 모습이 무척 보기 좋았다.

그 모습을 보기 위해 오히려 틈만 나면 순희와 성훈에게 방학마다 달려갔던 것 같기도 했다. 그리고 그런 순희와 성훈을 바라보며 어린 윤은 다짐했다. 언젠가 저도 한 가장이 되면, 매일 일만 열심히 하는 아버지와는 달리 성훈처럼 아내에게 한없이 다정다감하고 존중하는 남편이 되겠다고 다짐하고, 또 다짐했다.

그래서 그런 것일까, 윤은 쉽게 연애를 하지 못했다. 쉬운 연애보다는, 평생에 한 번 있을 소중한 사람을 찾고 싶었고, 나타나기를 기다렸다.

윤은 잘생겼다. 사실 그도 그 사실을 잘 알고 있었다.

어렸을 적부터 곱상한 외모로 유치원 친구들의 인기를 한 몸에 받았었다. 아버지의 일로 인해 프랑스에서 지내던 초등학교 시절에는 국제학교에서도 친구들의 시선을 사로잡는 인기남이었고, 중학교 때도 고등학교 때도 마찬가지였다.

하지만 어딜 가나 수려한 외모로 원치 않아도 받는 사람들의 시선은 윤에게는 부담이었다. 지원의 생각과는 달리, 타인에게 꽤 무관심하고 사교성이 약간 부족한 윤에게 그러한 시선은 반갑기보다는 오히려 귀찮음과 부담이었다.

기억이라는 것이 존재할 그 어느 나이부터, 윤은 항상 여자들에게 둘러싸여 있었다. 그러다가 오늘의 덥수룩한 고시생 산적 윤을 만든 사건은 고등학생 때 터졌다.

초등학교 6년과 중학교 1학년, 7년을 프랑스에서 보내고 한국에 고작 2년 남짓하게 산 윤의 한국어는 당연히 어눌할 수밖에 없었다. 그래도 그 인기는 여전했고, 윤은 매일매일 피곤한 삶을 살고 있었다.

도대체 여자아이들은 무엇을 원하는 건지, 항상 그의 옆을 서성이면서도 제대로 말 한 마디 붙이는 친구는 없었다. 윤은 오히려 그것이 더 답답했다. 원하는 것이 있으면 와서 속 시원히 얘기를 하든가, 아니면 서성이지를 말든가.

그러나 여자아이들은 항상 그의 곁에 와서 몸만 배배 꼬면서 눈짓만 보냈다.

"도대체 뭐! 뭐? 뭐 어쩌라고?"

한 번은 속이 터져 다른 날처럼 또 다가와 몸만 배배 꼬며 얼굴을 붉히는, 얼굴도 기억나지 않는 여자아이에게 버럭 소리를 지른 적이 있었다.

그 이후, 몇 명은 윤에게 성격이 더럽다고 돌아섰으나 대부분은 박력 있다며 소리만 꺅꺅 지르기 시작했다.

한 번은, 친구의 성화에 못 이겨 친구와 함께 2:2 미팅에 나간 적이 있었다. 그 당시 꽤 유명한 식당에 가서 그래도 예의상 앞에 앉아 있는 여자아이 두 명에게 뭘 먹고 싶은지 물어봤다. 둘이 짜기라도 했는지, 답은 같았다.

"아무거나."

그에 따라 윤이 정말 그가 좋아하는 음식을 시키려 하자,

"아…… 그건 싫은데."

"그래? 그럼 이건 어때?"

"그것도…… 지금 다이어트 중이라."

눈앞에 있던 그 여자아이 둘 다 모두 윤에게는 앙상할 정도로 마른 몸매에도 불구하고 다이어트라며 음식을 까탈스럽게 골랐다. 그래, 그 정도만이라면 봐 줄 만하다.

하지만 그것이 끝이 아니었다. 친구의 성화에 못 이겨 다 같이 영화관으로 향했다.

당시 크게 유행하던 '브루스 올마이티'를 보자는 친구의 말에 다시 그 여자아이 둘은 고민에 빠졌다.

"아…… 난 그런 장르는 별로인데, 다른 영화 없나?"

시종일관 제가 뭘 하고 싶은지 속 시원히 대답을 내놓지 않고 계속 발만 배배 꼬며 남자가 알아서 리드하길 바라면서도, 또 바라는 것은 많은 여자들에게 질려 버린 윤이 화를 꾹꾹 담아 누르며 그저 상황을 지켜봤다.

윤의 친구는 그런 여자아이들의 비위를 맞추며 상영하는 영화를 줄줄이 나열했다.

"그럼 뭐 볼까? 실미도 볼까?"

"아, 아니. 그거 잔인하잖아."

"그럼, 매트릭스? 아니면 캐리비안의 해적?"

"난 깜짝깜짝 놀라는 건 싫어."

"그럼, 고양이의 보은, 애니메이션 보자! 그건 안 무서울 거야."

"아…… 애니메이션은…… ."

그 옆에서 가만히 이를 보다가 결국 참지 못한 윤이 물었다.

"영화를 보고 싶긴 하니?"

"응."

"뭐가 보고 싶은데?"

"······클래식."

결국 여자아이들이 원하는 것은 조인성과 손예진 주연의 클래식이었다.

아오! 그럼 처음부터 그게 보고 싶다고 말을 하면 될 것을!

이런 경우가 한두 번이 아니었다. 윤이 겪은 대부분의 여자아이들은 원하는 것은 많은데 정작 제가 뭘 원하는지 잘 모르는 경우가 많았다. 설사 뭘 원하는지 안다 해도 그걸 속 시원히 대답을 하지 않고, 남자가 이끌어 주기만을 원했다.

프랑스와 한국의 교육 방식에 대한 차이로, 학교 수업에 흥미를 잃고 주변에서 꺅꺅거리는 여자아이들의 시선에 질린 윤은 결국 고등학교 1년을 겨우 마치고 다시 외국으로 나갔다.

이번에는 스페인이었는데, 그곳에서도 국제학교를 다녔다. 토론 위주의 학교 수업은 재미있었지만 그 토론에 참여하는 여자아이들은 아니었다. 이번엔 한국 여자와 달리 자기 의견을 정확히 표현했지만, 의견을 굽히는 법도 없었다.

한번 생각을 정하면 끝까지 따박따박 따져 가며 강력히 의사표현을 하고, 발만 배배 꼬며 주변을 어슬렁거리던 한국 아이들과는 또 달리, 이번에는 아예 옷을 벗어 가며 윤에게 달려들었다.

그 당시 윤은 일상이 고단했다.

매일 밤 그의 기숙사 방에서, 윤은 베개에 얼굴을 묻고 소리 없이 외쳤다.

"중간은 안 되니? 중간은 안 되는 거냐고!"

몸만 배배 꼬는 한국 여자아이들은 짜증났지만, 셔츠를 벗어가며 달려드는 외국 여자아이들은 무서웠다. 또한, 예쁜 여자라면 무조건 눈이 돌아가는 제 또래 친구들과는 달리 윤은 평생에 있을 소중한 사람을 기다리는 순진한 남자였다.

그렇기에 밑도 끝도 없이 달려드는 외국 여자들은 윤에게 공포, 그 자체였다. 밤마다 여자아이들이 반은 몸을 꼬아 가고, 반은 옷을 벗으며 쫓아오는 악몽에 시달리던 윤은 날이 갈수록 수척해지고 허름해졌다.

밤마다 시달리는 악몽에 아침에 늦잠을 자며 수염도 제대로 밀지 못하고 옷도 허둥지둥 아무거나 걸쳐 입고, 어느 날인가부터 급속도로 저하되는 시력에 두꺼운 안경을 쓰기 시작하자 윤의 외모가 점점 하락세를 달렸다.

성장기가 지나며 유난히 다른 남자들보다 빨리 자라는 수염으로 인해 매일매일 꼬박꼬박 수염을 밀었어야 했는데, 어쩌다 시간이 없어 면도를 하지 않고 거울을 보니 거울에 비친 약간 더티 하지만, 남자다운 그 모습이 윤은 마음에 들었다.

그러나 여자아이들의 눈은 달랐는지, 점점 달려들던 여자아이들의 수가 줄어들기 시작했다. 그리고 고등학교를 졸업하고 미국으로 대학을 진학하며 윤은 점점 지금의 모습을 갖추게 되었다.

수더분한 수염과, 두꺼운 안경으로 인한 작은 눈, 수염과 어울리는 덥수룩한 머리, 큰 키와 듬직한 덩치를 숨기기 위한 구부정한 어깨.

한국과 외국의 중간, 그 중간의 여자는 석사 학위를 취득할 때까지 윤의 곁에 나타나지 않았고, 윤은 그저 그때까지 외모와 여자에 신경도 쓰지 않고 그저 공부에만 집중했다.

윤이 모솔로 고이 남겨져 있을 수 있던 것은, 그저 날 때부터 타고난 그의 귀차니즘도 한몫을 했기 때문이다. 그는 매일매일 수염을 깎고, 외모를 다듬는 것이 참 귀찮았다. 그리고 왜 그렇게 꾸며야 하는지 이유도 딱히 생각나지 않았다.

그래, 사실 윤도 평범한 남자는 아니었다. 타인에 대해 무관심하고, 잘난 외모로 여자아이들의 시선을 받으며 오히려 여자들에게 귀찮음을 느꼈고, 한국과 외국 여자의 그 중간, 딱 중간을 원했는데 그런 여자는 흔치 않았다.

그렇게 여자와 외모에 신경을 쓰지 않는 대신 그는 남자인 친구들과 다양한 취미생활을 즐겼다. 한때는 사진을 찍었고, 한때는 서핑에 열중했고, 또 어느 때는 미친 듯이 피아노와 기타만 친 적도 있었다. 그런 삶이 윤은 더 즐거웠다.

윤의 부모님은 그도 형처럼 하길 원했다. 어렸을 때부터 착실히 부모님의 말씀을 잘 듣고 경영수업을 받기를 원했다. 하지만 윤은 그런 정형화된 삶을 원치 않았다. 그저 그의 꿈은 좋아하는 것을 즐기며 살다가 때가 되면 그 중간의 좋은 여자를 만나 할머니와 할아버지처럼 오순도순 사는 것이었다.

미국에서 학위를 따고, 한국에 돌아오지 않으려 하는 윤을 한국으로 부른 것은 먼저 한국으로 돌아간 진한이었다.

윤도 때마침 외로움을 느끼고 있었다. 솔직히, 이제는 슬슬 그 중간의 여자를 만날 때가 온 것 같은데, 27살까지도 제대로 된 연애 한 번 못하고 사는 것이 혹시 제가 문제가 있는 게 아닐까 하는 생각이 들기도 하던 차였다. 이제는 가족에게 돌아가 가족과 함께 살다, 짝을 만나 평범하게, 행복하게 살고 싶은 마음이 들었다.

한국으로 들어와 백수생활을 지속하던 윤을 진한이 회사로 불러냈다. 윤은 거부했지만, 시간이 없어도 너무 없어 회사가 아니면 만날 수 없다는 진한의 말에 어쩔 수 없이 회사로 향했다.

머뭇머뭇 진한이 근무하는 자원개발팀 앞에서 진한을 기다리는데, 그 옆에서 학부 졸업 논문을 위해 자료 수집하러 왔다며 다른 이에게 이 주임이라는 분을 찾는다는 여학생이 보였다. 왜 뻘쭘히 있나 했는데, 담당자가 병가를 낸 상태라는 것이었다. 주위를 둘러보니 다들 바빠 보여 이 주임의 대타로 그녀를 도와줄 수 있는 사람이 없어 보였다.

그때, 반대편 사무실에서 한 여자가 1팀 사무실을 찾았다. 들어가다 처음 보는 어린 여학생의 난처한 얼굴에, 사정을 묻더니 웃음을 띠며 여학생을 회의실로 안내했다. 같이 있던 윤도 덩달아 등이 떠밀렸다.

"학생도 같이 왔어요?"

유쾌한 분위기로 학생의 의문을 해결해 주고, 취업 상담과 그리고 추후 커리어 빌드까지 진지하게 임하고 시간에 길어지자, 안그래도 배고픈 대학생에게 음식까지 배달시켜 주며 귀찮은 일도마다 않았다. 그런 그녀가 순간 너무 멋있어 보였다. 그렇다. 그녀가 지원이었다.

"나중에 언니같이 멋있는 사람이 되고 싶어요. 감사합니다."

호의에 고마워하는 여학생에게 지원이 싱그러운 웃음을 머금고같이 파이팅을 외쳤다. 웃으며 회의실을 나서는 지원의 모습 뒤로후광이 비쳤다. 진한이 뒤늦게 나타난 윤에게 어디 갔었냐며 핀잔을 주었지만, 윤은 그저 얼버무렸다.

이제 그만 떠돌아다니고 한국에서 형과 아버지를 도와 평범하게 사는 것이 어떠냐는 진한의 말에 윤은 가타부타 말없이 흔쾌히 승낙했다. 아까 회의실에서 그녀의 일에 대한 자부심으로 가득차 당차 보였던 지원이 궁금했다. 첫눈에 반했다, 이런 것은 아니었다. 그저 호기심이었을 뿐이었다.

그 이후로 회사에 입사하고 그저 적당히 특출 나게 튀지도 빛나지도 않게 지냈다.

다만 예상 못 한 것이 있다면, 덥수룩한 외모로 인해 오히려 이제는 여사원들에게 기피 대상이 되었다는 것이었다. 당황스러웠지만 굳이 다시 예전의 잘난 김윤으로 돌아갈 이유는 없었다. 타고난 귀차니즘으로 아직까지 아침에 허둥지둥 일어나 회사에 출근하느라 정신없는데, 어떻게 매일매일 수염을 밀 것이며, 머리 정돈을 하겠는가.

그렇게 어영부영 지내오던 어느 날, 사촌 형 진한이 회식 자리에서 지원 앞에 자신을 앉혔다. 당황스러웠지만 두근거렸다.

술이 코로 들어가는지 입으로 들어가는지 알 수 없게 마시고 집으로 가려는 찰나,

"여자 친구 없으면 나랑 자요, 오늘! 나 그쪽 맘에 들어."

지원이 쫓아 나와 놓고 간 핸드폰을 쥐여 주며 같이 자자는 폭탄선언을 하고 그의 순정을 앗아가더니, 아, 처음 토끼마냥 사정을 했을 때는 석유전 밑으로 땅굴을 파고 지구 끝에 자신을 묻어버리고 싶었다.

그 후, 일주일 동안 연락 한 번 없을 때. 평생 할 양의 고민을 그 일주일에 쏟아부었다. 그리고 그 주의 끝자락, 금요일에 결심했다. 이 여자는 꼭 가져야겠다.

왜 이 여자가 마음에 드냐고?

물론, 첫째는 옥지원은 예쁘다.

키도 크고 늘씬하고, 피부도 진주같이 환히 빛나며 몸매도 좋다. 더 좋은 것은 그러한 것들이 꾸준한 노력의 산물이라는 것이다. 그런 점이 더 좋다.

처음엔 이유도 없이 제 앞에서 몸을 배배 꼬며 저를 쳐다보고, 그러다가는 갑자기 제게 옷을 벗어 던지며 달려들었다. 그래, 이전까지 그가 질색하던 다른 여자와 똑같았다. 한국 여자와 외국

여자의 단점만을 골라 섞었다.

그런데 좋았다. 왜? 그 잘나가던 시절의 김윤 말고, 찌질이 김윤인 시절에 이렇게 적극적인 여자는 없었다. 간만에 제게 관심을 표하는 여자를 보니 반갑고 고마웠다.

윤은 그저 그런 이유밖에 생각할 수 없었다. 타이밍! 그래! 타이밍이었다. 옥지원은 타이밍 좋게 윤에게 달려들었다.

아니, 꼭 윤이 외로워서만은 아니었다. 사실 윤도 저도 모르게 자꾸 지원에게 눈길이 가던 차였다.

어느 날 갑자기 느껴지던 그녀의 시선. 그리고 자연스레 쫓아간 윤의 시선.

일을 할 때, 당당하게 자신의 의견을 주장하고 관철시킬 때 그 반짝이는 눈. 혼자 중얼거리며 기획안을 짤 때 불퉁하게 튀어나오는 그 통통한 볼. 지나칠 때마다 느껴지는 청량한 그녀의 향기. 회식 때마다 끊임없이 술잔에 술을 부어 대는 손놀림. 여성스러운 외모와 달리 털털하고 화통한 성격, 또 그러면서도 가끔 보여 주는 소녀 같은 모습.

그래, 옥지원은 타이밍만 잘 맞춘 것이 아니었다. 자신의 생각과 욕망, 열정을 숨김없이 속 시원히 드러내면서도 뻔히 보이는 속임수와 그때마다 또로록또로록 굴러다니는 동그란 눈, 윤의 가슴을 애태우는 애교와 내숭은 윤을 점점 더 그녀의 매력에서 헤어 나올 수 없게 만들었다.

윤은 가만히 그의 옆에서 자고 있는 지원을 끌어안고 자고 있는 그녀의 얼굴 여기저기에 입을 맞췄다. 목선을 타고 내려와 옴폭 패인 쇄골에도 입을 맞추고 하얀 달처럼 빛나는 가슴에도 입을 맞추고는 행복감에 얼굴을 이리저리 비볐다.

수염을 깨끗이 민다고 밀었는데도, 금세 붉게 달아오르는 예민한 그녀의 피부 덕에 윤은 그녀와 함께하고는 그 귀찮아하던 수염도 매일같이 깔끔하게, 세심하게 밀고 있었다.

그래도 요즘같이 행복한 때가 없었다. 물론 티격태격 싸울 때는 일상생활이 불가능할 정도로 힘들었지만, 그 힘겨움조차도 좋았다.

가만,

그런데 우리가 왜 싸웠지?

생각해 보니 그 화상이라고 불리며 매일 그를 귀찮게 했던 그 이화선 주임 때문이었다. 불륜남인 서 차장에서 살랑거려 다윗 프로젝트에 투입되어 지원을 힘들게 만들더니, 그렇다고 막상 투입돼서 제대로 하는 일도 없었다.

더군다나 거의 매일 말도 안 되는 것들로 트집 잡아 윤에게 그 화풀이를 하는 것을 귀찮아서 그저 참고 있었더니, 그것이 결국 또다시 지원의 심기를 거슬렀고 둘은 처음으로 그 여자 때문에 싸우게 되었다.

"젠장!"

윤이 낮게 읊조렸다. 윤은 지원이 회의실에서 울고 난 후 점심을 함께할 때 하소연하듯 그에게 화선에 대해 불평을 늘어놓았던 것이 기억났다.

그 당시에 지원을 상상하니 윤은 저도 모르게 웃음이 나왔다.

퉁퉁거리며 솔직하게 다른 사람에 대한 불평 불만을 늘어놓는 것이 퍽 귀여웠다. 다른 곳에서도 떠벌리는 것이 아니라, 윤에게 만 이야기를 하고 마음의 위안을 얻는다는 것을 그도 알기 때문 이었다.

'참나, 그 여자망신이 뭐라는지 알아? 나보고 인맥 관리 잘하란 다. 능력이 다가 아니라고. 참나 웃겨 가지고. 뭐, 그럼 나보고 저 처럼 불륜이라도 저지르라는 거야, 뭐야? 진짜 웃겨! 아니 서 차 장이 뭐라고? 서 차장이 우리 회사 회장님도 아닌데, 무슨 회장이 라도 되나? 아니면 회장 아들이라도 되나. 진짜 기가 막혀 가지고 말이야. 내가 그래서 운 거야, 기가 막히고 코가 막혀서!'

그 말을 듣는 순간 윤은 아버지에게 감사함을 느꼈다. 그 지원 이 말하는 회장 아들이 바로 당신 앞에 있으니 나를 인맥으로 이 용하라고 말할까 고민도 했지만 아직은 때가 아니었다.

대신 내가 인맥을 활용해 보도록 할게, 지원 씨.

가만히 지원의 어깨를 쓰다듬던 윤이 조심히 빠져나와 어딘가 로 전화를 걸었다. 석사 시절 친하게 지내던 인도네시아인 친구인 벨에게 거는 전화였다.

윤은 저의 이상형이고, 지원은 저의 이상향입니다.

현실의 저는 요즘 아직 빛을 발하지 못하는 원석을 찾기 위해 레이더를 가동합니다.

10년 전에는, 지금 제가 이렇게 글을 쓸 수 있을 줄은 몰랐습니다.

10년 후에는, 제가 누구와 어디서 무엇을 하고 있을지 기대됩니다!

모든 분에게 감사의 말씀을 드립니다. 감사합니다!

옥 대리의★
원석

초판 1쇄 찍음 2014년 10월 22일
초판 1쇄 펴냄 2014년 10월 28일

지은이 | 스망앗
펴낸이 | 정 필
펴낸곳 | 도서출판 **뿔미디어**

편집장 | 이재권
기획 · 편집 | 주종숙, 정시연

출판등록 | 2002년 9월 11일 (제1081-1-132호)
주소 | 경기도 부천시 원미구 상동로 117번길 49(상동) 503호
전화 | 032)651-6513 / 팩스 | 032)651-6094
E-mail | dahyangs@naver.com
블로그 | http://blog.naver.com/dahyangs
홈페이지 | http://bbulmedia.com

값 9,000원

ISBN 979-11-315-3663-6 03810

www.bbulmedia.com

www.bbulmedia.com